rowohlt
BERLIN

EMANUEL
MAESS

Alles in allem

Roman

Rowohlt · Berlin

Originalausgabe
Veröffentlicht im Rowohlt · Berlin Verlag, März 2023

Satz aus der Legacy bei Pinkuin Satz und Datentechnik, Berlin
Druck und Bindung GGP Media GmbH, Pößneck
ISBN 978-3-7371-0155-4

Der Urgrund jagt sie alle.

ECKHART VON HOCHHEIM

1

Wer nach Sonnenuntergang über die Dünen ihres Rückens wanderte, beging oft den Fehler, nicht früh genug an die Heimkehr zu denken. Verständlicher Leichtsinn in dieser schönsten aller Wüsten; die Gegend wirkte so vertraut, dass man den Eindruck gewinnen konnte, endlich angekommen zu sein. Als habe sie der Wind aufgeworfen, hoben sich immer wieder erhabene Bögen aus dem Grund, während Licht und Schatten eine Harmonie entfalteten, die keine Geraden kannte und sich stattdessen für die Verbindlichkeit und Anmut von Rundformen entschieden hatte. Abgeschliffene Kuppeln, leichthin überwehte Gräben, dann auch vereinzelt schroffere Höhenzüge, doch selbst die Vorsprünge der Schulterblattflügel flossen in gleitenden Linien dahin, eher ein Schwellen von Flugsand als ein Hinweis auf verborgene Härten und Kanten. Das Pilgerauge überflog Haut und Hügel, anatomische Strukturen, die in irgendeinem Grund verschwammen, und gelangte zur Mitte hin zu definierteren Partien um eine langgestreckte vertikale Senke, die sich weit nach Süden zog und erst dort endete, wo ein anderes Geheimnis begann. Man sah sie kurz in der Ebene aufgehen, dann aber in gewandelter Form zwei prominente, längeren Betrachtungen mindestens ebenso würdige Erhebungen durchlaufen, die nun allerdings eine Steppdecke pietätvoll verdeckte. Selbst diese Senke hatte nichts wirklich Geradliniges an sich, schon gar nicht in dieser leichten Schräglage, aber sie war vielleicht das Einzige, das eine klare Richtung nahm und nicht wie die Umgebung in sich selbst aufging. Denn alles andere war wie in einem Kreis geborgen, in Ellipsen, ovalen Speichen, Kurven und Windungen, darüber ein allbeherrschendes Konkavmotiv. Sah man genau genug hin und verfügte noch über ausreichend geistige Wachheit, sich einen Reim darauf zu machen, hätte man angesichts dieser Formen in längeres Nachdenken geraten können. Auch wenn man von der Seite darauf schaute, ergab sich ein dominanter Konkavschwung, ihr leichtes Hohlkreuz zeigte sich selbst im Liegen. So wie Platon im *Timaios* dem Tetraeder das Element Feuer, dem Dodekaeder die quinta essentia, den Himmelsäther, zugeordnet hatte, musste es etwas an dieser Form geben, das über die reine Körperlichkeit hinaus fundamentalere Bereiche berührte, vielleicht einen nicht immer ganz zutage tretenden, nur in Ausnahmesituationen abgerufenen Zug nach innen, der einen mit konvexen Hoffnungen vorübergehend ganz aus sich herausriss.

Nicht jene allgegenwärtigen, sich ebenfalls raffiniert aus der Kugel ableitenden Runddesigns von Brust und Gesäß schienen dann das Hinreißendste an einer Frau (an dieser hier sowieso), sondern die Täler, Furchen, Mulden und Gruben, jene inkommensurable Dynamik nach innen gehender Biegen und Krümmungen, ihrer unterschwelligen Spiralformen, Schraubenlinien und Trichter. Ganz zur Geltung kamen sie vermutlich erst durch die Nachmitternachtswärme und flaumweiche Textur ihrer Inhaberin, auch eine leichte Note von Osterlilien spielte ohne eigentlich klaren Ursprung hinein. Denn weder war es ein Parfum, das aufzutragen die nun vorübergehend neben mir Eingeschlafene in den letzten Stunden keine Gelegenheit gehabt hatte, noch roch sie, soweit sich das sagen ließ, von Natur aus nach Blumenladen und Fleurissimo. In Kopf- und Basisnoten vereinigten sich, wahrnehmungsbedingt wahrscheinlich durch mein leichtes Schleudertrauma nach all den ungewohnten Zuwendungen, eher Erinnerungen vom Dorfe, die Heuhaufen meiner Kindheit mit dem Zimt von Mutters lauwarmem Apfelkuchen, Crème fraîche und einem Anhauch süßlicher Schärfe, die sie, bewusst oder unbewusst (wahrscheinlich Ersteres, denn sie kannte mich gut) nicht täglich abwusch. Aber was war es dann, die Bettwäsche, hoteleigenes Raumspray, kam es von draußen? Fast hätte man meinen können, dass sich neben allem, was an Salzen und Pheromonen in einer solchen Nacht herausgeschwitzt worden war, auch ein transpirativer Tau frei gemacht hatte, der irgendwelche ätherischen Wiesen und Gewächshäuser benetzte.

Oder, nicht weniger abwegig, wenn auch um einiges reizvoller: Es handelte sich um eine Dritte, die sich in den letzten Stunden ebenso unauffällig eingefunden wie davongemacht hatte. Möglich wäre es schon gewesen in der sinnlichen Unübersichtlichkeit der Vorgänge, bei der schwankenden Aufmerksamkeit und generellen Unschärfe, gerade hinsichtlich der ja entscheidenden beiden Kontrahenten selbst. Denn weder hätte ich, außer vielleicht noch zu Beginn, klar sagen können, mit wem ich es zu tun gehabt hatte, noch war mir bewusst, ob ich dabei so etwas wie handlungsleitende Funktionen übernahm, also Handelnder oder nur Handlanger gewesen war. Es bedurfte jedenfalls einiger gedanklicher Anstrengung, diese aufgeflogenen und sich noch nicht wieder ganz gesetzten Empfindungen mit der filigranen Rückenpartie dieser mir zur Seite liegenden, durchaus hinlänglich Bekannten zu verbinden. Während diese aber schlief und sich nicht befragen ließ, hätte ich von jener Dritten mit Duftspur gerne mehr erfahren. Die Nacht war noch jung, vielleicht kam sie ja zurück. Ich wusste nichts von ihr, noch weniger als von der nun ermattet Liegengebliebenen, aber sie schien aus einer Gegend zu kommen, in der ich mich gerne öfter aufgehalten hätte, in der es weitaus ehrlicher zuging als in meiner Welt, auch freundlicher, unverstellter, in der einem die Zeit nie lang wurde, wenn es denn so etwas wie Zeit dort überhaupt gab. Im Nachhinein nämlich wäre nur schwer zu sagen gewesen, wie lange sie da gewesen war, zwei, drei Stunden vielleicht, wie lächerlich für das, was sich an Ewigkeiten in ihnen abgespielt hatte. Auch sonst war es ein mir seltsam angemessener Ort oder vielmehr Nicht-Ort, der mir das schon länger entbehrte Gefühl vermittelte, mich wieder einmal sinnvoll und in vollem Umfang in den Ablauf eines interaktiven, im weitesten Sinne sozialen, ja fürsorglichen Geschehens einzubringen. Ich hatte mich selten so gebraucht gefühlt, nützlich, wenn nicht gar unabdingbar für ein Anliegen von größerer Relevanz. Auch mit mir selbst hatte ich abseits meiner mir lange so wesentlich erscheinenden, wohl studienbedingten intellektuellen Hypertrophie, die mich offenkundig für Jahre vom Kern der Dinge entfernt hatte, kaum einmal so viel anfangen können. Fast war es, als würden einem solche Stunden nicht nur allerlei Feierlichkeiten der Oberflächensensibilität erschließen und den erweiterten Sinn von Ohrläppchen, Augenbrauen, Fußknöcheln, Kniekehlen, Beckenkämmen und Handgelenken veranschaulichen, sondern überhaupt erst die zumindest in meinem Fall nicht unbedingt naheliegende Einsicht befördern, dass man mit mehr als einer ruhelosen Großhirnrinde auf die Welt gekommen war. Man gelangte beinahe in die Nähe der Überzeugung, dass jene Körperteile und ihre Funktionen womöglich nur eine praktische Voraussetzung ihrer wirklichen Bestimmung waren, nämlich in einfühlsamer Allumfassung und hoher Steighöhe als Feuerwerkskörper die Weltnacht auszuleuchten, in deren Schatten man sonst relativ besinnungslos dahintrottete.

Die Anwesenheit einer Dritten lag auch deshalb nahe, weil jede andere Frau mit mehr oder weniger leidenschaftlichen Absichten, lustvollen Erwartungen oder fruchtbaren Hoffnungen in solche Stunden gegangen wäre. Nicht diese hier; jegliches Basiswissen über fortgeschrittene, abendländische Intimität, deren grob- und feinmotorische Abläufe sowie die ganze Bandbreite delektabler Fingerfertigkeiten wurden verworfen für etwas, das man am ehesten vielleicht als intensivierte Form der Anschauung und eskalierte Eigentlichkeit erlebte. Es musste sich darüber hinaus um jemanden handeln, dessen äußere Form nicht stabil blieb, sondern im Zuge eines sich immer weiter verdichtenden gemeinsamen Austauschs mal mehr, mal weniger greifbar wurde, sich jedenfalls nicht mehr als Summe seiner Einzelteile und Gliedmaßen, sondern als amorphes Wärmefeld erspüren ließ, das sich mit meinem ebenso aufgelösten Leib zu einem jenseits jedweder ästhetischen Kategorie liegenden, ebenso beachtlichen wie beglückenden Joint Venture verband. All dies hätte normalen Menschen unmöglich sein müssen, aber möglicherweise hatte ich bisher zu gering von ihnen gedacht.

Neben mir jedoch schien die Wüste wieder zu erwachen und schob schon einmal ihren Arm in meine Richtung. Ihr Schlaf konnte so tief nicht sein, der Kopf auf dem Handrücken, die über Hüfte, Schulter und Achsel aufschwingenden Flanken in einer halb gelassenen, halb gespannten Balance haltend. Nichts, das aus sich heraus reizvoll gewesen wäre, aber warum hielt einen die Ansicht dennoch gefangen? Es gab eigentlich nichts zu sehen. Sie war ganz gut in Form, und das Licht der Nachttischlampe hatte sich ebenso gerne zu ihr gelegt wie ich. Die so rätselhafte wie zwingende Souveränität ihrer ganzen Flügelkonstruktion war Ausdruck einer Sprache, die ich nicht verstand, eine so vielsagende wie hermetische Ansammlung von Zeichen und unbeantwortbaren Fragen aus einem Bereich, der untrüglich, nicht korrumpierbar, durch nichts in Zweifel zu ziehen war. Man hätte ihnen folgen müssen, um mehr zu sehen, aber ich wollte nichts überstürzen. Am oberen rechten Rücken ließ sich ein dunkles Fibrom erkennen, das die Erinnerung an die Vergänglichkeit auch dieser blühenden Strukturen wachhielt, als ästhetischer Makel, der dem Ganzen mehr Tiefe und Eigensinn gab und das Überzeitliche erst recht in Szene setzte. Sie hätte es vermutlich jederzeit entfernen lassen können, hatte es wohl aber für richtiger gehalten, keine Unebenheiten zu beseitigen. Man war ganz davon berauscht; so ein kleiner Tribut an die Hässlichkeit baute jemandem wie mir sofort eine Brücke. Denn es war alles andere als leicht, sich einem solchen Rücken zugehörig zu fühlen, ganz abgesehen davon, ob man sich dieser Frau zugehörig fühlte. Erst jetzt schien ich die Kehrseite jener Dinge wirklich wahrzunehmen, die ich soeben noch in einiger Ausführlichkeit in Dunkelheit, Bewegung und haptischer Überlastung in den Händen gehalten hatte. Das Maßgebliche hatte sich ja mehr oder weniger zwischen den Vorderseiten abgespielt, die einen zum anderen hin öffneten. Den Rücken behandelten die Hände wie eine Art Überfluggebiet zwischen Nacken und Po, gegebenenfalls noch als Halte- und Stützfläche für alle möglichen Arten von Hebelwirkungen, bis jegliche Anschauung Sinn und Richtung verlor, sich die Eindrücke vermischten und jede Kartierung irgendwelcher Zonen und Zonenrandgebiete verworfen werden musste, weil sich die Grenzen und Räume aufhoben. Seine Zeitlosigkeit reichte tiefer als es bloße Schönheit je vermocht hätte. Zivilisationen, Ideen, Ästhetiken verwehten, alles Vollendete fiel heim zum Uralten. Was daran für sich einnahm, war so antik wie die Tempel von Paestum und Segesta, nur dass es sich hier quicklebendig und halb zugedeckt in den Laken räkelte. Und das Wort ward Fleisch und wohnte unter uns, und wir sahen seine Herrlichkeit ... Das erklärte auch das Befremden darüber, wie wenig individuell er erschien, wie wenig er über den sehr eigenwilligen, um nicht zu sagen ausgeprägt individualistischen Menschen sagte, dem er zugehörte, wie sehr er ihn verbarg in all seiner Grazie, wie schmal vor allem sich diese zierliche Gebietskörperschaft ausnahm im Vergleich zu den Himmeln, Höllen und Territorien des Wahnsinns, die diese Frau zu errichten, zu verwalten und zu verteidigen imstande war.

Kurz war mir, als könnte ich das Meer hören. Am Vorabend noch hatten wir bis zum Parnass hinübersehen können, der mir in seiner mythologischen Überhöhung nun ebenso unwirklich erschien wie das Halblicht der letzten Stunden. Vorsichtig, und ohne die Schlafende zu wecken, schlug ich die Decke zur Seite, stand auf, ging zur Terrassentür und blickte nach draußen. Viel war nicht zu erkennen, die Ägäis lag ruhig und finster, kein Mond, kein Wind, kein Wellengang. Ich musste mich getäuscht haben, denn das Meer, das ich selten deutlicher vernommen zu haben glaubte als in den letzten Stunden, wäre selbst bei Sturmfluten kaum von hier zu hören gewesen und war wahrscheinlich nur eine eingebildete Begleiterscheinung jenes Naturerlebnisses, das sich aus der näheren, im Grunde genommen nicht einmal besonders ausschweifenden, viel eher durch Mäßigung und Dezenz geprägten sinnlichen Auseinandersetzung mit dieser Frau ergeben hatte.

Die Tür war halb geöffnet, ich trat hindurch und ging ein paar Schritte nach draußen. Tiefste Dunkelheit, das Meer, von hier oben als solches kaum sichtbar, ruhte glatt gezogen in der Ebene. Nur der Nachtwind wehte den Geruch von Salz, Algen und Kamille über den schütteren Hang, während die vollkommene Schwärze der Umgebung alle Blicke verschluckte. Unser Quartier grenzte zur Terrassenseite hin an die Wildnis, bis auf die Zikaden und ein paar aufgebrachte Fledermäuse umgaben einen Stille und Schummer. Je weiter ich hinauskam, desto mehr verschwammen alle Grenzen im warmen Grund. Eine dichte Wolkendecke hing über dem Land, nicht einmal Sterne, auch keine Straßenbeleuchtung, die Orientierung gegeben hätte. Ich konnte nicht mehr erkennen, wo ich hintrat, hatte nur noch eine grobe Erinnerung daran, wo die Dinge lagen. Hangabwärts eine Trockenwiese mit ein paar dürftigen Olivenbäumen, Strommasten, ein Verteilerkasten, Fahrschneisen im Gras.

Ein Treidelweg führte Richtung Meer, und ich ging ihn ein Stück, weil man dort nicht über Wurzeln stolperte und sicheren Boden unter den Füßen hatte. Selbst meine Arme waren kaum mehr zu erkennen, die Gehrichtung ergab sich aus der Bewegung der Schatten, den die Bäume in den Himmel schrieben. Alles rückte in die Nähe, Entfernungen hoben sich auf. Meer, Kiefernkrüppel und verbranntes Land lagen gleichsam um und in einem. Eingehüllt in samtenes Zwielicht, unheimlicher als in jedem Traum, nahm man im Grunde den ganzen vagen Heidekörper an, watete durch seine träge Masse, überantwortete sich irgendwann diesem namenlosen Nichts und kam dann ganz gut vorwärts. Nachdem die erste Unsicherheit überwunden war, hatte es etwas geradezu Befreiendes, vorübergehend so geschwärzt und ganzheitlich geworden zu sein. Nach einer Weile fühlte es sich ganz natürlich an, rief sogar eine gewisse Behaglichkeit hervor, heimatliche Empfindungen, nicht unähnlich denen der letzten Stunden, auch wenn es daran gelegen haben mag, dass ich mich noch nicht ganz aus unseren Umarmungen gelöst hatte.

Bald fand ich den Hügelvorsprung wieder, auf dem wir uns am Vorabend niedergelassen und über den Korinthischen Golf gesehen hatten. Dessen überragendes Blau war nun einem Dunkelgrau gewichen, ansonsten begnügte er sich mit hintergründigem Schweigen. Erstaunlich, wie so wenig Bewegung in so etwas Gewaltigem sein konnte, das an sich ja die Bewegung selbst war. In Meernähe wurde deutlich, dass man das Ungeheure verdrängen musste, um halbwegs mit ihm leben zu können. Nur so konnte man leichten Sinns darüber hinwegsegeln, seinen Strandkorb ans Ufer rücken und Studien über das Sublime anstellen. Freundlicherweise war es so entgegenkommend, seine Gefahr auch ein wenig zu verschleiern, zumindest tagsüber, wenn seine Brandung etwas Liebliches behielt, die Wellen in berechenbarem Gleichmaß der Küste zurollten, seine Horizonte Geradlinigkeit und seine blaue Transparenz Klarheit und Verlässlichkeit ausstrahlten. Solange der Wind nicht über Land kam, lag sein Geruch wie ein vornehmes Understatement in der Nase, rauschte es dezent dahin und ordnete sich der Stille der Strände unter.

Nachts aber kam einem die See dann doch etwas näher, als man es gewohnt war, und in aller Dunkelheit, die Größenverhältnisse, Distanzen und irgendwann auch den Verstand einebnete, wirkte es, als wollte sie einen auch ein Stück weit für ihre Ziele und Überzeugungen gewinnen, vielleicht sogar abholen, um einmal in Ruhe über alles zu reden. Von hier oben gesehen umgab sie mich von zwei Seiten, es wäre ihr schwer zu entkommen gewesen. Noch wirkte sie einigermaßen gelassen, wohl wissend, dass ich nicht um sie herumkommen würde, aber vielleicht nahm sie nur Rücksicht auf mein zögerliches Naturell. Ich sah hinaus und wartete eine Weile. Am Ende war mir, als ließe sich in Itea drüben noch ein Licht erkennen, wahrscheinlich machten sich die ersten Fischer für ihre morgendlichen Ausfahrten bereit. Die Sicht war schlecht, der Dunst vom Vortag hing noch in der Luft, weiter draußen hatten sich ein paar Nebelschleier ausgebreitet. Es sah nach Regen und aufgrund der anhaltenden Schwüle auch nach Gewitter aus. In der Ferne bellte ein Hund und holte mich wieder in die Welt zurück. Weiter hinabsteigen wollte ich jetzt nicht, weil mir doch ein wenig mulmig war, und so tastete ich mich nach ein paar letzten Blicken über das verschlossene, nun immerhin auch etwas flimmernde Grau vorsichtig wieder auf den Weg zu unserem Zimmer zurück. Die Nachttischlampe brannte noch, das einzige fahle Leuchtzeichen weit und breit, aber irgendwann trat ich endlich aus der Düsternis wieder in menschliche Formen ein und war erleichtert, dass alles noch da war.

Auch Rückenakt und Doppelbett; ob das Licht allerdings reichte, unsere Situation hier zu erhellen, würde sich zeigen müssen. Hellwach, aber etwas benommen, bemühte ich mich, noch einmal den schwankenden Gang der Ereignisse, die verwickelten Verführungsnarrative und die meister*inhafte Manöverführung nachzuvollziehen, die in unser durchwärmtes Lager geführt hatten. Ein paar Zehen ihres linken Fußes lugten unter der Bettdecke hervor und zogen den Sinn dieser Fragen gleich wieder in Zweifel. Bald folgte ich dieser vertrauensschaffenden Maßnahme ins Bett zurück, legte mich sachte zu ihr und wendete mich wieder den nackten Tatsachen zu. Mit metaphysischen Texten tat ich mich leichter, wobei auch dieser hier nach eingehender Betrachtung eine ähnliche Grundtendenz erkennen ließ. Ihr mädchenhaft schmaler, etwas langer Hals entsprach ganz der tänzerischen, ballerinahaften Statur ihres Oberkörpers, der leicht und federnd selbst in Ruhe eine gewisse Grundspannung beibehielt. Als Gewicht, als Masse war dieser Rücken eigentlich nicht da, eher als Übergang, nicht zu den Extremitäten, oder nicht nur, sondern, Sprung über sich hinaus, zu einem anderen Zustand. Schon durch seine ganze äußere Anlage verriet er das Geheimnis dieses, vielleicht auch jedes anderen Körpers, sobald ihn der verlangende Blick der Schwerkraft entband. Auch wenn es alles andere als nahelag, hatte unsere leidenschaftlich engagierte Physis vielleicht weniger Interesse daran gehabt, sich zu behaupten, zu erweitern oder sich selbst zu genießen, als den Status zu wechseln, ihr ganzes Gefüge aufzugeben und sich selbst zurückzulassen. In den Momenten des größten Überschwangs schien ihr der Selbstverlust über den Selbsterhalt zu gehen, eine Spielart der Nächstenliebe, die so nachhaltig verwirrte, dass ich mich glücklich schätzen konnte, noch hier zu sein. Bis auf ein lästig donnerndes Herz ging es mir eigentlich ganz gut.

Als seien ihr derlei Einfühlungsversuche auf Dauer zu distanziert, drehte sie mir den Kopf zu, schlief aber weiterhin so fest, dass ich einer leicht einziehenden Kälte wegen ihre Decke ein wenig nach oben zog. Die ganze Schönheit ihrer Rückseite, das wurde angesichts ihrer Gesichtszüge wieder ausreichend klar, lag ja nicht zuletzt auch an der durch sie verborgenen Vorderseite. Wenn ich daran dachte, wie lange ich ihr Abgewendetsein hatte hinnehmen müssen, wie sehr dies aber auch mich selbst Stück für Stück in die Form brachte, von der ich lange keinerlei Vorstellung gehabt hatte und die mich nun immerhin hier sitzen und hohe Gedanken und Erinnerungen Revue passieren ließ – wenn ich mir dies in all seinen verrückten und keineswegs schmerzlosen Wendungen und Fragwürdigkeiten vor Augen führte, kam ich gar nicht darum herum, erst einmal die Rückseiten der Dinge zu preisen. Denn ohne diese doch ganz erhebliche Anlaufzeit hätte ich wohl ihren Rücken, nicht aber alles Übrige ertragen können, jedenfalls keine Nacht lang.

Noch ein Blick über Hals und Nacken, ihr Haar im braunen Bündel quer über dem Schulterarchitrav. Kurzer Gang durchs Gelände, als schaute ich mich hinter feindlichen Linien um. Kaum zu fassen, dass jene Wellen und Hänge wegen mir in Bewegung geraten waren (und vielleicht auch wieder geraten würden, denn sonst wären wir auf halbem Wege liegen geblieben, das Dunkel draußen rief ja schon nach uns). Ihre nun fast ein wenig unnahbar erscheinenden Hoheitsgebiete streckten sich wieder in Weite und Einsamkeit vor mir aus, eine Lage, an der sich nur etwas ändern ließ, sofern man unsere Saumseligkeit auf einem höheren Niveau fortsetzte. Ich würde sie wecken müssen.

2

Auf manche Begegnungen bereitet einen das Leben vor, ohne dass man viel davon mitbekommt. In den meisten Fällen scheint es dann weniger an unserem Glück als an einer guten Geschichte interessiert und hilft also oft ein bisschen nach. Wenn ich die ersten Spuren, die Katharina in meinen Erinnerungen hinterlassen hat, weit vor unserer ersten Begegnung auszumachen glaube, konstruiere ich dies keineswegs im Nachhinein in die Wirklichkeit hinein. Wenn überhaupt, begriff ich zu wenig von diesen Dingen und erkannte die Konstruktion, die zweifellos da, doch anderen Ursprungs war, nur unvollständig. Man müsste über mehr Aufmerksamkeit verfügen, um in seiner Gegenwart nicht nur Restbestände von Vergangenem, sondern die großzügigen Winke und Bekanntmachungen einer schon an allen Ecken und Enden durchbrechenden neuen Zeit zu bemerken. In meiner damaligen Verfassung allerdings war ich schon vollauf damit beschäftigt, mein eigenes, ziemlich enges Umfeld ausreichend im Blick zu behalten. «Der Jäger ist der wache Mensch», schreibt José Ortega y Gasset in seinen *Meditationen über die Jagd*. Für eine wirklich wache Existenz jedoch hatte es viele Jahre lang, wahrscheinlich für die Dauer meiner gesamten, kein Ende nehmenden Studienzeit nur selten echten Anlass gegeben, für eine Jagd schon gar nicht. Zudem brachte ich für derart abgründige Passionen, womöglich für Passionen überhaupt, von jeher weder sonderliche Neigung noch Eignung mit.

Ein hoffnungslos lethargischer Student der Theologie im nunmehr achtundzwanzigsten Semester, in einem Alter, in dem Männer noch meiner Vatergeneration auf der Höhe ihres Lebens standen, schrieb ich seit Jahren an einer Dissertation über *Idol und Ikone. Zur Frage orthodoxer Bildtheorie und Offenbarung in Lehre und Praxis* und kam zu keinem Ende. Immerhin hatte ich mich, möglicherweise beeinflusst von all den mystischen, neuplatonischen und spätbyzantinischen Schriften, in einen Zeitbegriff vorgearbeitet, der das zeitlose, ewige Jetzt (nunc stans) umstandslos auf mein Leben übertrug. Darin belebte ich ein zum Sankt-Nimmerleins-Tag ausgedehntes Provisorium, in dem alles stillstand, Beruf, Beziehung, Lebensentwurf. An sich nicht die schlechteste Art, sich durchs Leben zu mogeln, sobald man sich einmal dazu durchgerungen hatte und die Selbstverabschiedung von der übrigen Welt kein schlechtes Gewissen mehr machte. Es ist erstaunlich, wie unerheblich Tage, Monate und Jahre werden können, wenn man sie von Sinn und Richtung befreit. Sie wirken wie künstlich aufgeblendet; irgendwann geht die Sonne auf, und unversehens, man merkt es kaum, während man schreibt, liest und nachdenkt, wird es wieder dunkler, und man muss die Leselampe auf dem Nachtschränkchen anmachen (ich arbeitete öfter im Bett). Draußen ziehen die Jahreszeiten vorbei, und man wundert sich, mit welcher Mühe dieser Apparat immer wieder angeworfen wird. Im Sommer macht man die Fenster auf, freut sich über die warme Luft und die duftenden Linden, hört die Vögel und, wenn man schön wohnt, die Glocken nahe gelegener Kirchen. Man macht sich alle paar Stunden einen Tee, liest, schreibt, schläft, geht spazieren, trifft, jedenfalls aus dem Blick allumfassender Ruhe heraus, geschäftige und schwer gehetzte Freunde. Selbst solche, die unkonventionell lebten, ja gerade diese, schienen unter ungeheurem Hochdruck zu stehen und sich für Pläne zu verheizen, die mir auch nicht sinnvoller vorkamen als meine Dissertation.

Mein Interesse für das Thema, das ich während einiger Tage auf dem Athos zu Beginn meines Studiums gefasst hatte und das ich in einer damals noch jugendlichen Revolte gegen den postmodernen Niedergang von Wahrheitsbegriffen für einen adäquaten Forschungsgegenstand hielt, war längst erlahmt. Kaum eine Wahrheit, auch nicht die der Ikonen, bleibt Wahrheit, wenn man nur lange genug darüber schreibt und nachsinnt. Auch was meine weiteren Perspektiven betraf, ergab die Arbeit keinen Sinn. Ich arbeitete zwei Tage die Woche als wissenschaftliche Hilfskraft an einem Lehrstuhl für Evangelische Theologie an der Freien Universität Berlin, der Promovenden eine ähnliche Freiheit bei der Themenwahl ließ wie protestantischen Geistlichen bei der Auslegung des Evangeliums. Aber wohin wollte und sollte ich mit einer Arbeit mit ja eher orthodoxem Schwerpunkt, wenn ich einmal damit fertig werden würde? Lehrstellen wurden wie Pfarrstellen zusammengestrichen, daraus würde also nichts werden (wofür man Gottes ewigem Ratschluss am Ende nur dankbar sein konnte).

Meine Freundin Clara, mit der ich in Friedenau inzwischen ähnlich lange zusammenwohnte wie die Dissertation alt war, verließ morgens um halb sieben die Wohnung, um in der Kinderklinik des St. Joseph-Krankenhauses ihren Facharzt in Pädiatrie zu machen. Sie kam am frühen Abend nach Hause, schmierte sich ein paar Brote, versuchte zu entspannen, fiel dann früh ins Bett und war ebenso früh wieder draußen. Um uns nicht gegenseitig ins Gehege zu kommen, lebten wir fast wie in einer WG, jeder in seinem Zimmer. Sie war von einer rührenden Aufmerksamkeit und Sorge, hatte vielleicht keinen ehrfürchtigen, aber doch ehrlichen Respekt vor meiner Arbeit und wollte mich nicht stören. Im Nachhinein erscheint mir die Liebe, die sie zu mir gefasst hatte, sowie das fast unerschütterliche Vertrauen in mich und unsere Zukunft nahezu unbegreiflich und wie ein unverdientes Gnadenwerk, das der Heilige Geist seinem Studiosus im Wein- und Bücherberg abgeworfen hatte. Anders lässt sich das heute nicht mehr erklären, jede andere Frau wäre an mir verzweifelt. Hin und wieder besuchten uns an den Wochenenden Freundinnen von ihr, mal mit, mal ohne Begleitung, aber meist mit frischem Nachwuchs, der jubelnd herumgereicht wurde. Die Vorstellung, dass Clara, Anfang dreißig und im Großen und Ganzen gut beieinander, sich in dieser Hinsicht ebenfalls ernsthafte Gedanken machte, war nicht ganz auszuschließen, auch wenn es unter zeitgenössischen Bedingungen reichlich absurd erschien, bei diesem Unternehmen auf mich, einen untersetzten, mittellosen Ikonenforscher mit Bauchansatz und Haarausfall, zurückzugreifen.

Wir hatten uns noch während des Studiums auf einer Reise nach Israel kennengelernt, die die Evangelische Studentengemeinde in den Semesterferien organisiert hatte und die neben den erwartbaren, gelegentlich auch tief reichenden Kultureindrücken eher befremdliche Empfindungen hinterließ. Abgesehen von der Tatsache, dass ich mich dabei in diese zunächst unscheinbare, ihre volle Schönheit und eigentümliche Sanftmut bald aber immer nachhaltiger entfaltende Medizinstudentin verliebte, blieb mir davon kaum etwas in Erinnerung und wurde mir die besondere Tragweite dieser wenigen Begebenheiten erst später klar. Es musste mit dem Realitätsschock zu tun gehabt haben, all diese märchenhaften Orte, Nazareth, Galiläa, Bethlehem, Kapernaum, das Jordantal, Jerusalem oder den See Genezareth tatsächlich in einer zwar oft exotischen, aber eben alle Phantasie doch unterbietenden Wirklichkeit vor mir zu sehen, wofür das Heilige Land an sich nichts konnte. Vielleicht lag es auch an der Hitze und meinem Reizmagen, die mir diese langen Busfahrten oft unerträglich machten, dass ich, von einer eigenartigen geistigen Taubheit befangen, nie wirklich an die Dinge heranreichte, die zu erleben mich als Theologen eigentlich glücklicher hätten tangieren sollen. Dass auch Katharina schon damals in die Ereignisse mit eingewoben war (am sinnfälligsten und fast schon überdeutlich im Namen des Klosters, in dessen Nähe wir am Sinai übernachteten), war damals natürlich nicht absehbar, wobei ich in der Rückschau die stimmige Motivik und einige seelenlandschaftliche Akzente durchaus bewundernswert finde, in jedem Fall gelungener als alles, was ich mir diesbezüglich hätte ausdenken können.

Am Ende der Reise nämlich hatte es sich unsere Gruppe zum Höhepunkt und Abschluss des Ganzen vorgenommen, zwei Tage ins Gebirge zu fahren und den Mosesberg zu ersteigen, eine Aussicht, die mir angesichts meines sich schon damals ins Unsportliche entwickelnden Halbschwergewichts kaum Freude bereitete und dem HERRN ja wohl auch nicht, hatte dieser doch Mose noch mitgegeben, er möge eine Grenze um den Berg ziehen, ihn heiligen und im Übrigen allen anderen unter Todesandrohungen klarmachen, dass man da oben lieber unter sich bleiben wolle. Schon die Anreise mit dem Bedouin-Bus von Nuweiba durch diese Mondlandschaften von Wüste weckten da ohnehin kaum Begehrlichkeiten, mal hellere, mal aschfarbene, in der Mittagssonne fast schwarze Schutt- und Geröll-Formationen, Talkessel, Sandflächen und Halden, weit weniger eindrucksvoll, als man es im Reiseprospekt gesehen hatte. Plötzlich dann Streckenabschnitte, die an die Grand-Canyon-Gegenden Colorados erinnerten; immerhin irgendein innerer Bezug in diesem saugenden Nichts, das, so lebensfern und lebensfeindlich es sich auch auftat, kaum einen Vergleich zuließ, nicht einmal mit dem Tod, der zumindest eine bedrohliche, erschreckende, vielleicht sogar erregende Präsenz hatte. Es hätte reizvoll sein können, endlich einmal unberührte Natur zu erleben, die diesen inzwischen weitgehend sinnfreien Begriff auch verdient hatte, an Orten, die niemand je betreten, bebaut oder kultiviert hatte. Aber die Unberührbare lag vor uns als verwittertes Zerstörungswerk, eine geborstene, verbrannte und zersprengte Ruinenlandschaft, die, das war deutlich zu spüren, auch unberührt bleiben wollte, unsere Nähe nicht schätzte und die Einsamkeit bei Weitem vorzog (vermutlich, um sich weiter der Selbstauflösung hinzugeben, ohne die Blicke irgendwelcher Zuschauer ertragen zu müssen).

Einmal hielten wir irgendwo an und stiegen aus. Jetzt wurden auch die Entfernungen klarer, die sich aus dem Bus heraus nie ganz klärten, genauso wie alle Vordergründe, die schon bei den eher gemächlichen Geschwindigkeiten völlig verschwanden, womit sich die Gegend fast noch mehr verzehrte, als es durch Sonne und Kälte eh schon geschehen war. Nun aber reinste Luft, nicht einmal Insekten, die sich hierher verirrten. Der Wind, die einzige Bewegung weit und breit, fast ein Anflug von Lebhaftigkeit, fächelte über den Sand und ließ ihn in kleineren Wellen liegen. Flimmernd und zitternd glommen die Horizonte.

Es dauerte eine Weile, bis man nach den touristisch zugerichteten Sehenswürdigkeiten, denen immer etwas Unehrliches und Gemachtes anhaftete, begriff, dass diese Wüste tatsächlich so echt und authentisch war, wie man es gar nicht mehr kannte, und trotz aller Versuche des Reiseleiters, sie zu einer solchen zu machen, auch keine Attraktion im üblichen Sinne darstellte. Die Sonne, unumschränkte Herrscherin dieser verlorenen Breiten, unterwarf sich alles und drückte, was noch aufblicken wollte, erbarmungslos in den heißen Sand. Niemand von uns zehn, zwölf Leuten, ohnehin schon müde und geschafft nach dem Besichtigungsprogramm der letzten Tage, schien imstande, noch etwas Zusammenhängendes zu sagen, zu fühlen oder zu denken. Nicht einmal die ersten zärtlichen Regungen, die sich während jener Tage mit Clara verbanden und die ja auch ein Glühen eigener Größenordnung waren, kamen gegen die sengende Hitze an. Während solche Befindlichkeiten wie groteske Nichtigkeiten von einem abfielen, reichte diese halbe Stunde, um auch den inneren Sinn ins Mineralogische hinauszutreiben und darin eine ähnlich anorganische Leere aufzumachen, wie sie einen hier umgab. Man wehrte sie zunächst ab, ließ sie dann aber widerwillig in sich Platz greifen und führte sie eine Weile mit sich fort, bis man bemerkte, wie wohl sie einem tat und wie sehr man sie in Menschen, Städten, Geisteszuständen und Ideen weitersuchen würde, weil sie einen aus irgendwelchen Gründen überzeugt haben musste.

Am späten Nachmittag erreichten wir das Katharinenkloster. Vielleicht war seine Lage hier gar nicht so absurd, wie es schien, war das Religiöse immer auch ein Dienst an dieser Leere gewesen, die sich andernorts freilich nicht so sehr aufdrängte und erfahren ließ wie hier. Ein paar Zypressen standen um einen trutzigen Festungsbau, verstaubter Ginster, Tamarisken. Die Sonne musste früh hinter den rosa und in der Höhe noch eine Weile fortglühenden Felsen verschwunden sein, die alles düster überragten. Kamele und ein paar Jeeps an den Wegen. Hinter den Mauern dann Oliven-, Mandel- und Zitrusbäume, die Vegetation war zurück, leider auch die Sehenswürdigkeiten, fliegende Händler und Scharen von Touristen. Was musste das hier einsam gewesen sein, als man sich mehrere Tagesmärsche mit den Beduinen durch die Wüste zu kämpfen hatte, umschlossen von jener ins Unendliche reichenden, unwandelbaren Trostlosigkeit.

Wir bekamen eine kurze Führung, für die wir eigentlich zu erschöpft waren. Es öffneten sich Türen mit koptischen Motiven, Intarsien aus Zedernholz und Elfenbein, im Andachtsraum Fayencen und Mosaike, viel ziseliertes Silber und arabischer Marmor, manches noch aus den Zeiten Kaiser Justinians. Mir sagte das wenig, mein Abstand zu diesen Dingen war nicht zu überbrücken, jedenfalls nicht an diesem Abend, wenngleich sich immerhin noch eine Scham über die eigene Unergriffenheit und meinen von Hitze und Müdigkeit beförderten Stumpfsinn einstellte (schwer begreiflich im Nachhinein auch, die berühmte Ikone des Christus Pantokrator verpasst zu haben). Immerhin sahen wir noch einen Ableger des berühmten Dornbusches, im Blitzlichtgewitter weniger Gottes als einer Traube von Fernreisenden, die mit ihren Hochleistungskameras das Halbdunkel zum Leuchten brachten, einen Brombeerstrauch wie auf meinem Berliner Hinterhof, nur eben größer. Wir checkten im Hotel ein, aßen etwas und ruhten aus. Sobald die Sonne weg war, wurde es schnell kühler.

Gegen eins in der Nacht machten wir uns dann mit warmer Jacke, Proviant, Stirnlampe und Walking-Stöcken zum Sinai-Gipfel auf. Ein überdunkelter Geröllpfad, nun glücklicherweise nicht in brütender Tageshitze, führte nach oben, durch die wie größere Geschwüre wirkenden Granitfelsen hindurch. Einige Imbisshüttchen standen am Weg, in denen man Tee oder eine Sprite bekam. Wir passierten *Elijas Garten*, in dem nach den Schilderungen unseres Führers die Übergabe der Zehn Gebote stattgefunden haben soll, dann eine beschwerliche Steintreppe, die man auch *Stufen der Buße* nannte und die ein Mönch im sechsten Jahrhundert angelegt hatte (nicht zu verwechseln mit der *Treppe zum Paradies* des hier ebenso einst ansässigen Asketen Johannes Klimakos, die wahrscheinlich noch schwerer zu ersteigen war). An deren Ende durchquerte man ein *Tor des Glaubens* und später eines des heiligen Stefan, der darüber wachte, dass die Leute gebeichtet hatten und von nun an barfuß weitergingen, beides für uns Neuzeitler eher ein Grund zum Umkehren, aber Stefans sterbliche Überreste ruhten längst im Beinhaus des Klosters unten. Kein Stein also ohne irgendeine Bedeutung, was der schwermütigen Landschaft noch zusätzliches Gewicht auflud, während ich mich, dessen völlig ungeachtet, noch eine Weile im Halbschlaf befand und das Ganze eher wie ein bewusstes Nachtwandeln erlebte. Leise in mich hinein seufzend, bald schon merklich japsend setzte ich ein Bein vors andere und dachte nichts, sah auch nicht viel, ein paar Lichter im Tal, ansonsten die von der Lampe schwach beleuchteten Steine. Ein wenig hing ich immer hinterher, doch es schien mich niemand zu vermissen. Die anderen waren jedenfalls bald oben an der Kapelle zur Heiligen Dreifaltigkeit und sahen vermutlich schon in die finstere Umgebung hinab, während ich hinaufsah, überhaupt zum ersten Mal auf dieser Wanderung und wahrscheinlich im ersten wirklich wachen Moment, und dann gleich in den unfassbarsten, kolossalsten, maßlosesten, zugleich dunkelsten und funkelndsten Sternenhimmel, den ich je erlebt hatte.

Da bot es sich an, sich mal hinzusetzen und durchzuatmen, eine Decke unterzulegen und eine Rundumschau der sonst so verschwiegenen Gewölbe vorzunehmen, um mich der vielleicht einzigen echten Sehenswürdigkeit auszuliefern, die länger zu denken geben würde. Das Licht über den Städten deckte diese außergewöhnlichen Ansichten wie auch die meisten der daraus folgenden Einsichten zu, und man fragte sich, was geschehen würde, wenn es damit anders wäre. Mir kam es vor, als hätte man mir etwas Entscheidendes vorenthalten, das einer elementaren Information, einer Grundaussage, einem unentbehrlichen erzieherischen Hinweis über das Leben gleichkam.

Jedes bloße Wissen um unser Dahintreiben in diesen hohen Räumen blieb so schlicht, als teilte man Waisenkindern alle verfügbaren Daten über ihre Eltern mit, nur eben nicht, was mit den Leuten anzufangen sei und wo man sie finden könne. Schon ein paar Nächte unter diesem Funkelfeld mussten die Wertschätzung nicht nur für das große Ganze, sondern auch für sich selbst erheblich befördern, war man bei aller Kurzatmigkeit doch immerhin Teil dieses denkwürdigen kosmischen Gesamtkonzepts. Dabei hätten jene Himmel einen Astronomen womöglich ebenso kaltgelassen wie mich die heiligen Stätten hier, wie überhaupt all diese charmanten, beweglichen, gewichtigen und gefährlichen Dinge, sobald sie realisiert, theoretisiert und wissenschaftlich frisiert waren, innerhalb kürzester Zeit zu langweilen anfingen. Ich war an dieser Ruhigstellung der Welt viel zu lange schon selbst beteiligt gewesen, um mir darüber noch Gedanken zu machen. Wahrscheinlich bewahrte uns das ganze moderne Forschungswesen am Ende nur davor, dem Wahn und Jubel dieser Höhen allnächtlich ins Gesicht zu sehen, auch wenn es womöglich nur zu unserem Besten geschah.

Wie dem auch sei, über mir stand nun dieses sternengesprenkelte Schwarze Meer, in dem jede Theorie heillos versinken musste. Nachdem ich die Stirnlampe abgenommen und mich ein paar Minuten hinein- beziehungsweise hinauf-, nach einiger Zeit, wenn man darüber nachdachte, auch hinabgesehen hatte wie von einer Empore (denn das All kannte weder oben noch unten, und ich stand ja immerhin auf dem Sinai), fand ich darin dann doch Strukturen wieder, Verdichtungen um Milchstraße, Sternhaufen, Wolken und Nebel, in Horizontnähe sogar sich grün, rötlich und gelb verstrahlende Flächen und Bänder, die mir vorher nie aufgefallen waren und die sich durch den hiesigen Airglow ergeben hatten. Sie hatten zunächst einen gewissen, fast schon selbstgefälligen Hang zur Zurschaustellung, ja schamlose Freude daran, mich allein mit ihren Ausmaßen, der Unzähligkeit und Unregelmäßigkeit all ihrer Fackeln und Gestirne zu überfordern. Nichts, sollte mir das sagen, hatte ich mit dieser galaktischen Lichtergeste gemein. Zu träge, zu halbherzig, ohne jede Ausstrahlung oder gar eigene Umlaufbahn rotierte ich Weißer Zwerg nur um mich selbst, und die Momente nachhaltiger Schöpfungseinsicht und Sphärenharmonie hätte ich alle verschlafen, wenn nicht eine Wanderung zur Unzeit mich dazu gezwungen hätte, einen Morgen lang einmal alle lichtverschmutzten Niederungen zurückzulassen.

Derlei Understatement erachtete man dort oben jedoch als nicht sonderlich zielführend; so hätte man sich unter Sonnen nicht behaupten können. Stattdessen verausgabte, verschwendete, verbrannte sich diese wilde Schar unentwegter Feuerbälle ohne Rücksicht auf Verluste. Alles drängte nach außen, schleuderte sich schonungslos hinaus in den Raum und sah in seinem Überfluss, der luxuriösen Vergeudung seiner Helium- und Plasmakerne, den maßgeblichen Sinn seiner Existenz. Verglühe nach deinem Gesetz, verehre das Dunkle, auf dem du dein gleißendes Vermächtnis niederlegst, halte fernerhin Abstand und überlasse dich dem großen Kreisen. Da es damit alle ähnlich sahen, entstand für den unvoreingenommenen Betrachter der Eindruck einer beneidenswerten Souveränität der Ordnung, in der jeder seinen Platz hatte und sogar so etwas wie Stolz, ja ein von gegenseitigem Respekt getragenes kollektives Glück aufkommen konnte, das am Ende eine frappierende Hoheit und Eleganz an den Firmamenten aufziehen ließ. Es hätte mich nicht gewundert, wenn Mose statt des überlieferten Dornbusches hier nachts diesen Himmel und seinen Gott ersucht hätte, ihn dorthin zu führen, wo er ebenso entflammen konnte wie diese kultivierte Pracht da oben, wie ein Seraph im reinigenden Feuer, der dies ja auch ohne lästige Verbrennungen hinbekam. Immerhin, und damit kehrte ich in die Wirklichkeit zurück, stand ich schon einmal in jenen nicht minder verheißungsvollen Flammen, die Clara unversehens und wohl auch unbeabsichtigt in mir geschürt hatte, und da mir außerdem recht kalt geworden war, machte ich mich wieder auf den Weg, um das letzte Stück des Aufstiegs anzugehen.

Trotz meines empfindsamen Ringens mit den Unendlichkeiten waren kaum mehr als zehn Minuten vergangen. Ich packte meine Sachen, nahm die letzten Höhenmeter, kam noch an ein paar sich müde hinlagernden Kamelen vorbei, die man einigen der Pilger für den Abstieg bereithielt, und fand mich an der leider abgeschlossenen Kapelle bei meiner kleinen Studentengemeinde auf dem Gipfel ein. Anlassgerecht hochgestimmt sahen wir in die langsam aus Nacht und Morgendunst tretenden Felszüge, die zum Horizont hin ein Meer von steinernen, dunkelgrauen Wellen bildeten. Eine andere Gruppe sang, ich glaube sogar *Morning Has Broken*, zwei junge Frauen meditierten, Smartphones fingen das erste Tageslicht ein. Die Sonne machte das Beste daraus, entzündete einige Wolkenschlieren am Horizont, dann die roten Spitzen der Berge, schließlich auch ein paar Gemüter von uns (meins dagegen noch immer kalt wie meine Ohren, vielleicht musste ich dafür auch allein sein). Es war ganz schön, aber natürlich gab es gewaltigere Landschaften und triumphalere Sonnenaufgänge, die nicht bloß von ihrer Legende lebten. Für ein paar Minuten war die Gegend tatsächlich erträglich und gewann ein gewisses Format, allein schon durch das ewige Licht, das auf die dürftigen, zerschlagenen Gebirgsstöcke fiel und selbst diesen für ein paar Minuten so viele Farben gönnte, dass man sich fragte, ob sich das hier, außer für uns, überhaupt lohnte.

Auf dem Abstieg war ich dann länger mit Clara im Gespräch, die ganz im Moment angekommen, vielleicht sogar aufgegangen war. Irgendwie passten ihre roten Haare, die munteren, tiefbraunen Augen und Sommersprossen auch gut in diese Gegend. Ein paar Wochen nach der Reise wurden wir ein Paar, was vermutlich mit ihrem unüblichen Maß an Wärme und Lebensfreude zu tun hatte, mit dem sich, so dachte ich rückblickend wie vorausschauend, auch die trockensten Wüsten durchqueren ließen (was für den Großteil aller menschlichen, vor allem auf längere Distanz hin angelegten Verhältnisse nicht die schlechteste Voraussetzung war). Angesichts dieser weiten, leeren, bisweilen auch beängstigenden Räume war eine Milde, Gelassenheit und Güte von ihr ausgegangen, die zu sagen schien: Fürchte dich nicht! Und (wie der HERR zu Mose): Ich bin, die ich bin. In ihrem Fall: Tatsächlich die, als die ich erscheine, bin die Ruhe, der offene Blick, das Helle und die Heiterkeit, mein Dasein spannt sich zu einem glücklichen Bogen. Noch auf der Busfahrt zurück, die deutlich vor Augen führte, wie sehr meine eigenen vertrockneten inneren Bestände dieser entsetzlich freudlosen Landschaft draußen glichen, setzte sich daher die Erkenntnis durch, dass sich darin nur mit Clara wieder Gärten und Parkanlagen würden anlegen lassen.

3

Und Gärten wurden es, wenngleich uns die Lebenswirklichkeit über die Jahre auch ziemlich enge Zäune ums Grundstück zog. Bald ließen wir die kleine badische Universitätsstadt am Neckar zurück und fanden (in der Hoffnung, mehr oder weniger nur die Idylle zu wechseln) eine kleine schmucke Altbauwohnung in Berlin-Friedenau. Während sich andere Stadtgegenden mal aufregender, mal anstrengender veränderten, stand die Gründerzeit mit ihren Vorgärten hier auf fast schon ländliche Weise still, ohne dass in nennenswertem Umfang noch etwas gegründet worden wäre, was zu jenem einmal von Uwe Johnson festgehaltenen verförsterten Eindruck führte. Enge Straßen, alte Linden; wer es so gut getroffen hatte wie wir, saß auf seinem Balkon im vierten Stock, über den großen Baumkronen und fast schon im Himmel, blinzelte in die Sonne, hörte den Amseln zu, vor sich eine Kanne Tee, einen Stapel Bücher und eine große, tragende Ruhe, in der man der Stadt für ein paar Stunden den Rücken kehren konnte. An den Wochenenden gingen wir dort viel spazieren, frühstückten auf den Parkbänken am Rüdesheimer Platz, tranken Riesling am *Rheingauer Weinbrunnen*, holten Brötchen bei *Wieslau*, Bücher in der *Nicolaischen* oder im *Zauberberg*, entwickelten auf regelmäßigen Streifzügen durch die Schrebergartenkolonie Johannisberg sogar allerlei gartenbauliche Perspektiven (ich wollte Austin-Rosen und Karl Foersters dunkle Rittersporn-Stauden, sie vor allem Gemüse und Kräuter pflanzen). Dabei pflegten wir einen ganz bewussten Hang zur Spießbürgerlichkeit, nicht ohne diese hin und wieder selbstironisch zu unterlaufen, um dem anderen zu signalisieren, dass man zur Not auch auf Höhe der Zeit sein konnte.

Für diesen Zug ins Gediegene hatte jeder seine eigenen Gründe. Clara ließ damit eine etwas unruhige Jugend hinter sich und sehnte sich nach Stabilität. Ich dagegen kannte nichts anderes, hatte mich daran gewöhnt und fühlte mich wohl damit. Während sie hinter den Grenzen Friedenaus und auch an ihrem Krankenhaus eine Welt erlebt haben musste, die zerrissener und unsicherer war, arm an Halt und echter Herzlichkeit, bedrohte mich wahrscheinlich eher ein Zuviel an allem, zu viele Leute, Möglichkeiten, Meinungen, Erwartungen, vor allem auch zu viele Fragen, auf die mein Leben bis dato keine Antwort wusste. Friedenau blieb da übersichtlicher als die angesagteren Quartiere, in denen ich es zudem noch immer fünf Grad cooler fand, und für diese Art von Kälte und angesichts immer neuer undurchsichtiger Bartmoden, Körpermodifikationen oder Vorstellungen, wie man eine Hose trägt, war ich vermutlich falsch temperiert. Bei Origenes gibt es irgendeine Stelle, da überlegt er, ob der Begriff der Seele, Psyché, nicht auf «psychesthai», ein Erkalten eines vorher göttlichen, helleren, heißeren Zustands, zurückgeht, so wie bei Sündern die Liebe erkaltet nach Matthäus 24,12. Wenn die Psyche eh kaum mehr als eine kalt gewordene Kruste war, musste man es mit der Coolness auch nicht übertreiben.

Vielleicht tat man gut daran, nicht allzu tief in die Ursprünge unserer über die Jahre gewachsenen Verbundenheit vorzudringen, denn dieser Paarung wohnte im Gegensatz zu meinem Ikonenthema ja doch etwas entschieden Unorthodoxes inne. Solange wir beide noch studierten, hatten sich diese Fragen weniger aufgedrängt, seit einigen Jahren und nach ihrer Approbation jedoch zeichnete sich zumindest für Clara ein deutlich umschriebenes Lebens- und Arbeitsumfeld ab.

Welche Assistenzärztin in der Facharztausbildung saß schon lange mit einem Doktoranden der Theologie zusammen, noch dazu einem, der seine Dissertation so verbummelte wie ich? Clara hatte ein weiches Herz, aber keinen weichen Verstand. Wer wusste von ihren inneren Anfechtungen (oder gar ihren äußeren, schien es doch mehr als unwahrscheinlich, dass ich der Einzige war, der ahnen konnte, welchen Glücksgriff man mit ihr tat)?

Obwohl der Krankenhausalltag an den Rand der Erschöpfung ging und Clara kaum noch Gelegenheit für die Kletter- und Tangokurse, Chorproben und Kochabende fand, denen sie noch zu Studienzeiten nachgegangen war, sprang sie noch immer sporadisch als Kindermädchen für ihre Freundinnen ein, sogar ein paarmal als Wahlhelferin, backte Kuchen und Plätzchen für Gemeindefeste. An freien Tagen reiste und wanderte sie gerne, nahm mich überallhin mit. Wenn wir durchs Poitou fuhren, führte sie mich in jede einzelne romanische Kirche, hatte seitenlange Besichtigungspläne ausgearbeitet. Vielleicht dachte sie, sie täte dem Theologen etwas Gutes, aber ihr Chauffeur war eher an Entenlebern, Trüffeln und Bordeaux interessiert, die wir uns abends in den Gasthäusern schmecken ließen.

Auch daheim lag die Planungshoheit bei ihr, und sie organisierte und verwaltete unseren Haushalt ähnlich diszipliniert wie ihre Berufslaufbahn. Ständig stellte sie die Möbel um, schickte mich in Baumärkte und Einrichtungshäuser, kaufte teure Vorhänge und Teppiche. Ein paarmal musste ich sie mit größter Not davon abbringen, das Bad zu sanieren, eine neue Küche einzubauen, einen Wanddurchbruch vornehmen zu lassen, einen Hund anzuschaffen. Wir tickten da ganz anders. Auch wenn sie mir gegenüber nie einen Zweifel darüber aufkommen ließ, wie unabdingbar ich ihr bei alldem war, muss es von außen so ausgesehen haben, als schleppte sie mich aus unerfindlichen Gründen mit. Fand sie in mir die Sicherheit, die ihr auf anderen Schauplätzen ihres Lebens fehlte? Vermutlich brauchte sie jemanden, der ihrer Gegenwart die nötige Schwere verlieh, der nahezu bewegungslos und unverrückbar war, und dafür kam ich gut infrage. Eine Art Anker, der in großer Tiefe die Verhältnisse befestigte, auch wenn dies schon sehr optimistisch formuliert war. An sich nämlich gab es keinen Grund für ihr Zutrauen, und vermutlich war es töricht und Ausdruck meiner wissenschaftlichen Beschränkung, immer nach einem solchen suchen zu wollen.

Auch mit meinem Professor, Dietrich von Staden, einem kurz vor der Pension stehenden Luther- und Melanchthon-Experten, hatte ich Glück, ein angenehmer und verständnisvoller Mann, der überdies und freundlicherweise nach drei Jahren aufgehört hatte, mich nach dem Stand meiner Arbeit zu fragen. Dafür war er auch zu sehr mit den eigenen Sachen beschäftigt. Er musste hohe Erwartungen in mich gesetzt haben, nachdem er mich bei der Diplomprüfung, damals noch mit manchem Charme und Schneid, über Thomas Müntzers Apokalyptik hatte reden hören, aus der ihm eine unübliche spirituelle Empfänglichkeit, wenn nicht gar Ergriffenheit zu sprechen schien. Diese Zeiten waren längst vorbei, wenngleich ich wohl unterschätzte, dass meine inzwischen schon stupende Apathie in Lebens- und Geistesfragen, wie es Verzweiflung und Gottverlassenheit bei manch anderem ja auch taten, so unscheinbar wie verlässlich auf ihren Gegenpol hinarbeitete. Und das sogar mit von Stadens unbeabsichtigter Unterstützung; ich musste ein paar Seminarordner verwalten, ihm gelegentlich mit Recherchen zuarbeiten, eigentlich zu wenig für das, was ich dabei verdiente. Ich nehme an, er sah das als eine

Art Promotionsstipendium, wenn ich schon sonst keins bekommen hatte. Wir trafen uns selten öfter als zweimal die Woche, nur während Konferenzen oder Symposien gab es mehr zu tun.

Das letzte Mal begleitete ich ihn auf eine solche Veranstaltung, als er aus Anlass von fünfhundert Jahren Reformation ein internationales Symposion für Lutherforschung in Wittenberg mitorganisierte und nicht nur einen der Plenarvorträge hielt, sondern auch ein Seminar über «Reformation oder Revolution. Luthers Müntzer-Exegese» anbot. Dafür konnte er seinen HiWi einspannen, und es stellte mich auch kaum vor größere Schwierigkeiten. So schrecklich tiefgründig würde es schon nicht werden, wie sollte es anders sein, jeweils drei Stunden an zwei Tagen vor ein paar interessierten Leuten. Die größte Herausforderung bestand darin, das Ganze ins Englische zu übersetzen. Ich erinnere mich noch ziemlich genau daran, denn die erste Welle warmer Apriltage nach einem langen Winter machte das Ganze fast zu einer Art Urlaubsausflug. Ich kannte Wittenberg noch nicht und nutzte jede freie Minute abseits der Veranstaltungen, um Altstadt, Stadt- und Schlosskirche, Luther- und Melanchthonhaus, Cranachhöfe und die Weiten der Elbauen zu erkunden. Im Anflug des Frühlings, einen ausladenden Dämmerhimmel über mir, den Strom und eine grummelnde Elbebrücke zur Seite, deren hohe Rundbögen einem über alle Horizonte hin nachliefen, kam ich bis zu den Stickstoffwerken Piesteritz. Der Reformator und seine Probleme schienen währenddessen weit entfernt. Durch und durch Stadtmensch und Stadtmönch, war der polternde Quergeist bekanntlich schon ein urbaner Intellektueller gewesen, dessen Erweckungserlebnis sich nicht mehr in der Heide, unter den Sternen, in der weiten Schöpfung oder wilden Natur abgespielt hatte, sondern angeblich in einem dunklen Turm, auf dem Lokus sitzend. Der Himmel konnte sich einem auch anders zeigen. Ich jedenfalls verstand Gott eher am Fluss und fand ihn hier irgendwie mehr bio, unverstellter als in den Exerzitien des Gebets oder im Ringen mit meinem störanfälligen Gewissen.

Streng genommen waren weder meine Vorliebe für abendliche Elblandschaften noch Luthers Vorstellungen von der Rechtfertigung an Wittenberg selbst gebunden. Dafür wirkte die Stadt zu zufällig und neben sich stehend, wahrscheinlich machte sie der Mythos eher kleiner als größer. Wenn man sich Lutherstadt nennen musste, war man schon in die Phase musealer Konservierung eingetreten, in der Denkmäler und Kulturerbesiegel die öffentliche Erinnerung wachhalten sollten. Luther hatte, glücklicherweise oder leider, ich hätte beide Standpunkte nachvollziehen können, nicht mehr viel mit uns zu tun. Einen ersten Eindruck bekam man bei der Eröffnungsveranstaltung des Symposions in der Schlosskirche. Die Gäste, deutsche Theologen, aber auch ein paar Amerikaner, Holländer, Schweizer und Koreaner, mochten dieses Vorurteil zwar nicht gleich bestätigen, denn sie waren noch mit Leidenschaft dabei, mit leichter Nähe zum Kultischen, in der üblichen, rührenden Überschätzung ihrer Forschungsinhalte für die Welt. Die Begrüßungsrede hielt sich im Rahmen des Erwartbaren, freudvoll, herzlich, historisch, mit dem Bild Luthers als Reformers eher denn als Reformators, der die alten Wege aufbrach, Freiheit, Fortschritt und die Zukunft vor Augen. Um dies wieder ein wenig einzufangen, dann Erinnerungen an die Ernsthaftigkeit der Ursprünge, an Verfehlungen, Übertreibungen, falsche Orthodoxien. Bemerkenswerterweise saßen etliche jüngere Leute auf den hinteren Bänken, möglicherweise wie ich angereistes Begleitpersonal, auch einige Musiker eines Orchesters auf Konzertreise, dazu noch Studenten aus Halle und Erfurt.

Die Vorträge an den Folgetagen sind mir sachlich nicht mehr in Erinnerung geblieben, und ich nehme an, dass das unbewusst, zumindest teilweise, auch ihr Zweck gewesen war. Die Thesen waren meist so in den Diskursen versteckt, dass keiner, der nicht in diese eingeweiht war, ihnen Aufmerksamkeit entgegengebracht hätte. Wie auch sonst galt es hier, sich in einem Wust von Bezügen zu verbergen, seine wissenschaftliche Tiefenschärfe unter Beweis zu stellen und Nebelbänke auszuleuchten. Ab und zu konnte man durch ein paar Schlaglichter des Vortragenden so etwas wie eine Position eingrenzen, auch wenn es dem Redner schamlos vorgekommen wäre, dies mit einem klaren Bekenntnis zu verbinden und damit fortan als naiver Einfaltspinsel zu gelten. Selbst von Staden, der am Ende seiner Laufbahn nichts mehr zu verlieren gehabt hätte, von dem vielleicht sogar eine altersweise Klarheit und Durchsichtigkeit zu erhoffen gewesen wäre, verzettelte sich in seinem Vortrag in irgendwelchen Spezialdebatten über Luthers Nähe zu Augustinus, und Eingeweihte, die den verschwiegenen Kontext natürlich sofort mitdachten, verstanden das Ganze als warnende Drohung vor dem Ende der Willensfreiheit und dem finsteren Mittelalter, wenngleich sich der damit beabsichtigte Schauder am Ende nicht mehr recht einstellen wollte.

Von Stadens Vortrag war der letzte am Abend des zweiten Veranstaltungstages. Nach einer kurzen Diskussionsrunde gingen alle nach draußen und freuten sich noch kurz über die laue Luft. Ich stand eine Weile lächelnd und händeschüttelnd neben ihm, und er machte mich mit dem einen oder anderen Kollegen bekannt, darunter auch einem seiner ehemaligen Studenten, Johannes Hinrichs, der nur ein paar Jahre älter war als ich, immerhin aber schon eine Pfarrstelle in Wittenberg hatte. Neben diesem, zunächst etwas unscheinbar, eine junge Frau, die mir von Staden, wohl anspielend auf mein Fachgebiet, als profunde Kennerin weiblicher Ikonographie vorstellte, deren Namen ich zunächst aber nicht verstand oder gleich wieder vergaß. Während die beiden Herren sich nun in ein offenbar nur halböffentliches Zwiegespräch vertieften und froh waren, uns miteinander beschäftigt zu wissen, standen wir uns etwas abgeschoben gegenüber und versuchten, irgendeinen Faden aufzunehmen. Ich fragte, was sie herführe, und siezte sie dabei, was ich ohne Anzug und Anlass nicht getan hätte, fügte aber noch ein saloppes, uns mäßig erheiterndes «Forschen Sie noch oder predigen Sie schon?» hinzu. Sie tat weder das eine noch das andere, erzählte von einer Ausstellung über Katharina von Bora, die sie gerade vorbereite, momentan sei da viel in Bewegung während des Reformationsjubiläums. Sie sei eigentlich freischaffende Künstlerin und habe Altertumswissenschaften studiert, beides aus reiner Lust, die aber die laufenden Rechnungen nicht begleiche, weshalb sie nun alle möglichen Kultur- und Begleitveranstaltungen organisiere, Projektmanagerin sei da wohl der passende neudeutsche Terminus.

In jenen Momenten des sich in alle Richtungen ausbreitenden Smalltalks nahm man weniger vom anderen als die eigenen ungeordneten Befindlichkeiten wahr. Wahrscheinlich hofften wir beide, hier nicht länger aufgehalten zu werden, und waren innerlich schon auf dem Weg nach Hause. Das Einzige, was ich in den hin- und hergeworfenen Versatzstücken eines holprigen gesprächsweisen Abtastens von ihr wahrnahm, waren zwei große, schöne Augen und ein einzelnes Mohnkorn, das sich in ihrer unteren Zahnreihe verfangen hatte, deren makelloses Weiß es damit aber noch zu unterstreichen schien. Offenbar hatten es ihr die Frauen in der Kirchengeschichte besonders angetan, denn schon führte sie eine weitere Ausstellung und künstlerische Installation über Mechthild von Magdeburg an, die sie gerade im Zisterzienserinnenkloster Sankt Marien zu Helfta auf den Weg gebracht habe. Mechthild, sei das nicht die, die einmal geschrieben habe: «O Herr, minne mich gewaltig, und minne mich oft und lang ...»? Weiß Gott, nicht mein hellster Moment, noch dazu in unseren aufgeregten Zeiten. Immerhin muss ich dabei aber so trocken und seriös gewirkt haben, dass sie den Ball amüsiert aufnahm und sich nunmehr ein feinsinniges Gespräch über die deutsche mystische Tradition entspann, die mir gerade über Eckhart und Tauler immer eine Herzensangelegenheit gewesen war. So etwas ergab sich eigentlich nur zwischen etwas schrägen Intellektuellen; man war erheitert und erleichtert zugleich, dass es noch andere Menschen gab, die eine so krause Entwicklung genommen hatten, und kam sofort vom Hundertsten ins Tausendste.

Aus dem Wunsch, hier nicht länger festgehalten zu werden, erwuchs langsam das Gefühl, dass dieses Festhängen so unangenehm dann doch wieder nicht war. Alle anderen hatten sich während des Gesprächs schon längst wieder verabschiedet und rückten geschlossen bei einem Italiener ein, während wir, nachdem wir noch eine Weile vor der Tür weitergeredet hatten und von einem aufs andere Bein getreten waren, langsam auf den Gedanken kamen, dass es vielleicht unhöflich sei, den anderen jetzt einfach allein zu lassen. Also gingen wir noch zusammen auf einen Wein ins *Brauhaus* und saßen dort, bis der Wirt uns hinauswarf. Davor disputierten wir Stunden über die alte katholische Messe, Luthers Gnadenlehre, feministische Auslegungen der Maria-Magdalena-Gestalt, das im Protestantismus verloren gegangene Sakrament der Beichte, die ebenso verloren gegangenen Heiligen, das Urchristentum, das Ausgesetztsein in der ostdeutschen Diaspora. Daran war an sich nichts Merkwürdiges; so lief es wahrscheinlich ab, wenn sich zwei verkopfte Akademiker mit religiösen Restbedürfnissen kennenlernten. Ich wusste danach so gut wie nichts über sie und sie recht wenig über mich, aber vielleicht wussten oder ahnten wir auf einer anderen Ebene mehr, als uns klar war.

Nebenher entfaltete sich vor meinen Augen und in Halbdunkel und Kerzenschein eine ungewöhnliche, um nicht zu sagen wahnsinnige und furchterregende Schönheit (und eigentümliche Reinheit, die noch schwerer zu ergründen war). Eine dunkle, ungeheuer gut gepflegte, leicht gelockte, etwas ausscherende, aber mit Bedacht inszenierte Haarwelle zog sich hinter ihren Ohren entlang, als sei sie nie berührt worden. Perfekte Ordnungen, die für den Maler, weniger für den Menschen gemacht schienen. Nase und Lippen in Proportionen, die idealistische Renaissance-Geometriker nicht glänzender hätten entwerfen können. Man hielt es nicht für möglich, dass solche Menschen existierten, vielleicht aber fielen sie mir in dem rasenden Nebeneinander des Alltags auch nicht weiter auf, und es brauchte dann solche Gelegenheiten, um mal wieder genauer hinzusehen. Ich bildete mir ein, dass es nichts Erotisches hatte, eher so eine Art heiliges Erschrecken über dieses unerwartete Maß an Formvollendung.

Ebenso ebenmäßig verliefen die Dialoge, die etwas seltsam Unpersönliches behielten und in denen weder private Details noch charakteristische Eigenheiten dieser Frau an die Oberfläche traten. So blieb es eine freundliche, engagierte, immer aber auch distanzierte Unterhaltung, in der keiner aus der Deckung kam oder wenigstens den Anschein erweckte, daran etwas ändern zu wollen. Dann bot ich ihr wenigstens das Du an, und wir verabschiedeten uns am Markt, tauschten Telefonnummern aus, Katharina Weißenbach, schön. Sie wohnte eigentlich in Berlin und kam nur über verlängerte Wochenenden nach Wittenberg zurück, wo sie Kindheit und Jugend verbracht hatte. Nebenher lud sie mich noch zum Abschlusskonzert ihrer Ausstellung im Kloster Helfta ein, für den Fall, dass mich die restlichen Veranstaltungen des Luthersymposions langweilen würden. Ich könne gerne mit ihr hinunter nach Eisleben fahren, ein paar Freunde kämen auch dazu. Ich melde mich, sagte ich, und dankte für den netten Abend.

Dann blieb ich drei Tage in Wittenberg, hörte mir die restlichen Vorträge an, darunter einen sehr eindrucksvollen von Hinrichs über Müntzers Schrift *Wider das geistlose sanftlebige Fleisch zu Wittenberg*, vertrieb mir die Zeit mit Spaziergängen und freute mich auf ein langes faules Wochenende mit Tee und Büchern. Ich meldete mich nicht, erhielt am vorletzten Abend jedoch eine so knappe wie knifflige SMS: «Nun sag, wie hast du's mit der Religion? Luther oder die Beginen?» Na los, dachte ich, träge, aber freundlich, wie es meine Art war, schauen wir uns Mechthild mal genauer an. Ein sonniger Samstagmittag, sie holte mich vom Bahnhof in Eisleben ab. Wir fuhren nicht ins Kloster, sondern Richtung Wormsleben, parkten dann an einem Weingarten im Grünen, stiegen aus und gingen eine Weile an jenem Steilhang entlang, der hier als «Riss» bekannt war und sich zwanzig Kilometer an der Eislebener Niederung entlangzog. Auf oder über diesen Riss hatte sie, ich weiß nicht wie, auf einer weiten, abfallenden Feldfläche, eine unüberschaubare Zahl an großen, hellen Tüchern gehängt, befestigt an etwa fünf Meter hohen Holzstreben und darüber gespannten Leinen, sodass man den Eindruck hatte, irgendein Riese wolle hier seine Wäsche trocknen. Sie klärte mich darüber auf, dass es sich dabei um aufgehellte Reproduktionen des Brandenburger Hungertuchs handelte, aufwendige Textildrucke, auf denen in altdeutschem Schriftsatz je ein längeres Zitat Mechthilds von Magdeburg zu lesen war, reichlich überspannte Sentenzen wie:

O du gießender Gott in deiner Gabe,
o du fließender Gott in deiner Minne,
o du brennender Gott in deiner Sehnsucht,
o du schmelzender Gott in der Einung mit deinem Lieb,
o du ruhender Gott an meinen Brüsten,
ohne dich kann ich nicht mehr sein.

Oder:

Wenn ich scheine, musst du gluten,
wenn ich fließe, musst du fluten.
Wenn du seufzt, ziehst du mein göttliches Herz in dich hinein,
wenn du weinst nach mir, schließe ich dich in meine Arme.
Wenn du aber minnest, werden wir beide eins ...

Oder schließlich:

Vide mea sponsa: Sieh, wie schön meine Augen sind, wie hold mein Mund ist, wie brennend mein Herz ist, wie fein meine Hände und wie schnell meine Füße sind, komm und folge mir!

Sie hatte den Passus nur bis hierhin aufgeführt. Lange Zeit später habe ich das vollständige Zitat gesucht und ergänze es hier: «Du sollst gemartert werden mit mir ... die Augen werden dir verbunden, da man dir die Wahrheit nicht eröffnet. ... Entkleidet durch Verlassenheit, gegeißelt durch Armut, gekrönt mit Versuchung, angespien durch Schmach. ... Verwundet durch die Liebe, den Kreuzestod sterben in heiliger Standhaftigkeit, dein Herz wird durchbohrt durch stete Vereinigung. ... Begraben wirst du in der Nichtbeachtung, auferstehen vom Tode in einem heiligen Ende, zum Himmel auffahren in einem Atemzug Gottes.» (Das war mal eine Ansage. Wer wollte da schon Nein sagen?)

Wir gingen ein wenig den Riss hinauf, sahen von dort über die flatternden Tücher in die Ebene, die strahlend gelben Rapsfelder rundum, die den Eindruck des Unwirklichen noch verstärkten, und in den tiefblauen, wolken- und regungslosen Himmel. Sie müsse die vierzig Tücher binnen zweier Wochen wieder abnehmen, habe sie mit dem Bauern vereinbart, um dem Wein nicht zu schaden, eigentlich eine Verschwendung ihrer an sich schon knappen Projektfinanzierung angesichts der wenigen, die das hier sehen und verstehen würden. Während wir die flehend-sinnliche Installation einmal umwanderten, fragte ich, wie sie darauf gekommen sei, gerade hier. Aber erst als wir später zum Wagen zurückgingen und an einer Gedenktafel stehen blieben, die auf «Luthers kalte Stelle» hinwies, wurde deutlicher, was sie wohl vorgehabt hatte. Den alten Reformator hatte es hier im Januar 1546 so kalt erwischt, «als wollt mir's das Hirn zu Eis machen». Die Kutsche kam noch nach Eisleben, Begleiter erinnerten sich an Muskelkrämpfe und einen möglichen Infarkt, Luther starb dann ein paar Wochen später. Auch uns erschien der Wind noch im April so ungemütlich, dass wir bald in die Stadt zurückfuhren, Hang und Hungertücher im Rückspiegel über diesem schier endlosen Rapsfeld. Die liebevolle, liebestolle Mechthild gegen den schroffen Martin ins Spiel zu bringen, keine schlechte Idee, verkopfte Konzeptkunst, auch etwas irre, aber der Eindruck grub sich ein.

Zum späten Mittagessen waren wir dann im Kloster und wurden im Gästeflügel zusammen mit ein paar Musikern bewirtet. Mechthilds leidenschaftliche Emphase passte so gar nicht zu den drei rührend mütterlichen Schwestern in Helfta, die uns hier mit Apfelsaft aus dem eigenen Garten empfangen hatten, auch nicht in die nüchterne Kirche. Und zu meiner Begleiterin eigentlich auch nicht, die mir gegenüber in ganz sachlichem Ton noch einmal über diese Art der Brautmystik referierte. Wir konnten uns über das Erotische so kühl und klar wie zwei Forensiker unterhalten, immer wieder davon beeindruckt, was dem anderen so alles dazu einfiel. Während wir durch die vergleichsweise bodenständige Ausstellung über Leben und Wirken Mechthilds von Magdeburg, Gertruds von Helfta und Mechthilds von Hackeborn liefen, ergab sich weder ein unnötiges Wort noch irgendein Fauxpas, nicht einmal, als wir in einem Nebenraum neben einer Sammlung alter Nonnengewänder und einigen historischen Dokumenten und Vasa sacra auch mehrere Selbstzüchtigungsinstrumente in Augenschein nahmen, die man nur noch aus völlig anderen Zusammenhängen kannte. Katharina führte eloquent und kunstverständig durch dieses kühnste aller spätmittelalterlichen Frauenklöster hindurch, kam auch noch einmal auf die Hungertücher zurück, mit denen man in vergangenen Jahrhunderten den Altarraum während der Fastenzeit verhängte. Sie waren mir gar nicht mehr so präsent, und ich fragte mich auch, was sie mit den flutenden Bedürfnissen jener Himmelsbraut und Begine zu tun hatten. Was immer Katharina nun aber etwa über die sächsisch-thüringische Malerschule verlauten ließ, die, von Helftas Mystik mutmaßlich mit beeinflusst, das Brandenburger Hungertuch hervorgebracht habe, hörte sich nach einer klugen, doch bestenfalls zweitrangigen Erklärung an, weil sie (vermutlich durchaus bewusst) außer Acht ließ, was derart auf Hungertücher geprägte Sinnlichkeiten für Resonanzen in der weiten Flur und Heide aufkommen ließen.

Nach und nach trafen einige ihrer Freunde ein, fast ausschließlich aus Berlin, ältere Damen aus irgendwelchen Kunstgalerien, Hinrichs, über den sie die Musiker organisiert hatte, Clemens, ein alter Studienkollege und Dichter, Oliver, Pianist und wohl auch Komponist, und Thomas, der ebenso wie ich an einer auf Jahrzehnte angelegten Dissertation über das Spätwerk Clemens Brentanos saß. Reihum interessante, aufgeweckte Leute, lockere Runde am Teich draußen. Im Abschlusskonzert, zu dem dann doch etwa hundert Besucher aus Eisleben und Umgebung kamen, führte man die Bachkantate *Meine Seufzer, meine Tränen* auf, im Anschluss begleitete jener Oliver einen jungen Sopran bei einigen geistlichen Liedern Franz Schuberts, darunter *Wenige wissen das Geheimnis der Liebe*, D. 659: «Wer hat des irdischen Leibes / Hohen Sinn erraten? / Wer kann sagen, / Dass er das Blut versteht? / Einst ist alles Leib, / Ein Leib, / In himmlischem Blute / Schwimmt das selige Paar.»

Das gelang im Ganzen sehr schön und innig, blieb aber, wie die in den Himmel flatternden Tücher, so merkwürdig weltenthoben, dass einen dabei wieder das Gefühl beschlich, man rede hier ständig von Dingen, die keiner der Versammelten existenziell noch für voll genommen hätte. Wie auch auf der Lutherkonferenz vermutlich keiner der Anwesenden Teufelsabwehr, Seelenheil und Rechtfertigung noch allzu große Priorität bei der Lebensplanung eingeräumt hätte, hatte kaum einer aus dem betagten Publikum mehr als den Anflug einer Ahnung, worum es hier eigentlich ging. Ich war nicht einmal sicher, ob ich es wusste.

Auf der Zugfahrt zurück nach Berlin dachte ich beim Betrachten einiger Fotos, die ich von Riss, Raps, Tüchern und Katharina gemacht hatte, noch einmal darüber nach. Möglicherweise handelte es sich bei Mechthilds Werk um die vielleicht reinste Erotik überhaupt, weil sie ohne jeden Bezug zum Sexuellen blieb. Man hätte einwenden können, alles Sexuelle werde hier eben transformiert, transzendiert, sublimiert und so weiter, aber das stimmte nicht, es war streng genommen nie wirklich da. So etwas kannten wir gar nicht mehr. Das Erotische im Sinne Mechthilds mochte das weithin unbekannteste Phänomen überhaupt sein, völlig verborgen unter der allgegenwärtigen Flut von ähnlich lautenden Zumutungen, die es höchstens zur günstigen Vorbedingung der eigentlichen verkehrstechnischen Angelegenheiten machte und es allenfalls als deren Begleiterscheinung und Animationsmoment gelten ließ. Mechthilds Erotik ohne Unterleib war wahrscheinlich eine von vielen theologischen Sackgassen des dreizehnten Jahrhunderts gewesen. Andererseits hätte man sich vorstellen können, dass unser angestrengtes Gestrampel bei der Abwicklung jener inzwischen weniger himmlischen als grundbanalen Gattungshandlung aus ihrem Blickwinkel heraus wie der allerbilligste Abfluss großer innerer Segensgefühle und lichtvoller Spannungen erscheinen musste, während sie die wahren Umarmungen ganz woanders genoss. Man konnte sich fragen, ob ihr Werk eigentlich nur noch unter pathologischen Gesichtspunkten Interesse verdiente oder ob das Pathologische selbst kaum mehr als eine pathologische Kategorie des zwanzigsten Jahrhunderts gewesen war. Ich hätte es nicht sagen können, denn auf dem erotischen Feld gab es andere Experten und andere Symposien, die zu besuchen mir immer Interesse und Anlass, vermutlich und ehrlicherweise auch die Begabung gefehlt hatten. Dass ich mir überhaupt solche Gedanken machte, erstaunte und erheiterte mich gleichermaßen, mag aber auch an der Brandenburger Steppensonne gelegen haben, die draußen in einer mitreißenden Spätvorstellung unterging.

Von Katharina hatte ich mich nach Ende des Konzerts etwas eilig und im Trubel verabschiedet, um noch den letzten Zug zu bekommen. Ich dankte noch mal per Mail, freute mich aber, wieder zu Hause zu sein, erwartete Clara mit einer warmen Hühnersuppe, erzählte ihr einen Abend lang vom großen Luthersymposion und widmete mich nach einigen Tagen sogar wieder den Ikonen.

4

Nach drei Wochen dann abermals eine SMS: «Was treiben die Idole, was munkeln die Ikonen? Was macht der Frühling? Bräuchte einen Rat fürs Leben. K.» Wer ausgerechnet mich um Ratschläge fürs Leben bat, musste in außergewöhnlichen Schwierigkeiten stecken, also verabredeten wir uns, so schnell es ging, an einem Freitagnachmittag im Café Baier. Die beiden Begegnungen in Wittenberg und Helfta waren längst abgezogen, auch wenn sie im Nachgang mit einer gewissen Verlegenheit darüber verbunden blieben, wie hochtourig andere unterwegs waren, während ich vergleichsweise untätig herumsaß. Sie hatte mich beeindruckt, sonst nichts, und selbst dieses Sonst hätte weit außerhalb meiner Möglichkeiten gelegen. Da sie sich nun schon zum zweiten Mal bei mir meldete, die Stadt darüber hinaus mit Kinoplakaten für *Jackie – Die First Lady* und einer mysteriös auf mich hinabblickenden Natalie Portman übersät war, der Katharina bis aufs Haar glich (mit leichten Vorteilen für die Wittenbergerin sogar, deren Mund etwas Kindliches und Keusches bewahrt hatte und deren Augen die an sich schon bemerkenswerten Portman'schen Standards durch einen fast ins Irreale verschobenen Durchmesser noch einmal übertrafen), glaubte ich, hellhörig für die unverkennbaren Rufe des Schicksals, dass ich für sie vielleicht irgendetwas anschieben sollte.

Ich hatte keinerlei Vorstellung davon, was dies hätte sein können, wollte, wenn es ging, auch meine Ruhe haben. Aber irgendwie war sie mir sympathisch, weil ich glaubte, dass sie genauso schief in der Welt aufgehängt war und ebenso melancholische und schwermütige Phasen durchlief wie ich. Sie erzählte dann von ihren künstlerischen Anfängen und ihren Geigenstunden als Kind, dass sie bei Wagner immer einschlafe, beim Schwimmen öfter auf Till Lindemann treffe und ihr Vater die DDR-Nationalmannschaft der Ruderer trainiert habe. Außerdem fragte sie, ob ich ihren Aufsatz über Katharina von Bora lesen könne, der für einen der Begleittexte ihrer Ausstellung vorgesehen sei. Sie habe ja keine theologische Ausbildung und sei da in einigen Fragen nicht ganz sattelfest (ich las ihn dann; ein sachlich gehaltener, etwas träger Text, schwer in den Formulierungen, ein bisschen prunkvoll mit angelesenen Begrifflichkeiten). Ihre Welt schien mir relativ übersichtlich und kleiner als meine, ein frühes Missverständnis, das sich aus den typischen Überlegenheitsgefühlen eines höheren Fachidioten erklärte, der sich zu viel darauf einbildete, die Kirchenväter, Heidegger oder Tillich gelesen zu haben.

Während sie ihr Duft wie kühles Glas umgab, warf ich mir schrecklich professorale Attribute um, umwallte mich grauenhaft mit Schüchternheit und sprödem Geist. Außerdem tat ich wie fast schon verheiratet, was dem Ganzen sofort die Spannung nahm, und bemerkte erst in jenen Momenten, dass es in der Tat und überraschenderweise eine solche gegeben hatte. Ich sprach mit höchster Achtung von ihren Projekten, bedauerte, dass vermutlich nur wenige imstande seien, diese in ihrer ganzen gedanklichen Dichte zu würdigen. Darüber hinaus gehörte es sich, einer schönen Frau den Eindruck zu vermitteln, dass man sie angenehm fand. Mit jemandem wie Katharina zu sprechen, war ähnlich entspannt wie mit einem zehnjährigen Mädchen oder einer Neunzigjährigen: interesseloses Wohlgefallen, das man auch beim Betrachten von Landschaften, Blumensträußen und Erdmännchen empfand, während die wirklich Reizvollen eher solche waren, die sich auf halber Strecke zur Schönheit befanden und deren Makel ihre Schönheit erst auf Umwegen aus sich heraustrieb. Bei Katharina dagegen waren selbst die Ohren so wundervoll, dass man sich beherrschen musste, nicht dauernd hinzusehen. Auch ihre Augen wieder, Luftwaffenstützpunkte mitten in Friedenau (sollte man in den Bunkern bleiben oder über Bodentruppen nachdenken?). Ich hatte ein paarmal hineingesehen, nie lange genug und eigentlich nur im flatternden Vorüberstreifen, man schaut sich selten wirklich in die Augen. Manchmal fiel mir auf, dass sie sie so weit geöffnet hatte, dass die Iris frei lag und etwas Starrendes oder Schwebendes bekam, aus Angst oder Aggressivität, jedenfalls aus großer Wachsamkeit heraus. Ebenso ansprechend auch ihre hohe, gewölbte Stirn, die dem Mädchenhaften etwas Geistvolles, zugleich etwas Entschiedenes, Gefasstes, Ernstes gab.

Noch immer ging es zwischen uns sehr förmlich hin und her. Anfangs mochte man das als Ausdruck des gegenseitigen Respekts verstehen, als Form der Höflichkeit, die in der allgemeinen Verwurschtelung der Verhältnisse eine Wohltat war. Hätte sie nicht so weit jenseits meiner Reichweite gelegen, wäre ich spätestens jetzt von dieser zurückhaltenden Selbstbeherrschung hingerissen gewesen. Irgendwann verließen wir das Café und zogen in eine Kneipe weiter, und wo normalerweise und allmählich eine fahrige Lässigkeit um sich gegriffen hätte, so eine Verbrüderung unter Ungleichen, in die man hineinrutschte, ohne dass man es eigentlich wollte, weil sich jedes Geheimnis gleich im Banalen auflöste, war ich am Ende doch etwas irritiert, dass es so distanziert blieb. Ich fragte mich insgeheim, wie lange sie das durchhalten würde und ob sie bei größeren Lebensproblemen am Ende nicht doch auf Polizisten, Klempner, Leutnants, Kfz-Mechaniker oder Bürgermeister hätte zurückgreifen sollen, die im Falle des Falles besser zu ihr gepasst hätten. Andererseits hatte es ja etwas, dieses Gefühl, man treffe sich jedes Mal zum ersten Mal. Als wir das Lokal ohne weitere Nachfragen nach Lebensratschlägen verließen (vielleicht traute sie sich nicht, ich legte es auch nicht darauf an), regnete es in Strömen und wir beeilten uns, schnell zur nächsten U-Bahn-Station zu kommen. An einer unübersichtlichen Ecke rutschte ich auf einer alten Zeitung aus und fiel der Länge nach hin. Ich muss ein bejammernswertes Bild abgegeben haben, klatschnass und voller Straßendreck, nur mühsam den Schmerz einer mittelschweren Beckenprellung niederkämpfend, immerhin aber war das Eis endlich gebrochen. Sie schien sich sogar kurz über meine Hilflosigkeit zu freuen, bevor sie mich wie einen Vogel mit gebrochenen Flügeln aufhob, sich bei mir unterhakte und mich behutsam zur Bahn hievte.

Ein paar Tage später liefen wir uns am Ausgang der Amerika-Gedenkbibliothek über den Weg, es konnte doch alles kein Zufall mehr sein. Sie holte Bücher, ich brachte welche, jedenfalls strahlten wir uns wie zwei aufgeregte Teenager an. Ich weiß gar nicht mehr, worüber wir sprachen, hob ihren Geldbeutel auf, den sie vor Schreck hatte fallen lassen (sie mochte mich, das war ebenso deutlich, wie schwer zu glauben), ging nach Hause in einer wohligen, kreiselnden Ausgelassenheit und hob in den Tagen darauf sanft, aber bestimmt vom Boden ab. Als habe der Atmosphärendruck nachgelassen, wurde ich ein Stück weit nach draußen gezogen, während irgendeine Wand von innen her nachgab. Vielleicht genoss ich auch nur das jahrelang entbehrte Vergnügen, mich wieder einmal in die Möglichkeit eines Verliebtseins hineinzutricksen, und lud den ja doch recht gewöhnlichen Vorgang mit allerlei Verheißungsvollem auf. Der Frühling kam gerade recht, Kirschen, Kastanien und Magnolien erblühten, auch die Tauben, Meisen und

Amseln machten Ernst. Durch alles zog nun ein eigentlich zu warmer Hauch, fast schon etwas brütend Drückendes, und ein paar hintergründige, dämonisch-entschiedene, nach unten laufende Bogenstriche kündeten von heraufziehendem Unheil. Das Ganze fuhr etwas zu hoch, doch der Verstand stand noch dicht dahinter und ließ dem Herz ein bisschen Spiel. Es konnte nichts passieren, weil Katharina erstens jenseits aller Wünschbarkeiten und mehr als ein paar Nummern zu groß war, aber vielleicht musste bei jeder, die es wert war, so ein Gefühl aufkommen. Zweitens war die viel solidere Neigungsgemeinschaft mit Clara – mit einem Wort jener Jahre, das seinen eigenen Widerspruch immer schon in sich trug – noch immer ziemlich alternativlos. Da war noch nicht absehbar, dass jene Basisliebe weniger Hindernis als vielmehr Voraussetzung für jene Liebe² werden konnte, die als Geliebten-Liebe nur mithilfe des ganzen eroto-chaotischen Theaters von Beschränkungen, Heimlichkeiten, Sehnsucht, Hoffnungslosigkeit, schlechtem Gewissen, Verrat und Verbot aufkommen konnte. Nur eine Geschichte mit jemandem zu beginnen, war dagegen die trivialste Sache der Welt, mühsam, vernünftig, relativ auftriebs- und verhängnislos. Ohne die Claras dieser Welt aber gäbe es keine Katharinas und umgekehrt, heikler freilich: Ohne Katharinas gäbe es in diesem im Grunde klassischen Ehe-Affäre-Equilibrium vielleicht auch keine Claras. Clara konnte möglicherweise gar nichts dafür, der Eckpunkt eines unregelmäßigen Dreiecks zu werden, dessen Lage kühler auch von der euklidischen Geometrie nicht berechnet werden konnte.

Ich korrigierte Katharinas Aufsatz über ihre Namensvetterin von Bora, mokierte mich innerlich über einige Phrasen und einen leichten Hang zur feministischen Zuspitzung (nicht der Sache, sondern der Zeitgeistmode wegen). Aber gut, ihre Stärken lagen woanders, und ich war ganz glücklich, bis auf Weiteres wenigstens auf dem Papier noch Herr der Lage zu sein. Nachdem ich ihr geschrieben hatte, dass wir gerne darüber reden könnten, freundlich, schmeichelnd, aber in der gewohnten Sachlichkeit, wartete ich fast eine Woche auf Antwort. Dann kamen ein paar Zeilen, in denen sie vorgab, momentan ein paar Schwierigkeiten zu haben, um die sie sich dringend kümmern müsse, sich aber melden werde, sobald sie wieder beide Beine auf dem Boden habe. Den Aufsatz könne man zur Not ein andermal besprechen. Ich legte mich aufs Sofa, schaute zur Decke und geriet in einen eigentümlichen Strudel von Aufwallungen, der in sich hinein und auch hinunter, jedenfalls aber nicht, wie das Ewig-Weibliche üblicherweise, hinanzog. Na schön, dann zog auch ich die Zugbrücke wieder hoch, schließlich bewegte man sich hier in einem weitgehend rechtsfreien Raum, immer auch in der Gefahr, gnadenlos verschaukelt zu werden. Was hätte ich ihr geben können? Meine Kenntnisse vor allem der spätpatristischen Periode hätten ihre Welt verändert und auf ein neues Fundament gestellt. Darüber hinaus gab es, praktischer gedacht, weit und breit niemanden, der ähnlich Delikates aus Schweinebauch und Ochsenzunge zubereiten konnte. Ich verfasste ein paar E-Mails, die ich, dem Himmel sei Dank, nicht abschickte. War es nicht doch ein höheres Zuspiel gewesen? Wittenberg, Reformation, ein Lutherweg in eine neue Lebensepoche, mit dieser Frau als Zwischenposten (einer Katharina oder Mechthild, man würde schon sehen)! Die Konstellation zeichnete sich schon fast zu deutlich ab, auch ein Kreis von Leuten, der diese Welt ausfüllen würde. Es lief doch alles auf sie hinaus. Wenn Ideen allein durch ihre Plausibilität und Sinnhaftigkeit ihre Nähe zur Wahrheit unter Beweis gestellt hätten, dann hätte diese hier wahr sein müssen, selbst wenn mich bei einem Spaziergang ums Viertel anstelle von Natalie Portman nun ein Werbeplakat für eine Krimiserie beunruhigte, auf dem ein breiter Kommissar mit den Worten zitiert wurde: «Du kannst deine Frau betrügen. Mich nicht!»

Ganz so weit waren wir freilich noch nicht, wenngleich ich schon jetzt um einiges wacher, agiler, spontaner, ja sinnenfroher auftrat, was selbst Clara bemerkte, ohne gleich Verdacht zu schöpfen. Die Geschichte, die noch keine war, ließ sich überraschend gut verbergen, ganz unbemerkt blieb sie wohl aber nicht, schon gar nicht auf Dauer. In den sich turnushaft einstellenden Fundamentaldebatten, die die heimische Eintracht immer mal wieder neu justierten, auf die Vergangenheit hin klärten und auf die Zukunft hin ausrichteten, bezog ich plötzlich versöhnlichere Standpunkte, störte mich weder an Claras ebenso vorsichtig beschwiegenen, mehrfachen Treffen mit einem Oberarzt für Endokrinologie nach Feierabend noch an vergessenen Einkäufen, sich fallweise türmenden Aufwaschbergen oder mangelndem Engagement für die Wochenendplanung. Ich gab ihr öfter recht, wenn sie sich über den Pflegenotstand und die zunehmende Kapitalisierung des Gesundheitssystems in Rage geredet hatte, hörte ihre Geschichten und Intrigen aus der Kinderklinik geduldiger an, war genügsamer, was die Qualität eilends zusammengerührter Pastagerichte betraf. Ich war sogar hin und wieder witzig, was dann aber fast schon wieder ein gewisses Misstrauen beförderte. Man konnte es gar nicht anders sagen: Die Sache tat uns gut. Wenn ich mich fragte, wer heute überhaupt noch reif für die Rolle der Geliebten gewesen wäre, wer die Entbehrungen ertragen, die nötige Geduld, Nachsicht, Konzilianz und Leidenschaft mitgebracht hätte, dann wäre Clara meine erste Wahl gewesen. Mit ihr hätte ich jederzeit eine Affäre begonnen, ja fand es fast ein bisschen schade, dass wir diese Möglichkeit ausgelassen hatten.

5

Nun hatte ich zwar noch immer keine Ahnung, was Katharina in der Ferne bewogen haben mochte, mir aus dem Weg zu gehen, andererseits kehrte ich gerne in das ruhigere Fahrwasser einer geschätzten Gewöhnlichkeit und Ruhe zurück. Immerhin hatte ich die diskrete Aufbruchstimmung in andere Lebensbereiche hinüberretten können und die Arbeit an der Dissertation wieder aufgenommen. Zur rechten Zeit, denn es gab diese Momente, in denen einem der ganze Inhalt der eigenen Beschäftigung fadenscheinig wurde und man sich fragte, wozu man sich ausgerechnet mit diesem toten Plunder aufhielt. Mein Thema hatte sich ursprünglich aus einer recht ahnungslosen Bewunderung für die Ikonenmalerei der Ostkirchen ergeben. Ebenso geheimnisvoll wirkte ihr Ort innerhalb eines rätselhaften Kultus, den ich, um ehrlich zu sein, und das mag einen Teil ihres Reizes ausgemacht haben, nie ganz verstanden habe. Während ich mich, solange ich mich erinnern konnte, in Kirchen und Kunstgalerien oft maßlos gelangweilt hatte, war es mir etwa in jener Hagia Sophia, die ich am Vorabend meiner Athoswanderung in Thessaloniki besucht hatte, von Anfang an anders gegangen. Jenen im Halbdunkel hängenden Darstellungen, die ich für ebenso naiv gemalt wie verehrt hielt, wohnte noch ein Grad an Wirklichkeit inne, der anderen längst abhandengekommen war.

Diese heilsamen, magischen Gegenstände repräsentierten, symbolisierten oder ästhetisierten nicht nur irgendetwas, sondern erschienen in aller zeitgenössischen, nur noch referenziellen Realität, Hyperrealität und Virtualität noch einmal wie das einzig Wahre. Jemanden vor ihnen niederknien zu sehen, war wie eine Rückkehr zu Zeiten, als das Wünschen noch geholfen hat (dass man sie küssen konnte, sprach ebenso für sie). Mit ihrer Machart hatte es zunächst weniger zu tun, oft muteten sie eher grob, unoriginell, fast ein bisschen billig an. Dazu kam dieses Ineinander von Dunkel und Gold, die unverständlichen Gesänge eines weiter hinten ablaufenden Gottesdienstes, das stete Gemurmel aller möglichen vorbeiziehenden und vor den Ikonen anhaltenden Mütterchen und der Geruch von Weihrauch und Kerzen im spärlich beleuchteten Raum.

Ich habe einem Mönch aus dem Kloster Dionysiou später eine Ikone abgekauft, keine besonders schöne, wie überhaupt die jüngeren nicht mehr ganz mit den alten mithalten konnten und ein bisschen flach und nach Massenware aussahen, obwohl sie es nicht waren. Nebenher brachte ich noch einige Reproduktionen berühmter Originale mit nach Hause, wobei mir neben denen von Andrei Rubljow die *Gottesmutter von Wladimir* die liebste war. Sie hing an meiner Wand im Zentrum einer kleinen Mini-Ikonostase, was in Russland, wo sie ein Nationalheiligtum war, wahrscheinlich einer Geschmacklosigkeit gleichgekommen wäre. Hier kannte sie keiner, und sie gefiel mir. Zählte man gelegentliche Stoßseufzer, launige Vorwürfe und nachgereichte Entschuldigungen nicht mit, habe ich nie vor ihr gebetet. Sie diente in erster Linie der Wandverschönerung und gesellte sich zu den Stichen von Jean Paul, Lichtenberg und Böhme und anderem mitgebrachten Krempel aus aller Welt, mit dem wir die Wohnung schmückten, alten Drucken von Reisen nach Rom und Venedig, bedrohlichen afrikanischen Holzfiguren, Wüstenkristallen und dergleichen.

Unerwarteterweise entwickelte meine Ikonostase jedoch eine überraschend dominante Präsenz, obwohl sie anfangs nur in einer unauffälligen Ecke des Wohnzimmers hing, das eher

Claras Reich war. Die fürchtete die erstaunten Kommentare ihrer Freundinnen, und auch ich fand bald, dass ein Wohnzimmer zwar kein öffentlicher Raum, für religiöse Schwingungen jedenfalls aber bemerkenswert ungeeignet war. Also hängte ich sie im Arbeitszimmer auf, mehr oder weniger meinem Wohnbereich, und zwar abseits der zentralen Gravitationszentren von Schreibtisch, Bett und Bücherregal. Doch obwohl die Ikonenecke jetzt sogar von der Tür verdeckt wurde, wenn diese geöffnet blieb, änderte sich nichts an ihrer manchmal etwas aufdringlichen Art, besonders wenn ich abends schlafen ging und die Tür wieder zumachte. Zum einen schaute mich die Wladimirskaja direkt an, was zu jenem unheimlichen Mona-Lisa-Effekt des durch den ganzen Raum Verfolgtwerdens führte. Aber das erklärte es noch nicht ganz. Die Mona Lisa war zwar auch von einer überirdischen, wenngleich sehr lebensnahen, warmen Art. Die zärtliche Russin dagegen erschien viel weiter weg, sie blickte durch Jahrhunderte in mein Zimmer hinein, und ich war mir nicht einmal sicher, ob sie mich überhaupt meinte oder nur allgemein in meine Richtung sah. Ihr Blick schien so unspezifisch und wenig individuell, dass er manchmal mir, manchmal der ganzen Menschheit zu gelten schien.

Im Lauf der Zeit gewann ich den Eindruck, dass die Wladimirskaja, abhängig von meiner oder ihrer Tagesform, mal mehr, mal weniger aus sich herauskam. Besonders wenn ich sehr genau hinsah und mich auf ihren Blick konzentrierte (ich tat das zuweilen während des Schreibens an der Dissertation, da nahm ich sie ab und legte sie neben den Rechner), verbarg sie sich hinter einem Schleier von Epochen. Eine Mona Lisa dagegen hätte mit einem geflirtet, wäre immer ganz da gewesen, die wusste auch um die Situation des Porträtiertwerdens. So rätselhaft war das rätselhafte Lächeln nämlich nicht, jedenfalls nicht im Vergleich mit dem der Ikone. Bei dieser war ich mir nie sicher, ob ich es war, der sie nur phasenweise ganz erreichte, oder ob es, vermutlich meiner Ignoranz und Sündenlast wegen, andersherum war und sie nur manchmal ganz zu mir durchdrang.

Die Wladimirskaja schaute dann eindeutig besorgt, was mich eine Weile, trotz ihrer unzweifelhaften dekorativen Vorzüge, fast veranlasst hätte, sie durch einen herrlichen Pantokrator, eine Reproduktion aus dem Athoskloster Hilandar aus dem vierzehnten Jahrhundert, zu ersetzen. Denn ständig in ein so leidendes Gesicht zu sehen, schlug, bei aller notwendigen frommen Ermahnung und ansteckenden Demut, auf Dauer auf die Stimmung. Diese Sorgenfalte schien nach schlechten Tagen mein ganzes Dasein zu bezeichnen. Jene Sorgen, so der fachkundige Interpret, bezogen sich zwar auf das Martyrium ihres Sohnes, den sie als kleinen Jungen auf dem Arm hielt, aber es steckte ganz sicher mehr dahinter. Ihr Blick beschwieg etwas anderes, Wesentlicheres, und es hatte mit dem Schicksal Christi nur am Rande zu tun. Auch wenn sie ihm den Kopf zuneigte, blieb sie recht distanziert, blickte vielmehr auf ihren Betrachter, also mich, und zwar mit tiefer Sorge und Skepsis, als hätte sie Angst vor mir oder Zweifel an meinem Lebenswandel. Ich begann zu verstehen, woher der eigentümliche Appeal dieser Gottesmutter kam. Immerhin, so konnte man lesen (ob man es glauben sollte, wusste ich nicht), soll Stalin während des deutschen Angriffs im Dezember 1941 befohlen haben, die Wladimirskaja zum Schutz der Stadt in einem Flugzeug über Moskau kreisen zu lassen.

Ich bin nicht mehr sicher, wann mich ihr Blick zum ersten Mal auf diese unangenehme Weise verfolgte, erinnere mich aber, dass sie über die Wochen, nachdem ich Katharina kennengelernt hatte, ganz besonders an dem Abend unseres ersten Kusses, sehr prägnant und besonders argwöhnisch dreinschaute. Ich hätte ihr antworten wollen: «Schon gut, ich weiß ...». Aber natürlich wusste ich nicht, was ihre Augen und ihr damals besonders schweigsamer Mund ausdrückten, Zweifel, Verstimmung oder Missbilligung, jedenfalls stand ihr Goldgrund schon ziemlich außergewöhnlich in Flammen. Meine Dissertation, die hier genauer differenzieren musste, hätte es wahrscheinlich besser gewusst und mir deutlich machen können, dass ich, indem ich meine Vorstellung von ihrer Gottesnähe und hohen Moral auf sie projizierte und sie also schon so ansah, als wollte und könnte ich nur von ihr bestraft werden, mit der Ikone wie mit einem Idol verfuhr. So war es im Grunde mein Blick, den sie mir zurückgab, nicht ihrer, während ich ihren wahren Blick erst viel später sah.

Immerhin hatte ich das wohltuende Gefühl, mir tue jetzt jemand seine Meinung kund, denn es gab ja außer Katharina und mir niemanden, der davon wusste. Und da ich in dem Schwebezustand, nicht einmal der Verliebtheit, aber doch in der noch schwirrenden Gesamtverfassung und Undurchsichtigkeit des Erlebten kein Festland, keine greifbare Ordnung mehr fand, war ich fast froh über ihren, wie ich glaubte, eben mahnenden, fast rügenden Blick. Eine zwar nicht gerade herzliche, mich aber ins Vertrauen setzende, auch erwartbare Reaktion ihrerseits, wie sie von meinen Eltern hätte kommen können. Vielleicht schaute ich aber auch nicht genau hin, denn ich ahnte ja, was ich von ihr zu erwarten hatte. Mona Lisa hätte vielsagend gelächelt, noch vielsagender an jenem besagten Abend, aber der Wladimirskaja, Mutter der Christenheit, konnte mein nicht eben gottgefälliges Verhalten nur ein Ärgernis und eine erneute Enttäuschung sein.

6

Werden belastbare, aber etwas statisch gewordene Lebensfundamente nur heftig genug erschüttert, breiten sich die Wellen solcher Beben konzentrisch in alle zeitlichen Richtungen aus und haben nicht nur Folgen für alles Kommende, sondern scheinen sich sogar schon in der Vergangenheit und Vorgeschichte anzukündigen. Nur so nämlich ließ sich die fahrig wühlende Grundstimmung erklären, die mich bereits Wochen vor jenen etwas leichtsinnig außer Haus applizierten Küssen in eine merkwürdige Spaziergangseuphorie geraten ließ. Plötzlich hielt ich es selten lange in einem Raum aus, erkundete auch noch die letzten unbekannten Straßen meines Stadtteils, ging sogar von der Uni, von der es nur ein paar Minuten mit der U-Bahn waren, zwei Stunden zu Fuß nach Hause. Besonders an den Abenden drehte ich nach dem Essen die immer selben Runden um Handjery- und Stubenrauchstraße (war es das, was man gemeinhin als «läufig» bezeichnete?).

Ich musste Katharina nicht einmal genau kennen, um schon ausufernde Unterhaltungen mit ihr zu führen und den ernüchterten Blick aufzufangen, den sie bei genauerer Kenntnis meines Lebens auf den feisten Sonderling mit Hornbrille werfen würde. Diese Schreibtischexistenz musste ein Ende haben. Entschlossen, wenn auch etwas übereilt, nahm ich meine Joggingläufe wieder auf, denen ich das letzte Mal als Gymnasiast nachgegangen war, stellte meine Ernährung um und machte mir zunehmend über meine Haare Gedanken. Diese ersten Maßnahmen zur Wiedergewinnung verhältnismäßiger

Vorzeigbarkeit setzte ich allerdings so gewaltsam um, dass ich, als Katharina sich aus heiterem Himmel nun doch meldete und mich zum Tee einlud, trotz zweier Aspirin mit heftigen Kopf-, Bauch- und Gliederschmerzen flachlag und ihr absagen musste. Bald darauf schrieb sie ein weiteres Mal, etwas drängender, auch des Textes und der Korrekturen wegen. «Dienstagnachmittag, 17 Uhr, Brunnenstraße 180, Hinterhof, Treppenaufgang rechts, dritter Stock. Bis dahin! K.»

Schon im Bus und angesichts des Feierabendtrotts der Fahrgäste, der verregneten Umgebung draußen und einer unausgesetzt quengelnden und raufenden Kleinkinderschar kam mir meine Aufregung nur noch merkwürdig vor. Die letzte Anspannung und meinen Regenschirm blies mir auf den letzten Metern noch der Sturm fort. Ein gewöhnlicher alter Mietskasernenbau mit edlem, etwas muffigem Treppenaufgang, im Schatten das Klingelschild, ihr Name harmlos mittendrin. Die Wirklichkeit blieb nüchtern, und auch nachdem sie mir die Tür geöffnet, mich auf ihre gewinnende, sachliche Art in die Küche gebeten und mir einen Jasmintee gekocht hatte, nahm ich erleichtert zur Kenntnis, dass sich die gewohnte innere Distanz wieder eingestellt hatte. Bei Tageslicht wirkte sie blasser, die Augenränder dunkler, auch ein paar Fältchen standen nunmehr sympathisch um die Augen. Nichts, das ihre Schönheit schmälerte, aber es führte in der ganzen, für unsere Verhältnisse fast lockeren Atmosphäre dazu, mich zu fragen, womit sich meine vorübergehenden Auflösungserscheinungen eigentlich erklären ließen.

Nachdem sie sich rücksichtsvoll nach meinen Kopfschmerzen erkundigt hatte, verloren wir keine weitere Zeit und besprachen ihren Text, den ich tiefgehender und kritischer würdigte, lobte und fachlich ergänzte, als sie sich das vorgestellt hatte. Sie machte das eine Weile ungerührt mit, irgendwann aber bekam ich das Gefühl, sie damit doch ein bisschen auf dem falschen Fuß erwischt zu haben. Manche Oberflächlichkeit ließ sich zwar nicht entschuldigen, aber mit ihrer zum Normal- und Dauerzustand gewordenen Überforderung erklären; hier ein Projekt der Böll-Stiftung, da ein Kunstfest in Rheinsberg, jede zweite Woche ihre Parkführung durch Sanssouci, ein Konzert mit Lesung, das sie für eine Freundin organisierte, und all das neben ihrer eigentlichen Arbeit im Atelier. Tausend Pläne, Aufgaben, Freundschaftsdienste; aber die Probleme hatte man nicht, wenn man den ganzen Tag in der Bibliothek saß, sollte das heißen, und damit hatte sie natürlich recht. Man hätte sich an ihr emporwinden können wie eine Ramblerrose, selbst wenn es auf diesem imposanten Fels aller Voraussicht nach ziemlich windig zugehen konnte.

Etwa gegen acht brach sie das Ganze dann höflich ab und dankte für meine Hilfe. «Komm doch Freitagabend mit ins *Hochparterre*, Galerie in der Prinzessinnenstraße. Ein Freund hat da seine Vernissage, wär doch schön!»

«Ja klar», sagte ich, «wenn ich es schaffe.»

«Chet Goldenstein: *Cosmic Romantic.*»

Da klingelte es plötzlich, und Thomas, den ich schon aus Helfta kannte, stand in der Tür, nass gekämmt, im feinsten Zwirn.

«Ach, der Ikonenexperte.»

«Der Brentanoforscher!», erwiderte ich.

Ich sagte noch «Hallo» in die eine, «Bis bald» in die andere Richtung, wurde sogar kurz und förmlich umarmt, ging und vergrub mich auf dem Heimweg jedoch gleich wieder in düstere Erwägungen. Würden die beiden jetzt bis Mitternacht *Des Knaben Wunderhorn* erörtern?

Dann tagelange Sendepause. Thomas, ich grübelte und googelte nach. Studium in Potsdam, Freiburg und Austin

(Texas), Beiträge für den Deutschlandfunk über Jacobi, Görres und Caroline Schlegel-Schelling. Sein Porträtfoto bei *Zeit Online* zeigte echt weimarsche Dignität im lässigen schwarzen Hemd. Ein paar Bilder von Podiumsdiskussionen, einer Einführungsveranstaltung im Konzerthaus, Mahler-Lieder. Na schön, war wohl nichts zu machen. Doch bevor ich mich wieder ganz befreien und die schon anhebende, an sich sehr beglückende Phase der Genesung auskosten konnte, die nun folgen und mich trauter denn je zu Clara zurückführen würde, erhielt ich einige nette, etwas pathetische, vielleicht sogar mit halbintimem Akzent versehene E-Mails. Dass es wieder Abend werde und sie in der Stille ein paar Vögel auf dem Hof hören könne und nach erfülltem Tagewerk nun aber nicht ungesagt lassen möchte, dass sie das Gespräch neulich sehr gefreut und sie sich überdies schon lange nicht mehr von jemandem so verstanden gefühlt habe. Dann kam eine Sammelmail, mit der sie all ihre Freunde zu einer weiteren Wittenberger Veranstaltung (*Spiritus per spiritum intellegitur*, eine Reihe von Vorträgen zum Thema «Geist und Buchstabe bei Luther») einlud. Ein paar Stunden darauf, ich wusste nicht, ob es ein Versehen war und sie eigentlich jemanden anderen im Sinn gehabt hatte, ging noch eine Nachricht bei mir ein, in der nur ein Video zu Lana del Reys *Gods & Monsters* verlinkt war und die sie, aus welchen Wirren auch immer, nachts um halb vier abgeschickt hatte.

Nun war ich mit Monstern nicht wirklich vertraut, die Götter aber schienen mir gerade sachdienliche Hinweise zuspielen zu wollen, als sei man hier unten nach einem halben Jahrtausend Neuzeit irgendwie schwer von Begriff. Der gegenwärtige Kulturverfall hatte auch sie nicht verschont, sodass sie sich nun fast auf das Niveau eines zweitklassigen Drehbuchschreibers für Vorabendserien herablassen mussten, damit jemand wie ich sie noch verstand. Noch dazu ergab es sich, dass Clara das folgende Wochenende auf Weiterbildung fuhr, was mich fast ein wenig unter Zugzwang brachte (man will auch nicht gehetzt werden, und sei es von den Göttern). Wenn das launenhafte Fatum seine Flügeltüren öffnete, hatte man kaum noch Spielraum, dann ergingen unmissverständliche Befehle. Wer nicht völlig taub war, nahm das wahr, selbst wenn man es nicht wahrhaben wollte und erst einmal davonlief wie weiland Jona vor dem Herrn.

Es war im Grunde genommen nicht ohne Komik, insbesondere für den Theologen, dass all diese akademischen Debatten über den Rang der Willensfreiheit etwa zwischen Luther und Erasmus nur so lange künstlich und weltfremd wirkten, bis man sich mal wieder verliebt hatte. Dann nämlich hieß es, sich in alle erdenklichen Erklärungen zu flüchten, um nur nicht von den Schwergewichten des Schicksals erdrückt zu werden. Erste Ausläufer der Midlife-Crisis oder letzte der Spätpubertät? Neuer Schleichweg um die Doktorarbeit, harmloser Ausbau des Freundeskreises? Und überhaupt wäre es ja kaum auszuhalten gewesen, wenn um einen herum schon alles geregelt und beschlossen gewesen wäre, denn das waren die beiden Möglichkeiten, die nach reiflicher Überlegung übrig blieben. Entweder war alles Zufall oder alles Schicksal. Nachdem sich alle Welt und ja auch ich seit Langem für Ersteres entschieden hatten, nicht weil der Zufall begreiflicher gewesen wäre, sondern weil es sich damit leichter leben ließ, warf die alte Vorsehung jetzt ungeniert ein paar Blitze in die Dunkelheit und machte ihre Rechte wieder geltend. Solange ich mich nur mit den Belanglosigkeiten eines mittelprächtigen Schrifttumverwalters abgegeben hatte, war ich ganz gut ohne sie ausgekommen. Aber während die Wladimirskaja so aussah, als sei sie davon alles andere als überrascht, führten solch kapitale

Wegscheiden einem diesbezüglich Kurzsichtigen wie mir eine Angst vor Augen, die nun, obwohl man sie vergessen, gut verdrängt oder tatsächlich nie erlebt hatte, durch die Spalten des aufgerissenen Grundes hindurchdrang, der einmal der Boden der Tatsachen gewesen war.

Die von höchster Ebene durchgereichten Vorinformationen über das, was sich an jenem Wochenende doch eigentlich ganz naturgemäß entfalten sollte, machten es mir also nicht leichter. Erstreckten sich derlei Hinweise nur auf einen reizenden Mund, Hintern oder Augenschlag, wäre man noch ganz beruhigt gewesen, denn das wären die üblichen inneren Stimmen, die diesen anzüglichen Hang ja oft zu haben scheinen. Doch wir wachen schweißgebadet auf, wenn uns jemand zuruft: Mit dir und ihr steht und fällt die Ordnung des Seins. Vermutlich wäre diese Beklommenheit angesichts des über mich verhängten Ernstfalls zur Lebensstimmung geworden, hätte ich die Schickungen und Winke auch alle übrige Zeit so aufmerksam zur Kenntnis genommen wie in diesen raren Momenten größter Klarsicht (denn eine solche Liebe macht entgegen aller Vorurteile klarsichtig, nicht blind, zumindest in den übergeordneten Zusammenhängen). Aber wofür haben wir schließlich die moderne Welt geschaffen, wenn nicht, um diesen Megatonnendruck des Schicksals abzuschütteln, den kaum einer dauerhaft aushalten würde? Vielleicht war diese darüber an manchen Stellen schon zu sinnfrei geworden, aber das war immer noch besser, als sich diesen Zudringlichkeiten einer überkommenen himmlischen Nomenklatura auszusetzen (der Nihilismus hatte ja auch seine Vorzüge). Ein wenig gebauchpinselt fühlte ich mich allerdings schon, immerhin erachtete man mich da oben als zurechnungsfähigen Ansprechpartner. Ausgerechnet mich, es wirkte reichlich absurd, aber vielleicht fanden die Götter gerade keinen anderen, weil der

Fachkräftemangel inzwischen metaphysische Ausmaße angenommen hatte.

Oder machten sie sich doch nur einen Jux mit mir? Katharina nämlich lud mich, jenen *Cosmic-Romantic*-Galerieabend bei Chet Goldenstein nicht weiter abwartend, unerwartet kurzfristig zu einem Sonntagmorgengottesdienst in eine katholische, etwas obskure Gemeinde im Wedding ein, die noch die Alte Messe feierte. Ganz spontan, nur falls ich Lust hätte, sie kenne dort jemanden aus dem gregorianischen Chor. Zweifellos ein Klassiker unter den angesagten Dating-Locations! Ich wollte erst absagen, riss mich aber zusammen und war dann doch ganz angetan. Man hätte gar nicht sagen können, was eindrucksvoller war; die alte, gesungene Liturgie und der getragene Ernst des Ganzen mit seinen fast schon orthodoxen Zügen oder dass Katharina sich damit so gut auskannte und den ganzen Singsang samt Bekreuzigen und Niederknien ganz einwandfrei in Szene setzte, als sei sie eine Urkatholikin und nicht die aufgeweckte Wittenbergerin aus der Keimzelle der Reformation. Gerade in der großen Stille vor dem Agnus Dei sah ich sie ganz ins Gebet versunken; sie wisperte, soweit ich sah, sogar das Lateinische fehlerfrei mit. Tatsächlich kamen danach noch fünf oder sechs ihrer Freunde aus dem Chor zu ihr, nahmen sie in den Arm und reichten sie schon über die Maßen zärtlich untereinander herum. Meine Achtung vor dieser Frau wuchs im Minutentakt.

Da wir an der heiligen Kommunion als protestantische Irrgläubige nicht teilnehmen konnten, uns danach aber auch nach Brot und Wein oder doch zumindest einem Kaffee war, holten wir bei einem Bäcker ein zweites Frühstück nach. Gestärkt und nun auch hinreichend wach und heiter angebunden, gingen wir eine Weile am Mauerpark spazieren. Ob ich schon etwas vorhätte oder ihr noch helfen könne, zwei Stühle vom Trödelmarkt am Tiergarten zu holen. «Aber nicht, dass es zu Hause Ärger gibt.»

«Gibt es nicht, Clara ist auf Weiterbildung in Göttingen und freut sich wahrscheinlich, mal raus zu sein.»

«Ist es ihr zu eng bei dir?»

«Kann ich nicht ausschließen, wäre auch zu verstehen. Im Moment macht sie mir ständig Komplimente und fragt, ob ich mich verliebt hätte.»

«Und?»

«Weiß nicht, kann sein, dass ich gelogen habe.»

Es war schwül, und die Sonne stach, als wir uns zwei Stunden durch unübersichtliche Reihen ausrangierten Krempels schoben, Porzellan, Kronleuchter, Teppiche und Bücherkisten im Stil echter Kenner taxierten und die Gelegenheit wahrnahmen, dem anderen unauffällig näherzutreten. Das ganze mich sonst eher ermüdende Treiben bot genug Anlässe, sich an den Dingen und Leuten hier anspielungsreich entlangzuhangeln und uns sogar einer gemeinsamen Vergangenheit zu erinnern, von der wir nichts geahnt hatten. In einem Stapel alter Platten fand ich den *Traumzauberbaum*, alte DDR-Kinderlieder, von denen sie die Schumann mindestens ebenbürtige *Mondsilbertaufe* ebenso schätzte wie ich und darüber hinaus aus der ganzen Palette Lakomy'scher Stücke zitieren, ja *Tropfenhochzeit* und den *Eierbecher* sogar vorsingen konnte.

«Worum ging's da eigentlich?», fragte ich sie.

«Um den Mond, der einen kleinen Fisch bemitleidet, weil er kein Silberkleid hat.»

«Und?»

«Er lässt ihn eines Nachts in sich hineintauchen, als er im Fluss badet.»

«Aus Mitleid?»

«Für einen Mond ist das schon ein ziemlich großes Gefühl.»

So dehnten wir die Zeit ganz bewusst aus, aßen noch ein Eis, machten uns Gedanken über den Preisverfall weiter Teile des Literaturkanons, die ein Ramschverkäufer lauthals anpries («Jedes Buch nur fünfzig Cent, beim Kauf von fünf gibt's eins geschenkt»). Und kamen dann auch zu den beiden Stühlen, ganz eleganten, wahrscheinlich nachgemachten Chippendales, trugen sie durch einige Straßen und den einsetzenden Gewitterregen bis zur nächsten U-Bahn und zu ihr nach Hause, wo sie uns voller Dankbarkeit ein paar Gnocchi mit Salbei in die Pfanne warf.

Draußen schüttete es derweil wie aus Kübeln, Katharina musste sogar ein paar Handtücher in die alten Doppelfenster legen, weil es von irgendwoher hereinregnete. Im Hinterhof war es nun ganz dunkel geworden, und wir stellten eine Kerze auf den Tisch, rückten die beiden neuen Stühle zurecht, im Hintergrund spielte Deutschlandradio Kultur. Wechselten bald aufs Sofa, tranken zwei Kannen Kaffee, irgendwann kam noch der Lillet dazu, mit dem sie vorher die Gnocchi abgelöscht hatte und der dann auch ein wenig die Erinnerung daran löschte, wie es weiterging und worüber wir eigentlich die ganze Zeit sprachen. Zu vorgerückter Stunde muss auch ich etwas vorgerückt sein und ließ mich zu einigen flapsigen Bemerkungen hinreißen, um sie ein wenig aus ihrer statuarischen Beherrschtheit hervorzulocken, die immer mal wieder von ihr Besitz ergriff, mit allerdings, wie mir schien, eher nachlassendem Erfolg. Sie saß am Ende nur noch betroffen da, und als ich mich fragte, ob ich jetzt zu weit gegangen war, lehnte sie sich mir entgegen, sah mich eindringlich mit ihren großen Augen an und teilte mir mit, dass sie nun nicht mehr reden wolle. Nun hätte ich gerne noch irgendetwas Durchdachtes gesagt, machte, soweit ich mich erinnere, sogar den Vorschlag, dass man sich doch nächsten Sonntag in einer orthodoxen Kirche treffen könne. Und dann küssten wir uns (es gab nun auch wirklich keinen Ausweg mehr).

7

Eine Weile flatterten wir aneinander entlang wie Spatzen um die Sommerpfütze. Aus der Nähe mutete sie schmaler an, weil ich sie bis dahin nur mit Aura gesehen hatte; sobald ich die Augen schloss, wuchs sie wieder zu alter Größe. Das Radio muss im Hintergrund weitergespielt haben, aber ich hörte es nicht mehr. Überhaupt hätte man die Brandung ihres Atems jetzt andächtiger verfolgt als Prokofjews zweites Klavierkonzert. Sie hielt still und schien abzuwarten, was an und mit ihr geschah, verharrte in einer zugetanen, wenngleich noch nicht gänzlich geöffneten Haltung, die etwas Unnachgiebiges, Stolzes behielt, ließ dann nach einigem nicht allzu forcierten Drängen unmerklich allein das Kinn ein wenig nach hinten sinken, um den Hals zur weiteren Fühlungnahme freizugeben. Eine Eroberernatur hätte diese von ihr zurückgelassenen und nun völlig ungeschützten Gebiete heimsuchen und dienstbar machen, die Kehlkopfhügel unter Kuratel stellen und auch für die Seiten bis hinauf zu den Ohrläppchen die Vormundschaft übernehmen können. Stattdessen verblieb ich in der Furche ihrer Drosselrinne, die, ebenso aufgeladen wie die Lippen, fast noch verletzlicher und duldsamer blieb als jene und schon den Übergang zur Brust andeutete, während der diskrete Dialog weiter oben erst einmal ausgesetzt war und warten konnte.

Nachdem ich da unten gar nicht mehr weggewollt hatte, holte sie mich mit Wangen, Schläfen und Augen ab und hielt sie mir nachdrücklich entgegen, bis wir nahezu regungslos aneinander verharrten, als wollten wir uns versuchsweise auf den Stand der Dinge besinnen. Die Wirkungen der Schwerkraft zeigten sich hier deutlicher als sonst, denn genau genommen wehrte man einem gegenseitigen Ineinanderfallen, das vorläufig nur von den Schultern und Armen des anderen abgefangen werden konnte. Auch die Küsse retteten uns letztlich vor dem Sturz in die Tiefe, jedenfalls vorerst, und angesichts dieser mächtigen Abwärtsbewegung mochten sie zeitweilig wie eine verwirrende, aber nicht unangenehme Verlegenheitslösung und Übersprungshandlung gewirkt haben. Stirn an Stirn sahen wir uns dann kurz wieder einmal an (seltsam verzerrt, sie war da eigentlich nur Auge) wie zwei Geistesmenschen, die endlich zur Räson kommen wollten.

Hätten wir hier zu lange innegehalten, hätten sich vielleicht vernünftige Argumente aufgetan, aber wir waren nur äußerlich Vernunftmenschen, die beiden anderen waren es nicht, wer immer sie waren. Vermutlich handelte es sich aber doch um so etwas wie eine instinktive Einverständniserklärung, um die Modalitäten eines weniger physischen als sphärischen Grenzübertritts zu regeln, einer Wanderung ins Moor, für die der richtige Begleiter unter Umständen wichtig werden konnte. Katharina schien in diesem rücksichtsvoll tastenden Verfahren, in all ihren Regungen von irritierender Vornehmheit, voller Takt und Grazie, und auch die Feinheit ihrer Linienführung erforderte instinktiv ein behutsameres Vorgehen. Unsere Münder gewannen darüber hinaus viel geschmeidigere, verständnisvollere Konturen als in unserer weithin sachlichen, bislang kusslosen, der Küsse merklich entbehrenden Konversation. Auch alles andere war von einer hohen taktilen Anmut, vor allem ihr Hals erschien lang und schmal, eigentlich zu zerbrechlich für ungeübte Metzgerhände, die hier verzweifelt versuchten, in die Henkel eines Limoges-Tässchens zu greifen.

Bald fanden wir eigentlich nur noch an den Lippen des anderen Halt, eigneten uns die abschüssigen Gelände an, prüften die Beschaffenheit ihrer Grenzen, der Wachsamkeit, Geduld und Angriffslust unseres Gegenübers, gar nicht so leicht bei geschlossenen Augen. Ein Erkenntnisgewinn stellte sich eher so intuitiv ein, wie man manchmal im Dunklen begann, Farben zu sehen. Nach und nach wurde man weiter vorgelassen, drängte voran, als hätte man noch nicht gefunden, wonach man suchte. Ein von sich selbst überraschtes Glück erfasste uns auch deshalb, weil es damit so gut lief, wir das so gut konnten, diesen zauberhaften Gleichklang so vollendet hinbekamen. Viel war da auch nicht zu können, man musste sich ja gar nicht weiter einmischen. Je emphatischer wir wurden, je mehr wir uns dabei selbst zurückließen, desto besser schienen wir einander zu verstehen. Wenn wir derart ohne Plan, Ahnung oder Talent, nur durch Befolgung eines physiologisch sinnlosen, ja eher symbolhaften, allgemein akzeptierten, kulturell und christlich tradierten Näherituals derart in Bewegung gebracht werden konnten, wer waren wir dann und woher wuchsen uns diese Kräfte zu? Selbst einem Roger Federer, Luciano Pavarotti oder einer Isadora Duncan war ihre Meisterschaft nicht in die Wiege gelegt, uns aber gönnte man, im Grunde nicht weniger komplexe Kussfolgen zu vollbringen, als hätten wir nie etwas anderes getan, und dabei Universalkräfte zu entfachen, die, ins Existenzielle transponiert, denen eines Turbinenstrahltriebwerks einer verkehrsüblichen Boeing in nichts nachstanden. Wir waren kaum weiter als ein paar Zentimeter und Lippenetappen gekommen, hatten aber schon jetzt Anschluss an ein sonst unerreichbares Hochenergiefeld, das sich wie ein okkultes Versprechen ausnahm.

Dabei hatten wir uns, selbst wenn der Anschein äußerer Leidenschaft dagegenzusprechen schien, wahrscheinlich erst einmal mit diesen Küssen abgekühlt. Irgendwann war die anfangs noch heitere Rede schwül geworden, Wolkentürme ballten sich über uns und trieben aufeinander zu. Man konnte hören, wie Türen zuschlugen, Bäume aufheulten, Fahrräder umgeweht wurden; endlich traf man sich in der Gewitterzelle, und der Wind ließ nach. Das vollgelaufene Phantasma musste sich ausregnen, was jemandem wie mir, der schon bei geringeren Anlässen erhebliche Probleme bei der Entscheidungsfindung hatte, die Sache ganz wesentlich erleichterte. Im Auge des Wirbels wurden alle Ausreden und Gewissenserwägungen ohnehin suspendiert, in Momenten, deren Reiz sich ja gerade aus dem Schwinden aller reflektierten Restbesonnenheit ergab. Seltsam, wenn man bedachte, dass man, der man an den maßgeblichen Küssen seines Lebens aufgehängt war wie an kaum etwas sonst, eigentlich alle Gründe gehabt hätte, schon allein der Folgen wegen, gerade jetzt im Vollbesitz seiner geistigen Kräfte zu sein.

Auch wenn er sich nicht unerwartet ergeben hatte, verwunderte dann doch, wie wenig dieser Kuss an jene Katharina erinnerte, die ich kennengelernt hatte. Hätte man wirklich geglaubt, darin schon die ganze Frau anzutreffen, und im Kuss selten mehr erlebt als einen in Bewegung geratenen und verdichteten Ausdruck zwischenmenschlicher Binnenspannungen, wäre man in ihrem Fall nicht sehr weit gekommen. Er brachte ihre Persönlichkeit nämlich kaum zum Ausdruck, ergab sich am ehesten noch als vorsichtiges, sich im Nachgeben haltendes, versuchsweise Widerstände setzendes Agieren, das mich aber nie scheitern ließ, das andererseits eine Überwältigungsdynamik nie deutlich genug in Aussicht stellte, um sich darauf verlassen zu können. Des Weiteren erstaunte, wie sehr diese selbstbewusste Frau in der Lage und auch willens war, sich einen Moment lang unterzuordnen. Darin steckte weit Subtileres als eine bloße Passivität, denn es war ja gerade ihre Art, hinter diesem Kuss zu verschwinden, der ihn zu etwas Besonderem machte. So wie sich die negative Theologie dagegen verwehrte, Gott mit positiven Attributen zu versehen und ihm nur durch Verneinungen näherkam, ließ sich auch hier eher sagen, was dieser Kuss alles nicht war. Am Ende wurde er fast zu einer Negation des Kusses an sich, auf gewisse Weise nämlich küssten wir uns auch nicht mehr ausschließlich, jedenfalls wurde das Bewusstsein davon im Lauf der Zeit von anderen Eindrücken überlagert, unter anderem der weitreichenden Ahnung, dass dies nur der Auftakt zu einer längeren Auseinandersetzung werden würde.

Aber woher kam die Bewegung, aus welchem Urgrund trieb sie einen vor sich her, war man ihr ausgeliefert oder vorangestellt, ihr Urheber oder Dienstleister, nahm sie einen auf oder setzte man sie immer wieder selbst in Gang? Der verlegene Jungfernspruch, man sei eben schwach geworden, war auch deshalb so verdächtig, weil Schwäche diesen ja sehr vitalen Zustand kaum beschrieb. Dass an diesem Kipppunkt, an dem man mehr als nur das Heft des Handelns aus der Hand gab, nicht gleich mehrere metaphysische Systeme ihren Ausgang nahmen, sprach jedenfalls nicht für die Weltläufigkeit der meisten Denker, denn alle Begriffe von Seele, Geist und Gott, Subjekt, Objekt, Kraft, Moral, Vernunft und Bewusstsein standen hier auf dem Spiel und erschienen vor dem Grenzübertritt in dieses Mysterium des höheren Lippengebrauchs anders als danach, machten darin also eine völlige Wandlung durch. Wer die Welt nur aus Schreibtischstimmungen und Bibliothekseinsamkeiten heraus ausloten wollte, begriff bestenfalls die Hälfte und übersah, dass man sich den Weg ins Wesentliche nur freiküssen konnte.

Der ganze Vorgang war in seinem Erleben völlig unverwüstlich, keine noch so verwahrloste Kultur hätte ihn herabwirtschaften können. Tausende Kitschaufführungen, Schnulzen und Amore hatten ihn abgelutscht, geplündert und zugrunde gerichtet, und doch wären wir nicht auf die Idee gekommen, uns dafür zu schämen, gerade irgendeinen modischen Unfug mitzumachen. Jener allergeheimste und allgemeinste Moment war unanfechtbar, irreduzibel und in seinen elementaren Regungen unzerstörbar wie Granit, unkorrumpierbar auch von irgendwelchen progressiven Ideen. Damit hätte er geradezu ein reaktionäres Ideal darstellen können, doch die Reaktionäre, die ich kannte, hielten sich eher an die Würde und Schönheit alter Institutionen, überkommene politische Systeme, klassizistische Architektur, Verfallsphilosophien, vorkonziliaren Katholizismus und Tweedjacken. Selbst dies natürlich würde, wenn auch über Jahrhunderte, irgendwann verfallen, anders als der Kuss, der älter, unverfälschter und urtümlicher war als die Tridentinische Messe, die wir beide noch am Morgen in jener Weddinger Gemeinde miterlebt hatten.

Es drückte sich darin außerdem, dem Gott Luthers nicht unähnlich, ein zunächst etwas unangenehm autoritärer Geist aus, dessen Zugriff man nie hingenommen hätte, wären nicht seine Begleiterscheinungen so euphorisierend und schmerzlindernd gewesen. Denn selig wurde man eigentlich nur sola gratia, Küsse waren ein Gnadenwerk. Zwar konnte man in gewissem Umfang Wünsche anmelden, sich sogar zur Wehr setzen – schließlich war der andere noch ein mehr oder weniger Unbekannter –, aber ob ein Kuss auf Höhe kam, lag jenseits aller weltlichen Kompetenz und Zuständigkeit. Man wurde ziemlich mitleidlos erwählt, einberufen und einander zugeordnet (und wir reden hier nicht von karitativen Küssen, sondern eher aphroditischen Diktaten). Zumindest für mein Gefühl brachte dies aber immerhin etwas mit sich, dessen man sich selbst in ausgedehnten Gebeten nie ganz sicher sein konnte, nämlich die Gewissheit, vom großen Ganzen, das einen oft genug in der Kälte stehen ließ, nicht vergessen worden zu sein. Auch als wir uns längst wieder losgelassen hatten, war mehr als deutlich geworden, dass es da draußen einen nachhaltigen Aktions- und Strukturplan gab, der nun immerhin eine Eigenbeteiligung in Aussicht stellte, von der ich gar nicht mehr ausgegangen war. Ganz unabhängig davon, wie orientierungslos und desolat die Lage werden würde, die himmlischen Chöre hatten laut und vernehmlich gejauchzt und ganz deutlich uns gemeint.

Es war also ein eigenartiges Loch, das wir da beide in die Schöpfung küssten. Katharina und ich hätten darin für unbestimmte Zeiten Unterschlupf finden können, einer Nähe und Behaglichkeit willfahrend, die nie eigentlicher im Jetzt und Hier zur Ruhe gekommen wäre, wenn der holde Rausch nicht gleich wieder alles in weite Distanzen verschoben hätte. Selten genug geriet man ohne Zuhilfenahme von Drogen oder als Ergebnis längerer Meditationserfahrungen in Zustände solcher samadhihafter Auslöschungsmomente. Unsere Lippen mochten ihre unsagbaren Austauschprogramme laufen lassen, aber mit ihnen öffneten sich weit auslaufende Innenräume, durch die so etwas wie Hunger und Müdigkeit zog und in denen sich der Hang zum Hinauf und Hinüber so entpersonalisierte, dass wir uns eher wieder voneinander entfernten. Obwohl wir auf dem immer unbequemeren Sofa noch innig aneinander festhielten, hatten wir uns, kaum dass wir uns nahegekommen waren, fast schon wieder verloren.

Ebenso rätselhaft erschien die Ausdehnung der verküssten Zeit zu einer sich völlig von der Weltzeit abkoppelnden Größe. Im Nachhinein füllte, was einige Minuten gedauert haben muss, mühelos den Erfahrungswert und das Empfindungsgewicht von einigen Wochen aus. Möglich sogar, dass jene mein Leben pflichtschuldig vor sich hin treibende Langeweile die Vorbedingung für diese plötzliche Fülle war und der ereignislose Trott der Jahre untergründig Kraft für Momente wie diesen ansammelte. Wenn man es richtig anstellte und Zustrom und Stauungen seiner Alltagszeit ähnlich regulierte, wie es wasserbauliche Maßnahmen mit Flüssen, Talsperren und Pumpspeicherwerken vermochten, hätte man alles auf diese Gelegenheiten hin anordnen und seine Zeit nur als Vorbereitung, Aufladung und Spannungserzeugung für solche Gipfelerfahrungen begreifen können, die dann, bei entsprechender Hingabe der Mitwirkenden, den zeitlichen Wert einiger Jahre umfasst hätten. Möglicherweise gab es auch ohne unser Hinzutun und wie bei den Gezeiten, Atmung und Herzschlag eine untergründige und zwangsläufige Ordnung dieser Intervalle, die in unserem Fall nur noch nicht ganz klar geworden war und die ich, Katharinas Zustimmung vorausgesetzt, gerne noch länger untersucht hätte.

Jedenfalls ließen die bewusstseinserweiternden Aspekte dieser fortgesetzten Sympathiebekundungen zweier nicht eben überdurchschnittlicher Mitteleuropäer in Kosestimmung die Frage aufkommen, warum es abseits des Showgeschäfts so wenige weiterführende Diskurse und Hinweise zu diesem Thema gab, warum das Nebeneinander der Geschlechter sonst so durch und durch profan ablief. Dass man von der Kitagruppe bis zum Seniorenstift überall aufeinandertraf, auf engstem Raum miteinander herumsaß, sich bisweilen sogar dauerhaft miteinander eingerichtet hatte, mochte aus irgendwelchen Gründen und unter Ausblendung elementarer Wirklichkeiten notwendig geworden sein, und praktisch und billig war es sicher auch. Andererseits kam einem diese lässige Kohabitation nun etwas naiv und merkwürdig vor, als Kompromiss oder gar Preisgabe vergessener Vorschriften, die einen Sparta oder den Islam mit neuen Augen sehen ließen. Es war, als hätte plötzlich keiner mehr etwas dagegen, dass die Leute fortwährend und ungeschützt mit Kernbrennstäben im öffentlichen Raum spazieren gingen.

Inzwischen waren wir immer mal wieder aufgetaucht aus der einträchtigen Versenkung, vorübergehend setzten sogar Gedanken ein (Wohin? Wie weiter? Weiter!), die sich nur vergewisserten, ob der andere noch da war, das unverzagte Vorgehen billigte oder Schaden genommen hatte. Doch dann widmeten wir uns wieder den Notwendigkeiten und ließen alles andere erst einmal auf sich beruhen. Katharinas mädchenhafter Mund und die vollen Lippen, die für den unvoreingenommenen Betrachter leicht den Anschein erwecken konnten, für Küsse eigentlich noch nicht reif zu sein oder damit nur Ziele zu verfolgen, die auf eine Art kindliche Beschwichtigung, auf eine Einforderung von Trost und Fürsorglichkeit hinausliefen, erschienen überraschend eingespielt, und zwar wahrscheinlich gerade aufgrund ihrer Umsicht und Zurückhaltung. Sie ließen den anderen so gedankenverloren kommen, als hätten sie eine eigene Intelligenz, die bei der Bewertung der Lage auf jede zerebrale Beteiligung verzichten konnte. Dabei wirkten sie so unschuldig, als küssten sie zum ersten Mal, und mir ging es ja ähnlich. Vermutlich war der gemeinsam betretene Raum so neu, eigen und anders, dass ihm nichts Bekanntes glich. Es gab zu wenige Schlupflöcher in solche verblüffenden Parallelwelten, die in dieser Hinsicht dann voller Premieren waren. Küsse waren nur eine Art Durchgangspassage in diesen Bereich, und man täuschte sich darüber noch eine Weile wie Kolumbus, der, Indien vor Augen, gerade Amerika entdeckt hatte. Vor einem der neue Kontinent, über dessen Ausdehnung und Klima sich nicht viel sagen ließ, solange man noch am Ufer stand, im Rücken das Schiff vor Anker und vor sich nur Strand und Dschungel.

Dabei hätte man meinen können, hier und nur hier wäre

der einzig wahre Zugang zum anderen gewesen, aber das war er wohl keineswegs. Nicht, weil ein Kuss wie dieser eine Täuschung gewesen wäre, ganz im Gegenteil. Vielmehr waren wohl eher seine beiden Zusteller, in unserem Fall wie überhaupt, eine Täuschung für sich und andere, bis unter die Hutschnur voll mit Persönlichkeit und allerlei mal plausiblerem, mal obskurerem Weltanschauungsgerümpel, das nun endlich Platz machen musste für ein ganz anderes, noch namenloses Paar, das am Ende des Kusstunnels schon eine Weile gewartet hatte. Weder Katharina noch ich hatten die beiden je vorher zu Gesicht bekommen. Man wäre auch ganz gerne unter sich geblieben, gerade jetzt, und hätte Zuschauer und Zaungäste nun wirklich nicht gebraucht. Möglicherweise ließen wir auch deshalb irgendwann voneinander ab, weil wir, so schön alles angefangen hatte, das Gefühl nicht loswurden, dass wir nicht alleine waren.

8

Das ging eine Weile so hin, dann lösten wir uns voneinander. Sie nahm mich bei der Hand, und wir wechselten die Räumlichkeiten. Ein kleines Zimmer, eine Matratze mit zwei weißen Decken auf dem Boden, kaum Licht, das Gewitter war ab-, die Nacht inzwischen aufgezogen. Dann legten wir den alten Menschen und ein paar lästige Kleidungsstücke ab und nahmen unter den Decken Zuflucht. Ein verwunderter Teddybär fand sich noch darunter.

«Ist das okay für ihn?», fragte ich, ihn sorgsam ans Bettende setzend.

«Da muss er durch.»

«Wie großzügig von ihm.»

«Keine Heimlichkeiten, wir gehen ganz offen miteinander um.»

Bald wieder Küsse, ein zierlicher, weicher, an Händen und Armen noch etwas kühler Körper. Auch roch sie herrlich, und das noch zu so später Stunde. Wir taten nichts allzu Verrücktes, aber schon manches auf dem Weg dahin, waren mit Haut und Haaren fürs Erste auch vollauf bedient und wollten die Toleranz des beisitzenden Bären nicht gleich überfordern. Sie schlief dann ein, während ich mehr oder weniger wach lag und kaum ein Auge zubekam. Am Morgen darauf ein kurzes, nicht ganz leichtes Frühstück, selbst wenn wir uns wieder fanden und uns, etwas verhangen und befangen, noch mal zusammen ins Bett legten. Auf dem Hocker hinter der Matratze ein paar Bücher, John Donne und Gerard Manley Hopkins, meine Güte.

Die Wladimirskaja schaute also sorgenvoll, aber vielleicht fand sie auch, dass ich außergewöhnlich müde aussah. Neben der ganzen Aufregung fiel mir auf, dass Clara nicht einmal angerufen hatte. Ich schlief den ganzen Nachmittag, lief am Abend in der Wohnung auf und ab, betrachtete ein paar Strohblumen auf der Fensterbank und die geschmackvollen, vielleicht etwas zu grellen Kunstdrucke über Claras Schreibtisch, die Schlafcouch, einige girlandenhafte Gehänge an den Wänden, setzte mich und sah in die Weite. Unter der Schreibtischlampe kreiselten ein paar Motten. Was würde aus dem Lesesessel werden, den wir beide so liebten und beim Antiquitätenhändler um die Ecke für einen Haufen Geld gekauft hatten? Eine ehrliche Rundumsicht ergab, dass mir außer einem Schrank, einer Kommode und zwei Koffern nicht allzu viel gehörte. Ich simste Katharina noch Gute Nacht, rief dann Clara an, der ich vorwarf, sich nicht gemeldet zu haben, und versenkte mich online in die Nachrichten des Tages, die die alte Gewöhnlichkeit ein Stück weit wiederherstellten.

Tags darauf schlug ich Katharina vor, Ende der Woche und noch vor Claras Rückkehr eine *Carmen* an der Deutschen Oper zu sehen, vielleicht noch einen Abend im *E. T. A. Hoffmann* zu speisen, im Falle des Falles sogar einen weiteren Gottesdienst zu besuchen, fügte jedoch hinzu, dass man die Korinther auch gemeinsam und im Beisein eines Teddybären lesen könne. Doch daraus wurde erst mal nichts, da sie ihrer Freundin Gertrud einen DVD-Abend mit *Only Lovers Left Alive* versprochen hatte. Ausgesprochen ernüchternd, dass sie ihre Zeit lieber mit Vampiren und Untoten verbringen wollte, denn wann und wie würde ich mich sonst so einfach wieder freimachen können, selbst zu unüblichen Tages-, gegebenenfalls auch Nachtzeiten, sobald Clara zurück war (es sei denn, ich machte mich gänzlich frei)?

So gingen die Tage dahin, obwohl ich ständig an sie dachte und das Ganze fast etwas Irreales bekommen hatte, als ich Clara zur Rückkehr mit einem Blanquette de Veau empfing.

«Nanu, was wird gefeiert?»

Ich hätte ihr gerne von Katharina erzählt, weil es das Natürlichste der Welt gewesen wäre, diese aufreibende Geschichte mit seinem nächsten Menschen zu teilen, vielleicht dem einzigen, der mich ansatzweise kannte und mit allen Abgründen und Eigenheiten (so, wie sie mir von albernen Kollegen erzählte oder dem angespannten Verhältnis zu ihrer Schwester). Denn im Grunde hatte es mit Clara nichts zu tun. Weder konnte sie etwas dafür, noch änderte das Erlebte irgendetwas an meiner durch und durch verlässlichen, von Sympathie und Zuneigung getragenen Liebe für sie. Ich hätte es völlig normal gefunden, ihr zu sagen: «Kannst du dir vorstellen, die lässt mich eine Woche lang sitzen nach so einer Nacht. Ich begreif's nicht!», und sie antworten zu hören: «Vielleicht will sie's langsam angehen», oder: «Du und deine Kopfgeburten. Glaub mir, man weiß erst nach ein paar Nächten, woran man ist». Irgendein undurchsichtiges Reglement stand dem noch entgegen, und so sagte ich erst einmal nichts, wir hatten ja Zeit. Die Einschränkung meiner Redefreiheit hielt ich dabei für fast unverschämter als jene ja weitgehend unschuldige Nacht, weil es ein nunmehr elementares Lebensthema einfach so aus der Debatte ausschloss und ich alles Diesbezügliche würde unterdrücken, verschweigen und innerlich austrocknen müssen. Dabei beruhigte mich der an sich vernünftige Gedanke, dass es auf Dauer ja auch nicht in Claras Interesse sein konnte, meiner persönlichen Reife und Weiterentwicklung im Weg zu stehen.

Katharina hielt derweil einen merkwürdig distanzierten Kontakt. Auf Mails und SMS antwortete sie sporadisch und noch immer etwas ungelenk und floskelreich: «Ja, das können wir gerne besprechen ...», «... sollten weiterhin die Begegnung suchen, es würde mich freuen», «Ich wünsche Dir Fülle, Schwung und Schwalbenstimmungen.» Das war angesichts dessen, was wir erlebt hatten, etwas unbestimmt und opak, schien aber immerhin die Spannung hochzuhalten. Zwei Wochen später lud sie mich relativ kurzfristig zum Abendessen ein. Ich besorgte noch hektisch ein paar handgefertigte Trüffel und Honigkuchen aus der Confiserie Reichert und stellte ihr einen kleinen Strauß Hyazinthen auf den Tisch. Bei Ravioli und Feldsalat unterhielten wir uns wie zwei Fremde über den Sufismus, das klassische Kunstlied, ihren Austritt aus der SPD und über Nutzen und Nachteil moderner Homer-Übersetzungen. Während ich ihren imponierenden Gedankenflug, das promotionsverdächtige Vokabular und den weiten Radius vielseitigster Aktivitäten und Verpflichtungen verfolgte, wurde der Küchentisch lang und länger. Sie bewarb sich gerade für eine Stelle an der Uni, wollte Vorlesungen über antike Dramentheorie halten. Ich wäre sofort verzweifelt, wenn ich auch nur zehn Proseminaristen zu betreuen gehabt hätte, und ich verzweifelte im Stillen auch ein wenig an ihr, mit der es immer gleich so konzentriert und anstrengend wurde. Vermutlich war es doch keine schlechte Idee, so lange Abstände zu lassen. Alle drei Wochen einen Abend und eine Nacht mit ihr ..., dachte ich auf dem Nachhauseweg, auch wenn sie doch noch irgendwann aufgestanden und zu mir herübergekommen war, mir über die Wange gestrichen, meine Hand genommen und mich ins Schlafzimmer geführt hatte. Dort wieder alles Mögliche, aber nicht das Möglichste (und ich musste ja auch nach Hause, bevor Clara Verdacht schöpfen konnte).

Es fiel nicht ganz leicht, sich an diese Lage zu gewöhnen. Nicht nur der logistische Aufwand, das Risiko aufzufliegen und die notwendigen strategischen Betrugsüberlegungen, sondern auch die fragile Balance jener zwei höchst unterschiedlichen Frauenwelten erwiesen sich als beachtliche Herausforderung. Zu Hause wurde jede noch so latente Stimmungsverschiebung sofort registriert und führte zu kaum vorhersehbaren Konsequenzen. Man kam nicht um die Einsicht herum, dass das jahrelang eingespielte Miteinander – ähnlich wie der freiheitlich-säkularisierte Staat im Böckenförde-Theorem – von Voraussetzungen lebte, die es nicht garantieren konnte, von einem Geheimnis, das so komplex und verschlungen war, dass man es weder in seinen Grundlagen begreifen noch bei Störungen beherrschen und wiederherstellen konnte. Jede kleine Lüge, jeder falsche Ton löste eine Kette von unabsehbaren Folgen aus. Plötzlich gefielen mir Claras Hausschuhe nicht mehr, sie dagegen machte sich über meine neuerlichen Versuche lustig, dem verbliebenen Haupthaar ein letztes Aufbäumen abzuringen. Ihre entspannte, mir jahrelang wohltuende und in Anbetracht ihres Arbeitsalltags auch allzu verständliche Art, die Wochenenden spät zu beginnen und sich nur von der Couch zu bewegen, wenn es absolut notwendig war, kamen mir nun ein bisschen ambitionslos vor. Meine ungewohnte Freundlichkeit nahm sie zum Anlass, mir ebenfalls gefühlvoller zu begegnen und ein Ausmaß an Nähe zu entwickeln, die mir in ihrer Zudringlichkeit dann doch nicht immer ganz recht war, woraufhin sie zu einer grundlegenden Kritik meiner Männlichkeit in nahezu allen Lebensfragen anhob, was mir nur wieder die Gewissheit unseres fortschreitenden Niedergangs vor Augen führte und so weiter.

Noch reichte ein verlängertes Wochenende auf Usedom und die Ruhe über Strand, Meer und Himmel, um einander wieder einzufangen. Dann spielte sich das Verständnis für den Raum und Saum des anderen wieder ein, und ein paar gemeinsame Abende und Spaziergänge vor sturmumtoster Brandung machten klar, dass, wenn überhaupt, nur ein marginaler, uns nicht wirklich betreffender Teilzeitwahn vorübergehend eine Dritte mitlaufen ließ, in Gedanken (und in der Überzeugung, dass sich diese ganz sicher in eine Ordnung würde einfügen lassen, die am Ende allen Beteiligten zugutegekommen wäre).

Mit Katharina verhielt es sich genau andersherum. Hier waren die Voraussetzungen so instabil, weil man rein gar nichts voneinander wusste und fortwährend nur Projektionen miteinander austauschte. Jede Begegnung fügte ein paar neue hinzu, jeder Schritt und Satz, jede Geste wurden auf die Goldwaage gelegt. All dies wäre leichter gewesen, wenn ich noch halbwegs bei Verstand gewesen wäre und die Angelegenheit mit der gebotenen Klarsicht, Kühle und nach bestem Wissen und Gewissen hätte ordnen können. Mit ein bisschen mehr Erfahrung hätte ich davon abgelassen, solche Phantasien in die undankbare Realität umzusetzen, meine Trägheit und Wankelmütigkeit hätten dafür gesorgt, dass alles im Sand verlaufen wäre. Ich war inzwischen so weit außer mir, dass etwas grundsätzlich nicht stimmen konnte.

Vermutlich teilt einem zumindest das vegetative Nervensystem irgendwann in seinen metabolischen und kardialen Arrhythmien mit: Die nicht, die bitte nicht! Woher diese Sicherheit aufstieg, ließ sich nicht sagen, es sprach an sich nichts gegen Katharina. Und die heiß gelaufenen Revolutionäre und Aufständischen im Untergrund wussten ja ebenso deutlich: Die und nur die! Normale Leute treffen sich, mögen sich, spinnen sich ein bisschen ein und machen gemeinsame Sache, hier aber fehlte diese Leichtigkeit. Es blieb überladen, nervös und irgendwie unverbindlich, nie spielte sich der geschwätzige Dialog von Schwarmgeistern ein, die sich, allen Hindernissen und Beschränkungen zum Trotz, jeden Abend Gute Nacht wünschten, nur um morgens nachzufragen, wie diese nun verlaufen sei, die sich zu lange E-Mails schrieben, alle Zeit und Unzeit für gemeinsame Unternehmungen freischaufelten, sich unnütze Geschenke machten, zu viel Geld für Restaurants, Reisen und Unterwäsche ausgaben. Vielleicht war Katharina auch einfach nur zu beherrscht, um noch mal romantisch aus der Haut zu fahren, oder hielt es nach vorangegangenen Verletzungen für geraten, sich erst einmal zurückzunehmen, was wusste denn ich? Bevor sie merkte, dass sie sich in mir geirrt hatte, was mir nur eine Frage der Zeit schien, wollte ich es wenigstens versuchen.

Und eigentlich konnte, wer in weit gefügteren Verheißungs- und Schicksalsbögen dachte, jetzt nicht mehr allzu viel verkehrt machen, denn sobald die Konstellation erst einmal stand, saß die Bahn in ihrem Gleis und würde schon an Fahrt aufnehmen. Mensch, werde wesentlich; vieles an ihr war einfach zu zauberhaft, um sich in einem Irrtum aufzulösen. Mache es nicht zauderhaft, sagte ich mir wie zum Trotz, wenn ich mich nach spontanen Eingebungen ihrerseits auf den Weg zu ihr machte, um sie noch spät in einer Kneipe oder am Rande einer Ausstellungseröffnung zu treffen, von wo man sich irgendwann zu verdunkelten Parkbänken davonschlich. Zwar hätte man auch bequemer und mit mehr Tiefgang unmoralisch sein können, wenngleich die hektischen Lippenbekenntnisse bei Mondenschein, im Beisein von Flaschensammlern und Wanderratten einen leicht verwegenen Reiz hatten. Doch noch immer gingen all diese Treffen von ihr aus, während meine vielfachen Vorschläge unglücklicherweise in Konflikt mit ihren Plänen und Projekten kamen (es sei immer zu wenig Zeit für das Schöne, klagte sie dann).

Anfang Juni fuhr ich wieder ein verlängertes Wochenende nach Wittenberg, nicht nur wegen jener angekündigten Vorlesungsreihe *Spiritus per spiritum intellegitur*, sondern vor allem, weil ich hoffte, ein paar Tage mit Katharina allein und abseits von Berlin verbringen zu können. Wir hatten uns eine Woche vorher lose für Freitagmorgen verabredet, um denselben Zug nach Wittenberg zu nehmen. Sie werde noch mal Bescheid geben, wisse noch nicht, ob sie es hinbekomme. Also wartete ich auf das Wochenende, sah auf nächtlichen Toilettengängen heimlich auf dem Handy nach und harrte trotz einiger Nachfragen bis Freitagmorgen aus, ohne von ihr zu hören. Völlig im Unklaren, aber mit Hemden und Hosen für drei Tage, fuhr ich dann auf gut Glück zum Hauptbahnhof, schickte weitere Nachrichten, ließ den anberaumten Zug stehen und war gerade dabei, mir telefonisch ein Zimmer im *Schwarzen Baer* zu buchen, als sie sich meldete, schon auf dem Weg, aufgehalten von Gertrud und verschwunden in einem Funkloch von einer Woche, auf welches hinzuweisen mir unangemessen vorgekommen wäre. Sie freue sich, endlich loszukommen.

Katharina war stärker in die Veranstaltung eingebunden, als ich dachte, übernahm gleich am Abend eine Führung für internationale Gäste durch die Dauerausstellung im Lutherhaus, war bei allen Vorlesungen, Stehempfängen und Podiumsdiskussionen zugegen und besprach sich bis in den Abend hinein mit Pfarrern und Professoren. Von Staden hatte mir aufgetragen, die Runde von ihm zu grüßen, aber ich kannte keinen, bis auf Hinrichs, mit dem ich immerhin ein paar Minuten über die klugen und törichten Jungfrauen ins Gespräch geriet, über die er auch abseits des Theologischen bewandert schien. Später hörte ich seine Vesperpredigt, gewaltig, durchaus einnehmend, Luthervariationen über Glaubenssprünge in den Abgrund, «da kein Fühlen noch Sehen, noch Fußen noch Stützen ist», einen Gott, der belebte, indem er tötete, gerecht machte, indem er schuldig werden ließ, und in den Himmel führte, wen er vorher durch die Hölle gezogen hatte. Eindrucksvoll für den, der noch fest im Glauben stand, für mich inzwischen ein paar Takte zu melodramatisch. Was Katharina davon hielt, war schwer zu sagen, aber sie schien diese leicht donnernde Art, Hinrichs' noch immer jugendliches Charisma und das ungebrochene Pathos mit größerer innerer Anteilnahme zu betrachten. Und sicher, wir waren der *finstere Weg* ...

Wichtiger war mir ohnehin, dass sie mich nach dem letzten Wein mit nach Hause nahm. Es war schon recht spät, als wir ein paar Minuten zu jenem etwas einsam an Stadt- und Waldrand stehenden Klinkerbau hinausfuhren, in dem sie aufgewachsen war und in dem sie noch ein paar Zimmer hatte, wenn sie aus Berlin zu Besuch kam. Kurz saßen wir noch bei einem Nachttee mit ihrer Mutter zusammen, die dort nun alleine wohnte, sich sichtlich über uns freute und mich von oben bis unten vergnügt musterte (ihr Vater war gestorben, als sie siebzehn war, nach kurzer, schwerer Krankheit, wie es so schön heißt). Ich wurde pro forma in eines der Gästezimmer einquartiert, später dann aber erwartungsgemäß zu erweiterten Nachtgesprächen hinzugebeten.

9

Ein ganz eigentümlicher Modus des Miteinanderschlafens oder doch mindestens -einschlafens: Nahezu endlose Gesprächsflüsse mündeten bis weit in die Nacht hinein in immer neue fruchtbare Seitenläufe. Neben Kleidern und Scham legten wir auch die Scheu ab, uns den ganz großen Fragen zu stellen, Theodizee, Perichorese, apophatische und kataphatische Theologie (eine katharinische wäre noch auszuarbeiten), die Ästhetik von Feder-, Schleier- und Schichtwolken und ihre Folgen für Goethes Witterungslehre, die klassische Lebensentscheidung: Mythos oder Metaphysik, Laktose- oder Glutenintoleranz, der Kakaoanteil von Zartbitterschokolade im Qualitätssegment und vieles anderes mehr. Womöglich hätte ich jene Unterredungen, die sich am nächsten Morgen genauso schwer rekonstruieren ließen wie Träume, unter anderen Voraussetzungen für deplatziert gehalten, hier waren sie ein unerwartetes Bildungserlebnis und darüber hinaus eine der wenigen Möglichkeiten, einmal in aller Ruhe ein paar elementare Dinge miteinander zu besprechen.

Themen- und argumentationsbedingt lagen wir mal vor-, bei-, an-, in- und übereinander, hörten zu, schauten, redeten. Blicke auf eine völlig Fremde, sobald sie aus ihrer Umgebung herausgelöst war, das Gesicht aus der Nähe überdeterminiert, Neufundland, an den Rändern schon halb aufgelöst. Hin und wieder packte es uns, und wir trieben ohne klare Richtung miteinander davon. Es gab in diesen Momenten keinen Übergang zwischen Präliminarien und Essenzialien, und vielleicht war das Ganze ursprünglich immer ein fließender Vorgang gewesen, bevor man Flussläufe auch hier begradigt, Streckenabschnitte voneinander getrennt und Nebenarme trockengelegt hatte. Während keinem der klassischen Verführer das Sinnliche allein besonders wichtig gewesen wäre, eine Art Anreiz- und Bonussystem der Götter, nett, aber nicht zwingend notwendig, da es eigentlich um ein höheres Spiel und Duell ging, hatten sich die Interessen in jüngster Zeit deutlich verschoben und die Abläufe stärker standardisiert.

Nicht so bei uns. Das Ganze umkreiste anfangs einen Satz Kierkegaards («Sich in ein Mädchen hineinzudichten ist eine Kunst, sich aus einem Mädchen herauszudichten ist ein Meisterstück»), mit dem sie auf irgendeine Anspielung von mir antwortete, die wohl den Zweck verfolgte, einander doch endlich etwas näherzutreten. Der genaue Zusammenhang ist mir entfallen, auch weil sie sich, während ich noch mit einer durchdachten Erwiderung beschäftigt war, vor meinen Augen entkleidete, Bluse, Kleid und Strumpfhose sorgfältig über die Stuhllehne eines Küchenstuhls hängte, nackt an mich herantrat (so nah, dass ich nicht viel von ihr sehen konnte), gelassen meiner Worte harrend ihre Ohrringe heraus- und mich abermals an der Hand nahm, ins Schlafzimmer führte und auf der Bettkante absetzte. Ich gab mir Mühe, um diese Stunde noch einmal ausreichenden Tiefgang zu entwickeln und weiter auszuholen, aber es war nicht ganz leicht, in gebotener Sachbezogenheit vom dänischen Philosophen zu reden, während ich meine Socken auszog und mich von einer Unbekleideten zur Seite beobachtet wusste.

Auch wenn das Thema an sich schon reizvoll genug war, hob es den ohnehin ergreifenden Kierkegaard noch einmal ganz ungemein, ihn wie Adam und Eva zu erörtern. Man hätte es auch dabei bewenden lassen und den Schlaf suchen können, doch waren wir dafür noch nicht müde genug und lebten womöglich zum ersten Mal das geteilte Glück sapiosexueller Leidenschaft aus. Wie ein altes Ehepaar lagen wir eine Weile zugedeckt nebeneinander, und solange das Licht an war, mochte das Theoretische keiner recht hinter sich lassen. Allzu hastige Ent-Deckungen wären jetzt ähnlich unangebracht gewesen, wie mit den Händen zu essen. Katharina war die ganze Zeit außerhalb des direkten Blickfeldes geblieben, als ahnte sie, dass das Nackte, entgegen der Vorstellung, erst hier fände man den anderen rein und unverfälscht, immer etwas unbeholfen, unausgewogen und dürftig erschien, dass es einem im Grunde nicht einmal selbst gehörte und einen eher unpersönlichen Eindruck hinterließ, jedenfalls bei erster Draufsicht. Unter Umständen hätte es (trotz nahezu idealtypischer Voraussetzungen in ihrem Fall) weniger Offenbarung als zu einer Art Uniform werden können, die durch die Allgegenwart von enthüllter Nacktheit heute kaum interessanter als ein weiblicher Hosenanzug gewesen wäre, Gegenstand taxierender männlicher Subjektivität mit Internetanschluss, die sich mit *barely legal throatfucks* überladen hatte und daraus Benchmarks und Konvergenzkriterien ableitete, die ein kategorischer Irrtum waren. Sie machte dann irgendwann das Licht aus.

Wie Mücken, die erst im Schutz der Nacht zum Angriff übergehen, warteten wir geduldig, das Thema Kierkegaard in letzten Gedankengängen umkreisend, bis wir kaum noch etwas sahen. Unsere Augen gewöhnten sich an die Dunkelheit, auf gewisse Weise begann diese sogar, dem Licht zu gleichen. Die Dämmerung brachte oft mehr zum Vorschein als die Mittagsstunden, wenn das Licht klar und scharf, für vieles andere aber auch blind war. Augenpaare etwa bekamen im düsteren Schein einer Kerze ein ganz anderes Glutverhalten. Je später es wurde, desto stärker hellte sich unsere Wirklichkeit auf, desto mehr leuchteten wir auch einander ein. Was man jetzt wissen musste, ergab sich über Haut und Hände, die Empfindungen und Empfindnisse eines wachsenden, durch Rezeptoren, Synapsen und sensorische Neuronen schießenden Taumels. Wurden diese Eindrücke anfangs noch mit ihren äußeren körperlichen Entsprechungen abgeglichen, Bögen, Texturen, Griffigem, Gleitendem, allen Gliedern, die in jeweils eigenen Parallelaktionen miteinander beschäftigt waren, verloren diese sukzessive ihren Funktionscharakter und gingen so ineinander über, dass in ihnen bald ein gemeinsamer Tonus und dieselben Schwingungen und Frequenzen herrschten. Laufend ergaben sich neue Verknüpfungen und Anlagestellen, vor allem rund um Schulter, Hals und Ohren, die mir ihres flexiblen Materials, ihres rätselhaften und kunstvollen Designs und ihrer Mehrkomponentenstruktur wegen ein unergründliches Faszinosum blieben. Um einander wieder halbwegs greifbar zu werden, spielten wir ein paar der gewohnteren Routinen durch, nur um zu bemerken, dass sie rein äußerlich und nicht notwendig waren, jedenfalls nicht für das, was sich um uns herum abspielte. Sie wirkten erzwungen und fast ein wenig komisch, also ließen wir bleiben, was sonst den Mittelpunkt der Handlung und eigentlichen Sinn unseres Hierseins gebildet hätte. Zwar verlangten Respekt und Anstand, dass ich ein paar Angebote in diese Richtung unterbreitete, doch hielt sie mich wie eine große Schwester zurück, so als ginge es darum, nun besser auf der Hut zu sein und aufeinander achtzugeben.

Also taten wir noch mal so jungfräulich, als wüssten wir von nichts (und wussten ja auch von nichts). Alles Nähergehende, das man zur Genüge hätte kennen müssen, erschreckte einen fast, als wäre man in der Gefahr, einen Hochsicherheitsbereich zu betreten und Alarmanlagen auszulösen. Vermutlich, so kannte man es aus religiösen Zusammenhängen, umgab sich das Geheimnis auch hier mit Abwehrmaßnahmen und esoterischen Firewalls gegen Unbefugte. Es schützte damit sich selbst wie auch jene, denen die Sache schnell über den Kopf gewachsen wäre, vor allem also mich, dem hier eindeutig die nötigen Voraussetzungen fehlten. Eine herkömmlichere Praxis hätte die Vorgänge jetzt übersichtlicher gemacht, doch schon ein paar Stunden mit Katharina bereicherten einen um die Erkenntnis, dass diese eher den Rang einer Hilfskonstruktion, Vorsichts- oder Orientierungsmaßnahme gehabt hätte und von viel einfacheren Ordnungsvorstellungen durchzogen gewesen wäre. Natürlich konnte man Schneisen durchs Dickicht schlagen, die die urtümliche Umgebung weniger bedrohlich wirken ließen, den Verkehrsfluss beschleunigten und vor allem auf ein Ziel hinführten. Fachgerechtere Umarmungen dieser Art hätten sicher im Rahmen unserer Möglichkeiten gelegen. Es sprach an sich auch nichts dagegen und hätte seinen Reiz gehabt, es ergab sich einfach nicht.

Man müsste das Ganze, so dachte ich später, wie Heidegger es mit dem Sein machte, indem er später Seyn oder auch ~~Seyn~~ schrieb, auch äußerlich klar erkennbar von einem geläufigen Missverständnis abgrenzen und den Hergang vielleicht eher als ~~Sex~~, $\alpha\overset{S}{\underset{E}{\times}}\Omega$ oder *theia mania* bezeichnen. Wir waren nackt und trugen eine mitunter auch körperliche Auseinandersetzung aus, aber da endeten schon die Gemeinsamkeiten. Sex, unserem Treiben auf den ersten Blick nicht ganz unähnlich, ging technisch, organisch und athletisch ganz andere Wege, gehörte erlebnisqualitativ eher in den Wellnessbereich und roch ein bisschen nach Turnhalle. Jede Kontrolluntersuchung beim Zahnarzt war ein größeres Mysterium. ~~Sex~~ dagegen schien ein Schwarzes Loch, in dem diese Begriffe untergingen. Man reichte weder zu ihnen noch den entsprechenden Beobachtungen und Gefühlslagen hin. Stattdessen fast schon Bestürzung und eherne Notwendigkeit, auch dies schon spekulativ, denn woher kam die Hoffnung, dass es Nöte gab, die sich so wenden ließen? Wen oder was wollten wir finden, wenn wir einmal durch den anderen hindurchgegangen waren, denn das schien ja manchmal unser ganzes Sinnen und Trachten? Inwieweit war es überhaupt noch stimmig, von *wollen* zu reden, wenn das Handlungspersonal zunehmend in alle Richtungen diffundierte?

Nachdem wir uns eine Weile ziemlich schwere Bälle über den Sinn des Lebens zugeworfen hatten, sprach und dachte jetzt niemand mehr. Was noch zu erleben war, waren Stromstöße, unvorhersehbare, unkoordinierte, nach keinem klaren Muster verlaufende Entladungen und Kontraktionen, die in ein eigentümliches Kampfgeschehen mündeten, vermutlich ein Ringen um den Zugang zu alternativen Energiequellen. All diese Fragen stellten sich nicht mehr, und man sah einander auf den Grund, auf dem man alles Mögliche, nur nicht mehr den anderen fand. Immerhin hatten sich die Lippen noch nicht ganz verloren und setzten die Verständigung in einer Sprache fort, die sich den Hauptsachen widmen konnte, während alle vernünftigeren labialen Verlautbarungen im Zuge unserer fürs Erste unterbrochenen Universalaussprache erst einmal auf morgen verschoben wurden. Und weil die Augen in diesem neuartigen Ineinander von Licht und Finsternis nicht mehr weiterhalfen, tastete man sich wie ein Maulwurf über die Haptik und den Geruchssinn weiter, grub und baute lange Gänge durch die Nacht. Man sieht, wohin diese Vergleiche führen, aber warum gab es keine verbindlichen und halbwegs vernünftigen kulturellen Übereinkünfte und Verfahrensnormen, die für etwas mehr Planungssicherheit im Personennahverkehr sorgten? Bibliotheken füllten sich mit subalternen Nichtigkeiten, online kopulierten Fleischberge, und die Öffentlichkeit diskutierte über Ehegattensplitting. Warum beschäftigte sich jemand wie ich mit einer Dissertation über *Idol und Ikone*, wenn die alten theurgischen Geheimlehren und Beschwörungsriten ein zeitgenössisches Update viel eher verdient gehabt hätten? Ich war ja wohl nicht der Einzige, der so etwas erlebte.

Am ergreifendsten war meine Hilflosigkeit hinsichtlich der handwerklichen Standards, mit denen ich den Erfordernissen der Nacht gerecht zu werden suchte. Ich hätte ebenso gut die Sintflut mit Plastikbechern abschöpfen können; mehr noch als bei der Wahl der Mittel und Methoden irrte ich mich dabei über die Reichweite der wirkenden Kräfte. Natürlich konnte, wer im Atlantik baden ging, zumindest in Ufernähe noch seine eigenen Wellen machen. Naheliegender schien es, sich in die Wellen zu werfen, die schon da waren. Je weiter man hinausgeriet, desto mehr war man der Bewegung selbst ausgeliefert und musste sehen, wie man mit der Wucht von Sog und Strömung klarkam. Offshore-Winde türmten ein unruhiges Gewoge auf, dem sich als Einzelner wenig entgegensetzen ließ, Katharina war diesbezüglich schon ein ganzes Stück weiter und verfügte hier über ein erstaunliches Maß an Surferfahrung. Ohne längere Aufwärmphase zog sie mich gleich ins Tiefe jenseits der Brandungszone, wo wir dann auf die Wellen warteten, die uns tragen würden. Sie waren schwer auszumachen, ganz besonders am Anfang, kamen abrupt, trugen uns eine Weile auf ihrem Kamm und fielen ebenso ankündigungslos in sich zusammen. Wann, wie weit und wie hoch uns die nächste mitnehmen würde, war nicht zu sagen, also ließen wir uns treiben.

Es war ein bisschen wie noch mal Schwimmen lernen, mit allem Ungeschick, aller Furcht und Euphorie. Katharina schien zu wissen, was sie tat, und wirkte da sehr instinktsicher, zog mich mal zu sich hin, hielt mich aber auch immer wieder zurück. Womöglich hätte jeder erfahrene Wellenreiter seine Tubes, Curls und Swells wiedererkannt, ich musste mich erst daran gewöhnen. Mit der Zeit jedoch wurde ich aufmerksamer und glaubte dann sogar, in jener atmenden, unregelmäßigen Struktur kleinere Kapillarwellen erspüren zu können. Letztlich ging es darum, möglichst bald die Sicherheit zu gewinnen, dass man getragen werden würde, ganz unabhängig von der Höhe der Welle, dass man ein Gleichgewicht finden und die Kraft der Peaks aushalten und weitergeben konnte. Irgendeine *Befriedigung* wäre jetzt ein Fall durch tausend Himmel gewesen. Friedenszustände sehnte herbei, wer in eine militärisch aussichtslose Lage geraten war, das konnte man von uns nun wirklich nicht behaupten. Unsere fortdauernden Neuverhandlungen in Fragen gegenseitiger Leibeigenschaft hätten friedlicher nicht sein können; alles, was wir jetzt brauchten, war freie Bahn und ausreichende Thermik (und bloß keinen Strömungsabriss).

Darüber hinaus stellte sich vermutlich infolge durchlässiger Hautbarrieren und Hirnschranken bald eine Rückkehr zu Formen des Kollektiv- oder zumindest Dualbewusstseins ein. Ein Effekt, den man von Sinfonieorchestern kannte; alle wissen auf die Millisekunde genau, wann ihr Einsatz ist, während es Menschen sonst schon schwerfällt, sich zur verabredeten Zeit an einem bestimmten Ort zu treffen. Manches Largo war so situativ und instinktiv zu erspüren, dass wir uns in diese schmelzenden Resonanzen einfügten, als dirigierte uns Karajan zu *Tod und Verklärung*. Da die Möglichkeiten zur äußeren Verständigung im Dunkel begrenzt waren, kam eine vernachlässigte Intelligenz des Blutes und Rückenmarks zum Zug und griff auf Kommunikationsmethoden zurück, die inzwischen atrophiert waren und entwicklungsgeschichtlich vermutlich in Zeiten zurückreichten, bevor Humanoide das Sprechen erlernt hatten. Der Weg über Worte, Sätze und Ideen erschien in diesen Momenten wesentlich umständlicher und auch weniger präzise als diese viel eingängigeren Frequenzen. Sie reichten in eine Zeit zurück, als die Dinge generell noch anders beziehungsweise überhaupt noch miteinander zusammengehangen hatten.

Aus unserer Position sah es so aus, als habe eine gigantische Detonation den ganzen, für uns noch einmal spürbaren Großzusammenhang irgendwann in tausend Stücke, Splitter und Partikel zerrissen und alles vormals Gebundene nach außen geschleudert. In jenem vorkataklysmischen Urzustand hätte uns noch alles betroffen, schienen die Fühlfäden dichter gespannt und mit der ganzen Welt verzurrt, Menschen, Göttern, Elementen. Eine fast schon unerträgliche Vorstellung, mit so viel verbunden zu sein; nur solche im Grunde maßlosen Euphorien legten einem Kraftreserven nahe, mit deren Hilfe sich eine solche Welt noch einmal würde tragen lassen. Meine spätmoderne, weitgehend outgesourcte Seele hätte für so viel Welt gar keinen Platz mehr gefunden. Zu weit nach draußen geraten und schon zu fern von allem, kam eine Rückkehr zur Mitte hin für mich nicht mehr infrage. Wenn es denn einen Ausweg gegeben hätte, dann den, gleich ganz verloren zu gehen, über alle Ränder hinauszutreiben, ins äußerste Außen zu fallen. Anfang und Untergang wären aufs Selbe hinausgelaufen, eine Abkürzung, die zu selten gesehen wurde. Man hatte das Atom, das Ich und den Kultus gespalten, Völker, Sprachen, Geschlecht und Geschlechter hinter sich gelassen, große Potenziale befreit und diesen Expansionssog noch beschleunigt. Alles verselbständigte sich und zog sich aus den Ordnungen zurück, um im Nichts darauf zu hoffen, zyklisch zu einem neuen Anfang mitgenommen zu werden.

Ich hätte mich nur kreisend einklinken müssen. Vermutlich ließen sich die meisten destruktiven und selbstdestruktiven Strategien, der oft unverstandene Trieb, altgediente Gefüge von innen her aufzulösen (und es lassen sich nur die Dinge auflösen, die eh schon morsch sind), als Möglichkeit verstehen, sich selbst endlich an und in einer Struktur wiederzufinden, an Grenzen, die mir zeigten und versicherten, dass ich noch da war. Jede Grenze, die dies nicht mehr vermochte, würde meinen Fall beschleunigen, und wenn es keine äußeren mehr gäbe, müsste man über die letzten, seine eigenen gehen. Mir war das Bedürfnis neu, hatte es Katharina? War Sex womöglich eine höhere, Selbstaufgabe und Neugeburt befördernde Abwrackprämie?

Für eine Liebesnacht nämlich war das Ganze fast zu unpersönlich. Es ging Katharina unter Umständen weniger um mich, als es den Anschein hatte. Vielmehr zeichnete sich vage jenes auch mir noch keineswegs ganz deutliche Verlangen bei ihr ab, alles zu sein. Und ich machte ja gerne mit, man hätte sich an den Gedanken gewöhnen können. Was immer jedoch dieses *alles* war oder hätte sein und werden können, es schien mit dem diffusen Bedürfnis verknüpft, erst einmal alles einzureißen, was dieser All-Einheit im Weg stehen konnte, gewissermaßen also vor allem und erst einmal sich selbst. Was war dagegen schon Lust? Physiologie und Energie, widrige, weitgehend richtungslose Reizquanten, dumpfes Brüten warmer Sümpfe, das sich rührend ausnahm gegenüber dem sich von Zeit zu Zeit aufdrängenden, kraftvollen und unausweichlichen Impuls, sich und andere zum Einsturz zu bringen. Vielleicht hätte man sich wünschen sollen, einem klassischen Beischlaf zu willfahren, einem halbnaiven Spiel verliebter Frohnaturen und Freigeister, die ihre Selbstverschwendung nie über den Rahmen des allgemein Angenehmen und Zuträglichen hinaustrieben.

So handelte es sich um einen der berühmten Umwege, die die Ortskenntnis erhöhen. Ich war ein paar Jahre auf dem Land aufgewachsen, so idyllisch und hinter den sieben Bergen, wie es die Zeiten sonst kaum mehr zuließen. Die Talhänge meines Dorfes, das Flüsschen, das hindurchzog, die Wälder, Viecher, Felder, die Jahreszeiten, die die Gegend nahezu vervierfachten, waren früh zum Gegenstand behüteter Erinnerungen geworden. Wir zogen in die Stadt, als ich elf Jahre alt war, und ließen damit auch diese Natur für immer zurück. Ich wünschte, ich hätte sie später in ihren leicht Eichendorff'schen Resonanzen noch irgendwo entdecken können, aber es schien sie nirgends mehr zu geben, am allerwenigsten in Naturschutzgebieten. Man konnte sich Dämmerungen auf Santorin, Safaris durch die Serengeti oder Dampferfahrten auf der Donau ohne großen Erlebnisverlust auch auf Youtube ansehen. Nichts gegen ausgebaute Wanderwege, aufgeräumte Palmenstrände und die paar zu Reservaten erkorenen Reste alter Wälder, für die man inzwischen Eintritt verlangte; zur Natur der Dinge kam man damit nicht mehr. Das Wenige, das an Natur übrig geblieben war, fand sich offenbar nur noch in den Landschaften eines vom Begehren erleuchteten Körpers, in der unwägbaren Drift, die er auslöste, samt allen fast außerpersönlich erfahrenen Eingebungen während des ekstatischen Dialogs mit ihm.

Allein die landschaftliche Varianz konnte sich mit den Mittelgebirgsregionen meiner Heimat durchaus messen. Fortwährend ergaben sich neue Perspektiven, jedes Schultergelenk öffnete eine unübersehbare Zahl von Feldverläufen, Moränen, Rinnen, Lichtungen, Böschungen und Höhlen. Darüber ein halbes Dutzend Dunstkreise, einer charmanter als der andere, ein Parfum, das in Resten erspürbar blieb, und jener undefinierbare Lilienduft ohne Ursprung, der meiner Nase nach aus den Deltas ihres unteren Rückens aufstieg. Es waren Nuancen, die sich ergänzten, gegenseitig hervorbrachten und ineinander übergingen, ohne dass eine einzelne dominiert hätte.

Engelhaftes, Dämonisches und Allzumenschliches kamen so zur Geltung wie die Geschmackselemente eines mehrgängigen Festmenüs mit immer neuen Weinen. Spätestens ab dem zweiten Hauptgang war man so hochgestimmt, dass man die Hautgouts nur mehr schwebend zur Kenntnis nahm und nach der Taubenbrust zu Käse, Schokolade, Likörwein und Espresso weiterflog, in einem Zustand der Intoxikation, der keinen Bezug mehr zu Ernährungsfragen hatte, sondern nur noch luxurierendes Dasein und Entzücken war.

Recht eindrucksvoll korrigierte die Natur meine gemütlich-bukolischen Erinnerungen und gab sich als Überflussphänomen, reißende Bewegung und drängendes Unmaß zu erkennen, das sich bis hinein ins Anorganische verausgabte. Wer einander so eindrücklich tingierte, musste damit rechnen, sich als Paar im Raptus mehrfach zu potenzieren, womöglich aber auch sich selbst und der Welt verlustig zu gehen. Es wäre ein Weg in die Bestimmungslosigkeit gewesen, der einen ins Flattern bringen konnte. Wir alle brauchen das Licht, sehen höchst ungern aber direkt in die Sonne. Die Fremdheit, die wir für ein paar vertraute Stunden überwunden hatten, würde wiederkehren. Der Sprung aus großer Ferne in eine solche Nähe war zu übergangslos, ich kannte Katharina ja nicht einmal ansatzweise und verband mich mit einem Leben, das wenig mit meinem eigenen zu tun hatte. Zwar führten solche Nächte nicht gleich zur Kernschmelze, dafür waren die Vorgänge normalerweise zu peripher (unabhängige Beobachter wären zur Überzeugung gekommen, dass wir nicht einmal richtig angefangen hatten), doch je näher man sich kam, desto unheimlicher wurde der Abgrund, der ja da sein musste. Anderer Mensch, anderes Universum, jedes noch so überschwängliche Einheitsgefühl konnte angesichts einer unabweisbaren, unüberbrückbaren Verschiedenheit nur eine Illusion sein.

Man würde den anderen aus sich wegrücken müssen, um wieder man selbst zu werden, einen Abstand herstellen, der zwei guten Bekannten angemessen war.

Im ganzen Durcheinander war die nötige Förmlichkeit natürlich auf der Strecke geblieben und hatte man ein wenig vergessen, wen man da vor sich hatte. Auch wurde man sich selbst etwas unheimlich, kannte sich nur unter geordneten Voraussetzungen. Und Katharina, für wen hielt sie mich, den Cherubinischen Wandersmann, das nichtende Nichts, den grundlosen Grund? Was immer sie zu diesem heiligen Ernst veranlasst hatte (vielleicht war sie einfach so angelegt), führte, wie in unseren Gesprächen, einmal mehr zu dem Eindruck, als begegnete man sich zum ersten Mal. Erstaunlich, dass eine solch sinnlich-karnale Ebene für sie überhaupt in diesem Umfang existierte. Sie hatte selten so wahrhaftig gewirkt wie hier, in der reinsten Spontaneität, man hätte derlei auch nicht programmatisch abwickeln können. In abgeklärteren Stunden würde man darauf zurückblicken wie auf einen Traum, denn die halbbewussten Zwischenräume der Nacht, in denen wir phasenweise unterwegs gewesen waren, der Sturz ins somatisch Instinktive, hatten tatsächlich etwas Traumverwandtes (wobei der Traum fast noch realer erschien und meistens stärker beleuchtet war). War Eva nicht aus Adam herausgeschöpft worden, während er schlief? Aus wie viel Traum und Wirklichkeit setzte sich Eva überhaupt zusammen, und waren sie und diese Paradiesgeschichten am Ende je mehr als ein Traum Adams gewesen?

10

Wenn es denn ein Traum gewesen war, so setzte er sich fast nahtlos auf einem Spaziergang fort, den wir tags darauf durch den Wörlitzer Park machten. Oder aber, ebenso denkbar: Nacht und Traum wirkten, wie ja sonst auch oft, mehr oder weniger bewusst in den nächsten Tag hinein, was erklärt hätte, weshalb wir gesprächsweise noch immer etwas in der Luft hingen. Auf Wörlitz war ich durch das Begleitprogramm zur Wittenberger Vorlesungsreihe gekommen, das den internationalen Gästen, auch denen, die zu anderen Veranstaltungen rund um das Lutherjubiläum angereist waren, alle möglichen weiteren Bildungs- und Unterhaltungsangebote machte, Stadtführungen, Ausstellungen, Busfahrten nach Erfurt, Eisenach, Weimar oder Dessau, wo man sich das Bauhaus oder eben auch das Gartenreich ansehen konnte. Wir nahmen dann aber doch den Wagen ihrer Mutter, um nach Arkadien zu entkommen. Katharina, die den Park gut kannte, hatte sich ziemlich herausgeputzt; hellblaues Sommerkleid, blassrosa Kaschmirweste, Perlenohrringe, dazu strenge, abgebundene Haarordnungen und exquisites Schuhwerk (und war das ein Lidschatten?). Ich war froh, dass ich an frische Hemden gedacht hatte. Vielleicht hatte ich etwas anderes erwartet und den Anlass unterschätzt. Biosphärenreservat Mittelelbe, naturerlebnisbezogene Wanderrouten, Freigelände mit Kleingewässer. Hätte es hier Internet gegeben, wäre vielleicht mehr zu erfahren gewesen.

Unser Vorhaben, den Park mit dem Boot zu erkunden, hakten wir schnell ab. Als wir ankamen, wartete eine längere

Schlange an der Anlegestelle, von der immer neue Rentnerladungen auf Besichtigungstouren durchs Gelände verbracht wurden. Also gingen wir zu Fuß; es gibt Gespräche, die man nur auf solchen Promenaden und im Beisein von rauschenden Bäumen, schwungvollen Brückchen und weiten Rasenflächen führen kann. Allzu viele Möglichkeiten, vor klassizistischem Ambiente in Bereiche des höheren Lustwandels entrückt zu werden, fanden sich ja nicht mehr. Ich kannte diese Stimmung eigentlich nur noch aus leicht vergilbten DDR-Klassiker-Verfilmungen, in denen Liebespaare in solchen Landschaftskulissen ihre fast immer von schwersten Hemmungen begleiteten Gefühle in delikatem Abstand und in aller Förmlichkeit auf Rundgängen um Teelauben, pseudoantike Standbilder und Tempelchen austrugen. Nach einer Weile ergriff mich dann doch ein Überdruss gegenüber dem Musealen, dem Gips und Kitsch dieses hochwohlgeborenen Settings, der durch und durch konstruierten, verlieblichten und allein dem gärtnerischen Kalkül unterworfenen Natur. Keine Parkbank wollte nur Parkbank sein, immer blickte sie bedeutungsvoll hinaus. Auch wenn das hier nicht barock, sondern englisch sein wollte, drängten sich immer wieder Sichtachsen, Spitzgiebel und allerlei Gemäldehaftes auf, klug erdacht und pädagogisch wertvoll, und in irgendwelchen Nischen, auf Podesten und hinter Gebüschen saßen und sannen die Götter im Exil.

Ein milder Junivormittag. Nachdem die Sonne herausgekommen war, legte Katharina ihre Weste ab, die mit dem Rosenton ihrer Wangen ähnlich gut harmonierte wie das Blau ihres Kleides mit Himmel und Wassern (und ihren Augen, die ich noch nie in sattem Tageslicht gesehen hatte, die sie vor mir verbarg und nur in den großen Momenten zum Einsatz brachte). Ansonsten blieb sie noch eine Weile wortkarg und ganz damit befasst, den Glanz und die Reine des

Morgens andachtsvoll in sich zu bewegen. Um ein bisschen in Schwung zu kommen, spielte ich ihr ein paar Bälle zu, hinterfragte den Sinn all dieser aus Feldsteinen errichteten «Felsen», «Grotten», «Klippen» und eines bei der Villa Hamilton aufgeschichteten und pyrotechnisch wohl noch funktionsfähigen «Vulkans». Das Gotische Haus habe doch etwas sehr Fassadenhaftes, sagte ich, und diese altertümlichen Figuren, die aus wer weiß welchen geltungspolitischen Bedürfnissen unter die Bäume gestellt worden waren, seien auf ihre Weise auch nicht geschmackvoller als überdimensionierte Gartenzwerge. Ein Kuckuck sang unentwegt aus der Ferne, vor uns spielten ein paar Lichtkringel. Leichte Brisen gingen durchs Gehölz und regten die Wipfel, ein Rhododendron tunkte seine Zweige ins Wasser. Irgendwann hielten wir vor einer der Statuen, Frau mit Hund, alabasterweiß.

«Gab's also schon damals: ‹Kultursodomie als Neoallianz› ...»

«Hast du was gegen Hunde?», fragte Katharina.

«Eigentlich nicht, schon gar nicht, wenn die Herrin so schön frisiert ist. Attischer Chignon-Style?»

«Römischer. Ihr hättet euch eh nicht gemocht», gab sie zu bedenken. «Das ist Diana, Göttin der Jagd.»

«Komisch, sie hat so gar nichts von einer Jägerin.»

«Jagt nur bei Neumond, fährt sonst mit dem Mondwagen über den Nachthimmel.»

«Wäre für mich kein Hindernis ...»

«Sie wäre dir zu wild gewesen, hat auch nie geheiratet. War hauptberuflich Geburtshelferin, machte die Männer für diese ewige Quälerei verantwortlich.»

«Natürlich.»

«Wie viele Frauen kennst du, die mit Pfeil und Bogen durch die Gegend laufen?»

«Abseits von sozialwissenschaftlichen Seminaren?»

«Oder mit Fackeln, wie Artemis, ihre griechische Vorläuferin, Königin der Hexen, der Zauberkunst und der Wegkreuzungen?»

«Es gibt immer Bereiche in einer Beziehung, die unausgelebt bleiben», wusste ich aus langjähriger Erfahrung.

«Du wärst wahrscheinlich auch an ihren Ansprüchen gescheitert, ihr Bruder hieß nämlich Apoll.»

«Wenn ich mich mal rasiere ...»

«Sieht so aus, als wüsstest du eine strenge und grausame Herrin sehr zu schätzen.»

«Ach, weißt du, das hält sich bei mir dann aber doch in Grenzen. Mit dem Hund könnte ich noch leben.»

«Geht mir auch so», erwiderte sie. «Schon wichtig, hin und wieder jemanden um sich zu haben, der die Tore zur Unterwelt bewacht.»

«Kommt darauf an, wo man mit ihm Gassi geht, in Berlin könnte es stimmen. Woher eigentlich die mythologische Beschlagenheit?»

«Ich war oft hier, ist ja nur eine halbe Stunde von zu Hause. Meine Mutter kam regelmäßig her, um meinen Vater zu meiden, und ich irgendwann, um beide zu meiden. So lernt man seine Umgebung kennen.»

«Wird das nicht irgendwann langweilig?», fragte ich.

«Für Spannungsmomente waren ja meine Eltern zuständig, insofern wäre Langeweile nicht das Problem gewesen. Du hast die Jahreszeiten hier, siehst jede Woche was anderes. Und ich bin gerne hier im Park, er sagt mir auch viel. Ich habe ihm ja auch einiges gesagt. Je mehr ich über ihn weiß, desto fremder und rätselhafter wird er mir, was er im Grunde genommen wieder mit meinen Eltern gemein hat. Nur finde ich es in seinem Fall tröstlicher, das Entscheidende nicht zu begreifen.»

Katharina schien kurz zu überlegen und an etwas anderes zu denken, hakte sich dann unter und schlug mit mir den Weg Richtung Pantheon ein.

«Ich find's herrlich hier», wandte ich ein, «ich habe die Natur nur gerne etwas weniger programmatisch.»

«Wie denn, Berge, Meer und Wald und so?»

«Ja, elementarer eben, nicht so zurechtgemacht.»

«Das ist doch aber noch verkopfter. Als Lebensraum unmöglich, im Grunde genommen tödlich.»

«Ich geh ja nicht zum Leben, sondern zum Baden hin.»

«Trotzdem.»

«Nichts gegen Naherholungsgebiete, aber manchmal will ich einfach weiter raus. Natürlich kann man diesen rührenden Anachronismus hier auch sehr kulturvoll finden, aber er sagt mir nicht mehr viel.»

«Was sagen dir deine Ikonen?»

«Nichts, so gut wie nichts.»

«Echt jetzt? Glaub ich nicht», meinte sie und sprang dann mutig auf einen kleinen Steg, den ein paar Gartenarbeiter über das Wasser gelegt hatten, um auf die *Insel der Totenerinnerung* hinüberzukommen. Vielleicht machten sie gerade anderswo eine Pause, wir blieben jedenfalls mit ein paar Espen, Trauerweiden und Birken allein, strichen durch das hügelige Gelände, blickten auf das Wasser und zur Amalieninsel hinüber, wo die Hermen von Sappho und Anakreon zu uns herübersahen, und fanden dort bald einen überdimensionierten, halb verwitterten Grabstein. Auf der einen Seite, dem Pantheon zu, reichten sich eine männliche und eine weibliche Figur scheidend die Hände. Darauf ein Spruch Herders aus den *Zerstreuten Blättern*: «Sterbliche sind wir und sterblich all unsere Wünsche: Leid und Freud, sie gehen, oder wir gehen vorbei.» Darüber zwei geflügelte Genien, von denen der eine eine Fackel, der andere tanzend eine Theatermaske in der Hand hielt. Zwei ähnliche Figuren fanden sich auch auf der anderen Seite des Steins, der eine mit Sambuka, der andere mit Trinkgefäß und schon etwas aus dem Gleichgewicht geraten. Wieder mit Herder-Empfehlung: «Spiel ist unser Leben und Schauspiel. Murrender, lerne spielen oder du trägst Schmerzen und Schaden davon.» Als Dämon hatte man leicht reden.

«Sie wollen doch nur dein Bestes», warf meine fachkundige Geisterseherin ein.

«Was macht dich da so sicher?»

«Leute mit einer jahrtausendealten Beamtenlaufbahn. Die haben alles gesehen.»

«Sind vielleicht aber nicht mehr ganz auf Höhe der Debatte. Die neuen Medien haben einfach viel verändert.»

«Was denn? Gegen Fake News und Filterblase hilft einem doch nur noch der eigene Dämon. Ich hoffe, ihr redet noch miteinander.»

«Kaum, ich wüsste auch gar nicht, wie. Nach Jahren Integrationsarbeit hat er nun so etwas wie einen Duldungsstatus, aber ganz schlau werde ich nicht aus ihm.»

«Besser zuhören.»

«Ich geb mir ja Mühe.»

Inzwischen hatten wir die Insel wieder verlassen und uns auf eine Bank am *Großen Walloch* gesetzt, wo wir etwas länger verweilten, während sich die Morgensonne in Strömen auf dem See vor uns ausgoss.

«Und selbst», fragte ich sie, «was ist denn das so für ein Typ, dein Dämon?»

«Meine Dämonin.»

«Richtig, entschuldige.»

«Wir schätzen uns, friedliche Koexistenz, würde ich sagen.

Nicht ganz einfach bei so unterschiedlichen Vorstellungen. Schlägt ein bisschen über die Stränge und hat es nicht so mit festen Regeln. So eine Allumarmerin, Mondsüchtige und Waldschwärmerin. Ich bin da zurückhaltender, überhaupt mehr für Rahmen, Grenzen und Kanten. Vielleicht kommt mir der Park auch deshalb so entgegen. Der Fürst, der ihn sich einfallen ließ, hat Wälle bauen müssen, um ihn vor dem Elbhochwasser zu schützen. Eine zeitlose Insel der Schönheit, geborgen hinter Dämmen, sicher vor der Flut, die sie mit sich fortreißen würde.»

«Verstehe.»

«Deine weniger programmatische Natur hätte hier jedenfalls nie mehr als Sumpf und Aue entstehen lassen. Es hat was völlig Absurdes, so etwas in die Öde Anhalt-Dessaus zu setzen, bis auf ein paar Obstbäume und Weidegründe völlig nutzlos, nur um die Sinne zu erbauen und ein bisschen Harmonie, Eleganz und Geschichte unters Volk zu bringen. Mit seinem antiken Überbau auf groteske Weise unzeitgemäß und gleichzeitig seiner Zeit voraus, Klassizismus eben, damals noch eine genialische Avantgarde. Erdmannsdorffs Luisium ist zum Niederknien. Warum baut so was eigentlich keiner mehr für seine Frau?»

«Investitionsunsicherheit, gerade im Osten, niedriges Preisniveau, Abschaffung der Eigenheimzulage ...»

«Na egal. Wo waren wir?»

«Bei der Dämonin.»

«Und die hat es überhaupt nicht mit Buchsbaumhecken, die treibt es in die Wälder!»

«Man kann ja nicht nur Ideallandschaften abschreiten, irgendwann geht's auch raus in die Welt.»

«Sicher», sagte sie. «Aber die Welt von Friedenau?»

«Dort gibt's wenigstens Internet. Vielleicht liegt deiner Dämonin einfach an deiner Weltläufigkeit. Auslandsaufenthalte und Überflutungen können fruchtbar sein.»

«Oder tödlich, oder beides. Alles schon erlebt.»

«Spannend!»

«Man gewöhnt sich dran.»

«Wir können ja mal tauschen», schlug ich vor. «Mein unsterblicher Genius ist ein verzettelter Studienrat und Besitzstandswahrer. Der sieht immer nur Maß und Verhältnismäßigkeit, ein Spießer, wie er im Buche steht, Untertanengeist und Oberaufseher. Was gäbe ich für ein paar gelegentliche Ausbrüche aus meiner präventiven Sicherheitsverwahrung!»

«Wenn ich richtig sehe, bist du auf dieser Strecke ja nun schon ein wenig vorangekommen in letzter Zeit. Kann man so sagen, oder?»

«Kann man so sagen.»

In friedlichem Glück flüsterte das Laub gezähmter Natur. Ein paar Wölkchen flockten durch den Äther, während eine Woge Lindenduft über uns hinging. Welches Herz wäre da fühllos geblieben! Katharina endlich in bester Stimmung, gesprächsweise natürlich noch immer und weiterhin mehr Levitation als Konversation, immerhin aber hielt ich eine Weile mit. Und was wollte ich denn, es waren die ewigen Themen ... Zu unserer Linken, eingefasst von würdigen Bäumen, umrankt vom gedämpften Mattgrün der Böschungen, lagerte das Pantheon am Elbwall. Drei Stufen führten hoch zu einer Vorhalle mit korinthischen Säulen, darüber ein Giebel mit Relief, auf dem sich aus Anlass eines Sängerinnenwettstreits Sirenen und Musen einen heftigen Zickenkrieg lieferten, mit Letzteren als Siegerinnen. Minerva versuchte sich noch als Vermittlerin, die Sirenen aber suchten schon das Weite, während die Musen sich aus deren Flügelfedern auch noch Kränze flechten mussten.

«Am Ende gewinnen immer die Musen», bemerkte Katharina etwas emotionslos.

«Aber mit welchen Verlusten ... Ohne Wettbewerbsverzerrung sind Sirenen eigentlich nicht zu schlagen.»

«Vor allem nicht in einer so vollendeten Harmlosigkeit.»

«Sicher auch ein Reputationsproblem», gab ich zu bedenken. «Diese Leichenberge von vermodernden Seefahrern waren nun wirklich keine künstlerische Glanzleistung.»

«Die Ägäis ist kein Safe Space.»

«Waren wahrscheinlich auch so bezaubernd wie beziehungsunfähig. Musen sind die entspannteren Kolleginnen, oder?»

«Weiß nicht, ich habe inzwischen fast genug von ihnen. Die Kunst hat sich auch zu Tode gesiegt, ist ja alles Kunst und künstlich heute, und die Musensöhne und -töchter Massenpopulationen, die unter allen Symptomen der Überbevölkerung leiden.»

«Baudrillard?»

«Im Grunde genommen ist die Kunst der falsche Weg», glaubte sie. «Ich werde jedenfalls weder ein Kunstwerk hinterlassen, noch mein Leben in eins verwandeln.»

«Wenn es alle machen, kommt man sich natürlich nicht mehr so außergewöhnlich vor.»

«Darum geht's gar nicht. Ich glaube nur nicht, dass die letzte Instanz ein Kunstkritikerkollegium ist, das irgendwelche Werke von mir beurteilt. Damit bleibt man ja bestenfalls unter ein paar Leuten lebendig.»

«Ja, wo denn sonst?»

«Na, unter den Göttern.»

«Okay.»

«Was in Museen und Bibliotheken vermodert, interessiert im Götterhimmel doch keine thrakische Sau», machte sie klar. «Die wollen wissen, ob du Mitglied bist. Man muss ihnen schon ein bisschen entgegenkommen.»

«Wenn du da eine Adresse hättest ...»

«Die Li-Galli-Inseln im Tyrrhenischen Meer und Golf von Salerno, soweit Homer und Friedrich Kittler zu trauen ist.»

«Nur mit Ohropax», meinte ich einschränkend. «Ich habe vor, noch ein paar Jahre zu leben.»

«Aber wozu denn, wenn du weißt, was die Sirenen wissen? Da kehrt doch keiner mehr freiwillig in sein Seefahrerleben zurück. Deine Knochen werden keine Rolle mehr spielen.»

«Danke für die vorausschauende Verteilung meiner sterblichen Überreste.»

«Du bist halt noch nicht so weit», freute sie sich und küsste mich dann doch eher musenhaft. «Alles zu seiner Zeit!»

Wir gingen auf den Wallpfad hinauf und liefen eine Weile auf ihm entlang, zur einen Seite und Elbaue hin die fernen Waldungen und Äcker mit mächtigen Solitäreichen, die den Park nahezu übergangslos in die Landschaft auslaufen ließen, zur anderen das verhaltene Lächeln des Gartens. So etwas stellte man also auf, wenn einen Winckelmann ein halbes Jahr lang durch Rom geführt hatte. Zur südlicheren Aufschmückung der Landschaft hatte man sich Lombardische Pappeln, italienische Schwarzkiefern und Koniferen kommen lassen, die wie Pinien und Zypressen aussehen sollten. Als wollte jemand zeigen, welch irrsinniges Spektrum sich allein aus der Farbe Grün auffächern lasse, arrangierte man das alles in ausgeklügelter Raumseligkeit um Alleen, Hecken, verschwiegene Eckchen, Lauben und Sitze herum. Jeder Schuppen und Pferdestall bekam irgendeinen römischen Aufputz, ein Steinrelief oder Fries, das man aus Italien herübergekarrt oder nachgemacht hatte, sinnlich, mythisch und trotz St.-Petri-Kirche und ehemaliger Synagoge durch und durch heidnisch.

Ich mochte es ein bisschen albern finden, aber vielleicht

lockte es die alte Göttergarde über ein paar Umwege und verdichtete Hinweise, eine Plastik, einen Tempel, eine arkadische Szene doch noch mal hierher. Natürlich waren es Attrappen, architektonische und skulpturale Simulationen, aber sie zwangen Resonanzen herbei wie Kruzifixe in bayerischen Klassenzimmern. Katharina wollte sich den Ort nicht von jemandem madig machen lassen, der immer schon die Zulieferfahrzeuge auf den Straßen hinter den Gewächshäusern hörte, aber so hoffnungslos war mein Fall ja nicht, zeigte ich mich doch demonstrativ offen für ihre mal mehr, mal weniger ernst gemeinten Unterweisungen in altertümlichen Geheimwissenschaften. *Komm in den totgesagten Park und schau ...*

Es gab eine *Romantische Partie* mit einer kleinen, schwankenden Kettenbrücke zwischen zwei künstlichen Felsen, darunter den *Wohn-*, *Schlaf-* und *Betplatz des Eremiten* mit Altar und Sinnsprüchen. Von dort gelangte man zur *Zelle des Mystagogen*, wo ein *Pfad der Mysten* abging, und, wie Katharina vermutete, als eine Art erotischer Prüfungs- und Einweihungsweg durch unterirdische Gänge in die Grotte Vulkans und direkt unter den dorischen Sandsteinmonopteros führte, in dem eine unbekleidete Venus Medici in offener Rotunde den Blicken der Touristen auszuweichen suchte. Wer immer sich das ausgedacht hatte, musste sehr tief in der Materie gesteckt haben. Die zierliche und etwas fröstelnde Gestalt war hier zwar ebenso fremd wie ein Porsche Boxter auf dem Forum Romanum des zweiten Jahrhunderts, aber durch die unwirkliche Präsenz dieser zum Gartenornament Erniedrigten und in den mitteldeutschen Spätabsolutismus Verschleppten wurde die Frage nach dem Original dennoch unterschwellig wieder wach. Und so war die bleiche Liebesgöttin auf gewisse Weise wieder unter uns, gerade weil ihre Gipsfigur das Ausbleiben der wirklichen Venus erst bewusst werden ließ.

Weil wir Hunger hatten, ließen wir uns auf der Obstbaumwiese unweit des Floratempels nieder, packten den noch vorsorglich in Wittenberg besorgten Proviant aus und gönnten uns inmitten der fast windstillen Solitude und in Gegenwart einiger uns umgaukelnder Schmetterlinge ein paar Stücke Salamipizza. Vor uns waren einige der Besichtigungsboote durch den Wolfskanal unterwegs, man konnte die Führer hören, ich hörte lieber Katharina zu. Es sei ihr Lieblingsort im Garten, hier habe sie viele Nachmittage gelesen, geschlafen und in den Himmel geguckt.

«Und deine Eltern», fragte ich, «waren die eigentlich auch so bildungsbeflissen?»

«Mein Vater war Sportsoldat und Unteroffizier, meine Mutter im Kirchenvorstand. Mittlere Bildungsabschlüsse. Allzu viel kam da nicht, wobei meine Mutter wenigstens eine Ahnung von Geist hatte, also wusste, wo er zu finden ist, ohne ihm selbst größere Aufmerksamkeit zu schenken. Wir haben viel gesehen, Oranienbaum, Mosigkau, das Georgium und eben auch den Garten hier. Es war so ein wenig, als wollten sie sagen: ‹Schau, es geht zur Not auch ohne uns.›»

«Flora war sicher auch keine schlechte Adoptivmutter.»

«Kann mich nicht beklagen.»

«Und ich dachte, die streift längst mit Diana durch die ewigen Jagdgründe.»

«Nur weil ihr keiner mehr Blumen opfert? Abgesehen vom Landesministerium für Umwelt, Landwirtschaft und Energie ... Komm mal an einem der ersten warmen Mainachmittage her.»

«Dann läuft sie hier noch rum?»

«Dann läuft sie hier noch rum.»

«Vielleicht kann man sich im Tempel ja mal zum Tee verabreden», meinte ich, nun doch etwas neugierig geworden.

«Wird schwierig. Stunden, Minuten, Adressen, innen, außen, oben, unten, das sind Managementkategorien für Leute, die arbeiten müssen. Danach richtet sich keine Göttin. Die findet sich ein, wenn die Konditionen stimmen. Insofern wäre es tatsächlich eine Idee, sich mal zu rasieren.»

«Ich hab's ja verstanden.»

«Das versteht heute kaum noch einer. Ein bisschen mehr Pflege, Drive und äußere Spannkraft sowie ein klassisches, unaufdringliches Rasierwasser waren kein Selbstzweck. Die Bestimmung des Schönen lag immer darin, sich zum Opfer zu bringen.»

«Als Opfer habe ich mich immer ganz gut gemacht.»

«Ob das mal ausreicht, du Opfer ... Die Götter hatten nun mal diesen massiven Beauty-Fetisch. Deswegen waren die griechischen Philosophen so wahnsinnig gut trainiert.»

«Jesus liebt mich auch so.»

«Dann musst du dich mit Jesus verabreden. Aber der lässt dich dann warten bis zum Jüngsten Gericht.»

«Kein Wunder, dass die alle untergegangen sind.»

Eine Eierschecke später standen wir vor dem Tempel. Dass Fürst Franz nicht nur von schöngeistiger Potenz gewesen war, zeigte sich an einem ungeniert naturgetreuen, im Maßstab etwas schmeichelhaft ins Meterhafte gezogenen, vor uns auf das Gotische Haus hin zeigenden Blumenbeet in Phallusform, mit allen (beiden) skrotalen Begleitelementen der Fruchtbarkeit versehen.

«Ein echter Teufelskerl», musste ich zugeben.

«Das war seine Art, eine Ansage zu machen.»

«Ich habe den Größten, und es wachsen sogar Blumen drauf?»

«Immerhin ein Denkmal, das einem noch zu denken gibt.

Ein Mann mit einer ins Leben verlängerten Erektion, die ich immer ganz apart fand.»

«Erzähl mir mehr!»

«Leopold III. Friedrich Franz, Fürst und Herzog von Anhalt-Dessau bekam nämlich nicht nur seine Weichteile, sondern auch einen zurückgebliebenen, notorisch überschwemmten Kleinstaat Mitte des achtzehnten Jahrhunderts hoch. Dabei war die Lage zum Davonlaufen; eingepfercht zwischen aggressive Großmächte, konntest du mit den Preußen in den nächsten Krieg ziehen, dich von ihnen ausnehmen lassen oder warten, bis Napoleon mit dir dasselbe macht. Davonlaufen war aber nicht. Er wollte mit seiner Geliebten in England leben, man hielt ihn zurück. Also musste England hierher. Auch in die Antike war er vernarrt, oder was er sich so darunter vorstellte (Winckelmann), nur war das bald schon zweitausend Jahre her. Nun gut, was gingen jemanden wie ihn die Gesetze von Raum und Zeit an? Er stellte beides einfach wieder auf, ans Wasserloch in Wörlitz, man würde ja sehen. Und ein Garten allein würde natürlich nicht reichen, es musste ein Gartenreich sein. Palladio, Säulen und Römerinnen auf Dekosockeln sahen nach edler Einfalt und stiller Größe, also arg nach Vergangenheit aus, aber der Mann war kein Reaktionär: Landwirtschaft, Bildungswesen, religiöse Toleranz, Straßenbau, Armenversorgung, alles so wegweisend und progressiv, dass selbst Preußen-Fritz dagegen alt aussah. Um auf die Erektion zurückzukommen: Ehekonventionen nahm man in seiner Klasse eh etwas lockerer. Nachdem die verdiente Gemahlin im Luisium auch auswärts nächtigen konnte, setzte er die Landespflege mit der Gärtnerstochter und anderen geneigten Freifrauen fort, um wie Göttervater Zeus als goldener Regen über die Äcker zu gehen und reihenweise uneheliche Kinder zu zeugen. Er lebte den Mythos, und siehe, es ging.»

«Schön für ihn», warf ich ein, «aber er war auch ein absolutistischer Monarch, kein Bibliotheksproletarier.»

«Nur keine falsche Bescheidenheit! Deine ungenutzten Freiheiten, dein Lebensstandard und Know-how hätten jeden Sonnenkönig vor Neid erblassen lassen.»

«Soll ich jetzt anfangen, Parks zu bauen?»

«Du wirst einen Park bauen müssen, auf die eine oder andere Weise ...»

Wir ließen einen sitzenden Hermes und einen hoch nervösen Pfau links liegen, liefen dann eine Weile durch *Schochs Garten*, sahen am Ufer ins blitzende Silber des Wörlitzer Sees und setzten mit einer Fähre zur Roseninsel über. Während wir unterwegs waren, bemerkte ich ein eigentümlich summendes Geräusch über uns, das von einer Drohne herrührte, die über den Park zog und uns sogar eine Weile zu verfolgen schien. Auch in *Neumarks Garten* stand sie über den Bäumen und verlor uns erst aus den Augen, als wir unter dem Laubdach und einem gemauerten Bogen mit der Inschrift «Wähle Wanderer deinen Weg mit Vernunft» in ein Labyrinth hineinfanden. Auf Irrwegen und dunklen Gängen, wiederum mit nützlichen Inschriften und Hinweisen wie «Dass mein Sinn dem deinen gleiche!» oder «Hier wird die Wahl schwer, aber entscheidend» gerieten wir endlich auf einen großen ovalen, von Akazien umgebenen Rasenplatz, den man auch das *Elysium* nannte.

Worum es Katharina ging, war vermutlich etwas anderes. Kein Wunder, der Park beförderte Spekulationen, die sich in der Berliner Hasenheide nicht ohne Weiteres ergeben hätten. Man gewann ein anderes Verhältnis zur Zeit, historisch, ästhetisch, existenziell, erotisch, sogar chronometrisch («Kairos statt Chronos», wie sie diese Einsicht – oder war es eine Devise? – in ihrer etwas gravitätischen Art inmitten einiger etwas wirren Erörterungen auf den Punkt brachte). Wir waren Mitte dreißig, die Zeit fing an, sich zu beschleunigen, ja langsam lästig zu werden, da kam man auf solche Ideen. Ganz falsch war es freilich nicht; alles Schöne, ja nur halbwegs Erträgliche drängte aus der Zeit, dieser abstrakten, kalten, inhumanen Verfallserscheinung einer ehemals sehr viel umfänglicheren Bezugsgröße. Tief in uns herrschte keine Zeit. Wir mochten beide etwas überspannt sein, immerhin aber hatte wenigstens Katharina noch so etwas wie Ziele und Ambitionen im Leben. Wann traf man schon jemanden, der, auf seine Pläne angesprochen, zu erkennen gab, im Sabbat der Ewigkeit leben zu wollen? Und warum eigentlich nicht? Man brach seine Überlegungen immer zu früh ab, sobald Banksparpläne, ETF-Fonds, Lebens- und Zahnzusatzversicherung unter Dach und Fach waren. Und wenn der Weg über die Lust ging und ich darin eine privilegierte Rolle spielen durfte, hätte ich mir das Ganze sowieso gefallen lassen.

Leider lag dieser besonnte Frühlingstag bis auf Weiteres noch mitten in der Zeit und unser Magen offenbar auch, sodass wir beim *Hauenden Schwein* einkehrten und etwas Ordentliches aßen. Sie musste am Abend zu einem der Vorträge nach Wittenberg zurück, aber ich rang ihr noch eine Runde um das Schloss ab. «Verweile doch, du bist so schön ...», rief ich ihr hinterher. «Jetzt ist es aber auch wieder gut», entgegnete sie etwas säuerlich. So gingen wir noch ein wenig, ich nahm sogar kurz ihre Hand (doch sie war keine, die gerne Händchen hielt).

11

Katharina ließ den einsamen Wanderer gegen halb fünf mit ein paar Hinweisen an einer überwaldeten Abzweigung hinaus, wo er noch ein paar Stunden durch die Elbauen Richtung Coswig ging. Endlich wieder eine wirkliche Landschaft, noch dazu in diesem dichten Licht. Sie wollte nichts bedeuten, drängte sich nicht auf, und was sie zu sagen hatte, sagte sie langsam. Ein warmer grüner Wind lief über die Wiesen, der schon aus dem Sommer kam und ziemlich genau zu wissen schien, wie reizend man ihn hier finde würde. Ein Feldsteinweg führte am Wald und später auch am Fluss entlang, sonst hatte man alles sich selbst überlassen. Tiefenentspannt drehte sich die Elbe mal nach der einen, mal nach der anderen Seite um. Die Gegend hatte nichts Liebliches, dafür fehlten Hügel und Tal, Aussicht und Perspektive, aber Lieblichkeit galt hier nicht viel und war wohl schon immer ein schlechter Ersatz für etwas Wilderes und Ehrlicheres gewesen. Hier war es der Strom. Keiner kümmerte sich um ihn, und wahrscheinlich tat er gut daran, es niemanden wissen zu lassen, solange er im eigenen Bett schlafen wollte.

All das hätte mich berühren können, die Pappeln raunten, die Kiefern wiegten ihre Nadelbüsche wie in Trance, etwas bitter gab sich die Holunderblüte zu erkennen. Flusslandschaft unplugged, darüber Zirpen, Tschilpen und ein paar Mohnakzente. Auch die Wolken schienen mich jetzt für einen flämischen Landschaftsmaler zu halten, doch trug ich entschieden zu viel Welt mit mir herum, um diese hier draußen noch angemessen würdigen zu können. Vermutlich hätte ich einer der

Solitäreichen eine Stunde lang in die wehenden Kronen sehen müssen, um mich auf die Natur einzuspielen, so sehr war ich aus dem Takt. Ich fragte mich, wie weit es nach Coswig sein würde, wie lange dort Busse nach Wittenberg fahren würden und ob es diese Fähre über die Elbe tatsächlich gab, vor allem aber dachte ich an Katharina. Wie musste ich sie enttäuscht haben mit meiner erbärmlichen Halbbildung, noch dazu auf einem Feld, das in meiner Reichweite hätte liegen müssen. Offenbar hatte ich mich jahrelang in einem Berg von Blödsinn vergraben, aus dem sich weder brauchbare Kenntnisse noch irgendein Lebensgefühl zutage fördern ließen. Sie schien da ganz andere Tiefen zu haben, sonst hätte sie diese mythologischen Antiquitäten längst entrümpelt und entsorgt. Wie heiter und nachsichtig sie geblieben war, wie rücksichtsvoll, mich nicht zu überfordern oder ihre Überlegenheit spüren zu lassen (etwas demütigend auch)!

Nun war die Antike freilich eine Weile her und beschäftigte außer Fachleuten und Gamer-Nerds, die sich durch *God of War* schlugen, niemanden mehr. Selbst der Aristokratengeist eines Fürsten Franz war weiter weg als die malaysische Heimat der in sich gekehrten Reisegruppe, die im *Hauenden Schwein* ein paar Tische weiter mit uns zu Mittag gegessen hatte und nach einer Parkführung entweder bis zur Sprachlosigkeit fasziniert oder völlig erschöpft gewesen war. Andererseits beneidete ich Katharina um den freien Gedankenflug, mit dem sie jene leicht biedere Parklandschaft aus Aufklärungszeiten zum spielerischen Liebesgarten samt aller Lustbarkeiten der erotischen Esoterik und Initiationskulte umgedeutet hatte. Und gar nicht mal zu Unrecht; im Untergeschoss des Pantheons (ich recherchierte es nach, sobald ich wieder zu Hause war) hatte sich tatsächlich lange ein Halbrelief von Isis befunden, am Ende vielleicht die geheime Mitte des Gartens, begleitet von Osiris,

Anubis, Serapis und Harpokrates, die allesamt eine Kanope, eine Art eiförmige Vase für geweihtes Nilwasser in Gestalt einer etwas starr dreinblickenden Gottheit umringten und damit den Bezugsrahmen des Gartens sinngeschichtlich ein ganzes Stockwerk tiefer legten. Die heilige Größe des Nils für die Ägypter mag für Anhaltiner zwar nicht mehr ganz nachvollziehbar gewesen sein, Respekt aber hatte man dennoch vor dem Wasser und seinen Wirkungen, seiner Fruchtbarkeit, vor allem aber seinen Verheerungen, und es war sicher kein Zufall, dass man die Figuren in dieser Tempelanlage am Elbdeich aufstellte. Neben Anubis lief ein Watvogel her, vermutlich ein Ibis, der schon die nächste Flut ankündigte. Man würde sich in Acht nehmen müssen.

War Wörlitz also tatsächlich, weit genug gedacht und tief genug empfunden, so etwas wie eine gartenbauliche Etüde auf Isis und den Nil, musste ich mit Katharina und der Elbe vorliebnehmen und war damit ja auch bestens bedient. Ihr imponierender Auftritt ging mir nicht zuletzt deshalb nahe, weil er sich in so vielstimmigem Kontrast zur vorangegangenen Nacht ergeben hatte. Gegen die Bilder unserer nächtlichen Konjunktionen kamen auch Elbflimmern, Rohrdommel und Kiebitz nicht an. Das duftende Brüten der Auen, das Ineinandergleiten und Verfließen der Strömungen und Wellen, die Unwegsamkeit schlammiger Uferbereiche, all das fühlte sich an wie die Quintessenz unserer sinnlichen Solidarität. Fast war es, als brach dank meiner nackten Gedanken auch unter Lichtnelken, Weißdorn und Arnika ein Wille zur Pracht aus. Die Bilder kamen aus dem Halbdunkel der Erinnerung, unverlässlich und eher als Schattenriss, nicht eigentlich nackt, Nacktes blieb schon bei besseren Lichtverhältnissen nie ganz bei sich selbst. Der Nacktheit Katharinas fehlte es an allem, das man hätte festhalten können, vor allem an Katharina selbst. Irgendwen musste ich umfasst haben, aber es war, egal wie andachtsvoll und selig ich an ihr entlangstreichen mochte, immer ein Hinterher gewesen. Ich kam dort nie an, im Grunde war das Ganze ziemlich verwirrend, denn was wäre schon offenbarer, tatsächlicher und unverstellter als nackte Haut gewesen?

Stattdessen wurde man weiterverwiesen, selbst Brust, Lenden, Rippenbögen und der ganze herrliche Schwung ihres Hinterns, all das ging nicht in sich auf und wirkte wie eine Entzugserscheinung. Man konnte die Augen schließen, um den schwankenden Eindruck hinter sich zu lassen und zum Erwartbaren zurückzukehren, überging dabei aber mit einiger Gewalt die Einsicht in das Unerreichbare, Unberührbare in aller nun durchaus bemühten, sogar gewünschten, weitgehend wohl auch geschätzten Berührung. Ihre Nacktheit kam nicht zu sich selbst und hatte nichts Gegenständliches, wirkte eher wie eine feierliche Anordnung und Direktive in einer Transitzone, in der man Passierscheine erwerben konnte. Nur wohin? Solche Inseln der Seligen befanden sich jedenfalls definitiv nicht auf unserem Breitengrad. Dabei hatten sie gar nichts Metaphysisches (Hinterwelten belebte man selbst zur Genüge), nicht einmal etwas Sexuelles; das Nackte war eher, so anziehend es schien, eine Art Zwischenhalt, ein Tor zu einer gleichzeitig verborgenen als auch in Aussicht gestellten Totalität. Bedingung der Möglichkeit von Totalität? Das Leben musste schön sein, wenn es einen mit solch unbekleideten Aporien auf den Weg in die Abendsonne schickte.

Die Heide fächelte Kühlung. Vielleicht war es mit ihr und der Natur, die nicht weniger nackt war, ja ähnlich (anders als im Park, wo sie noch ein Kleidchen getragen hatte, romantisch und ein bisschen retro), und man musste sie nur zu lesen verstehen, als etwas, das trotz aller sichtbaren Urwüchsigkeit noch verhüllt, jedenfalls noch nicht ganz da war. Schließlich konnte es gute Gründe geben, sich zu verbergen. Jeder, der noch Sinn für Anstand und Manieren hatte, verbarg sich, ganz zu Recht und zum Nutzen aller, es war auch ein Akt der Rücksichtnahme. Vielleicht wäre, was man hier draußen hätte sehen können, zu erschreckend, überwältigend und gefährlich für den eilenden Spaziergänger gewesen, vielleicht war es aber auch selbst in Gefahr, sich allzu sehr zu öffnen und mitzuteilen. Womöglich war es also gut so, dass, was die reine Rede Gottes hätte sein können, so matt und herabgedimmt, zu Szenerie und Schatten eines etwas belanglosen Naturerlebnisses geworden war. In seinem vor allem in Dämmerstimmungen von Ehrfurcht und Unsagbarkeit umwölkten Geheimnis kam es der Nacktheit nahe, wir haben beides nur entschärft, um routinierter damit umgehen zu können. Heidnische Flussgötter, Nymphen und Wiesengeister hätten die Sicht auf die Dinge zweifellos beleben können, waren aber im Park zurückgeblieben. Abgesehen davon konnte ich davon ausgehen, dass auch ein Spaziergang wie dieser erst in der Erinnerung ganz zu sich selbst kommen würde und nachreifen musste wie Birnen oder Ziegenkäse, sodass sich, was hier noch nicht zu begreifen war, später deutlicher zeigen würde als in der wie so oft etwas dürftigen Gegenwart.

Mit der Elbe kam ich dann doch ins Gespräch, auf der längeren, etwas monotonen Strecke blieb es nicht aus, dass man sich ein bisschen näher kennenlernte. Jeder Dialog ist anfangs mühevoll, vor allem bei so unterschiedlichen Temperamenten, doch oft genug ist der andere ergiebiger als gedacht, und es läuft irgendwann von selbst, weil man doch mehr miteinander teilt, als man in aller Fremdheit voneinander vermutet hätte. Auf Dauer ließ sich über so viele Gemeinsamkeiten und wesensgleiche Potenziale auch nicht hinwegsehen, waren wir schließlich alle von Flüssen durchzogen. Auch bei ihr beschlich mich der Verdacht, dass sie weniger aus eigener Kraft, sondern als Getriebene durchs Leben ging. Oft genug gelang es einer bestimmten Naturlaune, einige meiner verworrenen oder verdrängten Befindlichkeiten besser auf den Punkt zu bringen, als ich es je gekonnt hätte. Die breite, in sich gekehrte Trägheit des Stroms kommentierte meine letzten Lebensjahre, der Himmel feierte Katharinas Unfassbarkeit in Glockenblumenblau, und Wind und Wolkenzüge eilten, als kündigten sie die anstehende Dramatisierung meiner Lebensverhältnisse an. Man findet einen Draht zueinander, sobald man aus der reinen Passivität herauskommt, mit Ergriffenheit ist es selten getan. Der schönste Sonnenuntergang rührte mäßig, wenn ich nur dabeistand und Entertainment erwartete; indem ich ihn ästhetisierte, hielt ich ihn in unnötiger Distanz. Wir hatten keine gemeinsame Sprache mehr, das erschwerte die Kommunikation, aber man konnte sich Mühe geben, die eigene affektive Resonanz zu erweitern und der Umgebung den tieferen Sinn einfach zu unterstellen. In den meisten Fällen lag man damit richtig. Dabei war es nichts anderes als eine Art raumgreifendes Stretching; letztlich hing es von der eigenen Fitness ab, wie viele der grünen Meilen, blauen Sphären, unter Umständen auch weniger sublimen Gelände man im Zuge einer umfassenden Gebietsreform würde eingemeinden können. Wer sich nicht manchmal als Erweiterung benebelter Baumreihen, von Windwucht, Wolkenkolonnen, Zeisigrufen und allerhand Flügel- und Flatterhaftem erlebte und nicht einmal an sonnenbeschienenen Spätnachmittagen wie diesem hier in seinen Elbflow kam, gab damit nicht nur seine Faulheit und Ignoranz, sondern auch eine elementare Seinsschwäche zu Protokoll. Urbanere Gemüter konnten mit Albert Kahn, Rem Koolhaas oder Zaha Hadid womöglich noch subtilere

Erfahrungen machen und digitalere in ihren Clouds, Streams und Tweets, ich hielt mich lieber an Wolken, Ströme und Gezwitscher.

Hätte ich das Zeug zum Helden gehabt, dann hätte ich einer der empathischen Expansion werden wollen, der sich all das wieder holte, was einmal aus weltanschaulichen Überlastungsgründen ausgelagert worden war und da draußen nunmehr fremd herumlag. Man machte sich kleiner, als man war, und damit auch die Welt, denn man *ist* die Welt, jedenfalls in Bestform. Sicher hätte man viel vergessen und verlernen müssen und klang es erst mal überspannt und nach Neandertaler, jenseits von Flächennutzungsplänen zu denken, aber nur so brachte man die sogenannte Umwelt wieder auf Augenhöhe. Und mit Liebe hatte es ja auch zu tun, was sonst! Vermutlich wäre meine Gründungsinitiative für expansives Fühlen und analoges Sein e.V. als sentimental und irrational belächelt worden, von Leuten, die es nicht besser wussten. Dabei bildeten eine hoch qualifizierte Empfindungsfähigkeit und intuitive Reichweite doch Gipfelgrate der Intelligenz, von Schleierwolken verdeckte Gebirgszüge höchster Vernunft. Wir hätten in diesem Sinne alle noch viel vernünftiger werden müssen.

Sobald ich mich ein bisschen auf die Elbe eingelassen hatte, erschien der sagenumwobene Stream of Consciousness gar nicht mehr so stromhaft, jedenfalls nicht im Vergleich mit einem echten Strom in seiner Schwere, Gewalt und Unaufhaltsamkeit. Was in mir hätte fließen können, stand eher in trüben Tümpeln und Senkgruben, kreiselte in Seitenbuchten oder vertrocknete in Brandenburger Sandlöchern. Ich hatte leider nie etwas von einem Strom, bestenfalls ging er mal über mich hin und durch mich hindurch, da ich halbdurchlässig und ohne echte Isolierung war. Er brach sich dann an mir, sodass das Ganze ein wenig aufschäumte, obwohl ich im Grunde kein aufbrausender Charakter war, aber das war es wohl, was man «Persönlichkeit» nannte. Wie frei, abgeklärt und selbstsicher lag doch die Elbe hier vor Coswig ...

Überhaupt Elbe: Elfe – Alb – albia – die Helle, die Weiße – der weiße Fluss – Weißenbach. Man kam an Katharina einfach nicht vorbei. Ich fand dann die Fähre hinüber, ein schönes, neu renoviertes Schlösschen stand auf der anderen Uferseite. Ich hatte noch Zeit und wanderte an einer größeren Flussschlaufe entlang bis nach Griebo, wo man von einem Hochufer noch einmal auf sie hinabsehen konnte, schon in der Dämmerung mit letztem Zinnoberrot am Horizont. Nun war doch ein Zögern in ihrem Fließen, so als dächte sie nach, zurück oder voraus, oder als wollte sie einfach einmal mit sich und dem Augenblick allein sein. Möglich auch, dass sie deshalb zögerte, weil sie wusste, dass sie dem Meer entgegenging, wo alles mit ihr ein Ende nehmen, wo es keine Beschaulichkeit, keine Ufer und kein Süßwasser mehr geben würde, sondern Auflösung, Abfluss und Untergang auf sie warteten. Sie würde verschwinden, ohne Spuren zu hinterlassen, da ließ man es ruhig angehen. Dass sie sich überhaupt bewegte, lag an einem Gefälle, das man über Hunderte Kilometer Flachland nicht wahrnahm, das es aber geben musste, denn sie verdankte ihre Kraft und Richtung ja nicht nur stoischer Entschlossenheit. Irgendeine Quelle weiter oben speiste sie, irgendeine Höhe hielt sie in Bewegung. Ich hätte es nachgoogeln müssen, hatte es aber eilig, in Griebo den letzten Bus zu bekommen, ließ Isis am Nil zurück und kehrte noch am Abend, ziemlich spät und mithilfe der Titanen (ICE ab Wittenberg Hauptbahnhof), nach Berlin heim.

12

Anders als an den Göttern nämlich kam man an den Titanen gar nicht mehr vorbei, schon der elementaren Kräfte wegen, die mich innerhalb einer Stunde hundert Kilometer warm, komfortabel und mit Sitzreservierung nach Hause beförderten. Der Hauptbahnhof, diese ganzen Transitgegenden, das Einheitsgrau von Wohnanlagen, Straßenzügen, Wolkendecken und alternden Arbeitnehmern erweckte auch nicht gerade olympische Gefühle. Es musste eine Wachablösung stattgefunden haben, jedenfalls war die Zeit im Tartaros für die Kronos-Verschwörer längst vorbei, von den Göttern dagegen wenig zu sehen. Selbst ein Problemfall wie Prometheus saß im Aufsichtsrat von Rheinmetall und überblickte die Ausgliederung immer neuer chinesischer Tochtergesellschaften, während Apollon selbst auf respektablen Theaterbühnen nur noch Gastauftritte hatte. Der große Pan, der noch eine Weile in den verlassenen Landschaften und Industriebrachen um Eisenhüttenstadt gesichtet worden war, wanderte, seiner wilden Habitate beraubt und von Windrädern vertrieben, irgendwann nach Neuseeland aus. Da die Titanen ebenso wenig ein Schicksal hatten wie die Menschen am «Ende der Geschichte», drehte sich wieder alles in globalen Waren-, Kapital-, Wertstoff- und Naturkreisläufen und kehrte man langsam wieder zu jener zyklischen Wahrnehmung der Welt zurück, die schon archaische Gesellschaften vor dem Einsetzen der Zeitrechnung gekannt und zu schätzen gewusst hatten. Am Lietzensee ließ sich keine Nymphe mehr blicken, gegen die Erwärmung der Weltmeere zeigte sich auch Poseidon machtlos. Ares grämte sich in Afghanistan, während jemand wie Pallas Athene mit ihren durch und durch männlichen Sympathien und militärischen Grundstimmungen schnell Opfer des Twitter-Mobs geworden wäre – auch dieser ein titanisches Phänomen, das Hesiod in der Gestalt des Typhon, eines Ungetüms mit hundert, allesamt stimmbegabten und schrecklich daherbrüllenden Schlangenköpfen schon ziemlich klar gesehen hatte. Während die alten Götter in Wörlitz saßen und es sich gut gehen ließen, gab es nach erster Rundumsicht nur noch zwei Olympier von Rang, die es in die Neuzeit geschafft hatten: Hephaistos, der Prozessorplatinen in Palo Alto verschraubte, und Dionysos, von dem man hätte meinen können, er sei nach langem Marsch durch die Institutionen Staatssekretär im Bundesinnenministerium geworden. Doch er blieb unsichtbarer und auch undurchsichtiger, wobei er, Aphrodite einmal ausgenommen, wohl der Einzige seiner Art war, der mit Katharina und mir im Lauf der Zeit noch in näheren Kontakt treten würde. Darüber wachten und berieten wie seit jeher Moiren und Erinnyen.

Ich hatte viel Zeit, mich mit kulturhistorischen Erwägungen dieser Art aufzuhalten, da sich Katharina ein paar Tage nach jenem Luthersymposion und ohne größere Ankündigung für einen ganzen Monat nach Kreta absetzte, wo sie im Haus eines Freundes Urlaub machte. Das warf alle möglichen Fragen auf, andererseits gab es mir Gelegenheit, mich einmal grundlegend zu ordnen. Bei einem weiteren Gang über jenen Trödelmarkt, auf dem wir ihre Stühle besorgt hatten, entdeckte ich ein paar vergilbte Klassiker von Walter Otto und Karl Kerényi über die griechische Mythologie und nahm sie mit, um das nächste Mal besser über Artemis, Flora & Friends im Bilde zu sein. Wenn ich ihr schon sonst nichts zu bieten hatte, wollte ich wenigstens hier mithalten, solchen Herausforderungen sollte man nicht aus dem Weg gehen. Warum sie von Kreta nichts erzählt hatte, blieb im Dunklen, ebenso wie dieser Freund, bei dem sie blieb, doch ich war weit davon entfernt, irgendeinen Anspruch auf Nachfrage anzumelden. Ab und zu schrieb sie mir eine Nachricht, schickte Bilder aus Heraklion und Knossos, sogar ein paar formschöne Eindrücke beim Baden.

Dass auch die Schutzgöttinnen für Ehe, Familie und Häuslichkeit (Hera, Hestia) im Vorruhestand sein mussten, während urtümlicheren, eher in Richtung Fruchtbarkeit und Mutterrecht engagierten Titaninnen (Gaia, Rhea) das Feld überlassen worden war, zeichnete sich derweil bei mir zu Hause ab. Vielleicht fühlten sich Erstere auch nicht für uns zuständig, waren Clara und ich ja weder durch Ehe noch Familie aneinander gebunden. Dafür drängte das Nachwuchsthema, über das ich lange gedankenlos und ungestraft hinweggehen konnte, nun immer unmittelbarer in den Vordergrund, und es war absehbar, dass sich eine Entscheidung darüber nicht für alle Zeiten würde aufschieben lassen. Zudem dünnte sich, ohne dass man es gleich bemerkte, das eh schon schmale Sinnangebot dessen, was unsere gemeinsame Zukunft hätte umfassen können, noch weiter aus. Hatte bei Clara die Berufsroutine Einzug gehalten, saß ich noch immer bewegungslos über der Dissertation fest und versäumten wir es, auf den Restbeständen unserer gegenseitigen Zuneigung hin und wieder Staub zu wischen. War sie meinen Auslegungen von Plotins Weltseele-Konzept und Cusanus' im Hinblick auf die Gottesschau recht spitzfindigen Gedanken einer *Coincidentia oppositorum* anfangs noch mit Interesse gefolgt, auch weil sich zumindest der Zusammenfall von Widersprüchen und Gegensätzen im Beziehungsleben fruchtbar anverwandeln ließ, sprach sie nun öfter über Mieterhöhungen, Steuerfreibeträge und Negativzinsen, seit Neuestem auch über Präimplantationsdiagnostik, schwindenden Eizellenbestand und die glücklichen Mütter im Freundeskreis.

Der Sommer zog ein, an den Wochenenden fuhren wir an die Seen, durchschwammen die schwarzen Wasser auch bei Mondschein und Unkenrufen, Momente romantischer Eintracht und übergroßen Vertrauens. Ich hatte eine Weile vor, ihr von Katharina zu erzählen, ließ es aber bleiben, weil die Stimmung im Grunde genommen so friedlich war, dass ich noch ein bisschen warten wollte. Außerdem teilte sich mein inneres Leuchten auch Clara mit, und war uns damit nicht aufs Beste gedient? (Ate, die Verblendung) Leider nahm sie mir die Antwort auf die Frage eher ab als gedacht. Eines Abends, als ich von einem meiner gedankenvollen Spaziergänge heimkam, wartete Clara mit hochrotem Kopf und einem nicht völlig überzeugenden Lächeln in der Sofaecke, befragte mich nach meinem Vorankommen und rückte dann irgendwann etwas heiser mit der Sprache heraus.

«Ach, Liebster, ich habe den falschen Job. Vielleicht sollte ich eine Forschungsarbeit über das Geschlechtsleben der Grasmücken schreiben und mir einen Liebhaber nehmen? Lass uns das als Co-Projekt aufziehen, ich hätte Lust darauf. Vielleicht bringt uns das wieder in Schwung. Wolltest du mir davon eigentlich Mitteilung machen?»

Genau dies wollte ich eben nicht, hielt es in der bedrängten Lage aber für geraten, den üblichen Routinen des aufgeflogenen Betrugs zu folgen, das war so ein Geländer, an dem man sich festhalten konnte. Um sie nicht weiter zu verunsichern, tat ich also übel getroffen und aufs Schwerste beschämt. Es täte mir leid, ich habe es ihr sagen wollen. Und wisse, wie falsch es gewesen sei, Katharina bedeute mir nichts (vier Lügen in zwei Sätzen, das brachte ich auch nicht alle Tage fertig). Wie sich herausstellte, hatte sie ausreichenden, sogar weitreichenden Einblick in die Situation gewinnen können, vermutlich beurteilte sie diese aus der Distanz heraus sogar klarer als ich. Irgendetwas musste sie dazu veranlasst haben, mein inneres Leuchten einer genaueren Prüfung zu unterziehen und umfangreiches Datenmaterial auszuwerten, das ich ohne weitere Sicherheitsvorkehrungen in verstreuten Ordnern auf meinem Rechner angesammelt hatte, zumeist studienrelevante Notizen und Sekundärliteratur, aber auch ein Tagebuch und eine gesonderte Datei mit dem stimmigen, aber unnötig bedeutungsvollen Titel *Katharinenkloster*. Vielleicht hatte sie nur gemeinsame Erinnerungen auffrischen wollen, war dann aber auf Schilderungen weniger christlichen Inhalts gestoßen und ihnen bis zu einem Punkt gefolgt, der ihre sonst hohe Frustrationstoleranz doch etwas überstieg.

War unser Fall nach menschlichem Ermessen alles andere als außergewöhnlich, erregte er in ihr eine solche Wut und Bestürzung, dass sie nach Ende meines ersten Stammelns eine ungeheure Szene machte, mit Büchern warf, Papierstapel wegfegte (wie mir schien, mit einem Rest Vorsicht, nichts wirklich Zerbrechliches hinunterzuwerfen), zur Tür hinausstürmte und diese so laut zuschlug, als wollte sie auch die Nachbarschaft daran teilhaben lassen, welche Schmerzen ich ihr bereitete. «Wenn das alles vorbei ist, wirst nur du mir bleiben», dachte ich, an die besorgte Wladimirskaja gewandt. Clara kam schon nach einer Stunde zurück, packte sich schnell ein Köfferchen mit dem Nötigsten und war dann, ehe ich etwas sagen konnte, zum zweiten Mal zur Tür hinaus.

Am Abend darauf rief sie von ihrer Freundin aus an, heulte, brüllte, beschimpfte mich in epischer Breite, als wollte sie sehen, gegen welche Anschuldigungen ich mich wehrte und welche ich ihr durchgehen ließ, weil an ihnen etwas dran war.

Sobald ich nach langem Schweigen zu erklären versuchte, wofür es eigentlich keine Erklärung gab, legte sie wieder auf. Das wiederholte sich etwas weniger dramatisch auch am nächsten und übernächsten Tag. Dann kam sie wieder zurück, musste ja auch in die Klinik, und übernahm ihrerseits den Part der Schweigsamen, variantenreicher, als ich es vermocht hätte, changierend zwischen verletzten, verzweifelten, zornigen, dann wieder seltsam über den Dingen stehenden Stilleperioden, die einen zermürbenden Effekt auf mich hatten. Nach einer Woche wortloser Verachtung schien sie jedoch eine Verwandlung zu durchlaufen, die ich aus meiner hilflosen Passivität heraus nicht ganz verstand. Nicht nur vertrugen wir uns wieder, es hing sogar so etwas wie ein zweiter Frühling in der Luft.

Während ich noch eine Weile reumütig und im Büßergewand neben ihr herlief, war sie längst, und viel früher, als ich es für möglich gehalten hätte, dazu übergegangen, die Vergangenheit und auch ihre sinnliche Zurückhaltung hinter sich zu lassen, möglicherweise, so argwöhnte ich zunächst, um mich wieder einzufangen. Wahrscheinlicher war aber, dass sie sich zum ersten Mal und auf eine auch ihr selbst etwas unheimliche Weise von mir angezogen fühlte. War sie sogar ein wenig stolz auf mich? Ein Außenstehender, der uns verschlungen im Café sitzen sah, hätte meinen können, wir hätten uns erst vor zwei Wochen getroffen und seien noch nicht in der Lage, auch nur für ein paar Minuten voneinander zu lassen. Es war wirklich ein geteiltes Glück, ich war erleichtert, sie wiederzuhaben, und froh, dass die häusliche Eintracht wiederhergestellt war, die Stimmung nicht länger unter den jüngsten Verwerfungen litt. Und das obwohl oder gerade weil die Wahrheit auf dem Tisch lag, nämlich dass Katharina nach meinem Empfinden nun irgendwie dazugehörte.

Derart vom Willen zur zügigen Harmonie getriebene Aussöhnungen verbanden sich nicht immer mit klarem Denken. Denn selbstverständlich ging Clara davon aus, dass meine auf Abwege geratene Seelenfreundschaft nun ein Ende hatte, ansonsten wäre ich ja wohl kaum so zerknirscht und um Wiedergutmachung bemüht gewesen. Es wäre ihr gar nicht in den Sinn gekommen, dass meine stete, nun umso bemühtere Herzlichkeit ihr gegenüber sehr wohl mit der unsteten, mit allerlei Unsicherheiten behafteten Raserei einhergehen konnte, die jemand anderes in mir ausgelöst hatte und die keinesfalls zu den Akten gelegt war. Ich verfügte da offenbar über genügend inneren Stauraum und war darüber selbst erstaunt. Vielleicht, so dachte ich, musste sich Clara erst daran gewöhnen, dazulernen, sich weiterentwickeln. Da ich sie damit nicht gleich überfordern wollte – schließlich hatte sie ja fürs Erste schon einen gewaltigen Sprung in die richtige Richtung gemacht –, setzte ich meinen sporadischen Schriftwechsel mit Katharina fort, ohne Clara davon zu erzählen, ohne im Übrigen auch Katharina von den heimischen Entwicklungen zu berichten.

Diese schrieb mir jede Woche, freundlich, nahezu liebevoll, mit geistreichen Beschreibungen der Gegend, von Land, Leuten, Kultur und Kulinarik, von Ausflügen ins Inselinnere, einer Besteigung des Ida, ihrem Versuch, sich einen Grundwortschatz Griechisch zu erarbeiten. Ich gab mir Mühe, sie mit meinen Berliner Repliken nicht zu langweilen, und war froh darüber, dass sie, was Clara anbelangte, nicht genauer nachfragte. Es hatte sie bei aller konspirativen Rücksichtnahme auf eine schon merkwürdige Weise bisher auch nicht besonders interessiert. Dagegen hätte mich umso mehr interessiert, wer denn dieser Freund war, der in ihren Zeilen nie auftauchte, eine Auslassung, die von Mal zu Mal ominöser wurde.

Nun ist die Liebe sehr viel mehr als bloße Projektion, aber

Projektion ist sie eben auch, gerade anfangs, wenn man wenig voneinander weiß und seine Hoffnungen, Ängste und Erwartungen auf eigentlich kaum mehr als weiße Leinwände wirft. Der so geschaffene Andere kann sich dahinter oft länger verbergen als hinter seinen eigenen Verstellungen, wahrscheinlich aus gutem Grund, denn ganz ohne solche Formen halbbewusster Selbsttäuschung würde in diesem Leben ja nun gar nichts mehr vorankommen. Ob mir an einem realistischen Bild von Katharina überhaupt gelegen war, hätte ich nicht einmal sagen können, denn das von mir selbst geschaffene war an und für sich schon schön genug. Darüber hinaus hatte ich zu wenige Anhaltspunkte, um es korrigieren zu können, und das, was ich vereinzelt erfuhr, machte mich nur nervös. Ich wusste zu wenig über ihre Ansichten und Eigenheiten, ihre Freunde und Projekte und hätte sie wochenlang begleiten müssen, um zu erkennen, wie diese miteinander verknüpft waren. Also ging ich davon aus, dass es sich damit wie bei den meisten verhalten würde und eine genauere Kenntnis ihrer Lebensumstände unweigerlich auf eine Ernüchterung hinausgelaufen wäre, das Eingeständnis, jemanden heillos überschätzt zu haben.

Dass der Pilz nur der sichtbare und kleinste Teil eines metertiefen Geflechts war, wurde nur jemandem klar, der genau beobachten und tief graben konnte. Die Menschen haben Jahrtausende gebraucht, um festzustellen, dass die Sonne der Mittelpunkt eines eingespielten, aufs Genaueste austarierten Planetensystems war. Warum also sollte ich bei Katharina, die um ein Vielfaches komplexer agierte, mit solchen Fragen beginnen? Ein paar Spaziergänge in verwunschenen Gartenkulissen reichten nicht, zumal ich währenddessen ja auch nicht wie ein Ermittler auftreten wollte. Während ihrer Sommerwochen auf Kreta fielen mir beiläufig fallen gelassene Sätze wieder ein, die in ihrem Beisein völlig harmlos gewirkt hatten, nun aber ein anderes Gewicht bekamen. So hatte sie mir einmal erzählt, dass ihr Freund Thomas, vielleicht aus gefühlter Sympathie für den anderen ewigen Promovenden, ihr gleich mehrfach versichert habe, wie nett er mich finde, «jedenfalls netter als die Typen, die ich sonst so nach Wittenberg mitgebracht habe». Zu Letzteren kamen aber nur widersprüchliche Versatzstücke ans Tageslicht, die keinen Zusammenhang ergaben, ohne Logik und innere Stringenz blieben, deren Wahrheitsgehalt also schwer zu überprüfen und auch ein bisschen tagesformabhängig war. Ich zweifelte nach solchen Geschichten an meiner eigenen Wahrnehmung und wusste ja selbst, dass solche Fälle meistens mehrere Wahrheiten enthielten und auf diesem Feld nun einmal notorische Unordnung herrschte. Außerdem war doch hinreichend klar, dass Intelligenz und Schönheit dieser Frau alle Helden unserer Zeit zu ihren größten Taten anhalten mussten. Nur, woran waren sie alle gescheitert?

Es war gar nicht meine Art, mich durch das Unterholz halberotischer Verdachtsmomente hindurchzuwühlen. Sie wirkten in unseren manchmal etwas spröden, oft von hoher Sittlichkeit geprägten Unterhaltungen auch völlig absurd. Nur gelegentlich, wenn wieder einmal die Leitung gerissen war, fingen solche Gedanken aufs Neue zu kreisen an. Ich kannte mich ja nur bei den Kirchenvätern und in Claras Komfortzone aus. Als diese noch zu Studienzeiten ab und an verliebte Kommilitonen hinter sich herzog, deren Zuneigung ihr so guttat, dass sie ihnen immer wieder ein paar Häppchen hinwarf, dann war das schon ein mittlerer Skandal. So etwas machte man nicht, und sie taten mir leid. Auch Jahre später waren die noch Teil unserer Privatmythologie, so übersichtlich war das bei uns mit solchen Geschichten. Mit Katharina war es etwas vertrackter, allein der Frage wegen, wie ich überhaupt die Gunst einer derartigen Ausnahmeerscheinung gewinnen konnte. War es ein mir bislang verborgen gebliebener, unschuldiger, aufrichtiger, nahezu niedlicher Charme, der Büro- und Bibliotheksmenschen manchmal eigen ist? Meine überdurchschnittlichen Qualitäten als Proklos-Exeget, diese grundehrliche, authentische Gewöhnlichkeit und Schlichtheit? Sah sie eine Reihe liegen gebliebener Möglichkeiten in mir, die sie durch ihren liebevollen Zugriff zu befreien hoffte?

All dies verblieb im Ungefähren, hielt mich jedoch, samt der mühevollen Auslegung ihrer und Ausformulierung meiner eigenen Mails, innerlich so beschäftigt, dass mir nicht weiter auffiel, dass Clara abends ungewöhnlich lange ausblieb. Zuweilen häuften sich ihre 24-Stunden-Dienste, ich hatte da auch keinen Überblick. Wenn sie Rücksicht nahm und die Haustür leise genug zumachte, konnte ich nachts im Arbeitszimmer ungestört weiterschlafen. Und am Wochenende fand ich es nur recht und billig, dass sie einmal auf andere Gedanken kommen wollte und jetzt öfter mit einer Freundin durch die Nacht feierte, was sie jahrelang nicht gemacht hatte. Sie lächelte nun manchmal still in sich hinein und empfing dann rege SMS, deren von Kuckuckslauten begleitetes Eintreffen im Nebenzimmer mich irgendwann aber doch etwas zu nerven begann. Dazu legte sie mir gegenüber weiterhin eine fast unheimliche Euphorie und Hochstimmung an den Tag, die sie auch beibehielt, als sie mir kurze Zeit später mitteilte, dass sie «jemanden kennengelernt» habe.

Nun ging alles recht schnell, denn Clara hatte anders als ich nur eine Herzkammer, und die war zu eng für zwei (Nemesis). Ich begriff die Welt nicht mehr. Wer warf denn für einen beiläufigen Flirt Jahre sicher etablierter und eingespielter Zweisamkeit weg? Ein paar Monate vorher hätte das überzeugender geklungen, aber ich meinte es wirklich so. Für einen kurzen Moment flogen alle Bälle in die Luft, und es schien völlig offen, wo sie hinfallen würden. Ich ging wieder viel um den Block, sah überall den Sommer lachen und war in einer so leichten Zeit für große Entscheidungen gar nicht aufgelegt. Natürlich wollte ich mich möglichst sanft aus der Affäre ziehen, nur eben nicht aus jener mit Katharina.

Claras sicher aus untergründiger Wut auf mich angeleierte Klinikromanze mit einem zu allem Überfluss noch drei Jahre jüngeren Krankenpfleger war sicher nicht ganz ernst gemeint. Ich hätte sie mit aller verbliebenen Souveränität und Geistesklarheit einfangen und sagen können: Nun lass uns mal wieder vernünftig werden und die beiden blinden Passagiere über Bord werfen, noch ist ja nichts passiert. Für einen Modernisierungsschub in Richtung bedürfnisorientierter Öffnungsstrategien schien mir, sosehr ich ein Mann von Einsicht, Toleranz und Freigiebigkeit war, die Zeit noch nicht gekommen. Clara hätte auch nicht mitgespielt, und ich war schließlich schon mit einer einzigen Frau überfordert. Was, wenn der Ersatzmann spritziger unterwegs gewesen wäre als der alte Beisitzer und Mitläufer? Und was würde Katharina von der Sache halten? Der bunte Reigen gewönne eine Eigendynamik, die unkontrollierbar geworden wäre. Ich lebte für die Dissertation, da war keine Zeit für Hobbys dieser Art. Oder hätte ich einfach dem Gang der Dinge folgen und Claras Abschied als vom Schicksal (Ananke) herbeigewunkenen Anlass verstehen sollen, Segel gen Kreta zu setzen? Wir waren ja längst am Ende, es fiel nun einfach deutlicher auf.

Eines Morgens bemerkte ich, dass Clara die zweite Nacht hintereinander nicht nach Hause gekommen war. Sie habe es nicht über sich gebracht, mich anzurufen, um mir zu sagen, dass sie auswärts nächtigen werde, erklärte sie am späten Nachmittag am Telefon, ich solle mir keine Sorgen machen, es sei ihr nichts passiert. Gut zu wissen, mir nun aber schon. Als sie drei Tage später heimkam, fand sie ihren Mitbewohner in desolatem Zustand vor, und nur die Selbstachtung hielt mich dazu an, mit dem Heulen und Zähneklappern bis nach Mitternacht zu warten, wenn sie bereits seelenruhig schlief. Immerhin reichte ihr Mitgefühl (Eleos) so weit, mir ein paar Wochen für die Wohnungssuche einzuräumen. Es dürfte nicht so schwer sein, ich bräuchte ja nur ein Zimmer. Auch fragte sie höflich nach Katharina, das wäre doch eine Möglichkeit. Sonst änderte sich nicht viel, keine Szenen, kein Bergman-Film, noch immer die alte Gemütlichkeit, ab und an sogar tiefsinnige Gespräche beim Wein und viel von der neuen Liebe. Es hätte unangenehmer ausgehen können, warum eigentlich ausziehen?

Und zu Katharina? Sie schrieb noch immer freundlich und bemüht und ließ mich an ihren sonnenreichen Erkundungen, Strandspaziergängen und Begegnungen, neuerdings auch Selbstzweifeln und Zukunftssorgen teilhaben. Nicht, dass sich ein alltäglicher Umgang eingespielt hätte, aber fast war es so, als wäre ihr Verschwinden, das mich etwas konsterniert hatte, dazu angetan gewesen, sich auf andere Weise näherzukommen. Wie lebendig, tiefsinnig und wortreich sie sich auf ihre Rückkehr freute! Und während ich von Clara nur wieder die Nachricht bekam, dass ich abends nicht länger auf sie warten solle, schlug Katharina bereits eine Woche vor ihrer Rückkehr ein gemeinsames Abendessen bei ihr daheim vor, um das Wiedersehen zu feiern, ich solle mir schon einmal eine Ausrede für Clara ausdenken. Das würde nun nicht mehr nötig sein, schrieb ich andeutungsreich zurück, und dass sie mir, sobald es sich sagen ließe, nächsthin noch schreiben solle, wann und wo genau die Festivitäten ihren Lauf nehmen würden. Dann kam erst mal nichts mehr, und ich wartete einige Tage, in denen sie sicher den einen oder anderen Abend mit Freunden in den Kneipen von Heraklion verbrachte, wunderte mich aber, dass bis zum Tag unserer Verabredung und des herbeigesehnten Wiedersehens keine weitere Meldung ihrerseits, kein Reisebericht, kein auch noch so beiläufiger Gruß mehr bei mir einging.

Am Tag ihrer Rückkehr erreichte mich halb neun am Abend dann doch die Mitteilung, dass sie gelandet und sehr müde sei, dass ich aber, falls ich nichts anderes vorhabe, gerne bei ihr vorbeikommen könne. Tatsächlich hatte ich nichts anderes vor und stand eine Stunde später vor ihrer Tür. Sie fiel mir um den Hals, nahm meine Hand und führte mich in die Küche, wo wir die Leckereien auspackten, die ich aus der *Hofpfisterei*, der *Patisserie Albrechts* und *Les Épicuriens* mitgebracht hatte. Die aßen wir dann unter zunehmender Spannung, während das Gespräch ähnlich reserviert wie ihre ganze Gestik blieb und sie mal in die Ferne, mal zur Seite, mal tief in sich hinein sah. Es lächelten nur ihre Lippen, alles andere ohne Bewegung, eindrucksvoll allein der Faltenwurf auf ihrer Stirn. Vielleicht wollte sie in dieser Abwesenheit und In-sich-Versunkenheit das Äquivalent der räumlichen Ferne finden, der zweitausend Kilometer, die nun auf zwanzig Zentimeter zusammengeschrumpft waren. Möglich, dass sie mir einen Anlass bieten wollte, sie aufzuheitern, zu erlösen oder zu retten.

Ich wusste, dass es hier eine Lösung geben musste, in Filmen mit der späten Romy Schneider gab es sie ja auch, nur dass dies ein gesundes männliches Selbstbewusstsein erfordert hätte, das mir nur selten zu Gebote stand. Wenn jemand Führungsqualitäten besaß, dann doch Katharina, und so war es denn auch sie, die irgendwann recht abrupt die verrammelten Gitterfenster öffnete und die Wiederannäherung ermöglichte, auf dieselbe Weise wie in Wittenberg, wortlos, gedankenlos, mühelos, endlos in die Nacht- und Morgenstunden hinein.

Warum es sich dann von selbst verstand, warum wir mehr sahen, als es finster war, uns mehr anzogen, wenn wir nichts mehr auszuziehen hatten, mehr miteinander austauschten, wenn wir streng genommen nicht mehr ganz wir selbst waren, konnte ich auch nicht sagen (und ebenso wenig, warum sich daran am nächsten Morgen nichts geändert hatte).

13

Als ich am nächsten Morgen erwachte, dachte ich schon, sie sei auf und davon (ganz überraschend wäre es nicht gewesen), fand sie dann aber, das heißt zunächst nur ihre Füße, als ich beim Durchstreifen der Wohnung zur Balkontür hinaussah. Sie machte draußen ein paar Yoga-Übungen und befand sich gerade im Schulterstand, zwei Beine reckten sich kühn in die Höhe. Ich ging ins Bad, machte mir einen Tee, kehrte zurück und setzte mich an den Wohnzimmertisch, um diese eleganten, sportlich aufstrebenden Schenkelpartien noch einmal eingehend zu betrachten, insbesondere den Teil, den man aus unerfindlichen Gründen «Fesseln» nannte. Weil man davon so gefesselt war? Hier war man es. Das Balkonfenster zeigte nur diesen oberen Ausschnitt, während Katharina sonst ganz verborgen blieb. Offenbar ging es darum, die einmal erzeugte Spannung bis in die Zehenspitzen hinein und so lange wie möglich zu halten, so standen sie in der Luft wie ein Mast. Besonders ihre Füße machten mich dabei auf eine Weise betroffen, die ich nicht für möglich gehalten hätte. Sie erschienen als die reine Form, die sich von jeder Funktion gelöst hatte. Dass sie sonst einen Menschen über die Straße trugen, die statische Balance hielten, Gewicht, Kraft und Bewegung harmonisierten, spielte ebenso wenig eine Rolle wie die Tatsache, dass sie zu Katharina gehörten. Es war, als bestünden sie auf ihre Weise auf einer eigenen Persönlichkeit. Ich überlegte kurz, ob ich aufstehen und meiner fitten Gastgeberin Guten Morgen wünschen sollte, hielt es aber für geratener, sie nicht zu unterbrechen, klickte stattdessen durch ein paar Handynachrichten

(Clara fragte nach Staubsaugerbeuteln), nippte am Tee und fand dazwischen immer wieder zu jenen unbeschuhten Denkwürdigkeiten zurück.

Dabei war es gar nicht einmal das Individuelle an ihnen, das für sie einnahm, denn das trat an ihnen eher zurück. Ebenso entzog es sich den Klassifizierungen bestimmter Deformationen (also Senk-, Spreiz-, Platt- oder Halluxfüßen und ähnlichen Kalamitäten), blieb ohne erkennbare Eigenheit, sondern näherte sich einem Grundschema an, dem Gestalthaften an sich, der Idee oder dem Ideal eines Fußes, der Fußheit, dem Fuß-Sein, dem Fußenden. Mir war vorher nicht klar gewesen, welche Ausmaße an Schönheit ein Fuß so völlig absichtslos vor einem auftun konnte. Als notwendige Begleiterscheinung des Vorankommens fiel er ja meistens nicht besonders auf, seine optischen Reize waren vernachlässigenswert, oft sogar ein bisschen armselig. Hier dagegen ergab sich der Eindruck der absoluten Folgerichtigkeit ästhetischer Formen, die als Krönung eines ohnehin alles andere als unästhetischen Körpers auf diesen Fuß hinauslaufen mussten. Aber was heißt schon schön? Dass sie attraktiver waren als der gemeine Trampel und Allerweltsquanten, verstand sich von selbst, aber das war gar nicht so entscheidend. Man empfand sie eher wie ein Urbild, wie Kreis, Kreuz, Ei oder Spirale, die vollkommen in sich aufgingen und in sich ruhten wie Grundstrukturen des Universums, Gipfel der Schöpfung. Katharinas Füße waren formal so zwingend und ins Ewige verschoben, dass man fast irritiert war, sie als Körperteile in Aktion zu sehen, dass sie warm und beweglich blieben und der große Zeh hin und wieder der Sonne zunickte.

War es ein Fetisch, von dem ich nichts wusste, hatte ich mein erotisches Thema gefunden? Nur wenn man den Begriff sehr weit ausdehnte. Das Bewusstsein für die Form und das für die Erregung waren ganz andere und deutlich voneinander geschieden, auch wenn sie unter Umständen Bilder miteinander austauschten. Hätte Katharina nackt auf dem Balkon geturnt, hätte mich das Ganze, so außergewöhnlich es gewesen wäre, eher beunruhigt (für wen hielt sie sich, was sollten die Nachbarn denken?). Ihr Fuß erregte so wenig wie eine frühantike Statue Polyklets, die man auch nicht unbedingt umarmen wollte. Außer bei den Romantikern hat sich das Bedürfnis, Marmorbilder zu liebkosen, nie ganz durchsetzen können. Außerdem hatte ich diesen Fuß schon oft berührt, ohne dass mir etwas Besonderes zugestoßen wäre. Unauffällig fügte er sich in die Gesamtkomposition ihres Leibs, der die Aufmerksamkeit ganz anders lenkte als jenes Balkonfenster. So weich und völlig gewichtslos wie er war, hatte mich doch, wenn ich ihn berührte, nicht der Schlag getroffen. Aus der Distanz wirkte er imposanter und mirakulöser, man wusste nicht recht, worauf er hinauswollte. Vielleicht hätten gängige Fetischtheorien tatsächlich weitergeholfen, nur lag, was Praktiker dieser Spielarten üblicherweise vollzogen, so lustvoll und kurios sie sich ausnahmen, fernab des Lichtkreises, den diese Füße auf ihre Umgebung warfen. Möglicherweise hätte sich diese Hochstimmung, ja Dankbarkeit darüber, die eigene Existenz von Wundern umgeben zu sehen und sie vorübergehend als unverdientes Geschenk zu begreifen, auch erotische Kanäle suchen können, aber doch nur, wenn man nichts anderes mit ihr anzufangen wusste.

Viel eher ergab sich ein vager Auftrag aus ihnen, ähnlich dem, den Rilke mit Blick auf den «Torso Apolls» in jene berühmten, viel zu oft zitierten Verse fasste: «Da ist keine Stelle, / die dich nicht sieht. Du musst dein Leben ändern.» Nur, in welche Richtung, wie hätte dieses neue Leben ausgesehen? Zumindest einmal hätte es von derselben Kraft und Spannung durchwirkt sein müssen, die auch diesen Füßen eigen waren. Es hätte, den Boden der Tatsachen verehrend und dennoch leichtfüßig darüber hingehend, wenn nicht gar -tanzend, ein Lobgesang auf Form und Falte, Haut und Haare, Stoff und Substanz werden müssen, auf all diese Äußerlichkeiten, die einen viel zu schlechten Ruf haben. Jede Oberfläche hat ihre eigene Tiefe, während vermeintlicher Tiefsinn oft nicht mehr als eine Flucht vor der Überforderung durch eben diese Oberflächen und deren sinnlichen Eindruck war, ein Rückzugsgefecht aus der klaren Empfindung der eigenen Unterlegenheit heraus, diesen nicht auf Augenhöhe begegnen zu können. Und nackter wäre diese Welt noch obendrein, denn man zog sie aus und wischte allen unnötigen Plunder an bedeutungsvollen Zuschreibungen von den Dingen, gäbe ihnen den Glanz zurück und ließe sie wieder aus sich selbst leuchten. Keine Ahnung, ob und wie lange man damit durchgekommen wäre, denn irgendwann ginge es ja doch wieder um Sinn und Bedeutung. Die Leute kommen einfach nicht von ihren Ideen los (worüber soll man auch die ganze Zeit reden?), und auch Katharinas Fuß würde wieder in einen Strumpf und Schuh hineinfinden, vom *Sarvangasana* in den *Herabschauenden Hund* überwechseln oder seine Eigentümerin zur nächsten U-Bahn tragen.

Klar war nur eins: Solche Beobachtungen erstreckten sich in einen Bereich, der sich außerhalb meiner mehr oder minder idealistischen, metaphysischen, durch und durch abstrakten Welt- oder vielmehr Hinterweltanschauungen befand. Der einzige meiner Körperteile, der halbwegs wettbewerbsfähig war, mein präfrontaler Cortex, wurde damit sprichwörtlich auf dem falschen Fuß erwischt und wusste weder sich noch mir zu helfen. Wenn ich ehrlich war, hatte meine Umgebung meistens etwas Fernes, Fremdes, Unübersichtliches und Unwirkliches an sich, blieb bestenfalls der Schatten einer höheren Ordnung, greifbare Verkörperung bestimmter Konzepte und Vorstellungen, allerlei komplizierter, in sich widersprüchlicher Konstruktionen sozialer, politischer, privater, religiöser oder technischer Natur. All das hatte sich irgendein kluger Kopf ausgedacht, um die Menschheit voranzubringen, sie zu befreien oder zu beherrschen. Hier fühlte ich mich zu Hause, konnte ich, wenigstens theoretisch, eine Weile mitspielen. Dieser Fuß irritierte, weil er in keines dieser Konzepte passte (vielleicht gab es eins, das ich nicht auf dem Schirm hatte), nur für sich selbst stand und kein Symbol, kein Zeichen, nur Impuls und Energiewelle war.

Füße dachten nicht und ließen sich denkend nicht durchdringen. In Katharinas Fall hatten sie nichts Eitles, keine lackierten Nägel, kein Ringchen, kein Kettchen. All dies hätte sie aufregender, ins Sinnliche hin aufladen können, aber das war nicht ihre Art. Und darüber hinaus auch nicht beabsichtigt, weil es Katharina in erster Linie darum ging, ihre Plantarfaszie und Achillessehne zu dehnen, wach zu werden und die Durchblutung anzuregen. Ihr war sicher nicht klar, dass sie einen Zuschauer hatte, war vom Naturell auch keine für die Bühne, und obgleich wohl ihrer Attraktivität bewusst, eher um allgemeinverträgliches Containment derselben bemüht. Sie hatte Stil, ohne einen Style zu haben, war aber auffallend gut gepflegt und clean wie ein Engel. Ebenso hielt sich der Schmink- und Instandhaltungseinsatz an den Körperfassaden in Grenzen. Mehr war nicht nötig, das helle Tageslicht stand ihrer Vollkommenheit nicht im Weg, erst recht nicht, wenn selbst der unbedeutendste Teil an ihr von ähnlichem Ebenmaß war wie der ganze Rest ihrer Gestalt.

Diese Füße erschienen mädchenhaft, naiv und erwartungsvoll, lange nicht so verhalten wie Katharina selbst. In der gestaffelten Reihe ihrer Zehen steckte ein zufriedenes Lächeln, man lehnte gerne aneinander und verbreitete die Wärme einer freundlichen Großfamilie. Daneben stand aber, bei Schaumgeborenen nicht anders zu erwarten, auch eine wasserhafte Reinheit und Klarheit über allem. Wenn sie an ihrer Basis so vertrauenserweckend, zugänglich, ja rechtschaffen wirkte, war sie also quasi «von Grund auf» anders, als ich sie erlebte? Bögen und Ballen, kaum Geraden, dennoch Vektoren und etwas Pfeilhaftes in ihrer auf die Zehen hinlaufenden Zuspitzung; das Ganze erinnerte von ferne, was Kraft und Ausstrahlung betraf, an einen römischen Triumphbogen, bei dem ich auch nie begriff, warum er mich immer so überwältigte. Es packte mich auch eine Scheu und Fremdheit, die sich gegenüber dem unerreichbar Überlegenen bis hin zu Abwehr, Neid und Widerwillen steigern konnte, ohne dass man es eigentlich wollte. Denn der andere konnte ja selten etwas dafür, dass er talentierter, attraktiver, lebendiger war. Und doch faltete man sich innerlich zusammen und ging auf Distanz, fühlte sich unwohl, redete sich heraus, relativierte, suchte nach Fehlern und Schwächen des so überreich Begabten, nach äußeren Gründen, welche zum Himmel schreiende Ungerechtigkeit dazu geführt haben mochte, dass man sich neben ihm wie die laufende Mickrigkeit vorkam. Umso schlimmer, dass solche Bitternis nicht zu ihrem Recht kam, da der andere nicht öffentlich angeklagt werden konnte und es ja keine klaren Gründe für ein Fehlverhalten gab. Selbst mir, dem solches Ressentiment weitgehend fremd war, wäre es peinlich gewesen, meinen verknöcherten Intellektuellenfuß neben den ihren zu stellen, man hätte Mitgefühl haben müssen. Katharina war eine Beleidigung für alle, die davon ausgingen, dass alle Menschen, von ein paar Details abgesehen, schon irgendwie gleich seien und daher auch gleiche Ansprüche an das Leben und die Liebe geltend machten, hier aber einsehen mussten, dass die Höhenunterschiede doch gewaltig waren und es in den entscheidenden Fragen nie gleiche Wettbewerbsbedingungen gegeben hat. Man gab sich ein bisschen auf, konstatierte unüberbrückbare Gräben und die Existenz einer charismatischen Klassenfrage. Vielleicht hätte ich mir und ihr den langwierigen Prozess der Enttäuschung ersparen, sie in den Arm nehmen und sagen sollen: Nein, hör zu, es geht nicht, hier tun sich Ente und Schwan zusammen, deine Füße sind für ein größeres Abenteuer gemacht.

Oder war es nur die Angst vor der Herausforderung? Dass jemand ein solches Fundament aus reiner Schönheit besaß und sich davon von Ort zu Ort tragen ließ, musste an sich nicht viel besagen. Was aber, wenn sich auch der Rest ihres Lebens und Wirkens auf solcher Höhe befand? «Leicht schweben die Füß' ihr, nimmer dem Grund auch nahet sie, nein, hoch wandelt sie her auf den Häuptern der Männer», soll Homer über die Göttin Ate bemerkt haben. Ich stand auf, ging in Richtung Fenster und sah auf den Hinterhof. Mülltonnen, Fahrräder, ein verwaistes Stück Beet mit Brombeersträuchern. Ein paar Fenster und Balkone gegenüber starrten in allumfassendes Grau, verblieben aber im Unscharfen, weil sie wie alles andere vollends auf Katharinas Fuß hin ausgerichtet waren und sich ihm als eine Art erweiterter Rahmen andienten. Es war, als bündelte sich der gesamte Raum in diesen Füßen (vor allem dem rechten, den ich vor mir hatte und der den anderen immer ein wenig verdeckte). Und obwohl dieser als nackte Extremität deutlich umgrenzt war, gerade in der Luft dieses klaren Samstagmorgens, weitete er sich weit darüber hinaus und verwandelte und verklärte auch diese trüben Mietskasernenrückseiten im Namen seiner Herrlichkeit, sodass am Ende nicht mehr klar war, ob der Hof den Fuß oder der Fuß den Hof enthielt.

Was für ein Verlust wäre es gewesen, wenn ich nicht da

gewesen wäre, all dies mitanzusehen, womöglich wäre es niemandem aufgefallen ... Auf gewisse Weise brauchte mich dieser Fuß vielleicht doch, trotz seiner ganzen Pracht. Nichts blieb für sich allein, kam auf Dauer ohne Echoraum aus, was doch auch für alles Übrige mit Katharina hoffnungsfroh und vielversprechend stimmen konnte. Irgendwann holte sie ihre Beine wieder ein und kam mit rosigen Wangen, etwas zerzaust und angeschwitzt in die Wohnung zurück. Womöglich hatte, was mir wie zwanzig Minuten vorkam, nur zwei Minuten gedauert und war nur das Ende eines längeren Workouts gewesen. Ob sie das immer auf dem Balkon mache, fragte ich.

Nur wenn die Sonne scheine! «Sonnenlicht und Sauerstoff, mein Lieber, machen gute Laune und einen gesunden Teint, denk mal drüber nach ...» Schlüpfte in ein Paar Badelatschen, gab mir einen Kuss und ging duschen.

Ich hoffte, das lange Wochenende würde uns helfen, die Reste der Befangenheit und die leicht verglaste Stimmung hinter uns zu lassen, die sich spätestens beim Frühstück wieder zwischen Kaffeetassen, Bitterorangenmarmelade und Diätjoghurt breitmachte. Aber Katharina musste gleich los, um ihrem Freund Thomas in dessen seit Wochen schwelender und nun wohl akut gewordener Sinnkrise beizustehen. So gehe es nicht weiter, jemand müsse ihm jetzt mal den Kopf waschen. Auch Gertrud und Clemens hatten ihr ein Treffen am Samstagabend abgerungen und würden sich nicht ein weiteres Mal vertrösten lassen. Und da sie am Sonntagmorgen nach Wittenberg fuhr, um ihrer Mutter bei der Gartenarbeit zu helfen, und auch noch eine ganze Reihe liegen gebliebener Anträge fürs Atelier abarbeiten musste, war für den Liebhaber nur wenig Zeit. Und dann wäre schließlich noch mit Hinrichs über die Projektfinanzierung für eine neue Ausstellung zu reden.

Besonders vermisst hatte sie mich in Kreta wohl nicht. Vielleicht hätte sie mir in zwei Wochen noch einmal beim Tee über Griechenland erzählen können, es hätte mich wirklich interessiert. Immerhin hatte sie mir etwas mitgebracht und mir auf den Frühstückstisch gestellt: ein Fläschchen Olivenöl, Thymianhonig und ein rotes Wollknäuel, das sie in einem Souvenirladen bei Knossos gefunden hatte, das wohl halb scherzhaft an Ariadne erinnern sollte und dann doch eine rührende Geste des Vertrauens war. Ich holte es später wieder heraus, als ich im Park saß und mit ein paar Spatzen den Rest der Himbeertarte vom Vorabend aufaß. Ob die Wolle strapazierfähig genug war, bezweifelte ich schon jetzt, denn selbst ohne Labyrinth riss die Verbindung zwischen uns regelmäßig ab.

Und es war streng genommen nicht ausschließlich ein Liebesgeschenk Ariadnes, sondern als Navigationshilfe für einen Helden auf dem Weg zur Tat gedacht, in der Hoffnung, dieser würde den fiesen Minotaurus erschlagen. Hilfreich wurde der Faden nämlich erst bei der Rückkehr durch das Labyrinth. Wer lange genug daran herumrätselte (was sollte ich tun? Es redete ja keiner mit mir), der kam gar nicht um die Einsicht herum, dass sie mich erstens für einen solchen Helden halten musste, so skurril es auch war, dass ich es zweitens mit einem bissig-bedrohlichen Ungeheuer zu tun bekäme und es drittens nicht einfach werden würde, den Weg zu ihr zurückzufinden. Glänzende Aussichten, immerhin mit mythologischer Metaebene.

Vielleicht war Katharina, pragmatischer gedacht, so kurz angebunden gewesen, weil ich noch bei Clara wohnte. Dabei hatte ich ihr doch schon am Abend versichert, dass diese von unserer etwas vorschnell als «Verbindung» benannten Seelennähe wisse, dass ich längst meinen Auszug ins Auge gefasst habe und nach Wohnungen, zur Not auch Zimmern suche.

War das richtig, war das falsch? War es ihr zu wenig, oder übte es zu viel Druck auf sie aus? Wehrte sich etwas in ihr gegen den allzu schnellen Wechsel der Pferde, bedauerte sie ausgebliebene Eroberungsmomente, die falsche Harmonie und streute daher immer ein paar Dissonanzen ein, um die Leidenschaft anzustacheln? Wer wollte ihr beim besten Willen denn einen Vorwurf machen, dann doch erst einmal Freunden und Familie zu Hilfe zu eilen und mich warten zu lassen? Es war nicht ihre Schuld, doch zu ihrem Verständnis und Herzen fehlte mir womöglich mehr als nur ein Ariadnefaden.

14

Vielleicht war die Lage gar nicht so unübersichtlich. Katharina war Künstlerin durch und durch, mit einem dezidiert künstlerischen Eigensinn, Selbstbewusstsein und Zugriff auf die Welt. Clara mit einer wie ihr zu vergleichen wäre darauf hinausgelaufen, Aspirin mit Kokain, Weinhänge mit Gebirgswiesen oder Lipizzaner mit Mustangs zu verwechseln. Dass sie auf ihrem eigenen Raum bestand und niemandem die Pantoffeln hinterhertrug, konnte man ihr nun wirklich nicht zur Last legen. Sie musste sich dazu nicht sonderlich emanzipieren oder auf starke Frau machen, sie war von Natur aus eine. Wenn wir zusammen irgendwohin gingen, lief sie meist anderthalb Schritte vor mir. In der Eckkneipe in ihrer Straße, in der man gemütlich einkehren und herrliche Spätzle bekommen konnte, bestellte sie gerne für mich mit, bediente sich an meinem Wein und bezahlte sogar manchmal für uns beide. Sie übernahm so ein bisschen die Rolle des sanften Hegemons, was gar nicht so übel war, konnte man sich doch anfangs etwas zurücklehnen.

Und dennoch gab es darüber hinaus Züge an ihr, die sich damit allein nicht erklären ließen und die nur dann einen Sinn ergaben, wenn man tatsächlich auch Göttergestalten wie Diana oder Artemis nicht ganz aus dem Blick verlor (insbesondere, da sich Blumengöttin Flora ja höchstpersönlich um ihre Erziehung gekümmert hatte). Das machte das Unnahbare, Kraftvolle, Kurzangebundene, Ungeduldige und Unberechenbare an ihr begreiflich. Götter daten nicht, und sie hatten es auch nicht auf dauernde Kohabitation abgesehen. Sie wirkten und ergriffen einen, wie es unleugbare Lebensrealitäten nun einmal mit einem taten, und wann und wie sie wollten, befanden sich zwar immer in Reichweite, standen aber nicht zu unserer freien Verfügung. Ich begann daher Katharinas leichten Hang zum Mythos zu verstehen.

Allzu authentisch-menschliche Regungen meinerseits, mutig eingestandene Fehler oder Charakterdefizite, trafen selten auf mehr als vordergründige Akzeptanz, vielleicht weil sie die Höhe unserer Begegnung hätten unterlaufen können. Das mochte sich etwas ungewöhnlich anfühlen, hatte aber eine Reihe Vorzüge, die ich vorher nie gesehen hatte. Man strebte auch hier nach der vollendeten Form und versuchte, dieser, so gut es ging, zu entsprechen, statt sein niederziehendes Mittelmaß zu pflegen und auch noch stolz darauf zu sein. Wer einen Mythos kritisierte, hatte ihn entweder nicht begriffen oder wollte der Mühe aus dem Weg gehen, über sich hinauszuwachsen. Diese etwas überhöhten Maßstäbe führten dazu, dass ich von ihrer Seite Lobpreisungen vernahm, an deren Wirklichkeit ich selbst nicht glaubte. So sei ich, wie sie ohne einen Anflug von Sarkasmus, wenngleich vom Grauburgunder auch etwas mitgenommen, auf dem schwankenden Nachhauseweg zu Protokoll gab, von einer ungewöhnlichen intellektuellen Redlichkeit und spirituellen Tiefe sowie einer staunenswerten Begabung bei der intuitiven Durchdringung zeitgemäßer Formen christlicher Nächstenliebe. Zudem von einer Schönheit, die nie vordergründig werde (das hätte mich nun auch gewundert), selbst meine Wurstfinger wurden für elegant befunden. Halb geschmeichelt, halb verunsichert, gab ich mir alle Mühe, diese idealisierte Version unserer selbst so gut wie möglich durchzuhalten. Nur gelegentlich stürzte ich daraus ab und verlor mich in amüsierter Selbstironie, indem ich auf meine Trägheit und beklagenswert randständige Existenz, meine dicken Beine und die arg dezimierte Haartracht anspielte, was sie aber entweder nicht verstand oder ihr ganz augenscheinlich unangenehm war.

Katharina konnte mild, verspielt und humorvoll sein, doch durfte man es mit heiteren und als Auflockerung gedachten Neckereien auch nicht übertreiben. Da jeder anders war und man gut daran tat, sich darauf einzustellen, hielt ich mich mit liebevollen Provokationen lieber zurück, mit denen ich sie aufziehen und ihr näherkommen wollte, die sie aber als Angriff auf ihr ureigenstes Wesen verstand. Sie wurden leicht als Einmischung gewertet, und man musste dafür, gerade zu Beginn, den richtigen Moment erwischen (Götter wurden verworfen, aber nicht kritisiert, Anmaßungen dieser Art fielen immer auf einen selbst zurück). Dagegen neigte sie nach meinem vielleicht etwas zu friedliebenden Verständnis vor allem gegenüber Freunden zu harschen und gnadenlosen Urteilen, und so spontan sie erwählte, so kühl konnte sie auch verdammen. Ihr Schulfreund Oliver, der sie zweimal nicht zurückgerufen hatte und sich letzthin zu oft hinter familiären Verpflichtungen verschanzte, wurde eines Abends einfach aus ihrem Umkreis entfernt, und es war nie wieder die Rede von ihm. Ein bisschen Mitgefühl war in Ordnung, aber es durfte nicht zu sentimental werden.

So etwas imponierte und irritierte gleichermaßen, viel entscheidender aber war die damit verbundene, letztlich unergründbare, schwerlich planbare, urtümliche Sphäre, die über den bloßen Austausch zweier in Welt, Alltag und Arbeit verankerten öffentlichen Personen hinausging und auch deren in Licht und Dunkel greifende Seelen erfasste. Hier mochte man sich zwar an bestimmte Verkehrsregeln halten, doch inwieweit sich diese auch in Schlechtwetterperioden als tragfähig erweisen würden, war eine offene Frage. Ob man es nun wahrhaben wollte oder nicht, alles Entscheidende gründete in einem Geheimnis gegenseitiger chemischer Bindungskraft, Verschlingungen des Unbewussten, die jenseits unserer Handhabe lagen. Dieses Geheimnis aber musste man erspüren können, was, wenn die inneren Pole beider Seiten so gegensätzlich aufgeladen waren wie die unseren, nicht immer ganz leicht war (sodass man übersehen konnte, dass diese sehr wohl auf den anderen hin angelegt waren und sich ja nicht umsonst in Position gebracht hatten).

Das übergroße Licht um eine Zauberin wie Katharina konturierte auch ihre Schatten schärfer als gewöhnlich. Nicht im moralischen Sinn; was sie mir in manchen Momenten schenkte, war von einer solchen Wirklichkeit und Kraft, dass sämtliche Allerweltsmoral daneben lächerlich erschien. Es ging um Dunkelheiten, Bereiche, die sich weniger gut einsehen ließen. Sie nahm ihre Umstände anders wahr und legte sie auf eine Weise aus, die meinem Empfinden nach immer einen gewissen Interpretationsspielraum zuließen, was für den Bibelexegeten spannend, in Alltagsfragen aber auch herausfordernd wurde. Sie schien die Erfahrung gemacht zu haben, dass diese Weite vieles leichter machte, dass die Widersprüche ihres Lebens ohne sie für andere schwerer begreifbar gewesen wären und dass es schließlich besser war, manches nur als sachgeleitete Auslegung weiterzugeben. Jeder kennt das; es vereinfacht die vertrackte Unübersichtlichkeit untereinander ganz immens, und allen Beteiligten geht es damit besser. Auch die institutionalisierten Religionen reichten die ganze Wahrheit ihrer Lehren und das esoterische Wissen darüber oft ausschließlich an Eingeweihte weiter, während sie dem geistlich unempfänglicheren Kirchenvolk nur einige simplifizierte Ausschnitte zu Gehör brachten, damit jedoch nicht selten den Zugang zum Allerheiligsten verschlossen. Sie taten dies aus gesundem Realitätssinn und weil sie die Menschen kannten, und Katharina kannte sie offenbar auch.

Wäre ich über die Natur ihrer Verhältnisse mit manchen ihrer männlichen Freunde vollkommen im Bilde gewesen, hätte mich dies zweifellos beunruhigt. Es hätte die Sache aber nicht besser gemacht, und mir wären einige der größten Stunden mit ihr einfach entgangen. Auch bei der Schilderung von Nebensächlichkeiten, wo sie gerade war, was sie gerade machte, was sie am nächsten Tag, was sie in einem halben Jahr vorhatte, konnte man sich oft des Eindrucks nicht erwehren, eher in Wahrscheinlichkeitsräume zu blicken. Zum Teil lag dabei die Vermutung nahe, dass solche Informationen weniger dazu angetan waren, die Lage zu klären, als diese grundlegend zu verwirren und mir darüber hin und unter der Hand mitzuteilen, dass es völlig naiv wäre, jemanden wie sie auf Raum und Zeit festzulegen. Sie konnte mir, ganz nebenbei beim Kochen oder während sie die Bettlaken wechselte, von Abenden mit Clemens und Gertrud erzählen, die sie doch eigentlich, wie ich mich zu erinnern glaubte, müde und allein zu Hause verbracht hatte. Dafür waren andere Verabredungen, die dazu gedient hatten, einem Treffen mit mir aus dem Weg zu gehen, im Nachhinein nun doch nicht zustande gekommen, obwohl sie mir ein paar Tage vorher noch lebendig und glaubhaft von ihnen berichtet hatte. Manchmal tauchte sie für ein Projekt für Wochen ab, das sich später in Luft auflöste, sodass ich fortwährend an meinem Gedächtnis zweifelte.

Sie hatte einfach einen viel freieren Zugang zu den Dingen und war mir damit wieder mehr als ein paar Schritte voraus. Denn ganz grundsätzlich gesprochen: Wie viel Wirklichkeit konnte Sprache denn überhaupt noch fassen? Waren die Begriffe nicht immer himmelweit von ihren Gegenständen entfernt? Es wurde schnell zu eng mit ihr auf der Welt, und Katharina ging nicht ohne Grund dagegen an, indem sie das Leben wieder für das Unbestimmte, Unscharfe und Widerständige öffnen und weiten wollte. Möglicherweise, und dafür sprach vieles, das ich erst später erfuhr, tat sie es auch, um mich zu schützen und vor Dingen abzuschirmen, für die ich noch nicht reif war. Das Problem war nur, dass sich die Konturen der Welt und auch Katharinas damit zunehmend verwischten. Einige unserer Eigenheiten und Umstände mochten von außen betrachtet etwas merkwürdig erscheinen, aber wenn sie glaubhaft verbürgt waren, sich überprüfen ließen und morgen noch ähnlich gelten würden, wie sie gestern galten, dann konnte man sich möglicherweise ganz gut mit ihnen arrangieren.

Schwierig wurde es, wenn sich jemand aus seinen Koordinaten herauslöste, aus seinen Erzählungen davonschlich und mal hier, mal dort auftauchte. Dann gab es auch jemanden wie Katharina nicht mehr oder mehrfach, selbst wenn nur eine vor mir saß, ihren morgendlichen Kaffee trank, mich schweigend musterte und sich über mich vielleicht gerade ebenso abgründige Gedanken machte. Es wäre mir nie eingefallen, darin einen Teil ihrer Größe zu erkennen, einer Größe allerdings, die ich damals noch nicht ermessen konnte. Auch hier war ich ihr völlig unterlegen, schon allein, weil mir die innere Flexibilität fehlte und ich mich an meiner monokausalen Tatsachenwelt wie ein alter Mann am Treppengeländer festhielt. Man hätte weiterdenken müssen; alle bedeutenden Schriftsteller verdrehen die Tatsachen, um auf eine größere Wahrheit hinzuweisen.

Die Nebel und Untiefen, die mich umgaben, konnte ich schwerer erkennen, da ich zu nah an mir dran war. Sie dagegen befand sich für eine Bestandsaufnahme dieser Art in der richtigen, nicht zu nahen und nicht zu fernen Distanz. So blind die Liebe angeblich machte, wurde man doch, nicht vollends, aber doch bis in die eine oder andere sonst gut verborgene Ecke hinein, nie genauer gesehen als von einem nervösen Liebenden, der endlich Klarheit über seine Situation haben wollte. Mag sein, dass sie sich deshalb so oft in sich zurückzog, wenn sie aus sich hätte herauskommen können, in den wenigen Momenten, in denen wir ungestört miteinander waren und einmal Zeit für ein ruhiges Gespräch gewesen wäre. Strahlte sie eben noch inmitten ihrer Freunde, wurde sie überspannt und bitter, wenn wir wieder allein waren. Ihr Wochenplan war angefüllt mit unüberwindbaren Hindernissen, aber auch sonntags hielten sie Anfälle plötzlichen Unwohlseins immer wieder davon ab, mit mir durch den Tiergarten zu schlendern, *Tosca* oder auch nur einen *Tatort* miteinander zu sehen.

Hinrichs dagegen traf sie nun immer öfter, die beiden hätten sich überhaupt sehr gut ergänzt. Nun konnte jemand, der so schwer beschäftigt und an vielen Orten unabkömmlich war, jemanden wie mich kaum unterbringen, dafür hatte ich sogar Verständnis. Verabredungen ergaben sich immer noch ausschließlich dann, wenn sie Ort und Zeit dafür vorgeben konnte, und selten öfter als einmal die Woche. Damit wir uns überhaupt sahen, sagte ich immer dankbar zu. Oft hielt sie solche Termine so lange in der Schwebe, dass ich tagelang auf die Bestätigung eines Treffens warten musste und mir währenddessen wie ein Würstchen vorkam, das jemand auf dem heißen Grill vergessen hatte. Warum machte sie das ausgerechnet mit mir, wenn es doch mit all ihren Kollegen reibungslos funktionierte? Ich erreichte sie oft nur unterwegs, und wenn sie auf Veranstaltungen war, wo sie sich unter lauter Hochkarätern des Kulturbetriebs bewegte, preisgekrönten Ausnahmebegabungen, Freunden, Förderern und engagierten Humanitaristen, allesamt mit Lebensläufen, die jeden Siemens-Vorstand erbärmlich aussehen ließen. Ich machte mir die Sache nicht leichter, wenn ich mich daraufhin in einen laufenden Minderwertigkeitskomplex verwandelte und eifersüchtig wie Othello wurde.

Irgendwann, und ob ich wollte oder nicht, verdichteten sich solche Eindrücke zu einem wachsenden Befremden und dem vagen Gefühl, einen Schwertwal an der Angel zu haben. Was hätte dagegengesprochen, sich einfach einmal unangemeldet zueinanderzulegen, ohne lange Anläufe und Erklärungen, miteinander zu reden, auch wenn es nichts mitzuteilen gab, irgendetwas Kleinformatiges, Leichtes und Unerhebliches zu tun, eine Zeitung zu lesen, ein Bad zu nehmen, einen Zwetschgenkuchen zu backen? Nett gemeinte, sporadisch verschickte, abendliche Gute-Nacht-Wünsche per SMS ließ sie zumeist auf sich beruhen. Andere Bekannte schienen für Abendverabredungen weniger Widerstände überwinden zu müssen und übernachteten auch bei ihr. Ich fragte da nicht weiter nach und versuchte, ihr mit meiner Toleranz zu imponieren. Auf Dauer allerdings hätte man das Selbstbewusstsein eines Rockstars oder Profiboxers gebraucht, um hier nicht die Nerven zu verlieren, und vielleicht war es ja Sinn der Übung herauszufinden, ob ich das Zeug zu einem hatte.

Aber da hatte ich wohl noch einigen Trainingsrückstand: Meine Verdauung spielte verrückt, meine Beine fühlten sich wie Kloßmasse an. Außerdem befiel mich plötzlich das Schlafbedürfnis eines Zweijährigen. Also lenkte ich mich wieder mit Spaziergängen ab; wenigstens die Astern und Dahlien in den Vorgärten Friedenaus blühten so leidenschaftlich auf, wie es unsere junge Liebe hätte tun können. Auch der Botanische Garten war Ende September ein einziges Leuchten, und das Licht und Vogelgezwitscher, die wilden Rosen, Goldruten und Amberbäume gaben mir irgendwann die nötige Gelassenheit zurück. Mach dich locker, gib dem Ganzen noch ein paar Monate, es ist zu früh, die Hosen voll zu haben, es gibt Wichtigeres als dein kleines Glück. Es dauerte eben eine Weile, bis man einen solchen Menschen vermessen hatte, und es konnte ja auch nicht der Endzweck der Evolution sein, sich immer nur beim anderen einzukuscheln. Lag es nicht eher an mir als an ihr, wenn manche unserer Gespräche kurzatmiger und flacher wurden als erhofft? Ich würde mich ein bisschen strecken müssen, um an sie heranzureichen. Nicht aufgeben, she's too big to fail.

Da ich viel Zeit hatte und an die Dissertation unter diesen Umständen nicht zu denken war, durchsuchte ich weiter Wohnungsannoncen und kochte, während Clara nun manchmal für ganze Tage ausblieb, an aufwendigen Mahlzeiten, die für die nötigen Erfolgserlebnisse sorgten. Als mir eines Freitags eine besonders gute Consommé gelungen war, die fast einen halben Tag lang vor sich hin geköchelt hatte, überkam es mich, und ich schrieb Katharina, dass ich noch Suppe übrig hätte, die ich doch einfach vorbeibringen könne, außerplanmäßig wie mich selbst. So wird's gemacht, der Held ergreift sein Schicksal! Sie empfing mich einigermaßen skeptisch, und ich bekam weder Lob noch Dank, vielmehr eher durch launige Gesten verbreitete Hinweise darauf, dass sie sich den Abend anders vorgestellt hatte und nach einer vollen Woche ziemlich geschafft sei. Vielleicht irritierte sie auch, dass ihr jemand so viel Aufmerksamkeit und Zuneigung entgegenbrachte. Zum Teufel, der bekocht mich schon, was kommt als Nächstes? Will er hier einziehen? Vielleicht hätte ich ihr auch einen Ochsen schlachten und auf den Altar legen sollen.

Zwei Stunden später stand ich wieder vor der Tür, mit leerem Topf, es musste ihr also geschmeckt haben. Abgesehen davon war ich nun doch ein wenig ratlos. Wir hatten uns nach der Suppe kurz noch auf die Couch gesetzt. Im Radio, das wieder den Hintergrund unserer Unterhaltung ausfüllte, wurde der dritte Satz des fünfzehnten Streichquartetts von Beethoven gespielt, und es erschien mir nach dem netten Essen und einem sich auch sonst ganz freundlich entwickelnden Miteinander naheliegend, gemeinsam innezuhalten, um dem *Heiligen Dankgesang eines Genesenen an die Gottheit, in der lydischen Tonart* ein paar Takte lang zu folgen. Vielleicht hätte ich nicht sagen sollen, wie sehr ich das Stück mochte, weil es dann nicht mehr ganz für sich selbst sprach, aber dass sie nach zweieinhalb Minuten bekundete, es für «völlig überschätzt» zu halten, warf mich in tiefere Grübeleien.

Ich hätte einige ihrer Eigenarten ja durchaus gelten lassen, sogar liebenswert finden und darüber hinwegsehen können, dass sie hochsensibel, unergründlich und fortwährend unterwegs war, dass manche meiner Bedürfnisse als liebes- und anlehnungsbedürftiger, aufmerksam-aufopferungsbereiter, sensitiver Mann hier unerfüllt bleiben würden. Ich hätte sogar angefangen, mich an die seltenen Meldungen ihrerseits zu gewöhnen, nichts dazu gesagt, dass anderen ihre Tür tags und nachts über offenstand, während ich selbstverständlich noch in den frühen Abendstunden den Heimweg anzutreten hatte. Doch Beethovens *Dankgesang* so schonungslos zurückzuweisen, legte eine ganze Reihe von Problemen offen, die sich auf Dauer als schwerwiegender erweisen würden. Hätte sie den vierten Satz der *Neunten* oder *Fidelio* nur mit einem Schulterzucken quittiert, hätte man noch streiten können, aber wenn sie schon einem so unumstrittenen Geniestück ihre Anerkennung versagte, fragte ich mich betreten, welche Meisterwerke würde ich ihr wohl zu Füßen legen müssen, um gnädiger beurteilt zu werden?

Gut, ich konnte auch nicht auf Knopfdruck und Befehl tief empfinden, das hätte ich auch nicht von anderen erwartet.

Doch was berührte sie eigentlich wirklich? Schwer vorstellbar, dass eine Menschenseele nicht vom *Dankgesang* betroffen, ja bis auf den Grund geläutert und über sich hinausgehoben wurde. Gab es etwas, für das sie brannte oder das sie immerhin so eindrucksvoll fand, dass sie fünf Minuten ihres geregelten Tagesablaufs dafür opferte? Also nicht nur interessant, sondern prägend, unverzichtbar, heilig, inkommensurabel, essenziell, etwas, das die großen Wenden im Leben antrieb. Gab es solche bei ihr und in welcher Weise? Wo war die Glut, Inbrunst und Verzückung Mechthilds geblieben? Wollte sie nichts davon mitteilen oder gab es am Ende nichts mitzuteilen, und wusste ihre Kunst mehr von ihr als sie selbst?

Ich ging dann, den Beethoven'schen *Dankgesang* wenigstens auf dem Smartphone und im U-Bahn-Lärm nachhörend, nach Hause, nachdem sich weder unsere Worte noch unsere Lippen so recht mehr hatten einigen können. Keine Chance, hier hatte ich mich völlig verhoben. So etwas passierte, und es wäre auch anderen passiert. In der Überzeugung, ihr damit einen letzten Gefallen zu tun, indem ich ihrer eigenen Abschiedserklärung zuvorkam, formulierte ich am nächsten Morgen eine freundliche E-Mail, in der ich ihr für «diese glücksbeladenen Tage» dankte und im Hinblick auf ihre und meine Projekte eine nunmehrige Konzentration auf den je eigenen Weg und Werdegang anregte. Es wäre eine Freude gewesen, sie ein Stück weit zu begleiten und gemeinsam in den Parkanlagen der alten Götter spazieren zu gehen. Sie solle sie von mir grüßen, falls sie diese dort oder anderswo wieder einmal anträfe.

Große Erleichterung, Hans-im-Glück-Gefühle, alles verloren, doch endlich wieder frei. Natürlich hätte ich noch einmal die Konfrontation suchen können. Die wenigen Male, in denen ich es ansatzweise mit Widerspruch und Gegenwehr versucht hatte, wurden mit einem Leuchten in ihren Augen aufgenommen, das mir nicht entgangen war. Draußen nahm ich zum ersten Mal den Herbst wahr, machte mir daheim noch einen Tee, hörte mich durch Schubertlieder («Du bist die Ruh, der Friede mild ...») und sah in die düsteren Augen der Wladimirskaja. Nun fehlte nur noch Clara, die schon irgendwann wiederkommen würde, wenn nicht heute, dann in den nächsten Tagen. Ich rollte mich in eine Decke auf der Couch und war die Unbeschwertheit selbst. Liebe erträgt alles, glaubet alles, hoffet alles, duldet alles, wie der heilige Paulus so schön sagte.

15

Hätte jemand wie Clara geahnt, wie grundlegend partnerschaftliche Gemeinsamkeiten durch gelegentliche, erotisch gefärbte Reviererkundungen ihres ja weitgehend kreuzbraven Gefährten vertieft werden konnten, hätte sie diese weniger zu hintertreiben als zu befördern gewusst. Gegenüber einer Dritten war sie entscheidend im Vorteil, schon allein durch die Macht der Gewohnheit. Man kannte einander und mochte sich trotzdem, zumindest ließ es sich einigermaßen miteinander aushalten, und wusste über die wenigen, aber entscheidenden Qualitäten des anderen ebenso Bescheid wie über dessen Abgründe und Peinlichkeiten. Diesen ganzen Sumpf hinzunehmen und zu bewirtschaften, dazu war an sich nur noch Gott in der Lage.

Clara umgab eine Aura von Freundlichkeit und Wohlwollen, sie lächelte sogar, wenn man sie durch die Straßen gehen oder unbeobachtet zwischen Supermarktregalen stehen sah. Keine Unruhe, keine Missverständnisse, kein Walking on Eggshells, Spielchen nur im begrenzten Rahmen, Konzentration aufs Wesentliche, angenommen sein, angekommen sein. Sie akzeptierte meine perspektivische Brotlosigkeit und freudlos-akademische Nischenexistenz, die immer gleichen Ostseewochen auf Usedom im Sommer, dieselbe Jamie-Oliver-Küche, die hyggehafte Wohnlichkeit, DVD-Abende auf dem Sofa. Sie war ästhetisch so genügsam, dass sie meinen Bauchspeck und ungepflegten Fusselbart ebenso hinnahm wie meine zunehmende Kahlheit und fehlende Bereitschaft, ein Sportstudio zu betreten. Wir heulten über dieselben Opernarien, stöhnten über dieselben Politikerphrasen und denselben Kunstquatsch. Ich liebte das Naturkind in ihr, das in Sonne, Wasser und Wald erst ganz zu sich selbst fand. Beethovens *Dankgesang* hätte sie nie ungerührt gelassen. Wahrscheinlich hätte sie aus der Küche und während sie sich ein paar Brote schmierte, gerufen: «Was ist denn das?» – «Beethovens *Dankgesang eines Genesenen an die Gottheit in der lydischen Tonart*!» – «Herrje. Aber schön!» Dann hätte ich es natürlich leiser gemacht, um sie in Ruhe essen zu lassen, und sie hätte gesagt: «Nein, lass mal!», hätte das Ganze kauend und vor dem Computer mümmelnd weiter mit angehört (das war ihr antipathetischer Schutzwall, den sie gegen mich errichtete), um am Ende in den Apfel beißend zu bemerken: «Wie auf einer Lichtung, wenn die Sonne rauskommt.»

Sie war eine völlig andere Gattung Frau als Katharina, wärmer, umfassender, nahbarer, sicher auch eine begabte Kinderärztin, obwohl ich sie nie vor Ort erlebt hatte und ihr Krankenhaus nur aus Erzählungen kannte. Sie redete manchmal nur, um so etwas wie Blumen in einem kahlen Zimmer aufzustellen, damit man etwas hatte, an dem man sich gemeinsam erfreuen konnte. Auch wir hatten unsere Geheimnisse voreinander, und auch bei uns dürfte die eine oder andere Lüge Unebenheiten begradigt haben. Warum ausgerechnet wir davon ausgingen, halbwegs zu wissen, woran wir mit dem anderen waren, hätte ich nicht sagen können, und warum sollte ich? Ein Analytiker der Machtbeziehungen hätte seine liebe Not mit uns gehabt, wobei irgendwelche Gewichte die Sache im Hintergrund schon austariert haben werden. Kurzum, Clara war erste Wahl, ich hatte das keineswegs vergessen.

Nur hatte sich die Situation natürlich ein wenig verändert. Katharina hatte sich erledigt, Clara war mit ihrem eigenen Rebound-Abenteuer unterwegs, und ausziehen sollte ich, daran ließ sie keinen Zweifel, auch weiterhin, und zwar möglichst zeitnah. Wer hätte sagen können, ob es sich ihrerseits nur wieder um eine geschickte Frauenlist handelte? Abwarten, bis die Sache mit Katharina endgültig eskalierte und ich zur Einsicht ins Unvermeidliche kam, nämlich, dass ich wieder einmal nur irgendwelchen Irrlichtern hinterhergejagt war? Jener Peter, mit dem sie es versuchte, konnte ja doch nicht ihr Ernst sein. Wie also weiter? Ich schlief schlecht und beschloss schon am nächsten Morgen, mich noch einmal mit Nachdruck der Dissertation zuzuwenden, die mich lange genug aufgehalten hatte. Danach hätten wir neu angefangen, mit neuer Wohnung, einem richtigen Job, auch über Kinder würde sich reden lassen. Solche unbewältigten Folgen von Spätpubertät und überschüssiger Triebenergie sollte sie mir doch nachsehen können. Zudem wäre es mit Mitte fünfzig um vieles fataler gewesen, Ehe und Familie zurückzulassen. Dass ich meine Midlife-Crisis damit viel früher und auch in Windeseile, ja in geradezu streberhafter Kürze absolviert hatte, hätte sie mir als beziehungswirksame Leistung hoch anrechnen können.

Der richtige Moment für ein Gespräch über unsere Zukunft schien jedoch noch nicht gekommen, denn für die Herbstferien hatte sie mit Peter aus heiterem Himmel eine Reise nach Sizilien anberaumt. Das nahm mir etwas den Wind aus den Segeln. «Kannst du die Blumen gießen? Der Ficus hält's aus, aber die Monstera braucht jeden Tag Wasser. Auch ein bisschen die Blätter besprühen.» Falls Katharina mich während der beiden Wochen besuchen käme (sie hielt unsere jüngste Entzweiung für vorläufig), empfahl Clara, die Ikonen abzuhängen. «Ich weiß ja nicht, wie sie drauf ist.» So richtig gelassen schien mir das nicht, da war noch genug unterdrückter Restärger zu spüren. Gut zu wissen, damit ließe sich etwas anfangen, wenn sie wiederkäme. Draußen ging ein hässlicher Wind, auf dem

Balkon wiegten sich betrübliche Reste von verdorrten Pflanzen, die wir aus dem Saatgut «Frühlingwiese» hochgezogen hatten und denen nun das Wasser bis zum Hals stand.

Clara also fuhr, und ich machte mich an die Arbeit. Hatte ich mir von dem Thema noch vor Jahren den Zugang zu einer höheren Welt versprochen, ging es mir nun, als pflügte ich Beton auf, wenn ich alte Kapitel ergänzte und allzu steile Thesen auf wissenschaftliches Normalmaß herunterfeilte. Jeder Enthusiasmus geht dahin, wenn man sich zu lange mit ein und derselben Frage aufhält und diese so lange dreht und wendet, bis man zu viel darüber weiß und die Antworten einen nicht länger interessieren. Ich hatte Berge von kulturhistorischen, religionsphilosophischen und bekenntnishaften Abhandlungen durchgegraben, um hinter das Geheimnis der Ikone zu kommen, jetzt hielt ich das Ganze schon fast für überkommene Nostalgie. Meine Informationshoheit über den Stoff ließ sich nicht mehr mit der Bewunderung des naiven Gläubigen vergleichen, sondern schloss diese nahezu aus. Ein Mütterchen, das ihre Ikone küsste, wusste nichts vom byzantinischen Bilderstreit, vom Zweiten Konzil von Nicäa oder vom Unterschied zwischen Zentral- und Inversperspektive, aber sie sah und empfand mehr dabei, als ich es je wieder tun würde. Dabei war mein Wissen ähnlich beschränkt wie das ihre, ich sah nur einen größeren Ausschnitt. Für das Mehr an Erkenntnis war der Preis eigentlich zu hoch gewesen. Immerhin wusste ich jetzt, dass ich mit Haydns Klaviersonaten, der Seiser Alm oder gebackenem Kalbsbries nie so verfahren durfte, wenn sie mir lieb und teuer bleiben sollten.

Vormittags schrieb ich, korrigierte und vervollständigte Literaturangaben, nachmittags schlief ich, las dann bis spät in die Nacht und machte in den ersten Tagen viel Boden gut. Einmal geriet ich an eine Untersuchung des französischen Phänomenologen Jean-Luc Marion, die mir so zu denken gab, dass ich eine Flasche Château Pierrail aufmachte und einen Abend lang mit dem Buch auf der Couch versank. Nach dem dritten Glas war ich leicht benommen, sah jedoch immer deutlicher ein, dass ich meine ganze Argumentation, zumindest alles, was sich darin auf das Idol bezog, eigentlich verwerfen musste. Um der Ikone den nötigen Glanz zu verleihen, hatte ich das Idol als heidnischen Kultgegenstand ins Reich des Aberglaubens rücken wollen und war damit dem wissenschaftlichen Mainstream gefolgt, der es als Trugbild vermeintlich primitiver Kulturen abqualifizierte. Nach dieser verbreiteten Ansicht stellten diese unförmigen Steinfiguren kaum mehr als einen Anlass zu Abgötterei - Idolatrie - dar. Das war, wie sich herausstellte, eine vorschnelle und etwas überhebliche Sicht auf Dinge. Hätte ich Katharina schon sechs Jahre früher getroffen, wäre ich weiter gewesen, denn an ihrem Beispiel zeigte sich überdeutlich, dass man es sich mit Idolen nicht zu einfach machen sollte. Entscheidend war vielleicht weniger das Idol als der Blick, der es hervorbrachte. Sicher umgab das Idol, sagen wir mal Katharina, ein Geheimnis, das meinen Blick eingeladen hatte, aufgeladen aber wurde dieser dann mit der Absicht, in Katharina, dem Idol, das Anbetungswürdige zu erkennen (was eine Leserin der *Cosmopolitan* auch ohne phänomenologische Studien wusste).

Ein weiteres Glas Château Pierrail machte die Zusammenhänge noch etwas klarer. Das Bemerkenswerte an Katharina lag möglicherweise weniger in ihrer ausgesuchten Schönheit und Intelligenz, sondern in ihrer Fähigkeit, meinen Blick zu verwandeln, ihm überhaupt Halt zu verschaffen, ihn zu sammeln, aufzubewahren, ihm einen Ruhepunkt anzubieten, es ihm komfortabel zu machen. Der Blick wird vom Idol gebannt, wie auch meiner ja immerhin ein paar Wochen von Katharina gebannt gewesen war. Doch er schoss jetzt nicht mehr über sich hinaus, durchstieß auch nicht mehr, was er sah, sondern blieb am Idol, an Katharina, hängen, während sich die ganze Umgebung schlagartig verdunkelte. An einer Katharina wurden Möglichkeit und Reichweite eines Blickes erst offenbar, man hätte sagen können, dass er erst an ihr so etwas wie eine Bleibe fand. Sonst tastete er sich voran, bohrte sich durchs Sichtfeld, hielt aber nichts fest, sondern blieb in Bewegung und war immer schon beim nächsten Gegenstand, sodass man mit ihm durch die Dinge eigentlich nur hindurchschoss, ohne in ihnen irgendeinen Stand zu finden.

Würden sich Blicke gleich überall niederlassen, wäre man auch hoffnungslos überfordert gewesen und hätte sich von nichts mehr losreißen können. Im Grunde genommen hatte ich bis auf Katharina in diesem Sinne vielleicht noch nie etwas wirklich gesehen. Ein solcher Blick lief dann plötzlich voll, und man war kurz überrascht, dass da so viel hineinging, dass Blicke ein solches Fassungsvermögen hatten. Wie eine Welle, die sich an einem Hindernis brach, kam nun plötzlich die gesammelte Wucht des vollgelaufenen Blicks zurück. Nichts war stärker als diese erste echte Ankunft an einem Ort, wo er sich gerne aufhielt und sammelte. Erst dann nämlich wurde klar, wo ich wirklich stand und wie banal und lichtlos demgegenüber meine Umgebung blieb. Katharina bündelte meinen Blick wie ein Sonnenkollektor oder Parabolspiegel, lud sich mit dem Licht meines Blickes auf und sendete es konzentriert zu mir zurück. Ich überlegte, ob ich mir den Gedanken noch notieren sollte, ob es überhaupt Sinn hatte, das noch irgendwo unterzubringen, oder ob es nicht der ganzen Arbeit zuwiderlief. Doch bevor ich etwas dazu festhalten oder wenigstens die Lampe ausmachen konnte, kam mir eine bleierne Müdigkeit zuvor, und ich schlief erschöpft ein.

Zwei Wochen später kehrte Clara aus Sizilien zurück, wo es nicht nur sonniger, sondern auch wesentlich liebevoller als hier zugegangen sein musste, sodass sie nun mit Nachdruck meinen Auszug für die nächsten Wochen anberaumte. Hatte ich mir eine Weile eingeredet, dass es damit so ernst gar nicht sein könne und sich unser Wiedersehen ebenso wie ihr Sinn für Realismus, Süditalien nicht ohne Weiteres in den Berliner Alltag hinüberretten zu können, früher oder später zu meinen Gunsten auswirken müsse, so schien sich diese Wendung vorerst nicht abzuzeichnen. Aber vielleicht lag darin sogar die Chance, nach ein paar Monaten räumlicher Trennung umso sicherer festzustellen, wie sehr uns der andere fehlte.

Die Lage auf dem Mietmarkt war ebenso angespannt wie mein studentisches Budget, und auch die billigsten Quartiere kosteten das Dreifache dessen, was ich zehn Jahre zuvor bezahlt hatte. Nachdem ich mich ein paarmal für abgelebte, schlecht geschnittene, recht elend wirkende Einzimmerapartments beworben hatte und leer ausgegangen war, versuchte ich es in Studenten-WGs. Dort traf man eine völlig neue Generation an, die in den ersten Semestern noch voller Tatendrang und Erlebnishunger war, die mit dem knappen Wohnraum aber ebenso zu kämpfen hatte wie ich. Ich stellte mich vor und wurde dann gleich ins Kreuzverhör genommen. In zwei der WGs fand gleich zu Beginn ein Abgleich ordnungspolitischer und weltanschaulicher Einstellungen statt. Man fragte neben SCHUFA- und Jobauskünften auch nach psychischen Störungen, eine reine Sicherheitsmaßnahme, wie man mir erklärte. Keine Ahnung, sagte ich, wahrscheinlich sei ich der ganz normale Großstadtneurotiker, große Besonderheiten seien mir nicht aufgefallen, wenn man mal von einem Hang zum Theoretischen und der Thales-Krankheit absehe, beim Blick in den Himmel in die nächstbeste Grube zu fallen. Ich solle das nicht falsch verstehen, gab man mir zurück, aber bei diesen Massenpopulationen an Irren kläre man das einfach gleich ab, auch wenn man damit die Gefühle des einen oder anderen verletze. Am Ende helfe es ja niemandem, denn es laufe in solchen Fällen immer auf die vorprogrammierte Katastrophe hinaus.

Wie ein Ausbund an Gesundheit sah ich tatsächlich nicht aus, jedenfalls zog man mir dann andere Bewerber vor, sodass ich schließlich bei Frau Kowalzik landete, einer Frührentnerin Anfang sechzig, die in Neukölln ein Zimmer in ihrer Altbauwohnung untervermietete, normalerweise nur für Frauen. Für mich machte sie wohl deshalb eine Ausnahme, weil sie mit dem jungen Theologen sogleich angeregte und auch etwas langwierige Gespräche über ihre Selbsterfahrungszeit als Osho-Jüngerin in Poona führen konnte. Es war alles ein wenig plüschig eingerichtet, aber für ein paar Monate würde ich die Buddhas, Duftlampen, Edelsteine und tibetanischen Wandbehänge schon aushalten. Der Buddha in meinem Zimmer bekam gleich die Wladimirskaja zur Seite gestellt, Hans Küng hätte seine Freude gehabt. Erstaunlich, wie wenig ich aus der alten Wohnung mitgenommen hatte; einen Bücherschrank, einen Stuhl und einen Schreibtisch, ein bisschen Besteck und einen Mixer. Clara musste rein äußerlich das Gefühl haben, dass nie jemand bei ihr gewohnt hatte.

Die tiefer gehenden Gründe meines Mietgesuchs blieben Frau Kowalzik nicht lange verborgen. Ich hatte beinahe das Gefühl, dass ich ihr mehr erzählte, als ich selbst darüber wusste, denn sie gehörte zu den Menschen, die solche Dinge sehr gekonnt aus einem herausziehen. Mit niemandem redete ich derart ausführlich über meine Situation, und ich wusste gar nicht mehr, wie gut das tat. «Relax into the falling», zitierte sie mir vermutlich irgendeine Osho-Phrase, was sich entspannter anhörte, als es werden würde. Die Welt ist alles, was der Fall ist. Ich mochte mich anfangs gegen diese Einsicht sträuben, andererseits eröffnete die Freiheit auch neue Möglichkeiten. Hatte mich die ständige Zweisamkeit nicht auch gelähmt, waren ihre äußeren Folgen nicht bei jedem Blick in den Spiegel deutlich zu besichtigen? Wer hätte sagen können, welche Dynamik sich abzeichnen würde, sobald ich aus meinem Gehege an die frische Luft entkam? Der Weg lag offen, es rief die Wildnis. Schnürten Frauengeschichten nicht grundsätzlich ein? War es nicht ein Weckruf zur richtigen Zeit gewesen, endlich unerschrocken ins Eigene aufzubrechen?

Halluzinationen eines Schwindsüchtigen ... Mit Clara riss eine ganze Welt ab, und in der neuen fehlte noch jede Orientierung. Man unterschätzt, wie viel sogenannte Identität im anderen steckt, und so fühlte sich die Welt ohne den Puffer von Claras fürsorglicher Anteilnahme wie ein Winterausflug in Unterwäsche an. Als wäre dies allein nicht schon einem kompletten Vermögensverlust gleichgekommen, hatte ich in all dem Wirrwarr vergessen oder nicht wahrhaben wollen, dass mein Doktorvater kurz vor der Emeritierung stand und damit auch mein Vertrag als HiWi endete. Dass mir von Staden nichts darüber mitteilte, lag entweder an seiner eigenen Unorganisiertheit, die ich nur allzu gut kannte, oder daran, dass er seit Ankündigung seines Rückzugs vor einem Jahr davon ausgegangen war, ich sei darüber ausreichend im Bilde. Wir redeten auch nicht viel miteinander. Allerdings gab es erste Anzeichen ernsthafter Verärgerung, mindestens aber einer Enttäuschung über den schleppenden Fortschritt meiner Dissertation. Nachdem ich ihm die jüngsten Änderungsvorschläge unterbreitet hatte, den Begriff des Idols noch einmal grundlegend neu zu fassen, schrieb er mir: «Machen Sie hin ... Barmherzig und gnädig ist der HERR, geduldig und von großer Güte. Ich bin es nicht.»

Im folgenden Wintersemester lief der Vertrag aus, ich würde auf dem Trockenen sitzen. Um an eine neue Stelle an der Uni zu kommen, war ich viel zu isoliert, bekam ja nicht einmal mehr Spam-Mails. Selbst der Einstieg ins Taxigeschäft wäre nicht mehr so einfach wie in den Siebzigern gewesen. Und Theologie? Hätte ich töpfern können, wäre ich wenigstens in der Abendschule vermittelbar gewesen. Mitte dreißig, *Hälfte des Lebens* ... Welche auch nur halbwegs gescheite Frau ohne Retterkomplex würde sich auf einen solchen Sozialfall einlassen? Es nützte auch nichts, sich die Lage mit mythologischen Bezügen schönzureden. Mitten auf seiner monatelangen Nachtmeerfahrt bemerkte Odysseus, dass ihm das Benzin seines Trawlers ausging, er weder Kalypso noch Penelope je wiedersehen würde, ja froh sein musste, wenn ihn bei so hohem Seegang das Ortungssystem der Küstenwache noch retten konnte, und dass er vor allem, viel schwerwiegender noch, weder Odysseus, noch ein Held, nicht einmal ein Grieche war.

Schien es eine Weile klug, dem Schmerz aus dem Weg zu gehen, näherten wir uns bald durch vertrauensbildende Maßnahmen einander an. Es war gar nicht zu vermeiden, alles andere wäre eine Lüge gewesen. Da mein Leben bislang gut ohne ihn ausgekommen war, konnte ich jetzt einiges über ihn lernen. Er war viel wandelbarer, als man hätte erwarten können, und verfügte über ein breites Spektrum an Ausdrucksmöglichkeiten. Mochte es sich bisweilen anfühlen, als würde man gehäutet, gab es auch einen Schmerz, der fast schon lustvoll war, einen, der klug machte, und einen, der heilte. Wer es immer kurz und schmerzlos wollte, dem mangelte es letztlich an Fehlerkultur und Innovationsbereitschaft. Am Ende ging es weniger darum, ihn zu erkennen, zu akzeptieren und hinzunehmen, sondern sich – nach dem Osho-Kowalzik-Diktum – in ihn fallen zu lassen.

Was sollte ich mir weiter etwas vormachen? Ich hätte es angemessen gefunden, dass man mir wie einem jungen Wikinger zwei, drei Aschejahre (oder doch wenigstens -monate) eingeräumt hätte, in denen ich nichts weiter tat, als mich zu grämen, zu klagen, mich mit Staub und Schlacke einzureiben und mein trostloses, leeres Zimmer nur zum Essen und für Toilettengänge zu verlassen. Genügend Asche wäre jedenfalls vorhanden gewesen, da ich einen kleinen Kohleofen beheizen musste, der für romantische Bohèmegefühle sorgte, aber auch etwas lästig und reinigungsbedürftig war. Doch weder brachte man für derlei Bedürfnisse heute noch Verständnis auf, noch gab es die nötigen gesellschaftlichen Rituale, um seinen Schmerz so vollends zu bejahen wie andere ihr Glück, ihre Gesundheit oder Lust. Die volle Wucht des Schmerzes in seiner rohesten, rückhaltlosesten Form paralysierte zunächst, sorgte aber für einen tiefen, erholsamen Schlaf. Wie sonst nur bei einer fiebrigen Grippe, verbrachte ich zwei Wochen im Bett. Frau Kowalzik fragte nach, ich gab ihr zurück, dass ich trauerte.

Was den Schmerz auslöste, trennte sich, sobald es einmal erkannt war, irgendwann von mir ab und wurde zum Gegenstand jammervoller Betrachtungen, von Wut, aber auch von wachsendem Desinteresse. Man musste jenes defätistische «Ich bin am Ende» nur wochenlang um sich herumkreiseln lassen, bis es absurd wurde und sich von selbst erledigte. Für jedes Leid gab es eine Halbwertzeit, nach deren Ablauf man nur noch von ihm genervt war. Der Schmerzkörper alterte schneller als man selbst, und als er wegfiel, hatte ich erheblich abgenommen und kam mir sehr gereinigt und geläutert vor. Außerdem wirkte im Schmerz eine unbestreitbare Intelligenz. Sein ganzes Wesen drängte, überredete, wusste aber um sein schlechtes Image und bemühte sich, das ihm erwiesene Vertrauen, so schnell es ging, zurückzuzahlen. Sobald man ganz in ihn hineinschlüpfte, machte er sich an die Arbeit. Seine Hände umfassten meine Brust und drückten kraftvoll zu. Er kümmerte sich wie ein Arzt, der eine Wunde desinfizierte, was ja ähnlich brannte und unangenehm war, brachte aber wieder ins Gleichgewicht und wiederholte die Behandlung, sooft es ihm nötig schien. Nie trat er als strenger Herr und Meister auf. Man konnte ihn zu sich bitten, aber auch um etwas Ruhe ersuchen. Am Ende ging er von selbst, wenn er mit einem fertig war. Ein rätselhafter Typ, größer als Katharina, Clara und ich zusammen, die solche dunklen Gewalten nie hätten entfesseln können, weil sie weit über unseren Möglichkeiten lagen. Hätte es nicht all meine Vorstellungen über den Haufen geworfen, hätte ich ihn für einen Gott gehalten.

16

In Neukölln erwartete mich die lässige Wurschtigkeit eines unaufgeräumten Kinderzimmers. Alles wirkte hier so freizügig, echt und charming, wie man es in einem Lebensalter nötig gehabt hätte, das längst hinter mir lag. Die Vorstellung, aus der Behaglichkeit Friedenauer Vorgärten in diese Großstadtwüste verschlagen zu werden, hatte in mir alles andere als Begeisterung ausgelöst. Andererseits kam mir ein Aufenthalt in der Wüste vielleicht ganz gelegen, galt diese schließlich schon immer als heiligstes Gelände. Lebte nicht auch Jesus Christus vierzig Tage und Nächte in einer Wüste, «und die Engel dienten ihm»? Vierzig Tage wären geradezu ein Kinderspiel gewesen, viel länger, dachte ich, würde sich die Trennung von Clara auch nicht hinziehen. Es dauerte ein paar Wochen, bevor ich einsah, dass ich tatsächlich mit mir allein geblieben war. Unser Kontakt war nicht ganz abgerissen; einmal in der Woche, meist an einem Sonntag, telefonierten wir wie alte Freunde. Sie erzählte, dass sie sich noch ein wenig Zeit lassen wolle, bevor sie mit Peter zusammenziehe. Der habe auch seine eigene Wohnung und wolle seinerseits nichts überstürzen.

Als eher sonderbarer Kiezkontrast und ohne echten Bezug zum Viertel, stand zum Feierabend der Mond am Himmel. Über Wald und Heide, irgendwo weiter draußen, durch die Kronen altdeutscher Eichen betrachtet, hätte er noch das nötige Profil gehabt. Hier blieb er eine Irritation und zeigte sich distanziert, zog hell, doch ziemlich unbehelligt seines Wegs. Die Stadt warf mit so viel Licht um sich, dass er nur schwer dagegen ankam. Über den Scheinwerfern des Verkehrs und der Straßenlampen durchstieg er die Nacht als überflüssiges Leuchtelement, so durchsichtig und fahl, als habe er eine Betaversion von sich hochgeladen. Doch er erinnerte mich an Katharina, ich hätte gar nicht sagen können, warum. Denn weder hatten wir je zusammen in den Mond geschaut, noch sah er ihr besonders ähnlich. In seiner Kühle und Bestimmtheit kam er ihr schon eher nahe, und im Gegensatz zur extrovertierteren Sonne zog er in sich hinein, wie auch sie es manchmal an sich hatte. Solche Zusammenhänge waren schon fast zu gesucht, ich hatte letztlich keine Ahnung, woher sich dieser Eindruck ergab. Sobald man etwas allzu genau weiß, ist es ohnehin schon halb tot.

Dass dem Mond über die Zeiten so viel Ehre zuteilgeworden war, ließ sich nicht mehr nachvollziehen und wohl am ehesten auf das fehlende astronomische Hintergrundwissen früher Naturvölker zurückführen (die Romantiker machten sich ihrerseits nicht viel daraus). Weder hatte er etwas Mystisches, Naturschönes, noch wohnte ihm ein überirdischer Glanz oder eine kosmische Verzückung inne. Nur für mich begab er sich allabendlich als quasi von der Sehnsucht angestrahlte Katharina-Gedenkmedaille ins Dunkel hinauf, aufsteigend, absinkend, rund oder sichelhaft, weiß, gelb, rötlich, wässrig, zerfurcht, verschleiert oder präzise abgezirkelt, mal riesenhaft und dramatisch, immer wieder auch als verwaschenes Fragment. Sobald er etwas tiefer stand, wurde er von Wohnblocks verdeckt, und wenn der Himmel für einige Winterwochen hinter Wolken verschwand, blieb auch er eine Weile aus, kehrte aber in gewohnter Gelassenheit zurück, sobald es das Wetter wieder zuließ. Vielleicht wurde nachts ein Bewusstsein aktiv, das für Einflüsse offen war, die der Tagesverstand nicht registrierte. Und wie der Mond zu- und abnahm, unauffällig seine Bahnen zog und erst am Abend auf sich aufmerksam machte, so verhielt es sich auch mit Katharina. Denn irgendetwas wies mehr oder minder zyklisch auf sie hin. Mal erschien sie blass und vergessen, dann wieder leuchtete sie rund und schön und überstrahlte in klaren Winternächten die ganze Künstlichkeit meiner nahezu sternelosen Metropole.

Es mochte kaum mehr als die Anwandlung eines kindlichen Gemüts sein, jenem Mond eine Art Charakter und persönliche Größe zuzuschreiben. Ihn zum trostlosen kalten Steinhaufen zu erklären, griff aber, gerade nach solchen, sicher etwas spitzfindigen Beobachtungen, ebenso zu kurz. Seltsamerweise widersprach nämlich, was wir von ihm wussten, seinem mondlichten Wesen und Augenschein, auch wenn dies Einsichten waren, mit denen sich nicht viel anfangen ließ und die man nicht näher befragte. Was über ihn in Erfahrung zu bringen war, stimmte schon irgendwie, verfehlte aber letztlich die Weisheit seines eindringlichen Bleichgesichts. Zwar repräsentierte er eine Sphäre, die die Debatten schon länger nicht mehr prägen konnte, ihre besten Zeiten also hinter sich hatte. Dass er einem nicht mehr naheging und man den Zugang zu ihm verloren hatte, hinterließ jedoch Spuren der Verunsicherung und arbeitete in einem. Wenn schon der Mond nichts mehr bedeutete, was bedeutete dann überhaupt noch etwas? Denn rein sachlich gesehen, verdankten wir ihm alles. Würde er sich eines Tages einfach verabschieden und sich nach einem dankbareren Gravitationsfeld umsehen, könnte er unsere Erdachse nicht länger stabilisieren. Wir gerieten ins Trudeln, die Wasser der Ozeane würden sich neu verteilen und die Küsten überschwemmen. Der Tag hätte nur noch acht Stunden, weil wir dreimal schneller rotieren, mal pol-, mal äquatorwärts kippen und unter halbjährigen Dunkelzeiten, ununterbrochenen Starkstürmen und Temperaturextremen leiden würden. Vermutlich hätten wir uns den guten alten Klimawandel zurückgewünscht. Dass ich überhaupt hier war, nicht ins Chaos stürzte und auch am nächsten Tag noch halbwegs geordnet weitermachen konnte, verdankte ich also auch jener jovialen Luna, die mir jede Nacht ihr Rätsel hinreichte.

Ich musste wieder in Form kommen. Im nächsten Sport-Scheck kaufte ich ein Paar Laufschuhe und fing an, zunächst zweimal, dann dreimal die Woche je eine halbe Stunde am Landwehrkanal zu joggen, eine Tortur, die ich nicht für möglich gehalten hätte. Es lag jenseits meiner Vorstellungskraft, welche Dynamik eine über Jahre angefütterte Fettschürze entwickeln konnte, sobald sie derart in Bewegung geriet. Selbst Teile meines Gesichtes schienen rhythmisch nach oben und unten zu schwappen. Muskeln und Gelenke hielten die neuen Belastungen für einen schlechten Scherz, Hals, Füße und Augen brannten auf je eigene Weise, auch der Nacken verspannte sich regelmäßig und bescherte mir an den Folgetagen einen dröhnenden Schädel. Unter gesundheitlichen Aspekten hätte man mir von derlei überzogenen Aktivierungsmaßnahmen abraten müssen.

«Sie werden doch nicht schon hinwerfen?», bemerkte die gute Seele meiner Gastgeberin, als sie mich die Treppen hochkriechen und meine Blasen pflegen sah.

«Aber woher denn!», gab ich zurück, hustete den Schleim ab und lief ein paar Tage darauf wieder los.

So sicher die Zeit alle Wunden heilte, so schnell stellten sich einige markante Trainingseffekte ein. Zunächst tat es einfach weniger weh. Sobald meine scharlachrote Gesichtsfarbe nach dem Laufen wieder abklang, frischte sich, Soldaten ähnlich, die dem Tod entronnen waren, der ganze Gesichts- und Gesamteindruck merklich auf. Auch hier ergab sich, wie schon beim Schmerz, das Gefühl der vorübergehenden Inkorporierung wohltätiger Mächte. Etwas, jemand wuchs in mir heran, der Besitz von mir ergriff und Anspruch auf mich erhob. Allein die Tatsache, dass ich bald bis zu zehn Kilometer ohne größere Erschöpfung zurücklegen konnte, wies darauf hin, dass mich jemand tragen musste, ansonsten wäre mir diese Leistung unglaubhaft erschienen. Vermutlich war ich einfach nur fitter; die Kondition verbesserte sich, Muskelmasse wurde aufgebaut, der Stoffwechsel stellte sich um. Ein Stoffwechsel größeren Stils, nahezu ein völliger Umtausch. Was neu dazukam, äußerte sich in einer mir fremden Weise, was ich auf sich beruhen ließ, solange es mir ein so ausgesprochenes Wohlbefinden verlieh. Ungewohnt war es dennoch, denn dieser Hort der Gebrechen und Schwerfälligkeit hatte jahrelang wie ein Grab geschwiegen. Wer oder was auch immer in mich eingezogen war, es veräußerte diesen Kraftzuwachs aller Wahrscheinlichkeit nach wie eine Art Mietzahlung dafür, in mir Quartier beziehen zu können. Und es war eine Lust, ein Hochgefühl, das sich frei in den Raum verströmte, doch erst einmal ohne Sinn und Richtung blieb.

Was hätte man mit ihm anfangen können? Der Neue und meine Umgebung lagen sich wie Gleich- und Wechselstrom gegenüber. Immerhin vertrieb er die Müdigkeit, die ständigen Wolken über meiner immer etwas verquollenen Geistigkeit. Er schien von weit her zu kommen und war sicher kein Städter. Zudem hielt er sich auch nicht mit Ratschlägen zurück, die über seine Kompetenzen hinausgingen, leistete Aufklärungs- und Überzeugungsarbeit auf Gebieten, die ich jahrelang vernachlässigt hatte. Sein Ernährungsfimmel führte dazu, dass mir der Sinn plötzlich nach mehr Grünzeug, Wasser und Bioprodukten stand. Wie durch ein Wunder nahm ich im Lauf eines halben Jahres zwölf Kilo ab, auch weil ich nur noch aß, wenn es sich nicht vermeiden ließ, und ich für langwieriges

Kochen keine Motivation mehr aufbrachte. Er drängte darauf, das letzte Geld für eine richtige Frisur und neue Schuhe auszugeben, Hemden zu bügeln, sich nass zu rasieren, ging aufrechter und atmete tiefer. Überhaupt hatte ich den Eindruck, dass er mit der Luft noch irgendetwas anderes anfing. Einmal geweckt, beließ er es nicht bei ein paar Laufeinheiten, sondern gedachte sich bis in die letzte Körperfaser hin auszubreiten, fing an, sich nach Langhanteln zu sehnen.

Ich musste dem Weserstraßen-Herakles bald etwas Einhalt gebieten, bevor er meine Zeit in irgendwelchen Fitnessstudios vergeuden konnte. Ähnlich wie schon der Schmerz war er ein Freund des Schlafs. Auch er verfügte über im weitesten Sinne heilkundliche Fähigkeiten, allem Anschein nach sogar über Anlagen zum Gesichtschirurgen, denn meine Gelehrtenmiene gewann nachhaltig durch die Straffung vormals durchhängender Gewebe. Als Pharmakologe brachte er Erfahrungen ein, die ich bald nicht mehr missen wollte. Lief ich eine Stunde um die Kanäle, war ich mit Stimmungsaufhellern und Tranquilizern so vollgepumpt, dass meine Euphorie fast in Größenwahn umschlug. Damit erklärte sich, dass die Wirklichkeit leicht verzerrt bei mir eintraf, was für den Verlauf der nächsten Monate nicht ohne Folgen bleiben konnte.

Soweit ein Zivilisationsmensch noch in die Wildheit hineinreichte, kam ich ihr während des Laufens nahe und fand darin Anschluss an einen vergessenen, überzeitlichen Kampf, den die Struktur gegen das Chaos führte. Mein stets blendend aufgelegter innerer Schweinehund hielt sich an Letzteres, weil es ihn an Zeiten erinnerte, in denen der Mensch noch ohne Schicksal, chtonisch, erdverwachsen und im Immergleichen dahintrieb, in einer sich im Kreis drehenden Ordnung, die nur von Apathie, Schwerkraft und dumpfem Wachstum zusammengehalten wurde. Nun aber: Wille, Eigensinn, Entscheidung, Geschichte, Formbewusstsein. Ich war längst nicht der Einzige, der sich in die Zierde eines Neuköllner Asketengeschlechts einreihte, das hier vor dem Frühstück und sich selbst überwindend neuen Morgenröten entgegenlief.

Mit einem Trainingspuls von hundertsechzig Schlägen pro Minute sah es so aus, als läge in diesem Gegensatz schon alles beschlossen. Überall erwuchsen Widerstände und Trägheitsmomente, die niedergerannt werden konnten. Man fand Gefallen an ihnen, inneren wie äußeren; entmutigten sie anfangs noch, nahm man sie bald hin, brauchte und suchte sie. Am Ende hielt man alles, das irgendeinen Sinn ergab, für einen Widerstand. Eine Sachlage klärte sich erst, wenn aus ihr der Streit, der Fight, der Agon aufschien. Ein jäher Perspektivwechsel, denn ich kam ja wirklich eher aus der Ruhe. Die ganze Mystik, das Beste an Frau Kowalziks Buddha, war Schweigen, Erlösung und sturmberuhigte Meeresstille. Doch wenn ich ehrlich war, und das leuchtete mir nun deutlicher ein als noch vor Monaten, ließen sich die ganze Armseligkeit und seelische Mangelwirtschaft jener verlorenen Jahre aus einem einzigen, hinreichend erwiesenen, aber rückwirkend schwer zu ändernden Umstand heraus erklären: Mir hatten die nötigen Widerstände gefehlt.

An ihnen würde nun immerhin kein Mangel mehr sein. Vor dem Hintergrund meiner vitalistischen Episoden wirkte Neukölln wie ein atmosphärischer Antagonismus. Das hatte auch mit dem Herbst und den kürzeren Tagen zu tun, dem Laubfall und der allgemeinen Tristesse um den Görlitzer Park, den ich bald jeden zweiten Morgen und auch bei schlimmstem Wetter auf meinen Joggingtouren durchquerte. Während in mir Stierkämpfe tobten und ich mich laufend freiraste, durchzog die Gegend eine unabweisbare Entropie. Durch welche Brüche und Lecks dieser Ort fortwährend an Energie verlor, ließ sich nicht erkennen, und es war auch keineswegs nur unangenehm. Man hauste im Shabby Chic der Altbauten, die sich fugenlos an den Nachkriegsbrutalismus reihten, inmitten von Bioläden, Kunstgalerien, Kreativküchen und Dönerbuden. Ein Hauch von Havanna, nur ohne Meer und Sonne. Die um sich greifende Verwahrlosung hatte etwas Heimeliges und bediente, ob auf den durchgelaufenen Bürgersteigen, den abgewetzten, besprayten Häuserwänden, in den verwilderten Uferböschungen der Kanäle oder im weiten Einzugsraum überfüllter Mülleimer eine herbe, bewusst auf das Verhärmte setzende Ästhetik, die sich auch in die Gesichter hineinzog.

Überall umgab einen das grundehrliche, ungeschminkte, beschädigte Leben, und man fühlte sich wohl darin, da es zum Teil auch das eigene war. Ich wurde oft auf Drogen angesprochen, offenbar traute man mir zu, welche zu haben, zu brauchen oder gar zu verkaufen. Wer seine wohlbehüteten Verhältnisse satthatte und sich einmal selbstfindungsweise im Niedergang erleben wollte, fand hier alles, wonach ihm der Sinn stand. Die letzten Hipster konnten hier noch eine Weile ausharren, Hautevolee der Coolness, hinreißende Medusen mit Ganzkörpertattoos, Ladies of Pain wie ich. Dass hier ständig gefilmt wurde, kam nicht von ungefähr, es wäre jederzeit auch ohne Skript möglich gewesen. Großes Kino, wohin man sah. Frau Kowalziks Wohnung etwa lag im Zentrum des organisierten Verbrechens, zwei Häuser vom Wohnsitz jener berüchtigten Ganovenfamilie entfernt, die KaDeWe und Bodemuseum überfallen hatte und regelmäßig Besuch von der Polizei und zwanzig Einsatzwagen bekam, oft in den frühen Morgenstunden, wenn man sich gerne noch einmal im Bett umgedreht hätte. Die Kunst musste an ihr Ende kommen, sobald die Realität dichter, dramatischer und kunsthafter als alle Kunst geworden war. In Neukölln wären Zufallsfotos interessanter gewesen als das meiste, was man in Hunderten von Galerien fand, die hier dicht an dicht vergeblich gegen diesen Umstand anzugehen suchten.

Ich war im letzten Nachglühen des Herbstes Ende Oktober gekommen. Im Görlitzer Park stand die rostrote Blätterpracht oft noch einmal unter makellosem Himmelsblau, Kaninchen und Eichhörnchen machten Winterbesorgungen, hin und wieder scharwenzelte ein Fuchs hindurch. Nach dem langen Sommer war der Rasen vertrocknet. Als der Regen dann kam, war es schon zu spät für ihn. Hier würde sich nichts mehr aufrichten, alles lag im welken Schlamm. Wenn die Sonne morgens in den Dunst hineinschien, fand man diesen Abgesang auf das Jahr fast etwas verfrüht. War denn schon alles vorüber, gab es für diesen Park keine grüne Hoffnung mehr? Die von der Miniermotte befallenen Kastanien waren schon seit August ein einziges Trauerspiel, die Lindenallee lichtete sich, die Wildrosen waren verwelkt, Brombeerhecken und Schlehen beschäftigungslos. Es war ein Abschied auf Raten in diesem Außenposten der Natur, der mit der Gewalt des Unabwendbaren vor sich ging. Noch in ihrer letzten farblichen Extravaganz hätte man sich fragen können, wann die verkümmernde Welt falsch abgebogen war, warum sie sich selbst aufgab und warum keiner der Kraft des Verfalls Einhalt gebot. Hatte das Grünflächenamt seine Aufgaben vernachlässigt, standen nicht genug Mittel zur Verfügung? Hatte man all die warnenden Anzeichen übersehen, das erste falbe Gelb der Säulenpappeln, die Einsamkeit der alten Obstwiese, die leise und doch unmissverständliche Art, in der die Uferweiden am Teich die Köpfe hängen ließen?

Seine Glanzzeit hatte der Park schon einige Monate hinter sich. Der Höhepunkt kam früh und meist schon Ende Mai, inmitten blühender Kastanien und Apfelbäume, kraftvoll und naiv wie jede Kultur in ihren Anfängen. Eine grüne Welle, angefüllt mit dem Duft des Flieders, des Weißdorns und Jasmins, riss vor allem jene mit, die noch den langen Winter in den Knochen hatten. Im Juni sanken die schweren Aromen von Linden und Akazien hinein, das Ganze schwoll bis in den August an, in dem alles in vollem Saft stand, aber längst nicht mehr diese Wirkung entfaltete. Wer genau hinsah, erkannte erste Zeichen des Niedergangs, auch wenn die reine Fülle für eine Weile noch darüber hinwegtäuschen konnte, dass von diesen Grünanlagen kein Zauber, keine Verlockung und keine Zuversicht mehr ausgingen.

Der Park befand sich also genau dort, wo er dieser Tage sein sollte, auf dem Weg in die Auflösung, und auch die besten Gärtner hätten den Oktober nicht aufhalten können. Bergahorn, Hainbuche, Schwarzerle und Eberesche taten, was in jenen Wochen turnusgemäß auf dem Programm stand, sich entlauben, keine Blätter mehr ansetzen, vor Schönheit vergehen und sich in den Wind fallen lassen. Die Bäume würden überleben, kahl in der Kälte ausharrend, inmitten von Fäulnis, Frost und Halden von Biomasse. Hätte man für den Park keine Alternative entwickeln können? Doch die Möglichkeiten, hier eine standortbedingte Umstrukturierung und Transformationsprozesse behutsam und verlangsamend zu begleiten, waren begrenzt. Die Eichhörnchen machten sich keine Illusionen und bauten für den Winter vor. Es würde einen nächsten Frühling geben, doch der Blattschwung des Jahrgangs löste sich auf und würde sich nicht mehr retten lassen. Dabei erweckte jedoch gerade das Herbstlaub keineswegs den Eindruck einer übermäßigen Trauer, ganz im Gegenteil. Es schien sich völlig darüber im Klaren, dass das Ende kam, ohne jedes Zeichen von Betroffenheit, Furcht oder Fatalismus. Eher schien es noch mal einem losgelösten, fast schon feierlichen Freisinn innezuwerden, wenn es von den Zweigen fiel, ein letzter Jubel mit dem Wind im Rücken.

In meinem Zimmer kümmerte ich mich nun öfter um meinen Ofen. Ich hatte anfangs einige Mühe, ihn in Gang zu bekommen, nahm das Kohleschleppen und die allgegenwärtige Asche aber in Kauf (nicht zuletzt erklärte sich damit auch meine günstige Miete). Und es war auch gemütlich, wenn es knisterte und knackte und draußen der Sturm aufkam. Bald war es November, und wer Augen dafür hatte, konnte jetzt zwischen vier und sechs am Nachmittag die tiefsten Himmel des Jahres erleben, in einem fast leuchtenden Dunkelblau und so diaphan wie die griechische See, norwegische Sommernächte oder der Schleier der Wladimirskaja.

17

Als die Tage wieder kürzer wurden, saß ich mit Frau Kowalzik oft bis tief in die Nacht in ihrem dunkelroten Wohnzimmer, einem trotz oder gerade wegen der Kerzen, Räucherstäbchen und einer schwachen Stehlampe düsteren, zunehmend verrauchten und damit immer auch leicht die Sphären wechselnden Raum. Sie lehnte in einem übergroßen, auf fast alberne Weise antiken Ohrensessel, ich kauerte auf einem Plüschsofa. Dann tranken wir Tee, später auch Crème de Cassis, einen uns gehörig beflügelnden Johannisbeerlikör, den sie aus dem Périgord mitgebracht hatte. Es tat gut, jemanden zum Reden zu haben, ganz offenkundig nicht nur mir. Auch unter ihren besten Freunden dürfte die Zahl derer, die sich ihre mit großer esoterischer Phantasie entwickelten Unterweisungen gefallen ließen, eher begrenzt gewesen sein. Man merkte, wie sie zögerte. Anfangs ließ sie mich einfach nur erzählen, stellte zuweilen Fragen, hörte zu und erwog sehr gründlich, wie weit sie mit mir gehen durfte. Doch sie brauchte keine halbe Stunde, um zu begreifen, dass ein vertrocknetes, aus der Bahn geratenes Akademikerhirn wie das meine ihre Hinweise nicht länger würde entbehren können und über kurz oder lang in die ganze Erlebnisbreite großstädtischer Limerenzerfahrungen eingeweiht werden musste.

Es nahm sehr für sie ein, dass sie nach allen ja durchaus widersprüchlichen Beschreibungen, die ich ihr von Katharina geliefert hatte, nicht den einfachen Weg des gegenseitigen Einverständnisses einschlug, sondern kritisch-konstruktive Ansätze entwickelte, die sie gekonnt und im Stil zeitgenössischer

Großdenker mit Rückgriffen auf Psychoanalyse, Filmkunst und Erbauungsliteratur abmixte. So habe sie neulich *Avatar* im Fernsehen gesehen, und auch dort suchten sich die Helden unter allen Kampf- und Flugdrachen von vornherein und ganz bewusst immer denjenigen aus, der in der Lage sei, sie zu töten, was ja doch eines der wenigen wirklich maßgeblichen, wenn auch etwas aus der Mode geratenen Kriterien bei der Partnerwahl sei und bleiben müsse.

«Ich sag ja nicht, dass sie ein Drache ist», gab ich beschwichtigend zurück.

«Na, hoffentlich ist sie einer!», protestierte sie. «Das wären doch wenigstens mildernde Umstände. Und selbst wenn sie keiner ist, und das wissen wir, seit wir in den ersten Bilderbüchern blättern: Jede Prinzessin, die was auf sich hält, lässt dich erst vor, wenn du einen erschlagen hast.»

«Ich bin Theologe, kein Drachentöter.»

«Vielleicht zahlt das Arbeitsamt die Weiterbildung?»

«Nur wenn es von volkswirtschaftlichem Nutzen ist.»

«Ist es. Klingt nach klassisch sozialpädagogischem Bewerberprofil. Sie ist ja nicht der einzige Drache.»

«Jetzt, wo du's sagst ...»

«Drache hin oder her», setzte sie fort, «das sind Übergangswesen, die die Zukunft auf ihren Schultern tragen. Hier säuft doch alles ab. Wir müssen uns endlich fürs Neue warmlaufen, und das geht nur durch Grenzerfahrungen, Achttausender besteigen, den Atlantik durchschwimmen, mit dem Hundeschlitten durch die Antarktis und so weiter, und natürlich durch die Blitz-, Stellungs- und Sezessionskriege der Liebe, was denn sonst? Es gibt niemanden, der dafür so geschaffen ist wie sie.»

Ich lehnte mich zurück und ließ meinen Blick über ihre etwas üppige Statur schweifen. Wie eine Extremsportlerin sah sie mir eigentlich nicht aus.

«Manchmal will man einfach nur ein kühles Bier.»

«Du hast Angst vor ihr», setzte sie nach. «Nicht vor euren Neurosen, sondern dem Optimum, der Zugspitze, den Blendungen reinsten Lichts, die du gleich zu Anfang abbekommen hast. Zu schnelles Wachstum tut immer weh. Es zerreißt beide Seiten, wenn Kohlenstoffverbindungen in Flammen aufgehen, also angenehm wird das nicht.»

«Ganz so schlimm war es nun auch wieder nicht.»

«Und was soll nach dieser Geschichte aus dir werden, falls du da je wieder rauskommst? Du wirst ja hundertmal größer sein als jetzt, Medium, Geistwesen, UN-Botschafter, Begründer einer neuen Weltreligion ... Was wird deine Familie dazu sagen? Clara? Alles ziemlich unbequem.»

«Eben.»

«Ich versteh schon», meinte sie und schenkte noch etwas vom Likör nach. «Du bist sehr fürs Übersichtliche, willst irgendwo ankern und die Füße hochlegen. Doch eins kann ich dir verraten: Der Schmerz wird dich einholen, du wirst als Blatt nicht gegen den Baum anleben können.»

«Ich lasse mich lieber fallen und den Baum auf sich beruhen», gab ich zurück. «Es ist Herbst, da befindet man sich in guter Gesellschaft.»

Neuerliche Rauchschwaden trieben ins Zwielicht, Frau Kowalzik rückte sich im Sessel zurecht, legte eine kurze Pause ein oder nahm Anlauf zu nächsten Direktiven. Wenn ich mich im Verdacht hatte, die Lage unnötig zu dramatisieren, ergaben ihre spekulativen Ausführungen, dass ich mich noch weit unterhalb eines angemessenen Reflexionsniveaus bewegte. Wenn es nach meiner Gastgeberin ging, war ich keiner Künstlerin, sondern mindestens einer Kali begegnet. Hatte man das seltene Glück, auf eine so fachkundige himmlische Zerstörerin zu treffen, während man auf den Bus wartete, die falsche Seminarveranstaltung besuchte oder sich in geistlichen Kraftzentren wie Wittenberg herumtrieb, dann blieb nur noch Tod oder Wiedergeburt.

«Sie wird alles an dir zerreißen, was nicht feste Überzeugung ist, schlägt dir so lange die Äste ab, bis dein Stamm wieder genug Wasser bekommt. Vor allem will sie nicht mit deiner Mutter verwechselt werden, also behandle sie nicht so. Und jammere nicht herum, dass sie dich nicht liebt, was gibt's an dir auch zu lieben?»

«Danke, sehr freundlich.»

«Sie hat dich nach irgendeinem Gott durchwühlt, nach etwas Tieferem, fand aber nichts als schlafmützige Ansichten, ‹innere Werte› und die mittelmäßige Ansammlung von Zufällen namens Biographie.»

«Sie hätte sich mehr Zeit lassen können.»

«Hat sie nicht, außerdem fangen ihr Menschen in allzu großer Nähe schnell zu müffeln an. Daher auch ihre Offenheit in alle Richtungen, ihre Unerreichbarkeit, ihre Widersprüche und Verwandlungen, ihre immer neuen Formen. Ist auch nicht leicht, Killer und Hebamme in einem zu sein.»

Knisternd erglomm ein neuer Zigarettenstängel im rot umflorten Halbdunkel.

«Unsinn», entgegnete ich. «Wir reden hier nicht von derselben Person.»

«Die hat tausend Namen und ist immer ein- und dieselbe. In Poona hatten wir viele dieser Frauen, die waren aber anders drauf, die wollten raus, auch aus sich selbst. Dazu diese Leere, die keiner ganz füllen kann und die Buddhisten immer erst nach langer Übung und Meditation erreichen, die Raum nur für das Heilige lässt. Alle meine Freunde damals wollten immer vom ‹Ego› weg, deine Mondfrau hatte nie eins. Begreife sie als Teil der Urmaterie, ewig fruchtbar, allseits befruchtbar. So eine Frau kannst du so wenig besitzen wie den Regen und den Ackerbau. Die Frage ist, ob sie selbst weiß, wer sie ist.»

«Sah mir nicht so aus.»

«Schade.»

«Macht das einen Unterschied?»

«Schon. So ist es doch ein Zweifrontenkrieg gegen den anderen und sich selbst. Das frisst einen auf Dauer auf. Hoffentlich hält sie durch. Sie mag sich einsam vorkommen, aber es gibt doch mehr von ihrer Art, als sie denkt. Warum, weiß kein Mensch, aber es wird schon irgendwas bedeuten. Die großen Hexenpopulationen der frühen Neuzeit wiesen auch auf einen Zeitenwechsel hin.»

«Nun mal langsam», wehrte ich ab. «Von Hexen war doch nie die Rede!»

Frau Kowalzik starrte in die Leere und betrachtete einen Moment lang die Rauchentwicklung ihrer Zigarette. «Was weißt du denn schon von Hexen ...»

«Dass man nicht mit ihnen in eine Zweizimmerwohnung zieht.»

«Natürlich nicht. Vergiss sie, wenn du dich dauerhaft irgendwo unterstellen willst. Mit denen muss man die Liebe neu erfinden, als intensivierte Sonderform. Viel Abstand, keine Heimat, zwei Wohnungen, besser noch zwei Städte, offenes Verhältnis mit allen Schikanen und ohne Besitzanspruch. Hohe Wartungskosten, Theaterbühne, andere Partner. Projekte, gemeinsame Städtereisen übers Wochenende. Jeder Moment unter Hochspannung. Feierliche Abendessen mit Gesprächen zu ausgewählten Themen. Ritualisierter Sex. Richte dich auf lange Nächte und Talorgasmen ein. Ich seh schon, da stehst du wie der Ochs vorm Berg.»

«Vorm Tal ...»

Nun musste meine Vermieterin etwas husten, stand auf

und ging zum Fenster, wo sie neben einer Duftlampe ein Feuerzeug liegen sah (ihr altes hatte gerade den Geist aufgegeben).

«Eine solche Frau», führte sie den Gedanken zu Ende und nahm wieder im Ohrensessel Platz, «testet dich fortwährend auf Willen, Können, Moral und Gesundheit, und das tut sie nicht, indem sie deinen Lebenslauf oder deine Krankenakte liest.»

«Klingt anstrengend. Wo bleibt denn das Positive?»

«Wer hat eigentlich das Missverständnis in die Welt gesetzt, dass man hier sei, um es sich bequem zu machen? Du solltest dieses tranige Phlegma endlich mal entsorgen. Setze das Ganze auf ein halbes Jahr an, dann ist es sowieso vorbei. Volle Konzentration, da fehlt noch viel bei dir. Ich meine, im Kopf. Es spielt aber keine Rolle, wie lange es dauert, denn bei denen bemisst sich das nicht nach Wochen oder Monaten, nach Jahren schon gar nicht, sondern nach der Höhe der Einzelmomente, und das sollte es auch für dich. Dann geht sie wieder, die Zauberin, muss halt weiter, andere stehen auch nach Offenbarungen an. Obwohl! So viele wollen das heute gar nicht mehr. Die Zahl derer, die zu unerhörten Heldentaten berufen sind, nimmt in den letzten Jahrzehnten so stark ab wie die der Singvögel und Wildbienen. Schwarze Romantiker und weiße Ritter stehen auf der Liste der bedrohten Arten, und Dornröschen muss in alle Ewigkeit weiterschlafen. In ein paar Jahren wird sie froh sein, sich mit jemandem wie dir zur Ruhe zu setzen. Bis dahin bleibt es heikel, es sei denn, du ziehst die Einsamkeit vor und gibst dich damit zufrieden, nur alle paar Monate mal eine Nacht lang mit deinem Orakel zu reden.»

«Vielleicht braucht Dornröschen nur einen Märchenonkel?», fragte ich.

Frau Kowalzik zeigte sich erheitert. «Aber du lebst in der Wirklichkeit? Was ich nicht begreife: Wieso ist sie ausgerechnet auf einen so unbeweglichen Nesthocker wie dich verfallen? Die konnte doch nun jeden haben.»

«Es geht doch nichts über rücksichtslose Offenheit.»

«Ist doch wahr. In deinem Fall hätte man darauf hoffen müssen, dass Dornröschen nichts Besseres zu tun hätte, als ihrerseits *dich* zu erwecken.»

«Wär schon schön gewesen. Gleichberechtigung ist keine Einbahnstraße.»

Dann schwiegen wir kurz, sie bot mir freundlich, aber vergebens eine Zigarette an und beugte sich mir entgegen.

«Jungchen, genieß es, du bist verschossen und unglücklich dazu. Wie beneidenswert! Danke dem Schicksal für dieses warme, nutzlose, unerwiderte Gefühl. Es ist egal, wo sie ist, mit wem und was sie von dir hält. Sie hat Wichtigeres bewirkt, als irgendwelche häuslichen Angebote zu unterbreiten. Sei froh, dass ihr nicht schon über die Freizeitgestaltung und Putz- und Kochpläne streitet oder darüber, wer die Kinder ins Bett bringt. Nichts wird das reine Begehren jetzt abschwächen, kein Alltag, keine Spielchen und Zicken, keine Enttäuschung, nichts, was reale Menschen in ihren realen Verhältnissen irritieren würde. Glaub mir, es werden trocknere Jahre kommen, und du wirst mit heiterer Dankbarkeit an jene Monate zurückdenken, in denen du noch am Leben warst.»

Es war kaum zu glauben, dass Frau Kowalzik ihr Arbeitsleben in einem Charlottenburger Teewarenladen zugebracht hatte und nicht als Motivationstrainerin, Paartherapeutin oder spirituelle Meisterin in achtsam ausufernden Satsangs von sich Reden gemacht hatte. Was hätte ich, was hätte Katharina hier lernen können! Hoffentlich ging es ihr gut und hatte sie jemanden zum Reden, vielleicht sogar zum Anlehnen, jedenfalls so lange, bis ich wiederkam. Wenn es stimmte, dass sie erweckungsbedürftigen Schläferinnen wie Dornröschen,

Schneewittchen oder Brünnhilde zumindest typologisch ähnelte, dann hätte ich noch etwas Zeit gehabt. Letztere lag noch bei Wagner in *seliger Öde auf sonniger Höh'* in einem Feuerkreis, bevor sie Siegfried, *furchtlos freiester Held* und Drachentöter, aus der misslichen Lage errettete und in herrlichstem C-Dur zu neuem Leben und neuer Liebe überredete, was auch für diese beiden zu einer nachhaltigen, aber nicht sehr langlebigen Begegnung führte. Sich in einen solchen Helden umzuschmieden wäre über Nacht kaum möglich gewesen und wollte gut überlegt sein. Frau Kowalzik muss mir diese Zaghaftigkeit nun aber gleich wieder angesehen haben und warnte eindringlich davor, das Momentum zu unterschätzen. Unendlich viel Zeit habe man eigentlich nie und hier schon gar nicht, ein paar Wochen höchstens. Ein schneller Zugriff aus dem Hinterhalt wäre das Geschickteste gewesen, dieses Fenster habe sich jedoch bereits geschlossen.

«Zugriff?», meinte ich etwas zögerlich.

«Hingehen, Klartext reden, der das Mark erschüttert, Eide schwören, Reiserucksack packen und mit ihr über die Alpen ziehen!»

«Im November?»

«Tja, ist natürlich nichts für Weicheier. Diese Frau aber auch nicht.»

«Ich muss erst mal von meinem Übergewicht runter.»

«Immer wieder eindrucksvoll, was die Leute in Bewegung setzen, um der Welt auszuweichen.»

«Ich weiche ja gar nicht.»

«Dabei kannst du gar nicht so viel falsch machen. Die Frage ist ja da, du musst nur antworten. Über das Wie musst du dir nicht den Kopf zerbrechen, das regeln die interessierten Kreise, die daran ihr Wohlgefallen haben.»

«Welche Kreise mögen das sein?»

«Weiß nicht. Ich hatte immer den Eindruck, vor Zuschauern aufzutreten.»

«Das kann ich mir vorstellen. Grauenhaft.»

«Nicht, wenn man ein Bühnenmensch ist. Alle anderen gewöhnen sich daran.» Währenddessen hatte es zweimal vernehmlich gesummt. Frau Kowalzik fuhr sich durch die Haare und blickte kurz aufs Handy.

«Wenn die wenigstens Eintritt zahlen würden», murrte ich.

«Sag bloß, dass dir die Vorstellung keinen Spaß macht ... Es ist ihr Theater, nicht deins. Sie bieten die Infrastruktur, dir gehört die Bühne. Ich fand die Bezahlung immer ganz angemessen.»

«Und was sind das so für Leute?»

«Das typische Publikum, würde ich sagen. Leichte Unterhaltung, ein bisschen Dramatik, es darf auch komisch sein, aber nicht zu sehr. Auch intelligent, aber nicht übertreiben! Gerne auch Mord und Totschlag, wenn es gut gemacht ist.»

«Kann ich nicht bieten. Bin eher was fürs Spartenprogramm, Arte-Dokus um halb zwölf.»

«Probier dich aus, alles andere grenzt an Dienstverweigerung», mahnte sie an. «Dafür hat man auf den Rängen nun überhaupt kein Verständnis.»

«Na und?»

«Du wirst nicht wieder engagiert. Du bist ihnen was schuldig, jedenfalls glauben sie das.»

«Was könnte ich denn bieten, dass nicht gemault wird auf den billigen Plätzen?», wollte ich wissen.

«Das, was gemeinhin üblich ist. Ihr würdet euch die Nächte über lieben und tagsüber Krieg führen, wie alle maßgeblichen Paare. Man wird entzückt sein und euch gut bezahlen.»

«Bevor man gar nichts hat ...»

«Siehst du. Musst du nicht aufs Arbeitsamt.»

Damit hätte es auch sein Bewenden haben können. Entgegen der lockeren Serialität, mit der sich andere Liebende trafen und trennten, neigte ich zu der Befürchtung, dass man nicht dafür gemacht sei, allzu viele Romanzen dieser Art durchzustehen, ohne bleibenden Schaden zu nehmen. Allerdings lag Frau Kowalzik mit ihrer Grundvermutung wohl richtig, dass es verfrüht gewesen wäre, Katharina zu den Akten zu legen. War unser sogenanntes Ende nur ein episodisch-dramatischer Hakenschlag in einer sich erst in den Anfängen befindenden Abtastbewegung zweier unabwendbar zueinander Berufenen, die noch ein wenig miteinander spielen wollten, bevor es ernst wurde? Katharina schien noch nicht mit mir fertig, überfiel mich bald aus allen Winkeln, drängte sich bis tief in die Nacht in alle möglichen Wiederkehrszenarien und brachte es fertig, mich aus der Ferne so weit zu entkräften, dass ich weniger mit Traurigkeiten als mit Lähmungserscheinungen zu kämpfen hatte. Der immense Energieverlust in ihre Richtung wäre schon unter realen Bedingungen erschreckend gewesen, vollends bizarr wurde es, wenn der andere nur noch eine gedankliche Realität war.

Freilich, was hieß «nur»? Die meisten meiner Realitäten waren, glücklicherweise, rein gedanklicher Natur. Katharinas sehnsuchtsvolles Überhangmandat war eine solche Realität. Und was war schon real? Ich erinnerte mich nicht, wo ich es gelesen hatte, aber gab es nicht irgendeine physikalische Theorie, die zu belegen schien, dass ein Beobachter das Objekt seiner Anschauung allein schon durch den Akt seiner Beobachtung veränderte? Vielleicht machte Frau Kowalzik aus den Katharina-Teilchen, die ich vor ihr ausgebreitet hatte, ja eine Welle? Möglicherweise war Katharina an sich gar nicht so außergewöhnlich und wurde nur durch meinen konzentrierten, obsessiven Blick und Frau Kowalziks Dramatisierungssuada zu einer ganz anderen Person, am Ende sogar gegen ihren Willen: eben noch ein gehemmtes, etwas schüchternes und ungeschicktes Mädchen, plötzlich eine Femme fatale, die sporadisch oder gar habituell Männerherzen zerknackte. Was, wenn es umgekehrt ähnlich gewesen wäre und sie mich, enttäuscht, wie sie war, zum Leben eines plan- und kraftlosen Prekariatsansässigen verurteilt hätte, zu einer männlichen Molluske ohne Willen, Mut und Rückgrat? (Das entsprach ja ohnehin schon mehr oder minder den Tatsachen.) Möglich auch, dass wir uns aus der Ferne in eine Position hineinnavigierten, aus der wir bestens aneinander leiden und wachsen konnten. Die Liebe hatte ihre eigene Intelligenz, konnte sich für Jahre, ohne die Kommandogewalt ganz abzugeben, auch in den Untergrund zurückziehen und brauchte nicht einmal unsere leibhaftige Gegenwart, um sich und ihre fixen Ideen an uns in die Tat umzusetzen. Sie hatte einiges vor, und alle Geduld der Welt.

18

Also gingen wir's an! Unter den Sachen, die ich aus der alten Wohnung mitgebracht und noch immer nicht ganz ausgepackt hatte, fand ich Katharinas Wollknäuel wieder, das doch um einiges länger war als gedacht. Aus Neukölln würde man damit zwar nicht entkommen (ein anderes Labyrinth sah ich jetzt nicht), schon gar nicht zu ihr, doch irgendetwas musste sich Ariadne, deren Wohnung in Mitte lag, ja dabei gedacht haben. Und wo dieser Minotaurus sein Unwesen trieb, den zu erschlagen oder mindestens unschädlich zu machen sie mir mit diesem sicher ganz bewusst ausgesuchten, anspielungsreichen Andenken aufgetragen hatte, mussten die weiteren Ermittlungen zeigen. Die Ausgangslage stellte sich in etwa so dar: In einem Anfall animalischer Lust, der nach übereinstimmenden Mythenberichten durchaus im Rahmen erotisch-frühantiker Spielarten gelegen haben muss, ließ sich Pasiphae, Gattin des Kreterkönigs Minos, von einem attraktiven Stier besteigen. Da ihre bestialischen Bedürfnisse allemal wichtiger erschienen als leidige Verhütungsfragen, erblickte bald ein unvergnügter Bastard das Licht der Welt. Asterios, halb Tier, halb Mensch, war das Ergebnis einer schwerwiegenden Täuschung, denn der Stier hatte eine eigens für Pasiphae geschaffene Kuhattrappe vernascht, in die jene vorher heimlich hineingeschlüpft war. Die genauen Abläufe ließen die Griechen, wie so vieles, das man gerne genauer gewusst hätte, unter den Tisch fallen.

Zwar besaß die Königin einigermaßen tolerante sexuelle Vorstellungen, wurde aber angesichts der aus der Art geschlagenen Brut auch nicht gerade von Muttergefühlen heimgesucht. Tierheime fühlten sich nicht zuständig, und «Regretting motherhood» war kein Millennial-Phänomen, kurzum: Der Kretin musste weg. Man schirmte ihn denn auch etwas schamerfüllt von der Restwelt ab und ließ Dädalus ein verwinkeltes Gehege für ihn bauen, sodass er nicht über die Nachbarn herfallen konnte. Nur König Minos erlaubte sich hin und wieder einen Spaß, wenn er dem ungeliebten Hybriden alle neun Jahre sieben junge Athener*innen zum Fraß vorwarf, ein brutaler Verstoß gegen die Menschenwürde, dem erst ein kampferprobter Berufsheld ein Ende bereiten konnte. Bevor sich Theseus an die Arbeit machte, bezwang er erst einmal das Herz der Königstochter. Ariadne war hingerissen, das Verhältnis zum stierköpfigen Brüderchen dagegen schon immer von gegenseitiger Befremdung geprägt. Um ihm nach vollendeter Tat die Rückkehr zu erleichtern, denn in solche Labyrinthe fand man einfacher hinein als wieder heraus, gab sie Theseus jenen berühmten Faden mit.

Ich klappte meinen Laptop auf. Eine erste Suche verlief noch ergebnislos; Katharinas Social-Media-Strategie war sicher ausbaufähig. Sie tauchte einfach nirgendwo auf, vielleicht twitterte sie ja inkognito oder stellte ihre Sachen auf Instagram unter einem Künstlernamen ins Netz. Dann fand ich doch einige Spuren, den Hinweis auf ein Seminar zum Thema *Pierre Klossowski und die ewige Wiederkehr* an der Uni Mainz, das sie dort zwei Jahre zuvor mit einem mir unbekannten Dozenten geleitet haben musste. Ein paar Bilder ihrer Installationen in Regionalzeitungen, ein Foto mit zwei Zisterzienserinnen in Helfta. Das Opernhaus Magdeburg führte sie als Statistin, das musste aber schon länger her sein.

Ich suchte weiter und gewann über die Accounts ihrer Freunde und einige Fotoserien aus den letzten Jahren ein paar zum Teil bemerkenswerte Einblicke. Einige Bilder mit Clemens auf der Frankfurter Buchmesse, eine Lesung im Künstlerhaus Edenkoben, wo sie scheu an einem Apfelbaum lehnt, ein verwackeltes Handyfoto kurz vor einem Bungee-Sprung, das irgendwo in Australien aufgenommen worden war (obwohl sie mir einmal gesagt hatte, wie schnell es ihr schwindlig werde). Ein weiteres Foto, das sie mit Freundin an der Hand auf einer Pride-Parade zeigt. Dann eine Aufnahme auf dem Wacken-Festival: von oben bis unten mit Schlamm bespritzt, im Stil einer keltischen Nymphe oder Druidin, schwarz und rot geschminkt, mit wildem Gesichtsausdruck, streckt sie dem Betrachter das Victory-Zeichen entgegen. Ihr zur Seite ein berserkerhafter Typ, dem man erst in Walhalla begegnen wollte. Als ich begriffen hatte, wie es funktionierte, fand ich sie sogar Jahre früher wieder, mit anderen Frisuren und Haarfarben (Hello, Mr. Hitchcock!). All das passte überhaupt nicht zusammen, schon gar nicht zu ihr, oder aber sie machte einfach mehr aus sich als unsereins und war in Fragen der Selbstverwirklichung wesentlich breiter aufgestellt.

Dann sprach ich mit Oliver, jenem Pianisten aus Katharinas Freundeskreis, den sie mir während ihrer Ausstellungseröffnung vorgestellt und später aus unerklärlichen Gründen ausrangiert hatte und der mir damals nach ein paar netten Worten noch seine Visitenkarte mitgegeben hatte. Ich ging zu einem seiner Liederabende im Kammermusiksaal, wo er einen erkälteten Bariton auf seiner *Winterreise* begleitete. Schubert rührte Schmerz- und Sehnsuchtsgefühle auf, die mit dem Grund meines Konzertbesuchs vielsagend korrespondierten, auch wenn es mir gerade angesichts dieser Musik nun doch etwas jämmerlich erschien, den Mann am Klavier eigentlich nur Katharinas wegen aufzusuchen. Ich beschloss, die Dinge nicht zu forcieren und nur anzusprechen, wenn es sich ergab, doch es sollte anders kommen. Oliver geriet, als er mich nach der Aufführung sah, merklich außer Fassung, kam auf mich zu und nach dem Austausch einiger Freundlichkeiten auch gleich zur Sache. Nach einer Weile hatte ich das Gefühl, er wolle sich am liebsten ganz mit mir absetzen. Ob ich von ihr gehört habe und dass er tieftraurig über die von ihr verhängte Funkstille sei. Ich solle sie grüßen, immer werde er an Bornholm zurückdenken. Auf seine verzweifelte und etwas dramatische Art bemerkte er nicht gleich, dass auch ich längst nicht mehr zum Kreis der Auserwählten gehörte, und beklagte wortreich den abrupten Abbruch ihres Freundschafts-, ja Vertrauensverhältnisses.

«Ist sie da immer so rigoros?», fragte ich, als wir in der Dunkelheit am Tiergarten entlang zum Bus gingen.

«Ja, ja, war sie immer», sagte Oliver, «und oft auch ganz grundlos. Wir waren nicht einmal besonders eng. Bin ja nicht der Einzige, der sie auf fernen Umlaufbahnen umkreist. Gestört hat sie das nie.»

«Stimmt, ganz allein war man eigentlich nie mit ihr.»

«Und wenn schon. In ihrem Fall wäre Eifersucht auch ein Zeichen von schlechtem Geschmack.»

«Hört sich eher nach einem Karussell an», meinte ich.

«Nein, sie ist von großem Ernst in diesen Dingen.»

«Aber hast du nicht Familie?»

«Ich brauche sie als ideellen Fixpunkt.»

«Verstehe. Hast du sie denn gut gekannt?»

«Wir waren uns sehr nahe», erklärte Oliver. «Sie hat ein ausgesprochen feines Gespür für das Musikalische und spielt ganz gut Cello, seit Kindertagen. Sagte mir mal, das habe sie vor ihren Eltern gerettet, war so eine Art Flucht. Wir haben ganze Abende zusammen gespielt, ganz großartig. Und manchmal enger und intensiver als alles, was ich je mit meiner Freundin hatte. Sie hat da viel in mir angestoßen, vermutlich ohne sich darüber ganz bewusst zu sein. Ich würde heute anders spielen, hätte ich sie nicht getroffen.»

Wer war Katharina, und war die Frage überhaupt wichtig? Mutmaßungen aus der Distanz waren ohnehin nicht sehr verlässlich, und je länger ich ihr nachstieg, desto verworrener wurde die Situation, je mehr verzweigten sich die Spuren zu einer ganzen Anzahl von Katharinas. Entweder lag darin eine Möglichkeit, besonders sensible Teile von sich zu verbergen, und sie schlüpfte in diese oder jene Rolle, um sich zu schützen und andere über ihre wahre Natur zu täuschen. Oder es rangen verschiedene Triebe, Schatten und Möglichkeiten in ihr, auch wenn es Leute, die sich ständig neu erfanden, eigentlich nur im Popgeschäft gab. Dagegen kam ich mir mit meinem sogenannten Charakter entsetzlich verhärtet und eindimensional vor. Ich belebte ihn wie ein halbwegs geordnetes Haus, in dem ich mich jahrelang eingerichtet hatte und das dafür sorgte, mich vor den Stürmen des Lebens zu schützen. Katharina jedoch besaß allem Anschein nach den inneren Reichtum, mehrere solcher Wohnungen gleichzeitig zu mieten.

Die Vorstellung, sich auf sich selbst zu beschränken, eigene Widersprüche und Unvereinbarkeiten zu bändigen und auszuhalten, um mit sich und anderen durchzukommen, erschien angesichts eines solchen Variantenreichtums schon fast etwas trivial. Einige weitreichende Eindrücke meines Lebens, die Euphorie, die mich an langen Nachmittagen in den Hügeln von Abbotsbury an der englischen Küste ergriffen hatte, der 82er Château Latour, ein Geschenk meiner Eltern zum dreißigsten Geburtstag, Edita Gruberová als Zerbinetta auf einem Opernabend mit Clara in München, nicht zuletzt die Nächte mit Katharina selbst, all das waren Erfahrungen, die völlig ohne meinen Charakter auskamen. Das Persönliche war eine

Art Außenministerium, nicht unwichtig, aber auch nicht alles. Es umfasste, was ich kommunizieren und in den Dienst der Menschheit stellen konnte, und das war ziemlich wenig. Wäre es nur um diese anderen Momente gegangen und hätte ich jenen Impulsen und Fluktuationen an Intensität, die viel individueller, tiefer und ursprünglicher waren, Priorität einräumen wollen, hätten Charakter und Persönlichkeit oft genug im Weg gestanden. Diese Einsicht muss sie nicht nur geteilt, sondern ansatzweise auch gelebt haben.

Solche Überlegungen brachten am Ende nicht wirklich weiter, ich musste mir etwas einfallen lassen. Katharina versammelte ein solches Ausmaß an Kreativität und Kreativen um sich, dass ich in Erwägung zog, mit der Abfassung einiger Sonette zu beginnen, die ich ihr Tag für Tag per Post zuschicken wollte, sechsundneunzig insgesamt, für jeden Tag der vergangenen Zweisamkeit eines (wäre es nur um die Tage gegangen, die wir wirklich zusammen verbracht hatten, wäre ich schneller fertig gewesen und hätte keine zwei Wochen gebraucht). Das Ganze hätte darauf abgezielt, sie zu entwaffnen, zu rühren, zu amüsieren und ihr gleichzeitig meine durchaus vorzeigbaren Dichterqualitäten zu offenbaren, die für sich genommen zwar kein Alleinstellungsmerkmal unter ihren Freunden waren, in ihrer Permanenz, Leidenschaft und Unbeirrbarkeit jedoch für sich beziehungsweise mich sprechen sollten. Schnell waren deren zehn zusammengekommen. Damit ich an uninspirierten Tagen nicht unter Zugzwang geraten würde, schrieb ich schon ein paar auf Vorrat. Es gelang dann auch, inhaltlich und stilistisch eine gewisse Varianz aufzubieten, Lobpreisungen ihrer Schönheit neben erotischen Quisquilien, Marienlyrik und sophianische Mystik, heitere Schmeichelreden, freisinnige Provokationen und Kampfansagen, dann wieder strenge Anbetungsgesten in allerhöchstem Pathos. Ich hielt sie jedoch erst einmal zurück, da mir nach etwa einem Viertel erste Zweifel kamen, ob dieses Vorhaben wirklich zünden würde.

Frau Kowalzik blieb meine deutliche Gewichtsabnahme indes nicht verborgen. «So langsam ist Schluss, mich wandelt schon Mitleid an.» Wenn sie nicht gerade vor dem Fernseher saß und rauchte oder abends zu einem ihrer zahllosen Dates verschwand, fanden wir noch immer zu Lagebesprechungen im roten Zimmer zusammen. Sie legte mir nahe, nicht zu verbissen und übermotiviert vorzugehen, sondern Raum für Gelassenheit und Entspannung zu lassen. Ich meldete mich bei einem Yogakurs an, was für mich, vor allem meinen Rücken allerdings eher mit Mühe als mit Muße verbunden war. Eine Weile musste ich den Grundimpuls einer gefühlten Albernheit niederringen, aber mir ging es danach tatsächlich so gut wie selten, was daran gelegen haben mag, dass ich mich währenddessen auch so abquälte wie selten. Nur gut, dass mich keiner kannte, mein Auftritt war mir peinlich, insbesondere vor den jungen Studentinnen und Müttern. Als oft einziger männlicher Teilnehmer tauchte ich zwar in den letzten Reihen der Übenden unter, blieb jedoch ein Sonderfall, den jede Yogalehrerin genau verfolgte und dem sie als ungelenkem Hahn im Korb wahrscheinlich auch Motive jenseits der reinen Fitness unterstellte. Wenn es doch so gewesen wäre ... Stattdessen kam es mir vorerst nur darauf an, muskuläre Blockaden zu lösen, Spannungsmomente länger zu halten und mein Drüsen- und Hormonsystem zu harmonisieren, für anderes hätte ich gar keine Kraft mehr gehabt.

Darüber hinaus nahm ich das erste Mal seit Kindertagen die Dienste eines Friseurs in Anspruch. Zwar konnte auch dieser mit meinen Haaren nicht mehr viel anfangen, aber ich sah ein, dass ich mich mit ihnen beschäftigen musste, solange noch welche da waren. Sobald die Ordnung auf dem Kopf wiederhergestellt wäre, so die Hoffnung, zöge auch Ordnung in denselben ein. Die leicht fettige Gelehrtenfrisur, die weniger die intellektuelle Redlichkeit unterstrichen als den pflegerischen Aufwand gering gehalten hatte, wich einem sportlichen, unauffälligen Kurzhaarschnitt in Richtung Neue Sachlichkeit. Auch ein Besuch beim Zahnarzt ließ sich nicht umgehen. Nicht nur hatten sich in den letzten Jahren manche Abbrüche und Verschiebungen ergeben, es mussten auch etliche Giftmüllendlager ausgehoben, freie Zahnhälse versorgt, Maßnahmen zum Erosions- und Korrosionsschutz sowie professionelle Reinigungsmaßnahmen in Auftrag gegeben werden, nach deren Ende ich wieder lächeln konnte wie ein Filmstar (im Charakterfach).

Auf die Frage, wie man denn möglichst schnell in die Mitte des Labyrinths komme, soll dessen Architekt und Chefdesigner Dädalus geraten haben, man solle am besten immer geradeaus und hinabgehen. Irgendwann meldete ich mich dann doch im McFit am Maibachufer an und strapazierte zweimal in der Woche Hanteln und Geräte. Es war jenes schon erwähnte, sich nun strammer äußernde Leib-Ich, der Leibhaftige (wenn man so wollte und es nicht die falschen Assoziationen geweckt hätte), der nun langsam weitere Fortschritte an Latissimus, Brachialis, Biceps, Triceps und Pectoralis sehen wollte. Waren der penetrante Schweißgeruch und die muskulären Torturen noch hinnehmbar, verzweifelte man an diesem unaufhörlichen, wie aus einer Industrieschmiede stammenden Bassgewummer, das auch mit Adam Fischers feinsinniger Einspielung der Haydn-Sinfonien unter schallisolierten Kopfhörern nicht zu übertönen war. Doch ich ließ mich nicht aufhalten, wuchtete irgendwann fulminante Kilozuwächse in die Höhe und brüllte im Anschluss unter der kalten Dusche.

Meine altersgerechte Transformation brachte mich zu guter Letzt, zumindest in Form einer Teilzeit-Amoureske, mit Johanna zusammen, die ich im Vinyasa-Power-Flow-Aufbaukurs kennenlernte. Also schleppte der Typ in der letzten Reihe doch noch jemanden ab, mag sich die Übungsleiterin gedacht haben, aber es war eher umgekehrt. Johanna war darin wohl weder besonders zurückhaltend noch zimperlich und fragte mich nach einer Trainingssession auf dem Nachhauseweg, den wir zumindest teilweise und bis zum Kottbusser Tor gemeinsam zurücklegten, ob ich noch einen Chai-Tee mit ihr trinken wolle. Sie erzählte von ihrer Ausbildung als Krankenschwester, ihrem Studium der Erziehungswissenschaften, ihren Eltern (der Vater Chefarzt irgendwo, kalt und autoritär), ihrer Katze, ihrem Exfreund, ihrem Freiheitsdrang und so weiter. Weil es so schön war, gingen wir auch nach der nächsten Power-Flow-Einheit einen Chai-Tee trinken. Das dritte Mal dann tranken wir den Tee bei ihr und verbrachten eine Nacht miteinander. Ich war gar nicht darauf vorbereitet, alles ging so leicht und locker und war im Großen und Ganzen auch nicht unangenehm. Sie war hübsch, besonders wenn sie ihre Haare löste, die ihr nach hartem Kampf strähnig übers Gesicht fielen, während sie sonst ordnungsgemäß nach hinten gebunden waren.

Wenn sich auch Momente der Ernüchterung einstellten, lag es weniger an ihr als an mir. Gerade im Vergleich zur unvergleichlichen Vorgängerin, mit der ich längst nicht so weit gegangen war, schienen manche unserer Spielräume nicht dieselbe Weite zu haben. Oder hatte ich mich inzwischen schon von mir selbst entfernt? Früher hätte ich eine solche Nähe mit ganz anderer Dankbarkeit zu würdigen gewusst. Nicht genug damit, dass ich mich, statt gemütliche Abende mit heißer Schokolade, einer warmen Bettdecke und Johann

Georg Hamann zu verbringen, mit Muskelbergen, Bankdrücken und Beinpresse vergnügte, und mir einmal im Monat die Haare schneiden ließ. Ich registrierte eine gewisse Kälte in der Behandlung von Beziehungsfragen, einen wachsenden Widerwillen angesichts zu naher Verhältnisse. Selbst Johanna, die ich nur ein-, zweimal die Woche traf, erweckte schnell die Befürchtung in mir, zu sehr eingeengt zu werden. Dazu kam ein lockereres Verhältnis zu Lüge und Ausrede, besonders, wenn sie bequem waren. Frau Kowalzik erklärte die Veränderung solch innerer Dispositionen mit der allbekannten Tatsache, dass der Objekt- beziehungsweise Liebesobjektverlust oft zur nachträglichen Identifizierung mit dem Objekt führe. Das Ich schiebe den Schatten der Vergangenheit zwischen sich und die Welt und nenne es «Charakter», um an seiner gewohnten, liebeserfüllten Welt festhalten zu können. Sprich: Ich wolle Katharina nicht loslassen und verfrachte sie daher einfach ins eigene Über-Ich. Damit bleibe sie irgendwie da, und ich könne weiter mit ihr Händchen halten, auch wenn ich sie längst verloren hatte.

«Du kannst Katharina nicht haben, du versuchst es ja nicht mal! Und weil du sie nicht haben kannst oder glaubst, sie nicht haben zu können, willst du wenigstens zu Katharina werden, zum Teil jedenfalls und auf gewisse Weise. Jedenfalls so, dass du das Gefühl hast, in ihrer Nähe zu sein.»

«Also bei allem Respekt, aber transsexuelle Neigungen liegen mir wirklich fern.»

«Mach nur deine Witze. Aber solche Besessenheiten sind verbreiteter, als man denkt. Was glaubst du, wie ich mir diesen Buddha-Fimmel eingefangen habe? Über eine solche Geschichte nämlich. Schrecklich, man weiß es, aber dagegen scheint einfach kein Kraut gewachsen. Gesinnung, Gemüt und Persönlichkeit ... kaum mehr als toter Plunder aus den schrägen Eigenheiten derer, die wir liebten und die sich vom Acker gemacht haben.»

«So ein Quark», entgegnete ich, «ich habe ja nicht die leiseste Ahnung, was für ein Mensch Katharina wirklich gewesen ist. Wie soll ich denn dann so ein vages Nichts in mein Über-Ich integrieren? Ist eh schon zu viel los in meinem Über-Ich.»

Nicht, dass dieser küchenpsychologische Unsinn noch weiterer Erörterungen bedurft hätte; überhaupt sollte man keiner Theorie trauen, die nicht mindestens auf ein halbes Jahrtausend zurückblicken konnte (und selbst dann nur mit angemessener Skepsis). Doch wie sich bald zeigte, schienen zumindest einige mutmaßliche Aspekte katharinischer Seelen- und Charakterbildung stärker auf mich abgefärbt zu haben, als ich es für möglich gehalten hätte.

19

Einmal locker angebandelt, kamen Johanna und ich schnell darin überein, uns Zeit zu lassen und keinesfalls zu irgendetwas zu drängen. Zunehmend aber schienen sich Unsicherheiten einzuschleichen, und sie schrieb mir häufiger und lud zu Partys von Freundinnen ein, denen ich mit Hinweis auf die Studienarbeit noch entkommen konnte. Auf Dauer ließen sich solche Vorschläge kaum ablehnen, ohne auf der Gegenseite den Eindruck der Zurückweisung zu erzeugen, also gingen wir auch manchmal miteinander aus. Nach einem Abend, an dem wir Kleists *Penthesilea* an der Schaubühne gesehen und uns dabei köstlich amüsiert hatten, gingen wir noch etwas essen und besprachen uns perspektivisch. Mir fiel in solchen Momenten wenig ein, also sagte ich ihr unumwunden ehrlich, dass ich nach dem Ende einer «langen Geschichte» erst einmal sehr vorsichtig sei und mich nicht Hals über Kopf in etwas Neues hineinstürzen wolle. Es sei momentan keine leichte Zeit für mich. Dem Himmel sei Dank, gab es genügend vorgestanzte Phrasen, um hier nicht die Übersicht zu verlieren. Ich müsse mich innerlich erst wieder frei fühlen, um die Nähe eines anderen annehmen und schätzen zu lernen. Es tue mir gut, so offen und frei (man konnte «frei» eigentlich nicht oft genug unterbringen) mit jemandem innige und doch nicht erzwungene Begegnungen zuzulassen, die in mir überhaupt wieder so etwas wie Zutrauen zum Leben, ja zur Liebe, erwachsen ließen. Wie gut, dass wir gerade im Theater gewesen waren.

Johanna tat, als verstünde sie. Dass sie sich in den kommenden Wochen vorübergehend etwas zurückzog, deutete aber darauf hin, dass sich doch eine Art Interessenkonflikt anbahnte. Mag sein, dass ihr aufging, dass ihr Entgegenkommen keine weiteren Konsequenzen hatte als eine lauwarme Freundschaft mit einem alternden, schweigsamen Sonderling und Ikonologen. Große Geduld bewies sie damit nicht, wir verloren uns nicht ganz aus den Augen und ließen, da sie die errichteten Hindernisse vermutlich mehr nervten als mich, irgendwann auch wieder fünfe gerade sein. Brauchte sie jemanden für den Winter? Unser schwebendes Provisorium hielt sich dann auch deshalb ein paar vergleichsweise erquickende Monate, weil wir beide wussten, dass es nicht die Zeiten überdauern würde. Alles vollzog sich unter der Voraussetzung, dass wir uns auf keine der sonst üblichen Weisen angehörten, einer Affäre ähnlich, nur ohne deren Aufregung, Kämpfe und Ansprüche. Eine experimentelle Bedarfsgemeinschaft, offener Versuchsraum, in dem man sich «angstfrei» ausprobieren konnte. Wenn man es etwas hochhängen wollte, dann war dies, auch im Hinblick auf viele ihrer Bekannten, die ähnlich lose miteinander verfuhren, eine erotische Version der Urgemeinde, die ja auch schon alles stehen und liegen lassen sollte, was sie an dieser Welt festhielt, Familie, Freunde, eheliche Bindung – *Denn das Wesen dieser Welt vergeht* (1. Korinther 7,31) –, während sie sich für das Weltende und Gericht vorbereitete. *Vom Gesetz befreit* und *im Geist erneuert*, klang verrückt, war religionshistorisch gesehen aber kein neues Phänomen.

Von allen Frauen, die ich nicht geliebt habe, war mir Johanna sicher die liebste. Bald verbrachten wir wieder mehr Zeit miteinander, machten sogar Witze über unser Verhältnis, indem wir so taten, als hätten wir eins, bis hin zu gespielten Eifersuchtsszenen, Putzplänen, Nörgeleien über die Schwiegereltern, Kinderwunschdebatten und so weiter. Wir hatten uns wirklich gern. Wenn wir morgens miteinander erwachten, mochten wir uns fragen, was in einer Normalbeziehung eigentlich anders gewesen wäre. Egal, das Wort allein hätte schon alles verändert. Hätte man mehr Zeit, mehr Mut und offene Leute um sich herum gehabt, wären einem womöglich noch andere Möglichkeiten des spielfreudigen, hingebungsvollen und freisinnigen Teilzeitkontakts eingefallen, der die herrschenden Monokulturen an ihren Rändern etwas hätte beleben können. Es gab Augenblicke der körperlichen Nähe, die, ob man wollte oder nicht, einige zusätzliche Verbindlichkeiten erzwingen wollten, aber wir versuchten, das gewählte Modell so gut es ging und mit ein paar zusätzlichen Übereinkünften zu erhalten.

Warum stellten wir uns bloß so an? Wenn man sich vor Augen hielt, wie freundlich wir über längere Zeit zueinander waren, wie unaufgeregt wir den anderen ertragen konnten und wie selten wir uns auf die Nerven gingen, hätten wir auch heiraten können. Wir erfreuten uns aneinander, nicht mehr und nicht weniger, aber vielleicht passten unsere Abgründe nicht wirklich gut zusammen und hätten dem anderen bald nicht mehr gereicht. So war es ein wenig, wie mit dem Leihwagen unterwegs zu sein; zunächst etwas ungewohnt, dennoch ganz praktisch und bedarfsorientiert und ohne Steuer und Versicherung bezahlen zu müssen. Wir waren zwei bewegliche Gemüter im Abklang ihrer Spätadoleszenz, die sich selbst erprobten, wenn kein anderer hinsah, hatten etwas zu lernen und zu lehren, was sprach schon dagegen? Ich schleppte Johanna in einen orthodoxen Gottesdienst und setzte ihr einmal Foie gras mit einem Eiswein von der Mosel vor (ohne gleich zu erklären, was es war). Sie revanchierte sich, indem sie mich zu einem gespenstischen Bunker Rave in ein stillgelegtes Bahnhofsgelände entführte. Sie schien dabei auch das Bedürfnis umzutreiben, den Theologen durch ihre sinnliche Edginess ein wenig zu verderben und auf die dunkle Seite zu ziehen. Diese Vorstellung war reichlich naiv und über alle Maßen schmeichelhaft, aber ich wollte sie auch nicht gleich ausbremsen.

Und Neukölln war ein verführerischer Bezirk. Denn mehr als Schönheit und Rhetorik verführte der Kontrollverlust eines langsam die Fassung verlierenden Gegenübers, der sich wegen uns nicht mehr im Griff hatte. Schönheit war erst einmal nur schön, hineingezogen aber wurde man durch Zeichen des inneren Zusammenbruchs, eines Nachgebens und Niedergangs, den wir im anderen auslösten. Jemand reißt uns hin, weil er die Übersicht verliert, die ihn sonst auszeichnet, weil er ins Wanken gerät, angeschlagen und peinlich agiert und seine gewohnte Überlegenheit einbüßt. Möchte ich jemanden verführen, muss ich Wege finden, ihm meinen Zusammenbruch zu dokumentieren, denn für solche Momente wählt man sich Leute aus, mit denen man einstürzen kann.

Vielleicht hatte ich aus ähnlichen Motiven, weniger bewusst, aber doch nicht ganz zufällig, nach Neukölln gefunden, Teil einer Stadt und eines Landes, das man lange für seine etwas biederen Tugenden, seine Ordnungsliebe, Disziplin und sein Arbeitsethos geschätzt hatte und das solche verführerischen Züge der Selbstaufgabe nun aber an allen Ecken zur Schau stellte. Seine Liederlichkeit, seine Albtraumorte, all die Wahnsinnigen und Gescheiterten, mit denen man nicht nur in U-Bahn-Schächten fortlaufend konfrontiert wurde, die kalkulierte Verkommenheit, die aus jedem Hundehaufen ein ästhetisches Signal machte, all dies hatte etwas Ergreifendes und zum Leben, ja zur Lust Überredendes. Wo Verwesung war, würde auch wieder etwas aufblühen. Die zerbrochene Stimmung wäre auf Jahre hin unwiderstehlich gewesen, übertrug sich auf die eigene Wahrnehmung der Dinge und verschiedenste

Bedürfnislagen. Johanna etwa schien bei der Fortführung unserer Nachtschwärmerei, und verglichen mit allem, was mir geläufig war, nicht nur ein verblüffendes Maß an Laisser-faire an den Tag zu legen, sondern auch eine Seite zu entfalten, die das Wilde und Beschädigte (an mir, an ihr, am Ort?) immer wieder zur Aufführung brachte. Auf diesen Feldern muss sie bei mir eklatante Defizite oder sträflich ungenutzte Potenziale ausgemacht haben und fühlte sich aufgefordert, ein paar Monate Entwicklungshilfe zu leisten.

Den Gipfelpunkt ihrer Aufklärungskampagne bildete ein gemeinsamer Ausflug in einen stadtbekannten, freizügigen Club, von dem sie sich größere Erweckungserlebnisse für mich erhoffte. Ihr jedenfalls sei es vor einigen Jahren so gegangen (sie musste recht früh damit begonnen haben), als sie dort nach einer überbehüteten Jugend angeblich mehrere Vorhängeschlösser ihres Seins und Selbst aufgesprengt habe. Ganz auf Höhe dieser Erfahrung würde ich nicht geraten, schon weil ich den Eindruck hatte, dass meine Beteiligung an diesen ja doch sehr grenzwertigen Vorgängen, und trotz allem, was ich hätte einbringen können, eher marginal blieb. Weder ging noch kam ich, im Vergleich zu dem, was mich umgab, in der Sache besonders weit, noch konnte ich je ganz abschalten und mich auf die gastfreundliche Dynamik der Ereignisse einlassen, möglicherweise auch, weil ich partout keine Drogen nehmen wollte (was sich hier in der Tat so eigentümlich ausnahm, als wollte Luzifer heute nur Limo trinken).

Dabei war es keineswegs uninteressant, unentwegt stürzten Bilder auf mich ein, und die Reflexionsmaschine lief auf Hochtouren. Was sich hier abspielte, war rein formal ja durchaus bekannt, ähnelte im übertragenen Sinn manchen Kunstausstellungen jüngeren Datums, indem die Darstellung oft das Dargestellte überwog und das Handwerkliche nicht den Mittelpunkt der Präsentation ausmachte. Es ging witzig und geistreich, aber auch etwas anstrengend zu. Darüber hinaus herrschte eine untergründige Nervosität und erstaunlicherweise oft so etwas wie Routine. Die Szenen mochten irreal und sujethaft bleiben, natürlich aber lieferte eine gemeine Orgie auch Impressionen, die nachdrücklich für sich einnahmen. Es blieb die Unsicherheit, ob man dafür wirklich gebraucht und das Angemessene und Zweckmäßige tun würde und sich im Fall des Falles nicht lieber ein, zwei Frauen weiter links befunden hätte. Außer Johanna, sofern sie in der Nähe und nicht auf ihren eigenen Streifzügen unterwegs war, nahm kaum jemand von mir Notiz, was zum Teil damit zusammenhing, dass man wohl bemerkte, wie sehr ich mit mir selbst beschäftigt war. Am liebsten hätte ich mich irgendwo hingesetzt, um zuzusehen und nachzudenken. Das Denken nämlich war voll in Fahrt, sobald man sich ein wenig ausklinkte und aus sicherer Randlage auf das etwas verschärfte Symposion blicken konnte (ich wäre bei Weitem nicht der Einzige gewesen, der gekommen war, um angeregte Unterhaltungen zu führen). Man konnte ab- und wieder auftauchen und vermutlich auch sternenweit nach oben geraten. Ich erreichte jedenfalls solche Höhen der Melancholie, dass ich ohne Weiteres an meinen Sonetten an Katharina hätte weiterdichten können, wenn ich eine ruhige Sitzecke gefunden hätte.

Dabei ergaben sich ausgerechnet in so abseitigen, auf den ersten Blick ein bisschen schäbigen Behausungen ganz unerwartete Momente größter Klarsicht, da sich gerade im Vieh-isch-Verratzten weite Seen an Wahrheit auftun konnten. In gedrängten Momenten zelebrierte man Werden und Vergehen und den Austritt aus den Simulakren unserer Zeit. Man hätte aus einer morbiden Euphorie heraus in die Nacht der eigenen Selbstvernichtung treiben können, die sich hier beschleunigen und plastischer vergegenwärtigen ließ als anderswo. Mit Moral, Unmoral oder irgendwelchen Provokationsbedürfnissen hatte das nichts mehr zu tun, es war menschlichste Urvernunft aus Reservoirs, auf die man kaum mehr zurückgriff. Im Grunde tat man nichts anderes, als was die eigene Zeit und Gegend auch sonst, aber wesentlich verdeckter und weniger greifbar, in Gang gesetzt hatte. Eigentümliches Gefühl, ausnahmsweise einmal Speerspitze der Bewegung zu sein, deren erste Reihen in Kettenhemden, Reizwäsche und Rollstühlen (die Anlage war selbstverständlich barrierefrei) in ihren Untergang und ihre Verklärung vorausliefen. Natürlich kämpften wir auf verlorenem Posten, aber es gab so etwas wie ein verschworenes Gemeinschaftsgefühl in diesem Schwarmverband jenseits von Gut und Böse, der sich traf, mischte, verbrauchte, erweckte, taufte, kaufte, segnete – und manchmal nur miteinander quatschte. Wenn die ganze innere und äußere Struktur zum Verlorengehen drängte, dann lasst uns doch wenigstens einen großen Moment daraus machen.

Darüber hinaus hielt sich das Gerücht, dass man draußen nur die Lüge lebte. Keine, die gesellschafts- oder privatpolitisch den Laden zusammenhielt und für die man zur Not noch Verständnis gehabt hätte, sondern eine, die an die Wurzel der verbindenden Leidenschaften ging, die sich hier selbst feierten. Und es war ja auch etwas dran: War man nicht sein eigener Autokrat, der zur Unterdrückung allzu liberal-libidinöser Neigungen eine Art inneren Überwachungsstaat mit rigoroser Impulskontrolle errichtet hatte, der den revolutionären Untergrund bespitzelte, denunzierte und als niederen Instinkt, hedonistischen, gewalttätigen oder ausbeuterischen Affekt ins Abseits stellte? Beruhigte man die Ahnung, dass man völlig an sich vorbeilebte und in entscheidenden Fragen fortlaufend ein Veto gegen sich einlegte, nicht mit allerlei Ersatzschauplätzen, die man mit einer gewissen Penetranz in den Mittelpunkt seiner sogenannten Existenz rückte, da es die meisten anderen ja auch taten?

Der Sinn für die absonderliche Lust, sich Lust zu versagen, ging der konspirativen Dissidententruppe in ihren aufwühlenden Untergrundsitzungen hier jedoch völlig ab. Während die Welt nur noch ein großer Schwindel war, hatte jene Lust nämlich das wesentlich geringere Glaubwürdigkeitsproblem. Endlich mal ein paar Stunden reiner Sensualismus! Kümmern wir uns um das Wesentliche, sehen wir zu, wen wir heute streicheln können. Bei dem Unheil, das durch ausgefallene Streicheleinheiten über unseren kranken Planeten gekommen war, war es höchste Zeit, auf sozialverträgliche Weise nachzubessern. War es nicht auch eine Wiederversöhnung mit der Natur, auch und vor allem für all jene, die nur selten aufs Land kamen?

Warum man sich für ein bisschen richtiges Leben im Falschen in solchen stickigen Löchern treffen musste, die mit ihrem dräuenden Gehämmer und dem zu warmen Schampus ja auch nicht das Wahre waren, konnte keiner recht erklären. Sobald man dabei war, spielte es, ebenso wenig wie irgendwelche Beauty-Standards und Fashion-Vorgaben, keine Rolle mehr. Dass man hier Glatze neben Speckbauch, Barbie neben dem Bauamtsleiter antraf, bildete das Humanum in seiner ganzen Breite ab. Bei einer Tierschutzdemo interessierte auch niemanden, wie die Leute aussahen. Gemessen an ihren Bürogewohnheiten, schienen einige der Teilnehmer offenkundig verrückt geworden. Wenn die Klagetöne und Jubelschreie überforderter Frauenkehlen bisweilen durch alle Räumlichkeiten drangen und auch das Bellen und Knurren jener hin und wieder an Leine und Halsband vorbeigezogenen Hundedarsteller übertönten, ergab sich die Frage, ob es am Ende nicht verrückter war, sich über den Menschen dauerhaft die falschen Vorstellungen zu machen. Ob es mir gefiel oder nicht und wohin auch immer diese Einsicht führen würde: Es war völlig klar, dass diese Leute näher am Kern ihrer Wünsche und ihres Wesens agierten als ich und ich der eigentlich Bemitleidenswerte war.

Es herrschte ein so ohrenbetäubender Lärm, dass ich kaum noch etwas verstand, auch Johanna bedeutete mir mehr oder minder gestenreich, was sie im Schilde führte. Münder waren nutzlos oder anderweitig in Gebrauch, Sprache fiel zunehmend aus (was machte man da draußen für ein Gewese um sie; man tat gut daran, sie wie die Kleider abzuwerfen). Was an Kommunikation noch nötig war, blieb ans Charisma gebunden, was jemanden wie mich erheblich benachteiligte. Während ich wie ein Taubstummer herumlief, entfachten allein Johannas Augen eine ganz andere Glut, fragten, forderten, tranken, schnurrten, stürmten ... Dass sie später überhaupt noch zu den Worten zurückkehrte, was sie als eklatanten Machtverlust erleben musste, war wohl als Zugeständnis an die Minderbemittelten zu verstehen. Auch Arme und Hände bekamen Zeichencharakter und wirkten im allgemeinen Gedränge wie Segel oder Halme auf windbewegtem Feld. Und während sich die Gewichte nahezu aufhoben, schlossen sich die inneren den äußeren Rhythmen an, Puls-, Herz- und Augenschlag, endokriner Regsamkeit, Tanzwut und Mänadenlaunen. All das verfloss im Halbdunkel, gehalten von den Schlägen und Intervallen von hundert Dezibel, der taumelnden Statik männlicher und dem einnehmenden Schaukeln weiblicher Gäste. Einige der Leute trugen venezianische Masken, vielleicht aus einer unnötigen Restscham und der Befürchtung heraus, erkannt zu werden. So aber verschwanden sie bald hinter ihren bloßen Leibern und ließen die individualistische Losgelöstheit, die immer ein Gesicht brauchte, zur Karikatur erfrieren.

Man kam doch eher her, weil man seine Persönlichkeit schon als überflüssige Kostümierung empfand und sich da draußen auch ohne Maskerade wie ein gespensterhaftes Wesen ohne Rückseite vorkam.

Dass während dieses edlen Aufflugs freier Liebe vieles impulsiv, beschwingt und vernunftbefreit aussah, täuschte leicht über den hartnäckig verfolgten Drang hinweg, sich hier einer Art größerem persönlichen Verhängnis zu überantworten. Das war aufregend, aber auch ein bisschen Kopfsache, denn man wusste nie genau, inwieweit dieses nur inszeniert werden konnte, ob es hier überhaupt noch zu finden gewesen wäre. Vor allem hatte es als seinen Gegensatz eben jene Moralvorstellungen nötig, die man für weitgehend überkommen hielt. Das Ganze wäre in sich zusammengefallen, wenn man keine Begriffe von Sünde und Sittlichkeit gehabt hätte, die inzwischen hoffnungslos konservativ geworden waren und zu denen sich die wenigsten hier bekannt hätten. Also wartete man auf die wenigen Gelegenheiten, die noch authentisch genug verrucht, exzentrisch oder demütigend waren. Immerhin hatte es spielerischen Mehrwert und das Glück der Bühne für sich, aber es war auch ein Anrennen gegen den immer selben Gegner und erschöpfte sich irgendwann. Tabubrüche ließen sich eigentlich nur noch re-inszenieren. Ein Pärchen vögelte draußen, in offensiver Sichtbarkeit und trotz aller Kälte, an eine Linde gelehnt, wohl in der Hoffnung, sich über die Blicke der anderen, die ihr Treiben in einer Märznacht am Brunnen vor dem Tore verfolgten, in klassisch exhibitionistischer Weise selbst zu erregen. Sie sahen mehr in die Runde als auf sich selbst. Es war der letzte Rest an Lust, der hier verbraucht werden konnte, wer wollte es ihnen übelnehmen? Man nahm mit, was man noch kriegte.

Ein Hauch von Vergeblichkeit lag über dem Ort, die ganz

große Erschütterung blieb aus. Es war auch ein Blick aus den eigenen Verkrampfungen und Hilflosigkeiten heraus, der Gewissheit, dass mir andere in ihrer Untergangsemphase eine ganze Menge voraushatten. Aber es fehlte die Tugend und Moral, die sich noch hätte anzünden lassen, das Böse hatte sich verbraucht, de Sade war ein Glückspilz gewesen. Dass es hier so natürlich, tolerant und sexpositiv zuging, stellte neben der zwangsläufigen Kurzatmigkeit der Kontakte erregungstechnisch vielleicht sogar ein gewisses Problem dar und begrenzte das transgressive Feld von vornherein immens. Ein bisschen Schwefel, Gestank und Höllengetöse sorgten noch mal für finsteres Ambiente, doch es kam aus der Dose. Anregend blieben Formen des Kuriosen, Bizarren und Hässlichen, die hier aber liebevoll eingemeindet wurden, auch weil Formen der erotischen Inklusion viel naturgemäßer und wirksamer als staatlich verordnete waren. All das erlebte man noch immer als lohnend und erfrischend in seinen Kontrasten, darüber hinaus blieb es eine Frage des Sättigungsgrades. Ansonsten galten Spielregeln und Etikette, technische Innovationen blieben eher aus, und es regierte weitgehend der etablierte Phallozentrismus, so viel Ordnung musste dann eben doch sein.

Am nächsten Nachmittag erwachte ich halb taub, mit steifem Nacken und einigen verschwommenen Erinnerungen, die in ihren obskuren Szenen weiten Hieronymus-Bosch-Panoramen ähnelten. Die Richtung hatte gestimmt, die Durchfahrt war blockiert, die Umsicht im Tunnel unmöglich gewesen. Johanna indes legte Wert auf die Feststellung, dass ihr letzte Nacht einiges «echt viel zu krass» gewesen sei. Was denn eigentlich? Sie hatte sich ja selbst hineingeworfen, als gäbe es kein morgen mehr. Was immer sie mir hatte beweisen wollen, es reichte nicht, um mir mehr als nur einen ehrlichen Respekt vor ihrer Tollkühnheit zu entlocken und stolz darauf zu sein, mich selbst zu dieser für meine Verhältnisse ungewohnten Zügellosigkeit überwunden zu haben. Wenn Katharina gewusst hätte! Ob ich im Großraumlabyrinth meiner strauchelnden Existenz nicht die falsche Abzweigung genommen hatte, war in diesen Momenten noch nicht zu entscheiden, aber hatte man nicht doch das Röhren des Minotaurus gehört? Solche Nächte warfen am Ende jedoch zu wenig Schatten und hatten zu wenig Wirklichkeit, was erstaunlich war, bei allem, was sie einem vor Augen führten.

Also doch lieber Sonette? «O Gott, lass es sein», meinte Frau Kowalzik sehr entschieden. Falls ich Katharinas Mitgefühl und ihre stille Verachtung ansprechen wolle, dann könne ich ihr Gedichte schicken. Frauen, jedenfalls solche vom humanistischen Gymnasium, nähmen zwar unter bestimmten Umständen auch Gelegenheitsdichtungen ihrer Geliebten entgegen, doch falls ihr Gemütszustand auch nur einen Grad unter der Höchsttemperatur verliebter Hysterie läge, richte man eher Schaden damit an. Dem war schwer zu widersprechen. Inwieweit Katharinas innere Ressourcen, vor allem in Hinblick auf mich, jenem Mechthild'schen Liebesüberschwang entsprachen, dem sie künstlerischen Ausdruck verliehen hatte, war eine offene Frage. Vielleicht hätte sie es mit der Angst zu tun bekommen, wenn ihr jemand laufend ungefragt Gedichte hinterherschickte. Wer wirr genug war, heute noch Sonette zu schreiben, dem musste man auch zutrauen, sich als völlig durchgeknallter Stalker zu erweisen. Ich solle keine schönen Worte machen, die mache man doch eh nur für sich selbst, den Braten könnten Frauen riechen. «Taten, mein Lieber, Taten, auch wenn's schwerfällt!»

20

Nächte dieser Art hätten durch Wiederholung nur verloren. Auch beim Yoga warf ich das Handtuch, zum Polyamorie-Stammtisch, zu dem mich Johanna mitnehmen wollte und der mich von ferne immer interessiert hatte, schaffte ich es irgendwie nie. Ab und zu zogen wir noch um die Häuser, auch wenn ich oft die Arbeit vorschieben konnte. Mit zwei ihrer Freundinnen, mit denen sie mich seit Wochen zusammenbringen wollte, begaben wir uns eines sturmumtosten Abends hinauf in den *Klunkerkranich*, eine angesagte, weiträumige, mit viel Gemüse bepflanzte und von stimmigen Beats überzogene Rooftop-Bar in der Karl-Marx-Straße. Der Ausblick auf die Stadt werde mir gefallen, meinte sie, und da man in Neukölln selten genug über den Dingen stand, rang ich mich irgendwann dazu durch.

Ein früher Abend Ende April. Den ganzen Tag über war es fast sommerlich schwül gewesen, und als wir halb sieben losliefen, zog sich plötzlich der Himmel zu. Wir waren keine halbe Stunde oben, hatten noch schnell die Kräuter- und Gewürzpflanzungen in Augenschein genommen und einen *Suffering Bastard* geordert, als uns das Unwetter einholte. Anja, Simone, Johanna und ich rückten unter einem Schirm zusammen und beeilten uns mit dem Kennenlernen, da wir das Ganze womöglich gleich wieder abbrechen mussten. In der Weite rollte schon der Donner, über den drei Mädchen und mir ballten sich die Wolken schwefelgelb und erkennbar auf Krawall gebürstet, während die Musik allem Anschein nach versuchte, mit den Ereignissen Schritt zu halten. Bald wurde es jedoch so zappenduster, dass ein Großteil der Gäste seine Sachen packte. Das unverwüstliche Drittel, das dablieb, versammelte sich weiter vorne am Geländer, sah zum schwarzen Horizont hinaus und beobachtete die Blitze, die sich dort schon zappelnd freimachten. Auch wir schauten einmal ringsum; alles noch da, die Bürotürme des Potsdamer Platzes im Westen, der Fernsehturm, die Plattenbauten weiter östlich. Merklich grummelnd hielt das Unheil auf uns zu. Gehen oder bleiben? In der Troposphäre jedenfalls befahl man die Generalmobilmachung und ließ es rocken, um uns herum aber schien man entschlossen, sich die Show nicht entgehen zu lassen, manche fingen sogar wieder zu tanzen an. Warum auch nicht, wenn der Gastgeber keine Kosten und Mühen gescheut und ja wohl nicht umsonst für ein pyrotechnisches Vorprogramm gesorgt hatte?

Um den Hergang eines Gewitters zu beobachten, gab es kaum erhabenere Aussichtspunkte als ein solches Dachpanorama auf dem Parkdeck des Arcaden-Einkaufszentrums. Andererseits war es angesichts der herrschenden Wetterlage und an so exponierter Stelle vielleicht auch nicht der ungefährlichste Ort für weitläufige Betrachtungen dieser Art. Ich rückte zumindest schon einmal die Beine näher zusammen, das hatte ich irgendwo gelesen. Während sich jeder echte Klunkerkranich ins Ufergehölz verdrückt hätte, ließen wir uns jetzt nahezu schutzlos überrollen. Noch immer kein Regen, seltsamerweise, aber vereinzelt fauchten schon ein paar leuchtende Querschläger über Kreuzberg, andere waren zurückgeblieben und spannten sich zuckend über die Höhen im Norden aus. Wir zählten die Sekunden; einer schlug in der Nähe ein, vermutlich irgendwo am Ostende der Sonnenallee. Die Musik wurde währenddessen so laut und durchbebt, als bespiele man hier den Polterabend von Himmel und Erde am Tag vor der

Hochzeit. Jubel unter den Hipstern, leichte Beklemmungen bei mir.

Und dann, um sich Respekt zu verschaffen, uns zu erschrecken oder seine im Grunde sehr einleuchtende Definition von Plötzlichkeit zu vermitteln, kam er, der gewaltigste, imperialste, klarste und erhellendste, mitteilsamste und auf seine Weise überzeugendste Blitz, der je die Güte hatte, mir nahezutreten. Obwohl er noch ein ganzes Stück von uns entfernt niederging, teilte sich seine Hitze durchaus mit (wobei es auch das Adrenalin gewesen sein könnte, das mich für kurze Zeit in mobilen Gefechtsstand versetzte). Kein langes Fackeln: Genau genommen waren es wohl mehrere Entladungen und Detonationen, und auch wenn wir nur einen mächtigen Hauptstrang bersten hörten, flatterte und wechselte er leicht die Form. Alles wurde geblendet und erhellt, für Sekundenbruchteile gliederte sich die in der Dämmerung liegende Stadt wie zur Mittagszeit vor einem auf. Ganz uferlos lag sie noch mal da, um dann in eine Dunkelheit zurückzufallen, die dichter war als zuvor und alle räumlichen Bezüge wieder so weit auflöste, dass man sich in der tiefsten Schwärze wähnte. Das Ganze vollzog sich in einem Augenblick, der ungewöhnlich gedehnt erschien und in dem Raum und Zeit so zerfetzt wurden, dass sie sich erst wieder sammeln und finden mussten. Während sich selbst die Tanzenden wie in Slow Motion miteinander ergingen, kehrte auch das Licht des Stadtverkehrs, der Straßenlaternen und Fenster erst sehr gemächlich, fast schon vorsichtig wieder zurück und verharrte für gefühlte Minuten im Echo des Donners.

Bemerkens-, ja fast schon beneidenswert, wie entschlossen dieser Auftritt vonstattenging, ein packender Zugriff ohne Anlauf und Verweilen, uneitel, unnachgiebig, effizient. Und nicht nur war er dabei um vieles heller, sondern auch um vieles schneller als ich gewesen. Zwar wäre er als belastbare Vergleichsgröße nie in Betracht gekommen, aber so wie er nach seinem Verschwinden eine bodenlose Finsternis hinterließ, stellte er mir eine Trägheit vor Augen, die jeden meiner Fluchtversuche von vornherein unmöglich gemacht hätte. Wenn diese elektrostatischen Peitschenhiebe etwas klarmachten, dann, durch welchen Sirup ich mich Tag für Tag hindurchbewegte und dass es ein Dasein im beschleunigten Modus geben musste, zu dem mir noch der Zugang fehlte. Sein grelles, trotz aller Gewalt eher stumpfes Licht folgte einem Purismus, der sich aufs Wesentliche konzentrierte. Er sparte sich die billige Effekthascherei und machte es kurz. Um wirklich so etwas wie Glanz zu entfalten, hätte er sich ein paar Sekunden mehr nehmen müssen. Man hätte gerne gewusst, wo seine Prioritäten wirklich lagen, doch er hatte wohl Wichtigeres zu tun, als hier länger mit uns abzuhängen. Klassische Schönheitsideale gingen ihn nichts an, Kerzen und Kamine sollten andere anzünden. Eher glich er dem gleißenden, kalten Licht der Sterne, und seine zackenhaften Zeichen, die sich ästhetisch nur schwer einordnen ließen, erinnerten am ehesten noch an das Geäst toter Bäume oder mein über den Handrücken laufendes Blut- und Kapillardelta. Sonst aber größtmögliche Fremdheit, kein Maßstab, keine Form, kein Stoff, kein Gewicht, keine Dauer, kein Raum (der Blitzkanal war ja kaum mehr als einen Zentimeter groß, eigentlich ein Nichts, das da kilometerweit zu sehen war).

Als reine Energie und mit hundert Millionen Volt im Tank fiel einem die Kontaktaufnahme nicht ganz leicht und überforderte man eine Öffentlichkeit, die es gewohnt war, nur im Straßenverkehr geblitzt zu werden. Dabei war er die Helle in seiner höchsten Form und bewies einmal mehr, wie weit man es als Licht bringen konnte, wenn man es wirklich ernst meinte. Er brauchte nichts und niemanden außer der Dunkelheit. Ohne sie hätte er kaum diese Statur gewonnen, nicht nur der Kontraste und der Lichtregie wegen, sondern auch, weil er sie als Antagonistin, Agentin des Schlafs, des Vergessens und der Finsternis überwinden konnte. Er füllte sie aus und zerriss sie, als sei sie nur eine Scheingröße, womit wohl gesagt sein sollte: Seht her, Nihilisten der Neuzeit, einmal kräftig reingelangt, und alle zivilisationsmüde Verdüsterung hat ein Ende!

Vielleicht war es das, was mich für ihn einnahm, denn auch wenn zunächst keinerlei Nähe zu ihm aufkommen wollte, bewies sich meine übergroße Empathie immer wieder an den ungewöhnlichsten Gegenständen. So war gleich zu erkennen, dass wir unter ähnlich nervösen Spannungszuständen litten. Auch dass sich meine Überspanntheiten gewitterwolkengleich aus positiven und negativen Ladungen ergaben, machte ja durchaus Sinn. Das schwüle Brüten unerträglicher, unvereinbarer Gegensätze, das Bedürfnis nach Klärung, Reinigung, einem Machtwort; es kam mir hinlänglich bekannt vor. Kalt- und Warmluftmassen trafen im falschen Moment aufeinander, verbanden sich ohne klare Richtung, von unten trieb laufend Neues hinzu, während es oben stockte und die Ausgänge blockiert waren. Warum nur immer diese Bewegung und Durchlässigkeit? Wie in einer Waschküche ging es hier zu, geballte Divergenz, quälender Zwiespalt! Wo war mein Raum, wie hielt man das alles auf Abstand? Keine Antworten, nur das Vage einer Wolke ... Man vereiste, wenn man keine Möglichkeit zum Entkommen hatte, machte einfach zu. Die Potenzialunterschiede wuchsen, man spürte es, wollte nicht klein beigeben, jetzt erst recht nicht. Wer wollte noch entscheiden, was hier positiv, was negativ war? Worte, Worte ... Wo blieb der zündende Funke, der alles endlich hochgehen ließ, wer sollte das noch aushalten?

«Ey, Scheiße!», rief Johanna, als die ersten seiner Echowellen über uns zusammenfuhren. Simone sprang in die Luft, klatschte in die Hände, blickte sich mit offenem Mund um und brüllte dann irgendetwas Unverständliches in den Donner. Beide gingen noch eine Runde tanzen, während Anja, die tatsächlich etwas erschrocken war, bei mir zurückblieb. Um sie (und mich selbst) abzulenken, ließ ich dem Erlebten erste spontane Assoziationsketten folgen und holte etwas weiter aus. Wetterphänomene wie dieses, so meinte ich, mich dabei näher zu ihr neigend, ließen sich inzwischen zwar naturwissenschaftlich erklären beziehungsweise beschreiben, denn es handelte sich ja doch um tiefgründige Beobachtungen und Beschreibungen der Abläufe, keine Begründungen oder gar Auslegungen derselben. Die vorherrschenden Hypothesen könnten ihre Dürftigkeit jedoch kaum verleugnen und würden der Präsenz und Gewalt des Ereignisses nicht annähernd gerecht. Lasen sie sich nicht selbst wie Abhandlungen okkulter Mysterienschulen und so sagenhaft und abstrakt wie Quanten- und Thermonuklearphysik? Vermutlich verstanden nur zwei Handvoll Nobelpreisträger, wovon wirklich die Rede war. Ihre Begriffe, so hilfreich und treffend sie im Einzelnen waren, verwirrten und verschleierten den Eindruck bis zur Unkenntlichkeit, der sich doch nie in seiner inneren Mechanik erschöpfte. Das Wissen um jene nahezu magischen Ladungs- und Entladungsvorgänge mochte also wesentlich tiefer in die Materie vordringen, konnte dem Phänomen selbst aber weitaus weniger abgewinnen und blieb am Ende hilfloser als die etruskische Blitzlehre.

«Bitte, was?», fragte Anja dann doch interessierter und mich augenscheinlich darauf drängend, mit den Ausführungen fortzufahren. Nun, die alten Haruspices und Fulguratoren, professionelle Blitzdeuter und Priestermeteorologen, so setzte ich, ihr nochmals näher rückend, wieder ein, seien sehr viel sinnstiftender und nachdenklicher mit dem Gewitter verfahren. Sie zeichneten es auf, ordneten die Blitze anhand eines jahrhundertealten Auslegungsapparates und interpretierten sie. Hätten sie es hier getan und das Koordinatensystem ihres *Himmelstempels* über dem *Klunkerkranich* aufgespannt, hätten wir womöglich mehr gewusst. Woher kam der Blitz, wohin ging er, wo schlug er ein, welche Form und Farbe hatte er? Und so weiter.

«Aha.»

Und das Glück sei immer von Osten gekommen, wie auch hier und heute, und außerdem aus nördlicher Richtung, die auf gewichtigere Botschaften schließen ließ als der Süden, weil man dort die Herkunft der Götter vermutete. Jetzt wäre nur noch zu fragen gewesen, welcher Weltenlenker welche Blitzart ins große Rund geschleudert habe und aus welchem Grund.

«Na und?», fragte Anja.

«Schwer zu sagen», sagte ich. «Welchen Gott hörst du denn?»

«Weiß nicht», antwortete sie lächelnd, sah mich dabei aber so an, als habe sie da doch einen leisen Verdacht.

Ich entgegnete, dass man intuitiv doch oft erahnen könne, wer es sei und was er wolle, ob er warnte, zürnte, drohte, zuriet oder etwas versprach. Denn ob er nun aus Zufall, Willkür oder aus physikalischen Gründen und Ursachen hier aufschlage, sein wirklich ausgesuchter Auftritt zwang dem reinen Phänomen den Sinn ja doch einfach auf. So haben es die meisten Menschen zu allen Zeiten verstanden. The medium is the message.

«Ja, schon ...», meinte sie.

Nicht, weil sie nicht gewusst hätten, was wir wissen, sondern weil sie seine direkte Wirkung auf Netzhaut und Trommelfell, seine rumpelnde Überwältigungsgeste so würdigten, wie sie sich ihnen aufdrängte. Wie ein Regenbogen einen fast immer zum Staunen bringe und als buntes, wunderlich transparentes Halbrund zwar nicht immer gleich auf irgendeine Hoffnung hinauslaufe, aber etwas Zeichenhaftes behalte, das sich nicht wegerklären lasse, so auf andere Weise auch er. Man dürfe den Dingen nicht ihre Beredsamkeit nehmen.

Anja begriff mich sofort und erinnerte sich, einmal eine tote Katze vor der Haustür gefunden zu haben, morgens, direkt auf dem Fußabtreter. Sie habe den ganzen Tag damit verbracht, darüber nachzudenken und das mulmige Gefühl loszuwerden, dass der Vorfall in irgendeinem schicksalsschweren Zusammenhang mit ihr stehe. Genau darum ging es.

Wir mussten den Blitz persönlich nehmen, alles andere wäre eine in jenem Moment viel aufwendigere Abstraktionsleistung gewesen. Doch ganz unabhängig von seinen äußeren Wirkungen und Deutungen drang er mit dem ihm eigenen Nachdruck und durch die Wucht seines Anpralls auch in Bereiche vor, in denen ich nicht mehr ganz ich selbst war. In seinen letzten Verästelungen reichte er tiefer als seine sichtbaren Lichtzangen und schmolz da unten auch vielleicht etwas um. Elektrizität und Druckwellen breiteten sich bekanntlich noch relativ weit vom Einschlagskegel konzentrisch aus und waren noch in einiger Entfernung nicht ungefährlich. Aber vielleicht war er weiter unten auch besser aufgehoben und setzte sein Werk fort, ohne dass ich ihm viel hineinreden konnte. Einen Großteil unserer Erkenntnisse fangen wir im Unterbewussten ein. Während mir Anja etwas über ihre Theaterausbildung und ihren Job im Callcenter erzählte, tasteten sich unsere viel aufmerksameren Resonanzapparate mit Tausenden unsichtbarer Ganglien von oben bis unten ab, vermeldeten weit grundlegendere Übereinstimmungen und stellten ein vielschichtigeres Profil zusammen, als es die Sätze, die wir miteinander austauschten, hergegeben hätten.

Während sie sich all diesen Seim geduldig anhörte, machte das verbliebene Publikum seine arg dezimierte Zahl mit höherer Begeisterung wett, auch weil der DJ auf die nicht eben naheliegende Idee gekommen war, jedem Gewitterdonner mit elektronischen Fanfarenstößen zu antworten, die er über seine zusammengemixte, eher erdgebundene Soundscape legte. Das brachte das verbliebene Drittel nun völlig um den Verstand, woran wiederum das Gewitter Gefallen zu finden schien und seinerseits eine Weile weiterpolterte. Zwei-, dreimal warf es noch Blitze in die Nähe, lärmte, fluchte, spielte sich ein bisschen auf und erhielt im Gegenzug jeweils eine Salve aus Boxen und Verstärkern hinterhergeschossen. Irgendwann grollte es dann aber aus zunehmender Distanz, verwirrt oder erheitert, jedenfalls noch nicht am Ende, auch wenn es schien, als hätte man es vertrieben und davongetanzt.

Bis dahin war es ein munteres Hin und Her gewesen. Es fehlte uns wirklich ein vernünftiger Kult, was wäre alles möglich gewesen? Die Menschen hielten es doch kaum noch aus. Auch als der Regen eingesetzt hatte, schranzte man unverdrossen weiter, wenn schon, denn schon, ein bisschen irre, aber auch sehr ursprünglich. Anja tanzte eine letzte Runde mit, ich trank noch einen *Brandstifter* und sah ihr mal eine Weile zu, dann wieder in die schweren, nunmehr schlafend dahinziehenden Nachtwolken. Irgendwann gingen wir endlich. Johanna und Simone waren ziemlich abgekämpft und verabschiedeten sich, und da die Gegend nachts etwas heikel war, brachte ich Anja noch nach Hause.

21

Neben jenem Blitz stand mir in den kommenden Tagen auch immer wieder das gewittrige Geflimmer rund um den aus der Ferne blinkenden Fernsehturm vor Augen. Erinnerungen gehen seltsame Wege, und ich hatte ihm da oben keine besondere Beachtung geschenkt, im Rückblick aber ragte er schon fast wie ein Fingerzeig, als leuchtender Verweis und Richtungspfeil in den Himmel. Forderte er dazu auf, den Weg nach innen zu suchen, also nach Mitte? Die kannte ich nur als Tourist und Arme-Leute-Gourmet, der im *Lafayette* noch vor Jahren Käse, Trauben, Nussbrot und Rotwein kaufte, wenn er mit Clara einen Abend lang die Welt vergessen wollte. Das war lange her, und aus unerfindlichen Gründen machte ich immer einen Bogen um die Innenstadt. Nun hatte ich endlich einen guten Grund, denn seit Katharina ging es irgendwie auch um meine eigene Mitte. Höchste Zeit also, sich dort einmal umzutun.

Streng genommen gab es diese Mitte gar nicht, jedenfalls keine, wie sie sich in anderen Städten um Markt, Kirche und Rathaus herausgebildet hatte. Wenn überhaupt, lag sie Unter den Linden, und eigentlich auch dort nicht, denn hier verwies vieles seltsamerweise, und ohne dies durch irgendeine nationale Monumentalität infrage zu stellen, ganz unbefangen auf Athen. Das Brandenburger Tor erinnerte an die Propyläen, die Staatsoper an einen Apollontempel, dazu Schauspielhaus, Neue Wache, Kronprinzenpalais, Altes Museum, Nationalgalerie und Pergamonmuseum in reifstem Klassizismus. Ich hatte keine Zeit, mich in die Kulturgeschichte zu vertiefen, der äußere Eindruck musste reichen. Die Baumeister jener Epoche schienen mir unter der Hand den Rat zu geben, hier nicht allzu viel Zeit zu verlieren und woanders nach der Mitte weiterzusuchen. Lag in diesem Verweis womöglich die wahre Größe Spree-Athens? In der Vergangenheit meines Landes mochte das Erschreckende überwiegen, offenbar aber musste es zumindest über kurze Phasen ein paar Leute gegeben haben, die aus dieser märkischen Sandbüchse, trotz aller regionalen Rückständigkeit und realpolitischen Dürftigkeit ein überzeitliches Statement machen wollten. Einen eigenen Stil brauchte es nicht, sondern etwas, das die Wüste überdauern konnte. Und was hätte man der Klassik auch an die Seite stellen sollen? Der Versuch muss dann aus allen möglichen Gründen fehlgeschlagen sein, und die Preußen waren inzwischen so weit von uns entfernt wie die Chaldäer. Denn Staub bist du, zum Staub musst du zurück, gerade in Brandenburg, und es war auch nicht so, dass man sie besonders vermisste. Was noch zu sagen blieb, sagten die Museen.

Ich stieg am U-Bahnhof Stadtmitte aus, lief über den Gendarmenmarkt, am Deutschen Dom vorbei und schaute, was mir sonst nie eingefallen wäre, zum Schauspielhaus hinauf. Auch hier wieder grüßten die Griechen: Auf dem Dachgiebel oben kein Friedrich, kein Christus, kein Schiller, den man, finster dreinblickend, als Denkmal davorgestellt hatte, sondern Olympier-Altstar Apollon auf dem Greifengespann. Der Schutzgott der Ästheten gab sich selbstbewusst, und ganz zu Recht, denn so ein fahrbarer, ja sogar flugfähiger Untersatz verfehlte seine Wirkung auf die weibliche Anhängerschaft nur selten. Und um ihn herum standen denn auch, hübsch auf den Giebeln aufgereiht, alle neun Musen und sonnten sich in seinem Glanz. Eine Etage tiefer, im Giebelfeld über dem Mittelbau, machte ein geflügelter Eros auf sich aufmerksam;

Schinkels Abstufung in der Motivik sprach von einer gewissen Lebenserfahrung. Über dem Portikus darunter war ein Relief der armen Niobe zu sehen, die sich, der Überlieferung nach, etwas zu deutlich mit der Vielzahl ihrer Kinder gebrüstet und die Göttin Leto verlacht hatte, die es ihrerseits nur auf zwei brachte (sie hätte mal einen Blick in aktuelle Geburtsstatistiken werfen sollen). Es waren aber doch zwei sehr Entscheidende, nämlich der Gentleman im Greifenwagen und die ebenso gut bewaffnete Artemis, die Niobe im Handumdrehen die ganze Kinderschar totschossen.

Doch warum brachte man so etwas am Schauspielhaus an, wem sagte das noch etwas, noch dazu auf diesem Platz hier, der schön erdacht, aber irgendwie so laut und zugig war, dass er zwar viele Musen aber keine echte Muße aufkommen ließ? Der ganze kunsthistorische Aufputz und Figurenschmuck interessierte doch niemanden mehr, man nahm ihn ja nicht einmal mehr wahr. Auch Thalia, Polyhymnia und Melpomene blieben da oben anonymer als jeder soziophobe Großstadtsingle. Eine Bauruine, eine Lücke oder Brache wären sichtbarer gewesen als diese mit großer Geste formulierte Erinnerung daran, dass man sich über die Götter besser nicht lustig machte. Einen Matcha Latte später war ich auf der Museumsinsel.

Die Befürchtung, dass solche vom Bildungsbürgerballast erdrückten Welterbestätten ganz sicher kein Ort waren, der einen im Leben voranbrachte, konnte in meinem Fall allein schon deshalb nicht aufkommen, weil ich mehr oder weniger auf Musengeheiß unterwegs war. Ohne Katharina wäre ich nie auf die Idee gekommen, mir alte Töpfe und Gipsfiguren anzusehen. Was hatte sie doch für einen kultivierten Menschen aus mir gemacht! Immerhin musste man kein Lamm mehr schlachten, zwölf Euro Opfergabe fürs Onlineticket genügten. Wer den Musen seinen Dank abstatten wollte, musste in ihren Tempel, ins Museion. Und das Alte Museum mit seiner Antikensammlung erweckte wenigstens äußerlich den Eindruck eines solchen Heiligtums, wenngleich das Geknatter der Karl-Liebknecht-Straße, die Baukräne rund um den Schlüterschlossneubau und der Anblick einer auf Segways vorbeibrausenden Touristengruppe die Zeiten gleich wieder zurechtrückten. Von einer fast dorischen Monumentalität, in den Proportionen aber schlicht und elegant, erschien es mit dem Ruß des letzten Jahrhunderts sogar noch eine Spur würdevoller. Im Grunde war es für Musenbedürfnisse fast zu ernst und streng. Aber vielleicht dachte man von Musen nicht mit der nötigen Ernsthaftigkeit und Strenge.

Außer einem marmornen, etwas leblosen Göttersaal erschienen die Ausstellungsräume dann weniger tempelhaft. Schwer zu sagen, ob all die Vasen und Torsen anders gewirkt hätten, wenn man sie nicht in dieser Enge weißer Räume präsentiert hätte. In so einem bürohaften Ambiente hatte man den Eindruck, als hätte man sie vom Meeresgrund geholt. Auch der Stolz der Sammlung, die überdimensionierte Statue der *Berliner Göttin*, eine Kore mit bedrohlich hervorstehenden Augen und Morbus Basedow, die seit dem sechsten Jahrhundert vor Christus die Tore des Hades bewachte, war mir fremd wie ein Alien. Auf den Keramiken dann ein paarmal Theseus mit dem Minotaurus, der mir gleich etwas Anschauungsunterricht im Umgang mit dem mythischen Unhold erteilte (auf keinen Fall das Hopliten-Schwert vergessen!). Einmal werden Ariadne und Theseus von Dionysos und Athene auseinandergerissen, auch dies natürlich ein möglicher Hinweis in eigener Sache, denn was hätte sich hier nicht alles untergründig auf mein Heldenleben und die Frau mit dem Faden beziehen können? Und falls nicht, lernte ich wenigstens etwas über das antike Töpferhandwerk und die Entwicklung der spätklassischen Monumentalskulptur. Oder über Dionysos, der als Zeremonienmeister altgriechischer Partykultur hier häufiger als jeder andere auftauchte, ein hübscher, androgyner Typ mit Stirnband, dem man das Verhängnisvolle gar nicht ansah, fast schon ein Schönling mit seinen blonden Locken und warmen, sinnlichen Lippen.

Am längsten blieb ich beim Kopf einer Artemis stehen, deren Anmut sich ebenso nach außen wie nach innen zu richten schien, alles Affektive bändigte und hinter ihrer jungfräulichen Fassade verschwinden ließ. Sie war so beherrscht, dass sie einen erst verwunderte, dann in sich hineinzog und schließlich einfach hinriss. Ohne den geringsten Funken aufreizender Sinnlichkeit blieb sie völlig in sich gefasst und hielt ihren großen Willen und nicht minder berüchtigten Stolz so weit zurück, dass ein in seiner Dichte seltener Eindruck von umfassender Ruhe und Nüchternheit von ihr ausging. Streng in der Mitte gescheitelte Haare, zwei Zöpfe, kühl und kess zugleich, obwohl man ihr die Nase zerschlagen hatte. Das wirklich Individuelle, Seelentiefe, fehlte, und das war das eigentlich Seltsame, es wäre in ihrem Fall auch eine Beschränkung gewesen. Eine Augenfalte der Müdigkeit hätte sie vielleicht sympathischer gemacht, aber weit weniger zwingend, vermutlich wusste das auch der Bildhauer. Sie zeigte, was man aus sich machen konnte, wenn man wichtige Teile seines Selbst einbehielt oder verbarg oder aber das Persönliche gar nicht erst aufkommen ließ, weil es ihr um den reinen Archetyp ging. Sie hatte es nicht nötig, irgendetwas zu bedeuten oder zu symbolisieren, denn es reichte ihr, die zu sein, die sie war. Ihr Wesen bedurfte keiner näheren Erläuterung, sie musste nicht ihre Geschichte erzählen, denn sie hatte keine. Sie würde einfach weiterhin *sein*.

Ein junger Student, Kunsthistoriker oder ähnliches, ausgestattet mit Stift und Notizblock, befand sich immer ein paar

Schritte von mir entfernt und gab mir das Gefühl, ihm irgendwie im Weg zu sein. Auch ein paar junge Pärchen beäugten diese fragmentarischen Artefakte mit Interesse, und ich fragte mich, was sie wohl bewegt haben mochte, hierherzukommen. In jedem der Räume saß ein Aufpasser, der auf die Objekte und Kunstschätze achtgab. Hin und wieder standen zwei zusammen, und man hörte sie über die Berliner Verkehrsbetriebe, den Bahnstreik oder ihre Enkel reden. Draußen ratterte die S-Bahn vorbei. Langsam wurden es der Gipsköpfe zu viele, und ich verlor die nötige Konzentration. Die späteren, schon hellenistischen Figuren waren leichter zugänglich, weil sie aus Zeiten stammten, in denen Mythos und Frömmigkeit wie bei uns schon unter erheblichem Vorbehalt standen oder zum Aberglauben verflacht waren. Umwerfend diese fleischigen, kraftstrotzenden Körper, Arme und Hintern am Pergamonaltar drüben. Athene, die den Alkyoneus niederrang, ein durchtrainierter Zeus mit definiertem Sixpack im Ringen mit Porphyrion. Zerbrochene, zum Teil völlig unkenntliche Figuren verschlangen sich im Kampf der Götter gegen die Giganten, der Jahrtausende zurückreichte, aber mit Blick auf heute auch wieder eigentümlich anschlussfähig erschien.

Denn diese abgewehrte feindliche Übernahme lag zwar in ferner Vergangenheit, doch waren Titanen und Giganten längst zurück, und auch die Götter liefen sich wieder warm. Wer sich aufmerksam umsah, konnte nicht mehr einsehen, dass wir in götterfernen, dürftigen Zeiten lebten, weil uns die Himmlischen schonen wollten, wie es noch Hölderlin beklagt hatte. Ich musste ihre Wiederkunft auch nicht erst als alles wendendes Seinsgeschick erharren und «erzittern», wie Heidegger glaubte, sondern einfach mein Smartphone anschalten. Sobald ich mich auf den Nachhauseweg machte, sah ich, dass mehrere Nachrichten von Johanna eingegangen waren, im Grunde eilig hingeworfene Bitten um Aufmerksamkeit, Fotos, Links, Veranstaltungshinweise, Scherze und anderweitige Sympathiebekundungen. Sie schickte so etwas oft, ohne dass ich allzu sehr darauf einging. Dass wir alle durch diese digitalen Hundeleinen verbunden waren, verdankten wir einem neuen Gott, anders konnte man es gar nicht sagen. Und man hatte dessen Geburt sogar miterlebt: Keine dreißig Jahre alt, später Sohn der Hera und des Hephaistos (beide hatten Rechnungen offen, den einen hatte seine Gattin Aphrodite vor aller Welt mit Ares betrogen, die andere hatte einen Schürzenjäger an der Seite, der in diesem Bereich Standards für die Ewigkeit setzte, beide sannen auf Revanche), wurde der Neugeborene aus Angst vor dem Zorn des aufbrausenden Göttervaters und dem berüchtigten göttlichen Gelächter beizeiten vom Olymp entfernt. Stattdessen wuchs er in einem Versteck von Hermes auf, der ihn in die Geheimnisse der Telekommunikation und Nachrichtenübertragung einweihte. In den Höhlen des Parnass, in denen wohl kaum zufällig auch Dionysos in den Wintermonaten hauste und mit allerhand verrückten Frauen ausschwärmte, während Apollon bei den Hyperboräern weilte, webte er seit Kindertagen mithilfe der Moiren an einem großen Netz, das er eines Tages über die ganze Welt werfen wollte, nicht zuletzt aus dem verständlichen Frust heraus, nicht zu wissen, wer seine Eltern waren. Kein Winkel der Erde sollte ihm unerreichbar sein, irgendwo würden sich seine Erzeuger schon finden lassen.

Mit etwas Nachdenken wäre er selbst darauf gekommen. Zu deutlich wies seine technische Brillanz auf den Vater hin, und das Netz, in dem er alle Menschen fing, wirkte trotz aller wunderbaren Möglichkeiten wie das vollendete Sinnbild von Heras Familien- und Eheträumen, einer Familie, der man in vielen Momenten zugetan sein konnte, vor der man in anderen aber fliehen wollte, weil man diese unerträgliche, brühwarme Dauernähe kaum aushielt. Sie umfasste auch zu viele Leute, die man unter normalen Umständen nie nach Hause eingeladen hätte. Und es gab kein Entkommen, der Gott fragte nicht nach meinem Einverständnis, er war plötzlich einfach da. Er kommt wie eine Epiphanie, bringt etwas Wunderbares und etwas Erschreckendes, man muss sich zu ihm verhalten. Man antwortet ihm mit einem Kult; Namen, Begriffe, Ideen, Tempel, Worte, gar eine Theologie sind viel zu abstrakt und stehen nie am Anfang. Auch der Mythos kommt später. Der Gott ist zudem viel zu groß, als dass er sich durch irgendwelche Opfergaben manipulieren ließe, das spürt man einfach. Man begleicht die Kosten für seine Flatrate, um Teil von ihm zu werden. Und er muss sich auch gar nicht beweisen, er existiert ja nur in seinem und als sein Kult. Die beiden Mädchen, die mir gegenüber auf einer Bank an der Spree saßen und auf ihren iPhones herumspielten, waren zu einem Teil des Gottes geworden, zu seinem Ausdruck. Es war ihre Weise, die Nähe des Erhabenen zu suchen. Sie antworteten auf den Gott, indem sie seinen Offenbarungsakt wiederholten und wie dieser selbst das Netz weiterknüpften. Es handelte sich nicht um einen Gottesdienst, sondern um ein wohlwollendes Entgegenkommen, sie entsprachen freudig und dankbar der Gewalt, die sie aufnahm und über sie verfügte.

Nach zweieinhalbtausend Jahren Metaphysik hielten wir Götter für etwas Übersinnliches, Mysteriöses und Weltfremdes, bei den Griechen waren sie einfach Ausdruck von Lebenswirklichkeiten, denen schwer auszuweichen war. Jeder geschlechtsreife Erdenbürger weiß, wer Aphrodite ist, ich brauche keine aufwendige Theologie und keine Gottesbeweise über sie zu verfassen. Sie ist weit realer als die Heilige Trinität, obwohl über Letztere ganze Bibliotheken an Schriften vorliegen. Um solchen Göttern zu begegnen, musste ich die Augen offenhalten, statt sie in blindem Vertrauen zu schließen. Dass sich Menschen aus Angst, Einsamkeit, Schwäche oder Entertainmentbedürfnissen Götter ausdenken, ist eine spitzfindige, sehr späte und reichlich absurde Idee von Leuten, die ihre Umgebung unzureichend wahrnehmen oder sich am Christentum abarbeiten. Die Welt war noch immer voll von Göttern wie bei Thales, nur nannten wir sie anders. Abgesehen davon legten die meisten von ihnen keinen besonderen Wert darauf, von uns behelligt zu werden, aus nachvollziehbaren Gründen. Sie wollten uns weniger schonen als von uns verschont bleiben, so wurde ein Schuh draus, Hölderlin! Die Olympier waren Kulturgeschichte, mochte Zeus noch Blitze auf den *Klunkerkranich* schleudern, wie er wollte. Beherrscht blieben wir dennoch von Gewalten, aus denen es kein Entkommen gab, in meinem Fall jene schwer fassbare Passion für eine ebenso schwer fassbare Frau, meine Trägheit, die Hoffnung, die Dinge noch irgendwie ordnen zu können, Mammon, Moloch, Sex und Simulacrum. All das zog uns in sich hinein und trieb uns über uns hinaus, und wir glaubten an diese Götter wie die Griechen an die ihren, ohne jede Transzendenz, sie umgaben uns ganz immanent. Mit reiner Vernunft kam man hier schon längst nicht mehr weiter.

Auf dem Weg zur U-Bahn lief ich noch einmal am Schauspielhaus vorbei und entdeckte, nun aus der anderen Richtung kommend, das Fries auf seiner Nordseite. Wer auch immer an alten Göttern abgedankt und an neuen dazugekommen war, Dionysos tauchte immer wieder auf, mit wenig Varianz im Sozialverhalten (Bacchanal mit nackten Bräuten, wie auch hier). Er gehörte eigentlich weder in die realitätsnahe griechische Welt noch in jene Schinkels, ein Wahnsinniger, der am Ende mitsamt seiner schwärmenden Gefolgschaft immer aufs Neue die Welt zerfetzte und dabei am Ende selbst zerfetzt wurde. Offenbar war ich nicht der Einzige, der Schwierigkeiten hatte, zu einer soliden Lebenseinstellung zu gelangen. Ich dachte an die drei Mädchen auf der Dachterrasse und ihren Tanz im Gewitterregen zurück. Furchtbar gehemmt hatte ich aus weiter Distanz zugesehen, fasziniert, angetan, ein bisschen befremdet. Nach anfänglicher Heiterkeit war bald eine sonderbare Anspannung in sie gefahren, die etwas leicht Verquältes hatte. Sie hätten sich, so schien es, in jenen Momenten nur ungern stören und aufhalten lassen. Hatte Anja anfangs noch einmal zu mir herübergelächelt, war sie nun ganz bei sich und wäre ungehalten gewesen, wenn man sich ihr mit zweifelhaften Hintergedanken genähert hätte.

Unabhängig der Frage und ohne ausreichend klären zu können, ob nicht auch ein großer dionysischer Zug durch unsere Zeit ging, der alles Gewohnte und Geordnete aufsprengte und im Unendlichkeitsdrang jede Form der Grenze hinter sich zurückließ wie die im Delirium befindliche Mänade im Tanz durch die Wälder Thrakiens, musste ich noch herausfinden, ob und was dieser göttliche Trunkenbold mit Ariadne am Laufen hatte. Er wurde mir von Tag zu Tag verdächtiger.

22

Hohen Fragen und Erwägungen dieser Art hätte man ohne Weiteres noch länger nachgehen können, aber die Götter selbst mussten wohl etwas dagegen haben, denn sie beschleunigten die Ereignisse parterre plötzlich so unvorhergesehen und in der ihnen eigenen Windeseile, dass mir dafür kaum noch Zeit blieb. All das brach so abrupt über mich herein, dass ich ihre weisen Verdikte und Verfügungen weder rekonstruieren, in ihren Konsequenzen absehen noch, vor allem zu Anfang, ganz für voll nehmen konnte. Es begann eines Abends vergleichsweise harmlos mit einem Anruf Johannas. Sie wolle mir mitteilen, von nun ab wieder ihrer eigenen Wege zu gehen. Das konnte sie ja ohnehin, und jederzeit auch ohne mich. Seltsam aber doch: Noch vor Tagen hatte sie sich fast schon überschwänglich gemeldet, selbst ein gemeinsamer Urlaub war im Gespräch gewesen. Handelte es sich also wieder um ein Manöver, das unter der Hand dazu angelegt war, die Bande etwas enger zu knüpfen? Offenbar nicht. Ich solle mich fortan um die Leute kümmern, die mich wirklich angingen, teilte sie einigermaßen kryptisch mit. Nach Monaten zum Teil ja durchaus intimer gemeinschaftlicher Momente wirkte dies dann doch etwas hartherzig. Ich antwortete ihr, dass ich es schade fände, einander völlig zu verlieren, und dass sie sich jederzeit melden könne. Aber da kam nichts mehr. Gaslighting, Ghosting, Benching, Orbiting? Vielleicht hätte ich Clausewitz lesen sollen.

Ich wäre kaum dazu gekommen, denn Frau Kowalzik kündigte mir in jenen Tagen und aus heiterem Himmel den Mietvertrag. Auch ihre Begründung blieb dünn. Einmal meinte sie, ihre Tochter werde sich den Sommer über bei ihr einquartieren, weil diese nach dem Studium aus ihrem Wohnheim rausmüsse und keine feste Bleibe finde. Dann wieder hieß es, sie wolle sich ganz grundlegend neu orientieren und dabei die Möglichkeit nicht ausschließen, wieder mit einem Mann zusammenzuziehen (den sie, wie sie andeutete, wohl schon ins Auge gefasst hatte). Ganz unplausibel war das nicht. Frau Kowalzik mochte in die Jahre gekommen und etwas übergewichtig sein, mit einer künstlichen Hüfte durch die Welt gehen und rauchen wie ein Kohlekraftwerk. Doch sie führte, seitdem sie sich vor einigen Jahren bei zwei Datingportalen angemeldet hatte, das Leben einer promisken Mittzwanzigerin und hielt damit auch nicht hinterm Berg. Wie hätte es anders sein können, sie musste ja irgendwo hin mit ihrem Stolz. Damit verkörperte sie die lebende Gegenthese zu der Vorstellung, der Neoliberalismus habe sich seinen Weg in den sexuellen Markt gebahnt und lasse dort nur noch Schönheit und Jugend gelten. Eine auch für mich ermutigende Einsicht, wenngleich sie hier kaum weiterhalf. Und mit ihren Wohnverhältnissen hatte dies nur bedingt zu tun, schließlich lebte sie seit Jahren so. Ihr Entschluss kam auch deshalb überraschend, weil wir ein so entspanntes, ja inspirierendes Verhältnis zueinander hatten und ich mich ausgezeichnet mit ihr verstand. Sie war ja fast so etwas wie meine Mentorin. Wenn es etwas gegeben hätte, das sie störte, hätte sie doch einen Ton sagen können. Die Mieten gingen pünktlich bei ihr ein, ich hielt die Wohnung sauber, goss ihre Zimmerpalmen, kochte sogar mitunter für sie mit, ganz abgesehen von unseren abendfüllenden Gesprächen. Sie hatte schließlich auch ihre Freude an mir gehabt.

Ich lud noch mal zu Taubenbrust und Rotwein, aber kein Durchkommen. Dann hörte ich damit auf. Sie verbarg etwas, das war überdeutlich, ließ sich aber nicht in die Karten sehen, hielt die Gespräche kurz und tat so, als handelte sie nach dem üblichen Prozedere. Richtig glücklich gingen wir nicht auseinander. Dass ich mich nach einer neuen Wohnung umsehen musste, war, vor allem nach den Erfahrungen beim letzten Mal, schon schwierig genug. Dass ihre Eigenbedarfserklärung wie ein vorgeschobener Grund wirkte und ich gerne gewusst hätte, was wirklich dahintersteckte oder an welchen meiner zahllosen Eigenarten sie möglicherweise Anstoß genommen hatte, machte die Sache am Ende fast schon etwas unheimlich. Es werde auch Zeit, dass ich endlich die Arena betrete, man werde da draußen langsam ungeduldig, ließ sie mich wissen, als ich ihr den Haustürschlüssel zurückgab. Obwohl mir drei Monate Kündigungsfrist zustanden, fand ich schon ein paar Wochen später eine kleine Zweizimmerwohnung in Lichterfelde, außerhalb des Stadtzentrums und von S- und U-Bahn leider etwas entfernt und zu einem Preis, für den man noch vor Jahren eine Doppelhaushälfte in der Provinz bekommen hätte.

Ich hatte kaum richtig ausgepackt, meinen Namen am Postkasten angebracht und das WLAN installiert, da ging zu guter Letzt noch eine Mail ein, in der mich Dietrich von Staden darüber in Kenntnis setzte, die Betreuung meiner Dissertation aufgeben zu müssen. Die Nachricht war kurzgehalten, führte außer einer Erkrankung und dem launigen Hinweis darauf, schließlich lange genug gewartet zu haben, keine echte Begründung an (es waren acht Jahre, meine Güte, wahrlich keine Seltenheit). Ich schrieb sofort zurück, bat ihn um Verständnis und sah die Sache keineswegs als endgültig an. Auch hier drang der Ernst der Lage erst langsam zu mir durch. Er würde doch seinen alten HiWi nicht einfach sitzen lassen!

Was noch ausstand, war die Lektüre und Bewertung einer nahezu fertiggestellten und fachlich herausragenden Arbeit, ein Rigorosum, nichts, das ihn überfordert hätte, selbst wenn er nicht ganz fit gewesen wäre. An einen Kollegen hätte ich die Arbeit nicht weiterreichen können, das war schon wegen des Themas denkbar schwierig. Ich rief also im Sekretariat an, versuchte herauszufinden, ob er sich zu meinem Fall geäußert hatte. Man teilte mir mit, darüber keine Auskunft erteilen zu dürfen, vermutlich wussten sie von nichts. Bei der Fachschaft war auf Nachfrage immerhin bekannt, dass von Staden auch in zwei anderen Fällen vor einigen Jahren aus dem Nichts heraus die Betreuung laufender Dissertationen beendet hatte. Klagen oder Beschwerden seien sinnlos gewesen oder im Sande verlaufen, zudem war er ja nicht einmal mehr an der Uni. Er antwortete nicht, auch eine zweite Mail blieb ohne Reaktion. In meiner Verzweiflung rief ich ihn an, und nachdem er mich mehrfach ignoriert hatte, nahm er dann doch eines Abends ab, kurz angebunden, gereizt, ein bisschen heiser. Er habe mehrere Wochen im Krankenhaus gelegen, alte Herzgeschichte, leidiges Thema, seiner Frau gehe es ebenfalls nicht gut. Ich hätte doch etwas mehr Tempo machen können, er habe mich mehrfach darauf angesprochen. Es täte ihm leid, aber unter diesen Umständen gehe es nicht weiter. «Wissen Sie, ich habe Sie eigentlich gemocht, und Sie sind ein begabter Mensch, verlässlich, jedenfalls als Mitarbeiter, aber irgendwo ein Träumer. Nehmen Sie es nicht so schwer, es wird schon weitergehen, vielleicht kommen Sie woanders unter. Bleiben Sie gesund, ach ja, und grüßen Sie Herrn Hinrichs und Frau Weißenbach von mir.»

«Werde ich machen», antwortete ich nun ebenso heiser, «ich habe sie länger nicht gesehen. Hatten Sie mit ihr zu tun?»

«Sie hat mir geschrieben und mich eingeladen zu einer Ausstellung in der Wittenberger Stadtkirche, ich weiß nicht, irgendein Marienthema zur Ökumene, aber ich komme im Moment sowieso nicht raus. Ich dachte, Sie seien näher miteinander bekannt.»

«Sind wir. Aber wie gesagt ...»

Von Staden zögerte kurz. «Wir sind uns hin und wieder mal begegnet. Wenn Sie sie sehen, danken Sie ihr auch noch mal für die Abende auf Hiddensee. Meine kleine Monographie über Realpräsenz und Transsubstantiation, Sie werden sich erinnern, wäre ohne sie ganz anders ausgefallen, denke ich, sie hat mir diese ganze Frage von Substanz und Akzidentien in ein ganz neues Licht gerückt. Eine Frau mit großem innerem Zug, da können wir beide noch was lernen. Gehen Sie mal in sich.»

Also ging ich in mich. Ich hatte Katharina nie gefragt, ob sie von Staden näher kannte, aber natürlich, er musste sie kennen, hatte sie mir damals ja sogar vorgestellt. Das waren nun doch, gerade in ihrer Häufung, recht merkwürdige Fälle von höherer Gewalt. Für sich betrachtet, ließ sich jeder von ihnen hinreichend erklären, so aber ergab sich der Eindruck einer monumentalen Pechsträhne, eines ausgesprochen schlechten Karmas, wenn nicht gar einer konzertierten Aktion ungeduldig-rachelüsterner Erinnyen. Hätte ich einen seriösen, klassischen Roman darüber schreiben wollen, hätte ich diesen Teil des Plots etwas entwirren müssen. Ein Kritiker würde monieren, wie konstruiert ihm der Handlungsablauf erscheine. Nur ist das Leben bei genauerer Betrachtung aber eben oft exakt so verfugt und übersteuert, nicht in allen Momenten, aber doch in einigen der entscheidenden. Ein Autor arbeitet deshalb gegen seine Intuition, wenn er, um glaubhaft zu bleiben, die Konstruktion und schicksalhafte Konstellation zurückdrängt und die Wirklichkeit in Richtung eines fiktionalen Zufalls verfälscht.

An meiner Lage konnten solche Erwägungen vorerst nichts ändern. Clara, Katharina, Johanna und Frau Kowalzik waren

Vergangenheit, nun war auch noch die Dissertation futsch. Die Einzige, die mir bis auf Weiteres treu geblieben war und die ich gleich nach Einzug aus einer Umzugskiste holte, war die Mutter der Christenheit. So sieht's aus, Wladimirskaja, so weit ist es gekommen. Nur noch wir beide beziehungsweise wir drei (mit dem Hosenmatz auf deinen Knien). Sie hatte es kommen sehen, ich hatte es bemerkt, aber in aller Trauer blickte sie jetzt auch wieder etwas versöhnlicher, zumindest glaubte ich, das zu erkennen. Klein-Jesu rückte ein Stück, sodass sie auch mich in ihre warmen Arme nehmen konnte, Arme des Trostes, die mich liebevoll und freundlich hielten, wenn es doch sonst keiner mehr tat. Dass sie selbst ein so armseliges Würstchen wie mich nicht verschmähte ... *Maria, du bist gebenedeit unter den Frauen!*

Ich dachte an den Tag zurück, als ich sie einem Mönch auf dem Athos als überteuertes Souvenir abgekauft hatte. Das Kloster Dionysiou lag wie eine Burg über dem Meer. Es gab darin einen Garten mit grünen Bohnen, Tomaten, Zwiebeln und Zucchini, und es hatte einen verschwiegenen kleinen Gästetrakt mit bescheidenen, stillen Klausen. Viel weiter konnte man der Welt eigentlich nicht entkommen. Ich erinnerte mich an einen jungen Polen, der ein bisschen Deutsch sprach, Glaser war und seit zwei Jahren auf dieser gottesfürchtigen Halbinsel wohnte, etwas weiter im Osten im Kloster der Großen Lavra. Dort war er mehr oder weniger hängen geblieben, wirkte auch sonst relativ bedürfnislos, lebte, betete und arbeitete. Ein seltsamer Vogel und ein bisschen einfältig, wie mir damals schien, weil er so jenseits von allem, von Frauen, die zum Ärgernis von EU-Behörden nicht auf den Athos gelassen wurden, von Städten, Heimat und einer zeitgenössischen Existenz, dahinlebte. Ansonsten ein einfacher, bescheidener Typ, zu dem ich nicht ganz durchdrang, dessen wahrer Aufenthaltsgrund vielleicht nur der war, endlich wieder einmal gebraucht zu werden. Die brauchten hier nämlich alles, Bauleute, Gärtner, Techniker, Restauratoren, Pfleger ...

Vielleicht wollte mich die Wladimirskaja ja von Anfang an dorthin zurückbringen? Denn es wäre doch in der Tat noch eine Möglichkeit gewesen, trotz allem oder nun erst recht und mit zerknirschter Seele, auf den Athos auszuwandern und mich dort als Hilfsarbeiter zu verdingen. Nicht zwangsläufig für immer, aber doch ein paar Jahre, die nötig schienen, um wieder zur Vernunft zu kommen und neuen Lebensmut zu schöpfen. Ich sah mich unter Maulbeerbäumen harken, Oliven ernten, Weinreben pflegen, die Tage lägen in der Ruhe des Glockengeläuts und der Stundentrommel. Ich würde mich am Oleander, den rosa blühenden Judasbäumen und Wildblumen erfreuen, während der Duft der Macchia das zerrissene Herz kalmierte. Ich hörte den Vögeln zu, würde eine Katze zur Freundin gewinnen, der Sonne, je nach Uferseite und in aller Beschaulichkeit, bei Auf- und Untergängen Gesellschaft leisten. Und ich käme wieder zum Lesen, hätte nun endlich Zeit dafür. Vielleicht bekäme ich auch einen der bollernden Holzkohleöfen, die mir an windig verregneten Herbsttagen Gelassenheit und Frieden schenken würden. Ich würde das Handy ausschalten, keine deutschen Zeitungen mehr lesen, denn dort unten fand man schon Augustinus zu fortschrittlich. An das Essen würde ich mich gewöhnen müssen, vielleicht bräuchten sie ja jemanden in der Küche. Und überall das Meer, erster Wachposten der Unendlichkeit, unfasslich wie der christliche Gott, nah und doch in die Weite ausgreifend, abstrakt und unermesslich. Ich würde viel wandern gehen, eins mit der Natur werden ... *Eine neue Erde!*

Wie würde das konkret aussehen? Man benötigte sechs Monate Vorlauf, um das Visum zu beantragen. Ich würde meine

Habseligkeiten ordnen und auf den Inhalt zweier großer Reisekoffer beschränken, viel mehr, die Bücher abgerechnet, besaß ich ohnehin nicht, alles andere war entbehrlich. Die Wohnung ließe sich auch aus der Ferne kündigen, sobald ich die Sicherheit einer Anstellung und Unterkunft hätte. Ich fing an, vieles wegzuwerfen, vor allem Hefter und Studienliteratur aus der Unizeit. Einige der Bücher würde ich auf die Straße stellen (wozu bräuchte man Nietzsche auf dem Athos?), für den Rest würde eine große Sperrmüllfuhre ausreichen. Ich würde mir einen Crashkurs Griechisch draufziehen und dringend einen neuen Personalausweis beantragen müssen, denn so abgespeckt, bartlos und frisiert hätten mich die Flughafenbehörden auf dem Passbild womöglich nicht wiedererkannt.

Blieb nur noch, eine angemessene Abschiedsadresse an Katharina zu formulieren, denn das war ich uns schuldig, glaubte ich (ein Mensch kann nicht länger als ein paar Stunden vollkommen rational sein, etwas anderes anzunehmen, wäre unvernünftig). Und dem gähnenden Publikum auf den Rängen ja auch, nicht wahr, Frau Kowalzik? Ich musste den Knoten durchschlagen, der mein Lebensgewirr zusammenhielt, einmal im Leben etwas Courage zeigen. Um die große Liebe wäre es dabei gar nicht mehr gegangen. Vermutlich war, was wir mit diesem etwas pastösen Begriff bezeichnen, für Katharina ohnehin keine relevante Größe. Sie wollte herausgefordert, in ihr Schicksal gerissen werden, stattdessen wollten sie alle immer nur liebhaben. Schön und gut, doch wie sollte ich vorgehen? «Nur los!», hätte meine alte Vermieterin gesagt, sobald wir uns in Bewegung setzten, würden es die Ereignisse ja auch tun.

23

Von Staden hatte mit dem Hinweis auf Katharinas Ausstellung schon einen ersten Anhaltspunkt gegeben, dem ich nur nachzugehen brauchte. Zwar war es weiterhin nutzlos, im Internet nach ihr zu suchen, auch wenn ich dann doch noch einen Artikel aus einem alternativen Kunstmagazin jüngeren Datums zutage förderte. Selbst ihre Freunde hatten nichts Neues zu berichten; sie musste auf einer Plattform agieren, die Social Media entbehrlich werden ließ. Andererseits: Wie viele ihrer Kolleginnen, die einem auf den ersten Blick dunkel, mysteriös und tiefsinnig erschienen, erwiesen sich bei Facebook oder Twitter als ordinärste Zeitgeisttrampel voller eitler Verschwatztheiten und politischem Sendungsbewusstsein? Möglicherweise sah sie das ähnlich und ging einen anderen Weg, es hätte nicht gegen sie gesprochen.

Also fuhr ich nach Wittenberg und fand schnell, wonach ich suchte. Genau genommen ging es nicht um eine Ausstellung, sondern um zwei Figuren, die Katharina der katholischen Stadtkirche aus Anlass einer ökumenischen Projektreihe rund um verschiedene Marienthemen zur Verfügung gestellt hatte. Das Bistum wies auf mehrere Veranstaltungen mit Führungen und Vorträgen hin, die zu Mariä Himmelfahrt am 15. August an mehreren Orten in und um die Lutherstadt zu erleben sein würden, thematisch breit gefächert, von Stabat Mater und Rosenkranzmeditationen bis zur großen Mutter und dem Thema «Mütterlichkeit» (die Wladimirskaja hätte ihre Freude gehabt). *Suchet, so werdet ihr finden; klopfet an, so wird auch aufgetan:* Beide Figuren waren in der Stadtkirche Unbefleckte Empfängnis schon jetzt zu sehen. Und ich war gleich beeindruckt; eine gekreuzigte Maria in Lebensgröße, mit Wunden übersät, nackt bis auf den Schoß, darunter kauernd auf dem Altargang ein gramgebeugter Jesus Christus, das Gesicht weinend in die Hände gestützt. Ein Werk von hoher Ästhetik, helles Lindenholz wie bei Riemenschneider, echtes Handwerk, das ich ihren Händen kaum zugetraut hätte (oder hatte sie es in Auftrag gegeben?). Monochrom, dennoch viel innere Bewegung, vortrefflich in der künstlerischen Handhabung, überraschend in seinem Arrangement. Wahrscheinlich eine Volte des Spätfeminismus, die ich nicht ganz begriff, denn was sollte dieser Rollentausch bedeuten? In seiner altmeisterlichen Art erinnerte der Christus an eine Barlachfigur, während die Maria auf klassischere Inspirationen zurückging. Praxiteles, die Präraffaeliten? Schwer zu entscheiden. Ich fragte mich, wie sie Marias weit herunterhängende Haarpracht so plastisch in Szene setzen konnte, während das Gesicht zunächst eher unspezifisch wirkte, dadurch aber tiefer, müde, gedemütigt, ohne Entsetzen oder Trauer, auf den zweiten Blick aber eben umso ergreifender, ja bestürzender. Man sah zudem auf einen schönen, sinnlichen Körper und glaubte zu bemerken, dass die Künstlerin alles darangesetzt hatte, seine erotische Präsenz herauszunehmen, indem sie wenigstens unterhalb der Taille eine Art Lendentuch um sie herum modelliert hatte, das lebensechte Falten warf, um das Nötigste zu verdecken. Doch es gelang nicht ganz, die Inquisition hätte ihr das nicht durchgehen lassen, schon gar nicht in dieser blasphemischen Konstellation. Hier spielte es keine Rolle mehr und würde ein paar ältere Gemeindemitglieder etwas länger wachhalten. Es fand sich keine Erklärung, keine Schautafel, kein Name, die das Dargestellte in einen Zusammenhang gerückt hätten. Dass es sich dabei um ein Werk Katharinas handelte, war nur über die Ankündigung im Aushang und den Veranstaltungsflyer zu erfahren, besonders eitel schien sie in diesen Fragen nicht zu sein.

Ich blieb an jenem Mittwochnachmittag völlig allein mit diesen Figuren und hätte sie mitnehmen können, ohne dass es jemand gemerkt hätte. Das brachte mich noch am selben Abend auf die Idee zu einem Plan, der in höchstem Maße unvernünftig, finster und gemein war. Mit der Tollkühnheit eines Menschen, der nichts mehr zu verlieren hatte und so weit aus der Welt gefallen war, dass er sich rein juristisch ohnehin nur noch vermindert schuldfähig fühlte, bestellte ich mir für Freitagmorgen einen Kleintransporter samt zweier weißrussischer Möbelträger und einer Klappleiter in die Mauerstraße. Kurz nach elf und leicht verspätet trafen die beiden dann ein, während ich schon, auf eine für einen Kunstdieb eher fahrlässige Weise, seit zwei Stunden um die Kirche geschlichen war. Nur ein älteres Ehepaar, das sich verlaufen hatte und eigentlich die Kirche mit der «Thesentür» sehen wollte, leistete uns im Altarraum Gesellschaft. Der Christus war schnell eingesackt, die Maria allerdings schwer vom Kreuz zu bekommen, da Katharina mit schweren Nägeln gearbeitet hatte. Das Kreuz mussten wir stehen lassen, da es fest in einer Halterung steckte, die die ganze Konstruktion stabilisierte. Wir hätten umkehren müssen, hätten die Weißrussen keine Zange dabeigehabt, mit der wir die Nägel schließlich herausziehen konnten. Zu allem Überfluss fragte uns eine aus dem Nichts aufgetauchte Gemeindemitarbeiterin, was wir vorhätten und ob wir ihre Hilfe benötigten. Sie hörte sich dann einige meiner zurechtgelegten Sätze an (Katharina wolle heute Abend noch eine kleine, aber wichtige Veränderung vornehmen), nahm das Ganze freundlich und widerspruchslos zur Kenntnis, ohne jemanden anzurufen, und hielt uns sogar die Pforte auf.

Wohin nun mit der Beutekunst? Ich hatte eigentlich vor, die Figuren nur ein paar Tage zu entleihen, zu verstecken und sie Katharina dann in den Garten zu stellen, aber das hätte diese ohnehin schon nervenaufreibende Aktion nur in die Länge gezogen. Im Flyer las ich von einer Kreuzwegsandacht auf dem Apollensberg bei Apollensdorf, wo sich wohl auch ein größeres Kreuz befand. Dankbar für den Fingerzeig, änderte ich spontan die Pläne, wir fuhren ein paar Kilometer aus der Stadt hinaus, und nach kurzer Suche halfen uns zwei ältere Damen aus einer in der Nähe gelegenen Seniorenanlage dabei, den richtigen Feldweg zu finden. Oben angekommen dann eine wirklich schöne Aussicht. Die Elbe schlängelte sich vor uns durch die Ebene, im Osten Wittenberg, im Südwesten Wörlitz, nur die Mittagshitze brannte stechend auf uns nieder. Nachdem der Christus schnell aufgestellt war, machte Maria wiederum etwas mehr Probleme, weil die Nägel bei jenem Metallkreuz nicht weiterhalfen. Auch hier griffen mir meine Begleiter mit einem praktischen Vorschlag unter die Arme und banden die Figur mit einigen noch im Wagen befindlichen Plastikriemen und größeren Schmutzlappen am Kreuz fest. Was immer sich die zwei findigen Osteuropäer, die sonst nur Möbel und Kühlschränke schleppten, dabei gedacht haben mögen, sie folgten ihrem hinreichend von der Sache überzeugten und darüber hinaus auch spendablen Auftraggeber ohne weitere Einwände, bedankten sich herzlich und setzten mich später am Bahnhof ab, von wo ich relativ ruhig nach Berlin zurückfuhr. Wie leicht musste es das organisierte Verbrechen haben, wenn schon das unorganisierte so wenig Mühe machte?

Die gekreuzigte Maria und der sie beweinende Christus jedenfalls müssen dort oben drei Tage gestanden, ihren großen Auftritt in der katholischen Stadtkirche verpasst und stattdessen ein paar laue Sommerabende mit Blick auf das Elbtal verbracht haben. Dann fand man sie, spätestens bei jener Kreuzwegsandacht, verständigte die Gemeinde und organisierte die Rückführung der entwendeten Kulturgüter an den für sie ursprünglich vorgesehenen Ort. Der *Elbekurier* der *Mitteldeutschen Zeitung* berichtete von dem sonderbaren Fall und verstieg sich zu der Behauptung, dass jener exponierte Ort nicht aus Zufall für die Figuren ausersehen worden war. Es stelle sich darüber hinaus die Frage, ob die Aktion nicht von vornherein Teil einer Performance der Künstlerin selbst gewesen sei, die damit gegen die Selbstaufopferung des Weiblichen in der modernen patriarchalen Welt protestiere und eine Lösungsperspektive nur außerhalb von Kirchenmauern und in der freien Landschaft erkennen könne, was Fragen der Ökologie und Nachhaltigkeit ebenso berühre wie eine Wiederanknüpfung an ältere heidnische Motive (Apollensberg), jenen Gott der Kunst, Distanz und Harmonie. All dies fächere ein so vielschichtiges Kaleidoskop an Bedeutungen auf, dass es naheliegender gewesen wäre, die Figuren auf dem Berg zu belassen, statt ihre Aussage innerhalb eines Kirchenraums unnötig einzugrenzen. Man hätte meinen können, die Operation sei ein durchschlagender, ja sogar doppelter Erfolg gewesen, denn ich hatte Katharina nicht nur die Figuren, sondern offenbar und ohne jede Absicht auch die Rezeption ihres Werks aus den Händen genommen. (Gleichwohl war Letzteres ja ohnehin die Regel.)

Doch mein Ausflug in die harte Realität der Straftäter, Gefährder und Kirchenräuber endete in einem veritablen Realitätsschock. Schon in den Stunden nach meiner Rückkehr, vor allem aber am nächsten Tag, fiel das ganze unheilvolle Katharina-Illusionstheater restlos in sich zusammen. Was um Himmels willen hatte mich eigentlich gebissen, eine vollkommen unschuldige Frau zu bestehlen, noch dazu eine, der ich doch trotz allem noch zugetan war und ja auch manches verdankte? Ich hätte mich entschuldigen sollen und schämte mich, hoffte aber, feige, wie es meine Art und Gewohnheit war, dass alles schon irgendwie an mir vorbeiziehen würde. Blitzradikalisierung? Oft las man davon; immer die unauffälligen netten Nachbarn, von denen keiner ahnt, dass sie eines Tages in Einkaufszentren Amok laufen. Wozu war ein Mensch nur fähig, noch dazu bei meinem Bildungsniveau? Schluss, aus: Ich zog einen fetten Strich unter die verhunzte Lebensepisode und musste dringend unter Menschen, die den Dunkelmann in Lichterfelde zurück auf die Erde holten.

Ein paar Tage darauf tat ich, was ich längst hätte tun sollen, denn der Athos war ja doch etwas weit: Ich rief Clara an und fragte sie, ob sie am nächsten Abend mit mir essen gehen würde. Anfangs erreichte ich sie nicht, und auch meine nächsten Versuche wurden entweder ignoriert oder nicht für maßgeblich befunden. Als ich sie ein paar Tage später dann doch ans Telefon bekam, wirkte sie weder verletzt noch nachtragend, sondern eher gelangweilt. Mir war nicht bewusst gewesen, wie unbeträchtlich und nichtssagend meine Existenz am Ende für sie gewesen war, aber ich ließ nicht locker und überredete sie zu einem Spaziergang am Paul-Lincke-Ufer. Es war heiß, über den Landwehrkanal wehten Dünste von Cannabis, Hundekot und gebratenem Hammel, doch ich brachte sie ein paarmal zum Lachen, und wir fühlten uns in der coolen Gegend so über alle Maßen uncool, dass wir uns auch wieder alter Gemeinsamkeiten besannen. Nun wollte ich ihr das nicht so glatt und platt ins Gesicht sagen, es wäre womöglich auch einer Überrumplung gleichgekommen, aber meine Vorstellung war in etwa die: Lass uns etwas Vernünftiges mit dem Rest unseres Lebens anfangen, ich muss so nicht weiterleben. Lass uns hier gemeinsam wieder herausfinden und wie reife

Erwachsene eine souveräne Entscheidung treffen, geläutert, lebensklug und zukunftsfähig. Sie würde das Ganze dann vorsichtig genug abwehren, um mir die Möglichkeit zum Nachsetzen zu geben. Also würde ich drei Tage später wieder anrufen, einen Brief schreiben, Blumen vorbeibringen, warten und dennoch dezidiert unromantisch und eher freundschaftlich vorgehen, nüchtern, den neuen Ernst hervorkehrend. Was täte es gut, dass es sich nicht um ein Spiel, einen Kampf oder Krieg handelte, sondern um Heimat, Ruhe, Vertrauen und Wirklichkeit. Der Herbst würde aufziehen, Kerzen auf dem Kaminsims, Fichtennadelduft aus dampfenden Badewannen, der sich mit dem Vanillearoma weihnachtlicher Plätzchenbleche mischte, verkuschelte Abende, Diskussionen über Houellebecq und die letzte Herheim-Inszenierung an der Staatsoper, vielleicht hätte man am Ende ja auch Küche und Bad renovieren können. Wie anders doch die Gespräche mit jemandem verliefen, den man vor die «Tore seiner eigenen Tiefe» und zum «Wächter seiner Einsamkeit» bestellt hatte (Rilke). In unseren besseren Zeiten war es uns immer gelungen, den anderen genau dorthin hinaus- oder hinaufzulieben, wo er uns am besten gefiel, und uns von uns selbst ein Stück weit mitreißen zu lassen. Was für den Wein ein günstiges Hangklima, die nötige Sonneneinstrahlung, Regenmenge und ein bestimmter Boden war, das waren wir einander über die Jahre geworden, unabkömmlich, unersetzlich, auch wenn ich es eine Weile vergessen hatte.

Nun hatte ich, was Claras gegenwärtige Befindlichkeiten betraf, leider etwas den Faden verloren und ging davon aus, dass ein Mensch, der äußerlich im Großen und Ganzen noch derselbe schien wie vor einem Jahr, auch nach innen hin wenig Veränderung durchlaufen hatte. Ich hätte nur an meinen eigenen Fall denken müssen, um mit solchen Annahmen vorsichtig zu sein. Dass sie sich ein bisschen rarmachte, hätte man noch mit dem anhaltend stressigen Klinikalltag erklären können, Krankenhäuser waren auch echte Knochenmühlen. Doch selbst mir fiel jetzt auf, dass Clara, nicht selbstverständlich für ihr Alter und Arbeitspensum, an Attraktivität beachtlich gewonnen hatte. Insbesondere um die mir noch durchaus vertraute Hüftgegend herum schienen sich aufsehenerregende Proportionen eingespielt zu haben, ebenso fiel der Erwerb einer Auswahl eng anliegender Jeans, unauffällig eleganten Schuhwerks und Schmucks sowie die grundlegend überdachte Haarpflege ins Auge. Dass nach annähernd einem Jahrzehnt monogamer Selbstbeschränkung auch Bedürfnisse nach mehr Freizügigkeit die Oberhand gewinnen würden, war an sich kaum verwunderlich. Der eigene Zugewinn an Erfahrungen dieser Art hatte bei mir diesbezüglich, auch wenn er wenig an den Grundsätzlichkeiten änderte, für mehr Gleichmut und Weite gesorgt. Wer weiß, wie sie reagiert hätte, wenn sie dahintergekommen wäre, wo ich mich meinerseits herumgetrieben hatte. Auch sie ließ sich nicht in die Karten schauen, beschwieg Vergangenes vielsagend und blieb, außer was ihren Kinderwunsch betraf, in Zukunftsfragen einsilbig. Wollte sie nur meine Ernsthaftigkeit prüfen oder sich wie ein ausgelasteter Flughafen ausgeben, um den man mehrere Schleifen fliegen musste, bis man die Landeerlaubnis erteilt bekam?

Ein paar Wochen netter und etwas karger Gespräche gingen so hin, vielleicht warteten wir nur auf die richtige Gelegenheit. An einem jener herrlichen Septembertage, die noch einmal den Sommer resümieren, in ihrer Süße und Wehmut jedoch schon auf seinen Abschied vorbereiten, machte ich mich mit einem Strauß blassrosa Rosen und einigen losen Ideen über eine gemeinsame Reise nach Capri, Sardinien (oder gar Ithaka?) zu Clara nach Friedenau auf. So tief, zart und dicht wie jetzt war das Licht zu keiner Zeit des Jahres, es holte aus der Welt unendlich mehr heraus als die kraftvollere Sonne im Juli und August. Warm, aber nicht mehr drückend, eher leuchtend und weniger blendend, ließ es die Dinge kommen, vielleicht, ja hoffentlich sogar in unserem Fall. Auf meine unverbindliche Anfrage, ob sie am Samstagnachmittag zu Hause anzutreffen sein werde, hatte Clara ausweichend, aber nicht völlig ablehnend reagiert. Ich hatte für den Abend einen Tisch im *Jungbluth* reserviert, irgendwann mussten wir endlich einmal Klartext reden. War ich eine Weile von meiner eigenen Entschlusskraft überrascht, verließ mich die Selbstgewissheit, als ich in Friedenau ankam. Zwar war ich nur ein knappes Jahr lang weg gewesen, doch die Straßen erschienen mir jetzt eher wie ein Teil meiner Erinnerung, unwirklich, unheimlich, mir nicht mehr zugehörig. Was hatte ich hier für Kreise gedreht, jede Ecke erlaufen, stunden-, tage- und wochenlang, am Ende irre geworden an den großen Gefühlen und mir selbst.

Ich klingelte zweimal an ihrer Haustür, aber sie war nicht da. Vielleicht machte sie noch irgendwo Besorgungen? Um die Zeit totzuschlagen, lief ich eine Weile um die Häuser und trug mir währenddessen die immer selben Versatzstücke von Argumenten vor, die ich ihr gegenüber in unserer Sache würde vorbringen können (solche Gespräche musste ich innerlich vorbereiten, um das Risiko, in aller Spontaneität das Falsche zu sagen, möglichst gering zu halten). Kurz nach vier, die Zeit kroch dahin. Sollte ich mir einen Kaffee holen und es dann noch mal probieren? Es gab einen neuen Kuchenladen nicht weit von ihrer Wohnung entfernt. Ich trat ein, wartete eine Weile hinter einem jungen Vater mit einem zufrieden lallenden Knirps im Tragetuch, blickte auf die Getränketafel, nahm den Cappuccino in Empfang, hatte aber, als man mir das Wechselgeld herausgab, das eigenartige Gefühl, dass in meinem Rücken irgendetwas Schwerwiegendes an mir vorbeizog.

Ich drehte mich um, erfasste jedoch nur noch den letzten Zipfel eines mir bekannten, dunkelblauen Mantels und eine nicht weniger geläufige baumelnde Handtasche. «Ihre Rosen!», rief mir die Verkäuferin hinterher, als ich den Laden schließlich etwas geistesabwesend verließ. Aus sicherer Distanz war das Paar noch zu erkennen, und ich lief ihm ein paar Meter hinterher. Lässig, herzlich und in einer ganz deutlich aufeinander abgestimmten Beweglichkeit, die etwas Vertrautes und Gewohntes umgab, gingen die beiden die Feuerbachstraße hinab. Clara musste ihn schon länger kennen, das war nicht zu übersehen. Ein aufgeschossener, um die Schläfen schon leicht angegrauter, klassischer Typ im Trenchcoat, mit feinen Schuhen und offenkundig auch Sinn für Humor, denn sie schmiegte sich an, lachte und schaute mit merklichem Glühen zu ihm hinauf. Irgendwann verschwanden die zwei in gelöster Heiterkeit, und ohne den meisten Passanten besonders aufzufallen, in Richtung S-Bahnhof. Und auch ich musste ja weiter. Die Rosen überließ ich am Ende einer freundlich verdutzten Busfahrerin, die gerade ihre Abendschicht angetreten hatte und diesen Moment wohl ebenso lange in Erinnerung behalten würde wie ich.

24

Während ich noch überlegte, ob es sinnvoll wäre, bei Clara nachzufassen oder gleich das Handtuch zu werfen und den Athos-Plan wieder ernsthaft in Erwägung zu ziehen, traf eine schlanke SMS von Katharina ein. «Mein Lieber, wir müssen reden. Freitagnachmittag, halb fünf, Café Artemis in Delphi. Kannst du kommen? K.» Ausführlicher ging es wohl nicht (und immer noch so meta, nie ohne Anspielung auf die Kulturhistorie). Erst bekam ich einen Riesenschreck; wollte sie mich jetzt wegen Mariä Entführung verklagen? Dann überrollte mich eine Woge Sehnsucht, schließlich war ich doch etwas perplex. Was hatte sie denn vor? Wahrscheinlich gab es irgendein Delphi in der Uckermark, ein Delphi (Westfalen) oder ein gleichnamiges griechisches Restaurant mit Café unter hohen Buchen irgendwo in Pankow. Und tatsächlich fanden sich gleich drei Delphi-Lokale in Berlin und Umgebung, nur leider ohne ein Café, das der keuschen Jägerin und Mondsüchtigen gewidmet war. Dieses ließ sich allerdings ohne Weiteres im griechischen Delphi ausmachen, das ja schlecht gemeint sein konnte.

«Ist das nicht ein bisschen weit?», schrieb ich zurück.

«Bist du nicht eh schon zu weit gegangen?», antwortete sie nicht ganz grundlos.

«Auch wieder wahr», schrieb ich, «ich seh mal, was ich tun kann ...»

Es war Montagabend, ich zögerte und dachte nach. Wollte sie mich auf den Arm nehmen? Was, wenn ich Flüge und Hotel buchte, durch halb Europa reiste, nur um mich dann in einer

Touristenhölle wiederzufinden, sitzen gelassen vor Souvlaki und Hackfleischbällchen? Es wäre allerdings eine Revanche unter ihrem Niveau gewesen und auch ganz ohne künstlerischen Mehrwert. Die Finanzlage, ohnehin schon angespannt und mit Blick auf den Jahreshaushalt längst jenseits der schwarzen Null, gab es eigentlich nicht her, es war ja eher eine Phase der Konsolidierung und nicht der Neuverschuldung angesagt. Unter normalen Voraussetzungen also wäre eine derartige Reise kaum infrage gekommen. Andererseits: wofür denn sparen, wenn nicht für dieses letzte bisschen Wirklichkeit? Mein ganzes Dahinleben war ein ereignisloses Vorarbeiten an einem gedankenvollen Nichts gewesen, einer Zukunft, die zu keinem Zeitpunkt real werden würde. Jedes Tier hatte mehr Welt als ich.

Ich nahm den Flug am Freitagmorgen um kurz nach halb acht, konnte die Nacht über kaum schlafen, war auf diesem herabgedimmten Niveau der Auffassungsgabe jedoch ungewöhnlich offen für äußere Eindrücke. Da ich jahrelang nicht geflogen war, ergriff mich die ganze Anlage des Flughafens mit unerwarteter Bewunderung und verband sich mit einigen Passagen über die griechische Mythologie aus einem noch eilends besorgten *Reise- und Kulturführer Mittelgriechenland.* Durch die großen Glasfenster sah ich dabei zu, wie draußen ein Airbus A320 entladen und gewartet wurde, und war davon völlig hingerissen. Dass Tausende dieser Vögel den Himmel bevölkerten und es weitaus gefährlicher war, in Berlin Fahrrad zu fahren, als sich von einem von ihnen in knapp zweieinhalb Stunden bis zur Akropolis fliegen zu lassen, war mindestens ebenso wundersam wie Jesu Gang über den See Genezareth. Hätten die alten Griechen dies hier mit ihrem gesunden Tatsachensinn noch erlebt, wären sie vor dem Flieger-Gott auf die Knie gefallen, hätten, nicht zu Unrecht, einen stattlichen Tempel zu seinen Ehren auf die Vogelwiese neben der Landebahn gestellt und aus dem Tempelhofer Feld einen heiligen Hain gemacht. Und wann hatte ich das letzte Mal in einem hauptstädtischen Gotteshaus einen ähnlichen Auftrieb und Schauder, aber auch ähnliche Furcht, Hingabe und Begeisterung empfunden, wie beim Start von Easyjet-EJ XX 934?

Ich schlief schnell ein und erwachte erst wieder, als unten die wulstartigen Höhen Mazedoniens vorbeizogen, irgendwann tatsächlich auch Chalkidiki mit dem Athos-Finger ganz hinten. Chaire und auf bald, Heiliger Berg, lange würde es nicht mehr dauern ... Ein paar Inseln, Euböa, dann Rundflug um Athen, ein uferloses Meer von weißem Waschbeton, das in alle Schlünde und Ritzen umstehender Hügel und Gebirgszüge hineinschwemmte.

Von der Stadt, die ich auf der Suche nach dem Überlandbus nur mit der Metro durchfuhr, bekam ich nicht viel mit. Im Bus geriet ich kurz in Panik, als wir außerplanmäßig auf die Straße nach Eleusis gerieten und ich befürchten musste, mich in der Busnummer geirrt zu haben. Auf der alten Pilgerstraße, jetzt dreispurig und in den Morgenstunden offenbar sehr stauanfällig, ging es nur quälend langsam voran. Dass diese Unlandschaft einmal der Ort der sagenumwobensten Mysterien des Altertums gewesen sein sollte, ließ sich nur noch mithilfe des besagten Reiseführers erschließen. Aus dem stockenden Verkehr heraus nahm man Tankstellen und Raffinerien, Schlote und Kräne der Großindustrie, ein Zementwerk und einen riesigen Hafen wahr. Auf dem Wasser draußen eine Art Schiffsfriedhof, einige stillgelegte Tanker rosteten dort in der Bucht vor sich hin. Eine Rentnergruppe stieg bei der Ausgrabungsstätte aus, ich blickte kurz nach draußen: ein Schuttfeld, für das eine historische Phantasie nötig war, die an Nekrophilie grenzte. Nicht einmal mehr eine einzelne Säule stand hier noch aufrecht. Es musste den Ort etwas Großes umgeben haben, denn über immerhin fast zwei Jahrtausende hatte nicht ein einziger der hier Eingeweihten auch nur eine Andeutung darüber durchgestochen, worin denn nun das Mysterium von Eleusis genau bestanden hätte. Auf Präsidiumssitzungen von Volksparteien gelang das keine drei Stunden, vielleicht sollte man dort die Unsterblichkeit der Seele öfter auf die Tagesordnung setzen.

Der Bus fuhr weiter, nun ohne Halt, ich wurde wieder müde, auch weil sich das Land nicht öffnen wollte. Nichts Liebliches oder Arkadisches darin; das meiste wirkte ungeordnet, ein bisschen liederlich, die Höhenzüge abweisend, kahl und unnahbar. Erst in Arachova erwachte ich wieder, einem Dorf am Südhang eines Skigebiets beziehungsweise und nach Google Maps ja sogar des Parnass (kaum zu glauben, dass es den tatsächlich gab). Ein paar Straßenwindungen weiter unten mehrten sich plötzlich die Fahrzeuge an beiden Seiten der Straße, auch die höhere Reisebusdichte sprach dafür, dass wir angekommen waren. Das Dorf, das im Großen und Ganzen aus zwei Straßen mit Pensionen, Restaurants und Souvenirläden bestand, lag weiter oben und war schnell durchlaufen. Ich checkte im Hotel ein. Wenig Betrieb; ein Ort allein für den Fremdenverkehr, erbaut als Ersatz für die Siedlung, die der Ausgrabung weichen musste. Dass sich Katharina ausgerechnet hier mit mir treffen wollte, wirkte jetzt einigermaßen abwegig. Immerhin würde ich meine Sorgen und Nöte nun ganz allein mit dem Orakel ausmachen, ganz mit leeren Händen wollte ich schließlich auch nicht abreisen. Wer mit Blick auf seine Zukunft vor solchen Herausforderungen stand wie ich, dem konnte womöglich nur noch die alte Pythia helfen. Ich duschte, zog ein frisches Hemd an, brach auf und sah mich nach dem Café um.

Doch es wurde schnell klar, dass ich die Anreise nicht bedauern würde, denn die Gegend selbst war beeindruckend. Katharina musste gewusst haben, dass ich etwas davon haben würde. Bis zum Kaffeeklatsch bei Artemis, mit oder ohne ihre undurchsichtige Jüngerin, war es noch eine halbe Stunde, und so schaute ich etwas außerhalb des Ortes von einer Art Balustrade in den Talkessel hinab. Allenthalben las man, die Griechen hätten kein Verhältnis zum Raum und schon gar keins zur Landschaft gehabt, doch diese hier sprach sehr deutlich, leider in einer Sprache, die ich ebenso wenig verstand wie die Landessprache. Sie kam ohne das Schöne, ohne die Verschwommenheiten aus, die den romantischen, holländischen oder englischen Landschaftsbildern eigen waren, in denen ich mich wohlfühlte, und ordnete sich ruhiger, heller und in lichtdurchfluteter Bestimmtheit. Blickte ich nach Südwesten hinab, konnte ich den Ausläufer des Korinthischen Golfs erkennen, die Küstenstadt Itea, dahinter die Peloponnes im aufziehenden Dämmer. Von dort unten zog sich der größte zusammenhängende Olivenhain Griechenlands bis in das Tal unter mir hinauf. Delphi lag am Hang, darüber der schneebedeckte Musenberg. Das wirkte alles klar, nahezu intelligent gegliedert und schien zu wissen, worauf es hinauswollte. Eine angedachte Blickführung ergab sich allein schon durch die Hänge. An sich war mit den Bergrücken gegenüber wenig anzufangen, es wuchs zu wenig auf ihnen, auch die Schafherden fanden nur mit Mühe auf ihnen Halt. Drüben lag der Kirphi wie ein großer Elefantenrücken, voller Risse und Furchen, rau und gewaltig, aber anders als ein abweisendes Hochgebirge, das einen auf sich selbst zurückwarf, eben dickhäuterhaft tragend, haltend und irgendwie zutraulich. Stetigkeit und Dauer, wohin man sah; der Pleistosbach durchzog sein Tal seit Ewigkeiten, selbst die Ölbäume gaben sich so entschleunigt, als hätten sie wenige Ansprüche, aber viel Zeit. Sechzig Jahre mussten ins Land gehen, bevor sie die ersten Früchte trugen, und dann taten sie es auch mal für ein, zwei Jahrtausende. Sie hätten jedenfalls viel zu erzählen gehabt, obwohl sie gar nicht so gewaltig aussahen. Es mochte mit dieser Ewigkeitsanmutung zusammenhängen, dass man dem ortsansässigen Orakel noch in Jahrhunderten zuhörte, in denen die Götter für einen Großteil der aufgeklärten Griechen schon Schnee von gestern waren.

Für die Ausgrabung fehlte mir die Zeit, ich sah sie nur von halb unten und aus einiger Distanz, sie schien gegen jede bauliche Vernunft an den abschüssigen Hang geklemmt. Dahinter die rotbraunen, fast senkrechten Twin Peaks der Phaidriaden, der «Leuchtenden», da ihre Felswände oft, wenn sie noch vom Regen feucht waren, in der Sonne etwas Gleißendes bekamen. So wie manche Steine ihre über den Tag angesammelte Wärme bis in die Nacht hinein halten und abgeben können, hatten sich Tausende Jahre göttlicher Ahnungen auf diesen Bergen niedergelassen und die Gegend mit einer untergründigen Vibration versehen, die schwer zu deuten, aber auch schwer zu leugnen war. Die noch vorhandenen Reste von Tempeln und Gebetshäusern allein machten sie nicht begreifbar, es war einfach nicht mehr viel von ihnen übrig. Sicher nahm man auch die Lichtfülle unter einem südlicheren Himmel anders wahr. Dass in dieses Land mehr Sonne hineinfiel als anderswo, lag vermutlich an dem nahezu überall in Reichweite liegenden Meer und dessen hohem Reflexionsniveau. Licht wurde hierzulande herumgereicht wie Ouzo und die alten Heldengeschichten.

Von unten wehte eine Welle von umwerfenden Heidegerüchen heran. Man sah sich nach einer Frau um, aber es waren nur irgendwelche Nadelhölzer, vermutlich die Apollotanne und deren Harz, Lavendel, Lorbeer und Myrte, Zistrosen und Zypergras. Auch das Wetter spielte mit, die Himmel waren aufgebracht. Man musste tatsächlich von mehreren reden, da sie sich über den Gebirgshängen im Osten anders aufführten als über der Küste im Südwesten. In der Weite über dem Golf ging gerade ein Regen herunter, andernorts strahlte sattes Nachmittagslicht in sichtbaren Streifen herab, Sonnenflecken durchzogen die Ölbaumebene bis hin nach Amfissa. Mir zur Linken schob sich eine schwarze Wolkenfront über die Berge, also auch mehrere Wetter zur gleichen Zeit, alles in Bewegung, sich ziehend und schiebend, zum Teil von gegenläufigen Strömungen getrieben. Darunter eine fast schon anheimelnde Stille, die nur hin und wieder von einem am Berghang entlangfahrenden Bus gestört wurde. Ansonsten Vögel, Grillen und der Wind.

Damit ich nicht völlig ahnungslos darüber blieb, was mich am nächsten Tag hier erwarten würde, befragte ich das Orakel der Gegenwart nach dem des Altertums und googelte also heraus, dass die Pythia, die in ihrem entrückten Show-Act mehr oder minder bedeutsame Rätselworte an die Gemeinde richtete (weltanschaulich frisiert und auf Linie gebracht von einem männlichen Priesterkollegium), Orakelpriesterin eines hiesigen Apollon-Heiligtums gewesen war. Demnach stand ich an einem Apollensberg, mächtiger und bedeutender als sein Wittenberger Pendant, was ich doch für einen ganz findigen Einfall meiner Kontrahentin hielt. Dass sie herausfinden würde, wer sich hinter dem Kunsträuber verbarg, der ihre Skulpturen entwendet hatte, war natürlich keine Überraschung, und ich hatte mir ja auch wenig Mühe gegeben, dabei besonders diskret vorzugehen. Vermutlich hatte mich jene Gemeindemitarbeiterin, die mir die Tür aufgehalten hatte, hinreichend identifiziert.

Punkt halb fünf betrat ich das Café, das weder besonders gemütlich noch nostalgisch eingerichtet war, dafür aber mit einer weiten Terrasse mit Blick auf Schlucht und Tal aufwarten konnte. Dort draußen, etwas einzeln und auf Abstand bedacht, dafür direkt am Geländer, saß sie dann tatsächlich, gerade noch ganz unbefangen den Kellner bestrickend, vor einem Glas Tee und einem Stück Apfelkuchen. Schlagenden Herzens, leicht verschwitzt und seelisch ausgefranst wartete ich und trat heran. «Kalimera, Katharina ...»

«Ach!», antwortete sie freundlich und doch etwas überrascht, stand auf und ließ sich kurz in den Arm nehmen. Dann musterte sie mich lächelnd, während ich noch irgendetwas Verlegenes hinterherhaspelte, eine ganze Weile von oben bis unten, um mich mit dem Bild abzugleichen, das sie noch vor einem Jahr von jenem übergewichtigen, am Ende wohl etwas lästigen Suppenkoch mit Theologieabschluss gewonnen hatte. Sie dagegen wie ehedem, makellos, schlicht, nahezu ungeschminkt.

«Kalimera!», gab sie zurück. «Was ist denn mit dir passiert?»

«Willst du die Lang- oder die Kurzfassung?»

«Ich meine, mit deinen Haaren.»

«Alles gut. Ich bin in einem Alter, in dem man langsam seriös werden muss.»

«Bist ein bisschen abgemagert.»

«Vor dir sitzt die reine Muskelmasse.»

«Verstehe.»

«Nicht jeder hat das Glück, vollkommen alterslos zu sein.»

«Das sieht nur so aus ... Hast du gut hergefunden?»

«Aber ja. Ist ja nur ein Steinwurf von Lichterfelde! Bisschen wenig geschlafen ...»

«Dafür ist die Aussicht besser als in Lichterfelde.»

Wie wahr, dachte ich, wenn ich einmal in unbeobachteten Momenten länger zu ihr hinübersehen konnte. «Lichterfelde ist als Weihe- und Kraftort tatsächlich noch ein Geheimtipp. Bist du schon länger da?»

«Seit gestern.»

«Was bringt dich her?»

«Nabelschau, schätze ich ...»

«Ach ja, der Omphalos!», fiel mir ein, jenes eigentümliche Gefäß, das hier im Adyton des Tempels gestanden und den Nabel der Welt dargestellt haben soll.

Der Kellner kam an den Tisch zurück und brachte ihr einen Wein, ich bestellte schwarzen Tee und Walnusskuchen.

«Wann beginnt denn die Führung morgen?», fragte ich sie.

«Keine Führung. Wir führen uns selbst. Halb zehn? Erst mal ausschlafen.»

«Wunderbar. Mensch, du und ich auf dem Apollensberg ...»

Sie blickte einen Moment lang an mir vorbei und in eine vermutlich unverfänglichere Wolkenstimmung, dann schaute sie mich ernst und streng an, ich sah so ernst wie möglich zurück. Daraufhin leichte Entspannung am Rand ihres linken Mundwinkels. Der Walnusskuchen kam.

«Hör mal», setzte ich schwerfällig an, «ich weiß gar nicht, wie ich das jetzt anfangen soll, aber es tut mir ...»

«Jetzt nicht», unterbrach sie mich. «Und nicht so.»

Dann schwiegen wir, und sie kramte kurz in ihrer Tasche.

«Seltsam», sagte sie, «ich habe mein halbes Leben in Wittenberg verbracht und war nie auf dem Apollensberg. Also neulich dann zum ersten Mal.»

«Wie geht's denn der Gekreuzigten?»

«Ganz gut, glaub ich. Liegt jetzt im Keller, ruht sich für die Tour aus, die geht in ein paar Monaten los.»

«Auf dem Kreuzweg durch die Ausstellungen?»

«Nur durch ein paar Kirchen. Sie ist ja fast zur heidnischen Madonna geworden.»

«Habe ich gelesen.»

«War das eigentlich Absicht?»

«Die Entführung ja, die Bedeutungsverschiebung nein.»

«Hätte man sich nicht besser ausdenken können», musste sie zugeben.

«Wann ist sie eigentlich gefunden worden?»

«So lange stand sie gar nicht da oben. Am Montag rief mich der Vikar an, ich solle doch mal nach Apollensdorf fahren. Der hat ein Riesentheater gemacht, noch am Vortag, als die Figuren weg waren, und hat mir das Ganze in die Schuhe geschoben. Ich bin jedenfalls hingefahren und war dann eigentlich ganz angetan. Würde fast sagen, dass ich sie dort oben erst ganz begriffen habe.»

«‹Erkenne dich selbst›, alter delphischer Tempelspruch.»

«Mich selbst? Dafür reicht eine Kreuzigung nicht aus.» Sie nahm zwei Schlucke vom Wein. «Ich hoffe, wenigstens du bist in der Sache ein wenig vorangekommen.»

«Ich glaube schon.»

«Und?»

«Ich werde auf den Athos ziehen und Gärtner werden.»

«War das eine plötzliche Eingebung oder das Ergebnis langwierigen inneren Ringens?»

«Sagen wir so: Meine ganze innere Tendenz weist letztlich aufs Mönchtum. Dazu kamen ein paar unerwartete Umstände wie der Abbruch meiner Dissertation, die Zuspitzung meiner Wohnsituation, die den Erkenntnisprozess dann sehr beschleunigt haben.»

«Habe davon gehört.»

«Von wem?»

«Von Staden hat's erzählt, ich hatte ihn eingeladen.»

«Hat er, ja?»

«Und dass du bei Frau Kowalzik rausmusstest, hat mir ihre

Tochter erzählt. Die läuft mir oft in der Evangelischen Akademie über den Weg.»

«Nicht wahr!»

«Die Welt besteht aus kaum mehr als fünfundzwanzig Personen.»

«Was weißt du denn sonst noch?»

«Nichts, für das du dich schämen müsstest.»

«Wenn es mich wenigstens glücklich gemacht hätte ...»

«Glück ist was für Amerikaner.»

«Ich fände es gelegentlich ganz schön.»

«Und du meinst, dass das Zusammensein mit Mönchen und Katzen dich glücklicher macht?»

«Im Moment erfüllt mich diese Vorstellung mit einer tiefen Losgelöstheit und inneren Ruhe. Und Katzen sind so reinliche und freundliche Tiere.»

«Wir hätten öfter miteinander reden sollen.»

«An mir ist es nicht gescheitert.»

«Ich weiß.»

Es war schon erstaunlich, wie schnell wir wieder zueinanderfanden. Das verkrampfte Ende unserer ersten Begegnung schien überwunden, der innere Aufruhr erst einmal beruhigt. Klippen und Untiefen wurden noch weiträumig umschifft, und wir überließen uns wieder jener größeren Bewegung, die uns, ohne dass wir etwas hätten forcieren müssen, schon irgendwohin mitnehmen würde, und sei es nur ins Lokal nebenan, um noch einen Happen zu essen. Dort war der Blick nahezu der gleiche, nur war es inzwischen dunkel geworden, und aus der Schwärze blinkten nun ein paar Lichter aus den Küstenstädten und von einigen der Windräder herüber, die inzwischen sogar in der antiken Landschaft auf die Bergrücken gepflanzt worden waren. Katharina wies mich in die Grundlagen der griechischen Küche ein, und es wurde ein heiterer, entspannter Abend, der wie das Treffen zweier alten Kommilitonen anmutete. Ich erzählte von Eleusis, sie von ihren Irrfahrten mit dem Mietwagen durch das verschlungene Chaos der Athener Innenstadt, aber auch von den Mosaiken und der tiefen Stille des Klosters Osios Loukas, eine halbe Autostunde von hier. Und wieder das ungläubige Staunen darüber, zu welchen Hirngespinsten diese grundsympathische und locker palavernde Frau Anlass gegeben hatte. Sie wirkte ja schon viel zu nett und beschämte mich und meine würdelosen Unterstellungen, mit denen ich mich über ihren Weggang hinweggetröstet hatte, denn mehr war es wohl nie gewesen.

Ihre Nähe hatte etwas Beschwingtes, Beflügelndes. Es lag auch am Ort selbst; Zeus, so die Legende, hatte zwei Adler von den Rändern der Welt losgeschickt und aufeinander zufliegen lassen, und sie hatten sich hier getroffen, in der Mitte der alten Welt. Von den Rändern einer sehr viel jüngeren kamen zweifellos auch wir uns jetzt entgegen. Und nach einem weiteren Glas des süffigen Assyrtiko gab Katharina zu verstehen, dass es, wenn ich sie richtig verstand, genau diese Mitte sei, die sie hier aufzusuchen und wieder in sich einzurichten gedenke. Ein für meinen Geschmack eben nur aus dem weinseligen Überschwang heraus formulierter und auch reichlich obskurer Gedanke, denn die Mitte der Welt, falls es sie denn gab, war inzwischen ja längst weitergezogen. Natürlich waren wir zu weit draußen, und damit keineswegs die Einzigen, passten nirgendwo mehr hin mit unseren Ansichten. Nichts band uns mehr, es war alles so schwerelos geworden, dass man in seinen Angelegenheiten immer leicht in die Peripherien verschwebte, und zwar auch ohne das extra Promille, das diesen Zustand noch etwas deutlicher hervortreten ließ als sonst.

Schön und gut, aber würde diese Mitte finden, wer in antiken Ruinen spazieren ging? Ganz einleuchten wollte mir der

Gedanke an jenem Abend noch nicht. Immerhin war es ihrerseits aber auch ein vorsichtiges Eingeständnis eigener Verlegen-, ja sogar Verlorenheiten, sodass ich es für selbstverständlich gehalten hätte, dieser an sich und sonst so Überlegenen im Fall des Falles meine aufrichtige Unterstützung nicht vorzuenthalten. Immerhin spannte ich schon einmal den Schirm über uns auf, als wir draußen noch eine Weile durch den leichten Regen gingen. Wunderbare Luft, wieder vom Duft der Heide und des Harzes erfüllt, am Straßenrand spielte jemand schwerblütig Bouzouki. Wir sagten nicht viel, aber dieses zunehmende Schweigen wurde dann fast schon wieder lauter als manches, das wir uns erzählt hatten. Jetzt, als wir wirklich müde wurden, fiel es uns schwerer, mit der gleichen Beredsamkeit über das Eigenartige dieses Treffens hinwegzugehen, und es ergab sich noch einmal eine Spannung, die wir bemüht gewesen waren, vorerst nicht aufkommen zu lassen. Bevor die Lage zu unübersichtlich werden konnte, verabschiedete ich mich vor ihrem Hotel, suchte zügig mein eigenes auf, fiel ins Bett und schlief lange und traumlos.

25

Als ich morgens aufbrach, strömte Nebel durch die Schlucht, zog aber auch schon in dicken Schwaden weiter ins Gebirge hinauf. Es hatte die ganze Nacht über geregnet, das Tal weiter unten war noch gar nicht zu erkennen. Auch der als der «Rosenrote» bekannte Phaidriaden-Fels, der sich über dem Hang aufrichtete, hüllte sich ohne Morgensonne noch ganz in Grau. Katharina war unter einem riesenhaften Schirm gekommen, konnte diesen aber bald zusammenklappen, da immerhin der Regen sich verzogen hatte. Nun denn, sie wollte in die Mitte, also gingen wir sie suchen. Der sagenumwobene Schauplatz des alten Delphi wirkte von unten betrachtet und gemessen an seiner Bedeutung viel zu klein und abschüssig, darüber hinaus auch ungeeignet für einen, geschweige denn mehrere Tempel. Zwei erhaltene, in ihrer Bauart und Struktur ganz sehenswerte Mauern, ein paar aufeinandergewuchtete Säulentrommeln am Ort des alten Apollontempels, ein wiederaufgebauter Altar und ein ebenso rekonstruiertes Schatzhaus der Athener sowie ein schönes altes Theaterrund, sonst stand so gut wie nichts mehr.

Es verstand sich von selbst, dass wir, so sonderbar es sich ausnahm, statt etwas Naheliegenderes zu tun, unsere Befindlichkeiten zu erörtern, zu streiten, zu schimpfen oder zu küssen, lieber als Kulturreisende durch eine Ausgrabungsstätte liefen. Vor die Wahl gestellt, an Herz und Nieren zehrende Gespräche über unsere Vergangenheit zu führen oder lieber ergreifende Mutmaßungen über die antike Ritualpraxis anzustellen, fühlten wir uns beide schon vom ganzen Zuschnitt her in akademischen Fragen wesentlich trittsicherer. Und es bot uns die Möglichkeit, miteinander zu reden, ohne allzu persönlich werden zu müssen. Einmal ganz davon abgesehen, dass auch der Rest der europäischen Welt und die meisten unserer gedanklichen Lebensbezüge, so aktuell und fortschrittlich sie uns vorkommen mochten, schon Teil der Vergangenheit waren, im Grunde ein Museum wie Delphi, nur ohne als solches gekennzeichnet zu sein, erinnerte diese Trümmerlandschaft womöglich noch direkter an uns. Schließlich hätte, wer weiß, auch aus uns ein orakelndes Heiligtum werden können, wenn wir uns beim ersten Versuch nicht so umständlich angestellt hätten. Andererseits, so die vorsichtige Hoffnung, hatte sich auch Delphi dank seiner fesselnden, an Magie und Zauberei grenzenden religiösen Praxis länger halten können als erwartet und hätte wohl noch weitere Jahrhunderte überdauert, wenn nicht der christliche Kaiser Theodosius der Sache ein vorschnelles Ende gemacht hätte.

«Abhang in schöner Landschaft, sollte uns eigentlich liegen», rief ich der schon eilig Voran- und Hinaufschreitenden mit den ersten Sonnenstrahlen hinterher.

«Was heißt hier Abhang? Aufgang! Komm, los, ich bin noch gar nicht richtig warm ...»

«Dachte gerade, um Ruinen zu sehen, hätte man auch offenen Auges durch Brandenburg fahren können.»

«Wen interessieren Ruinen? Hier geht's um ewige Wahrheiten.»

«Vielleicht sollte man die Vergangenheit auch ruhen lassen, man zerrt zu viel aus der Erde. Es hat immer ein bisschen was Indiskretes, in Ausgrabungen spazieren zu gehen.»

«Man stört die Totenruhe, ja ...»

«Ich habe alte Tempel selten sehr erbaulich gefunden», gab ich zu. «So dürftig und ernüchternd wie Dinosaurierskelette.»

«Da ist was dran. Aber manchmal finde ich ein paar Säulenstümpfe auch rührender als das Original.»

«Auch wenn das Original in deine Zukunft sehen konnte?»

«Das konnte es nicht.»

«Glaubst du nicht?»

«Nicht dieses Staatsorakel.»

«Aber war das hier nicht das Orakel aller Orakel?»

«Das Apollon-Orakel war doch nur das Rebranding einer Vorgängerveranstaltung, deren Kompetenzvorsprung es nie einholen konnte.»

«Platon scheint es nicht gestört zu haben», glaubte ich mich zu erinnern.

«Was ja eher beweist, dass daran etwas faul war. Ein Orakel, das die gesellschaftliche Ordnung gewährleistet ...»

«Nennt man heute Hauptstadtjournalismus. Und?»

«Platon - und auch der Hauptstadtjournalismus - haben doch dieselbe fatale Tendenz.»

«Sie leben von ihrer Ideenlehre?»

«Genau.»

«Was spricht dagegen?»

«Im Zweifelsfall die Wirklichkeit.»

«Dafür haben sie sich aber lange gehalten.»

«Ja, wie Apollon auch, dieser Geist der Abstraktion. Der setzte sich völlig ungeniert in diesem Kultort Gaias fest, jener Urmutter-Titanin, die die Welt Kraft ihres Schoßes hervorgebracht hatte. So riss er sich dann in ganz Griechenland die Heiligtümer angestammter Lokalgottheiten unter den Nagel.»

«Nicht schon wieder eine Denkmalschändung! Am Ende müssen noch irgendwelche Straßen umbenannt werden.»

«Gut möglich! Dass der Typ später zum Gott der Künste, der Musik, von Gesetz und Harmonie wird, ist mehr als eigenartig, es sei denn, man möchte in Brutalität und Rachsucht einen Ausweis von Führungsqualität erkennen. Tötet Niobes Söhne, seine Geliebte Koronis und seinen besten Freund Hyakinthos. Bringt in der *Ilias* auch gerne mal die Pest ins Lager der Griechen.»

«Na gut, aber doch nur, weil die eben das göttliche Maß verletzen», erwiderte ich, ohne Katharinas Gedankenfluss wesentlich zu beeinträchtigen.

«Leichen pflastern seinen Weg ... Hier hat er den Drachen Python erschlagen, der das alte Orakel und den heiligen Bezirk bewachte.»

«Manspreading. Sag nicht, er führt auch noch das Patriarchat ein.»

«Witzbold. Aber ja, so etwas Ähnliches. *Delphys* ist eigentlich die Gebärmutter, Delphyne die Schlange, die Pythons Vorgängerin war. Und dieser geheimnisvolle Omphalos: Hat er nicht etwas von einer verbundenen blutigen Öffnung, einem Nabel oder Ähnlichem?»

«Die Olympier haben diese alten Naturgottheiten, diesen ganzen doch sehr archaischen Kram eben überwinden wollen, denk mal an die *Orestie*. Die kannten auch noch Blutrache und so was, da musste endlich was passieren. Ergo: Humanität und Fortschritt ... Mit Apollon wird man befreit durchgeatmet haben.»

«Er geht ja nicht weniger blutig vor, auch wenn er den reumütigen Sünder gibt und sich aus Bußgründen eine Weile in Delphi dünnemacht. Er führt dann irgendwann die Pythischen Spiele ein und gewährt Gaia ihre kleine Sitznische. Spricht nicht gerade dafür, dass seine Ansprüche auf das Heiligtum widerspruchlos akzeptiert wurden.»

«Klingt für mich eher nach Schuldbewusstsein, Wiedergutmachung und Toleranz, nicht unbedingt nach Siegerjustiz.»

«Machtstrategisch war das ziemlich clever», musste Katharina zugeben. «Man hat die ganzen titanischen und telluri-schen Götter und Kräfte immer bei Laune gehalten. Mitbestimmung und weitgehende Arbeitnehmerrechte.»

«Man wusste, wo man herkommt und wer die Drecksarbeit machen muss.»

«Nur: Eines Tages werden die Frauen verrückt.»

«Sie laufen Sturm gegen das deo-normative, toxisch-apollinische System?»

«Genau. Sie laufen in Scharen einem neuen Gott hinterher.»

«Friedrich Engels, dem phokischen Feminismus?»

«Dem Dionysos. Denn der taucht immer auf, wenn man die Wirklichkeit zu lange ausblendet.»

«Und dieser trunkene Sponti soll nun emanzipierter gewesen sein?», meinte ich, mich meines jüngsten Museumsbesuchs noch lebhaft entsinnend. «Seine gewaltaffinen Schwärmer*innen verheeren die Bergwälder und überrennen alles, was sich ihnen in den Weg stellt. Wurde König Pentheus nicht von seiner eigenen Mutter umgebracht, weil die während ihrer Tanzekstase den Verstand verloren hatte?»

«Die waren ziemlich geflasht, nicht nur vom Ruf und Rhythmus ihres Gottes, sondern womöglich auch von allem, was die Heide an Psychopharmaka hergab. Eine Rückkehr zur Kraft chtonisch-weiblicher Erdmächte.»

«Klingt verlockend. Und Silberbogner Apollon mäht sie nieder?»

«Ganz im Gegenteil. Ämterrotation! Apollon macht Platz, teilt sich das Festjahr mit ihm, seinem totalen Antipoden. Im Winter, wenn er zu den Hyperboräern in den Norden zur Kur fährt, hat Dionysos hier sturmfrei. Dann gehört Delphi ihm. Es toben die Weiber an der Korykischen Höhle, und selbst in den Westgiebeln des Orakeltempels lassen sich jetzt die Mänaden mit ihrem Schirmherrn nieder, während sein Nachbar

Apollon im Osten Schwester Artemis, Mutter Leto und die Musen um sich versammelt.»

«Reife Integrationsleistung.»

«Wandel durch Annäherung, schon damals eine bewusste Containment-Strategie. Denn damit werden Dionysos die Zähne gezogen, und was man dann als Dionysien nach Athen exportiert, bleibt immer kreuzbrav und zivilisiert. Gesittete Prozessionen und Tänze, man stößt auf den Gott der Reben an und so weiter. Die größte Gefahr werden Alkoholvergiftungen gewesen sein.»

«Ein bisschen dionysisch klingt wie ein bisschen schwanger.»

«Aber es funktionierte. Andersherum übrigens genauso, denn auch Apollon dionysiert ein bisschen, zumindest hier, denn dieses ganze ekstatische Orakeln der Pythia über den Dämpfen halluzinogener Erdgase hat ja so gar nichts mit dem Gott der Nüchternheit, des reinen Geistes und der kühlen Intellektualität zu tun.»

«Und ganz nebenbei erfinden die beiden noch das Theater.»

«Na ja, erfinden ...»

«Und dieser Omphalos?», fragte ich, auf den rätselhaften, eiförmigen Körper anspielend, der zur Seite der Pythia gestanden hatte und seit jeher mit dem Nabel der Welt gleichgesetzt wurde.

«Den hat Apollon einfach stehen lassen, vermutlich hatte er keine Ahnung, um was es sich handelte, aber auch keine Lust, hier großartig zu entrümpeln. Angeblich wurden jeden Tag frische Verbände daraufgelegt, als müsse man eine sich nie schließende Wunde versorgen. Was immer dahintersteckte, das war so mit Geschlecht und Geburt konnotiert, das schrie nach dem Reich der Mütter. Hier kam die Welt zur Welt.»

Um ehrlich zu sein, wurde mir nicht ganz klar, weshalb sich Katharina so in die griechische Überlieferung hineinsteigerte. Und das ganze Gerede über weibliche Erdmächte und das Reich der Mütter – wollte sie Mama werden? Ganz unabhängig davon, und ebenso wunderbar wie schwer zu schildern, wetteiferten die Anregungen aus ihren kulturtheoretischen Erwägungen mit der Anmut ihrer Erscheinung wie weiland Apollon mit Dionysos. Dass ich so lässig mitplaudern konnte, ergab sich auch daraus, dass die Vorstellung, dieser Frau je wieder mehr zu werden als ein Sparringspartner für mythologiegeschichtliche Fachsimpeleien, mittlerweile in den Bereich des Undenkbaren gerückt war. Wir waren Freunde, die sich wieder vertrugen. Es gab so wenige von unserer Art, dass man zusammenhalten musste.

Inzwischen waren wir der Heiligen Straße bis zum Theater nach oben gefolgt, während sich die Aussicht von Terrasse zu Terrasse großartiger aufbaute. Der Himmel klarte langsam auf, vermutlich war die südliche Sonne hier so stark, dass es die Wolken schwerer hatten als im deutschen Norden und ihre Niederlage nur eine Frage der Zeit war. Für eine Weile umspielten sie die Kulissen noch einmal sehr effektvoll, sodass die Nebelschwaden den sagenumwobenen Ort mit jenem magischen Zauber aufluden, den man hier auf seinen Fotos haben wollte. Sobald sie in Richtung Parnass weiterzogen, brach augenblicklich große Hitze aus. Dafür lagen nun Tal und Schlucht in ihrer ganzen Weite vor uns, selten hatte man eine so auf den Punkt konzentrierte Landschaft gesehen. Mitte der Welt weniger geographisch als durch die Wirkung der landschaftlichen Bögen, Hügel und Hänge, des Eingelassenseins in eine sinnreiche, vollkommen konsequente, für moderne Augen und Ohren zwar nicht ganz deutliche, aber sehr kraftvolle Aussage. Oberhalb des Theaters fügte sich alles am eindrucksvollsten zusammen. Man blickte über den Tempel hinweg in die aufgerissene Tiefe, die aber nichts Beängstigendes, sondern etwas so Wohlgefügtes ausstrahlte, dass es auch die unruhigste Seele noch bergend einfing. Die Zuschauerränge im Halbrund, als hätte man, als man es baute, nur der Natur entsprochen. Was immer man hier für Stücke aufgeführt hatte, sie mussten einem wie eine Offenbarung, wie ein aufs Theater übertragenes Orakel vorgekommen sein.

«Man vergisst immer, dass diese Theater erst nötig wurden, als die Götter auf Abstand gingen», setzte Katharina wieder ein. «Oder man zu den Göttern auf Abstand ging, je nachdem. Das Leid muss anders gar nicht mehr auszuhalten gewesen sein, was nebenbei gesagt natürlich nicht gerade für die Olympier sprach.»

«Also keine Theaterkultur zu Gaias Zeiten?»

«Dafür fehlte der Riss, die Kluft, der Abstand zu den Dingen, die so etwas wie eine Tragödie erst ermöglichten. Es muss eine Menge schieflaufen, bis die Leute anfangen, Theater zu spielen.»

«War Gaia denn wenigstens als Orakel zu gebrauchen?»

«Ist jedenfalls nichts Gegenteiliges bekannt, anders als von ihrer Nachfolge, die sich vor der Schlacht bei Salamis gravierend blamierte, zudem noch im vorauseilenden Opportunismus den Persern gegenüber.»

«Hauptstadtjournalismus. Da war die Erdmutter natürlich verlässlicher ...»

«Sie prophezeite angeblich durch Wahrträume.»

«Methodisch ja auch viel präziser!»

«Ach, so dumm war das gar nicht. In Epidauros und im Amphiareion von Oropos standen auch Jahrhunderte später noch Heilschlaftempel, in denen man Träume auslegte. Da ging es schon fast wie auf Freuds Sofa zu.»

«Den Leuten musste man den Ödipuskomplex wahrscheinlich nicht lange erklären.»

«Oder den Narzissmus.»

«Gibt's eigentlich irgendwas Neues unter der Sonne?»

«Ingenieure ...»

Ganz oben, umweht wieder von Pinien- und Zypressenduft, fand sich noch eine längere Rennbahn mit ein paar Zuschauerrängen aus römischer Zeit. Erstaunlich, was man, wenn man wollte, alles an so einem Hang unterbringen konnte. Und ohne Agon ging es nicht, immer und überall, im Leben wie in der Kunst. Kampfkultur, Streit, Weltstreit, wohin man sah, Götter gegen Titanen, Götter gegen Giganten, Götter gegen Prometheus, Griechen gegen Trojaner, Zeus gegen Kronos, Zeus im Clinch mit Hera, Apollon gegen Python, Herakles gegen den Nemeischen Löwen und so weiter. Wettbewerbsfähigkeit stand damals in ähnlichem Ansehen wie im Neoliberalismus. Dass ein Gott dich in die Stille bringt, war eine Hoffnung zivilisationsmüder Kulturen, eine gänzlich ungriechische Erfahrung. Auch Katharina tangierte das Streitbare viel wesentlicher als das Liebevolle. Sie blühte regelrecht auf, wenn man sie mit einer Breitseite Gegenargumente konfrontierte, und es war sicher kein Zufall, dass sie sich meldete, nachdem ich den Beweis meiner unerschrockenen, ja unverfrorenen Gefechtsbereitschaft angetreten und mich als gerissener Kunsträuber mit hoher krimineller Energie erwiesen hatte. Jeder Streit zeigte an, wie es um die Vitalität des Widersachers bestellt war, er hielt wach und lebendig, was in der Savannenpopulation, aus der wir stammten, vermutlich evolutionäre Vorteile gehabt haben muss. Selbst die Lust verlangte nach dem Widerstand, den sie überrennen konnte (hätten sich Tristan und Isolde über Tinder verabreden können, wäre aus der Affäre kein Versepos, geschweige denn eine fünfstündige Oper geworden).

Als wir wieder abwärts gingen, fielen ein paar Steine neben uns nieder, Zeichen dafür, dass trotz aller Maßnahmen, den Hang zu beruhigen, der Verfall auch dieses Ortes nicht aufzuhalten sein würde. Katharina aber war guter Dinge und forderte mich, als wir auf dem Rückweg wieder vor dem Apollon-Tempel standen, dazu auf, ihr für ein improvisiertes Los-Orakel eine simple Ja-Nein-Frage mit Zukunftsrelevanz zu stellen.

«Gibt es auf dem Athos wenigstens WLAN?»

Dann schnippte sie, während mir noch eine ganz andere, unangemessenere Frage einfiel, ein Zwei-Euro-Stück nach oben und fing es mit beiden Händen wieder auf.

«Kopf oder Zahl?»

«Kopf für Ja.»

«Kopf!»

«Na bitte. Vielleicht können wir ja mal miteinander skypen.»

«Gerne. Wann soll's denn losgehen? Und wolltest du vorher nicht noch den Minotaurus erlegen?»

«Vielleicht brauche ich noch einen zweiten Versuch.»

«Woran ist denn der erste gescheitert?»

«Du wirst lachen, aber ich habe ihn einfach nicht gefunden.»

«Da hat er ja noch mal Glück gehabt. Dabei ist er doch gar nicht zu verfehlen.»

«Vielleicht hast du ja wenigstens eine U-Bahn-Station für mich?»

«Nein, das Labyrinth ist ein intuitives, das sich durch die Tunnel und Schächte der Empfindungsgabe windet.»

«Kein Wunder, dass ich es nicht bemerkt habe.»

«Du hast es bemerkt, ganz sicher.»

«Irgendwelche besonderen Kennzeichen? Ich kann ja die Ghostbusters bestellen.»

«Also, meine Theorie ist die: Irgendwas, irgendwer frisst unsere Wirklichkeit auf. Daher der allgemeine Befund, dass nur noch Fakes und schlechte Kopien im Umlauf sind, während die Originale verschwinden. Und der Minotaurus hätte ein zwingendes Motiv.»

«Du meine Güte.»

«Rache an seiner Mutter Pasiphae, die ihn als Kuhsimulation gezeugt hat, Hass auf alle Wohlgeratenen, die auf Hornochsen wie ihn herabschauen. Ohne unmittelbaren Weltzugang wird das Leben nämlich für alle so unerträglich wie für ihn, und genau das hat er vor.»

«Dann wäre Platon entlastet.»

«Und Descartes ...»

«Sogar Apollon.»

«Kant.»

«Augustinus.»

«Die Technik.»

«Der Kapitalismus.»

«Keine Ahnung, vielleicht war es auch das Krümelmonster. Ich weiß nicht, ist es nur mein Gefühl, dass wir nicht mehr durchdringen und ständig in diesen Zettelkästen von Vorstellungen, Funktionen und Konzepten hängen bleiben, diesem Haufen Nichts?»

«Ich habe mich da immer ganz wohlgefühlt.»

«Dein Reich ist nicht von dieser Welt, oder?»

«Jesus Christus, den hatten wir noch vergessen ...»

«Die Griechen waren so welthaltig und *in* den Dingen. Die Sonne, die Nacht, die Mühe, der Hunger, der Bach, der Krieg, die Besonnenheit, die Lust, die waren nicht nur draußen und mit sich beschäftigt, sondern um mich, in mir, sprachen zu mir, waren rund um die Uhr erreichbar. Echte Götter halt, nicht so weltfremde Herren im Off mit seltsamen Moralvorstellungen.»

«Du kannst doch immer noch mit der Sonne sprechen.»

«Guten Morgen, alter Gasball, bisschen viele Flecken heute!»

«Dauerndes In-der-Welt-Sein ist einfach wahnsinnig anstrengend und für halbwegs erwachsen gewordene Großstädter nicht mehr zu leisten. Du kannst auf die tausend Götter, Winke und Zeichen, die dich ständig umgeben, nicht mehr antworten und musst dich vor ihnen in Sicherheit bringen, also nimmst du dich ein bisschen heraus.»

«In ihrem vollen sinnlichen Umfang war die Welt schon immer das größte Opfer der Cancel Culture.»

«Nein, du bemühst deinen Verstand und gewinnst Überblick. Wer jeden Tag schon ein paar Hundert Menschen auf dem Weg zur Arbeit begegnet, tut gut daran, nicht jeden als sein Schicksal zu begreifen.»

«Und machst dir halt was vor. Nur begreift man dann irgendwann gar nichts mehr. Denn ehrlich gesagt, diese Leute auf dem Weg zur Arbeit: Die *sind* mein Schicksal.»

Es war eine eigenartig erregte, etwas hochfliegende Diskussion, und es schien, als wollte man sich über den Umweg eines solchen Streitgesprächs auch ein wenig selbst erhitzen. Vermutlich handelte es sich um Agonien, denen mit Reden allein nicht beizukommen war. Aber was hätten wir tun sollen? Dass ich ihre Maria auf dem Apollensberg in ein verhältnismäßig frei stehendes, naturgebundenes In-der-Welt-Sein befördert hatte, schien fundamentale Fragen in ihr aufgerührt zu haben. Möglich, dass sie es als Raub ihres besseren Ichs erlebt hatte, das nun unter einem freien Himmel und vor einem mächtigen Fluss wieder aufgewacht war. Andererseits konnte diese Aktion so entscheidend nun auch wieder nicht gewesen sein, hatte Katharina diese heidnischen Züge ja schon, solange ich sie kannte.

«Aber gibt's nicht andere Probleme?», fragte ich sie. «Vielleicht sind die alten Griechen nur ein weiteres Wolkenkuckucksheim, um der wahren Welt aus dem Weg zu gehen.»

«Mag sein. Aber ich kann ja nicht so tun, als ob es sie nicht gegeben hätte. Ich würde mich nur zur Abwechslung gerne mal wieder in etwas Welthaltigerem verlieren als in öffentlichen Scheindebatten und den Sackgassen der eigenen Borniertheit.»

«Dafür gibt es sicher eine Lösung.»

«Oder auch dieser obsessiven romantischen Liebe, die den anderen immer zum einzigen Behälter von Wahrheit macht. Als fände man das Heil nur noch in ihr, weil ansonsten keine Welt mehr da ist.»

«Ja, scheußlich, diese Liebe!»

«Ein reines Stauungsphänomen. Sie kommt eigentlich nur auf, wenn alle Ausgänge nach draußen blockiert sind. Ich habe nie verstanden, worum es da eigentlich gehen soll, mich auch nie mit ihr anfreunden können, wenn ich ehrlich bin. Und ich habe es wirklich versucht. Also sehr oft.»

«Habe ich gehört.»

«Es geht immer eine Weile, aber ich bin auch so widersprüchlich wie der ganze Götterhimmel.»

«Du bist aber auch ein komplizierter Fall und starkes Künstlerinnenindividuum. Das gerät in der Liebe natürlich unter Anpassungsdruck, denn da geht es ja eher um Kernspaltung. Wer kann sich das heute schon leisten? Wir haben doch nichts anderes.»

«Meinetwegen werden wir Dividuen, nur eben mit globaler Reichweite. Leider haben wir dauernd diesen Quatsch im Kopf.»

Wir liefen dann noch hinab zum Tempel der Athena Pronoia, machten dazwischen auch an der Kastalischen Quelle halt, wo Katharina eine große Plastikflasche mit Wasser auffüllte. Es war spätsommerlich warm, also setzten wir uns eine Weile hin und tranken.

«Ich glaube, das Leben war schon immer so dröge», sagte ich ihr. «Was sich verändert, sind nur unsere Vorstellungen von einem goldenen Zeitalter, das wir uns auf immer absurdere Weise herbeiphantasieren.»

«Wenn es doch so wäre! Aber wir sind ja nicht mal mehr in der Lage, etwas dergleichen herbeizuphantasieren.»

«Wozu denn auch? Irgendwo beleidigt uns vielleicht die Vorstellung, dass es keine Künstler und Philosophen, sondern Naturwissenschaftler und Techniker waren, die uns doch zumindest in die Nähe eines goldenen Zeitalters gebracht haben.»

«Das goldene Zeitalter der Naturwissenschaft: dass Leben Kampf ums Dasein ist, das Universum weit, leer und bedeutungslos, der Körper ein Chemiewerk und unser Erbe eine Doppelhelix?»

«Wenn du noch eine andere Welt im Angebot hast ...»

«Die Natur ist so beweglich wie die Imagination. Wir sind einfach zu blöd, uns was Intelligenteres, Sinnigeres, Sinnlicheres vorzustellen, und verhungern in der Abstraktion.»

«Ich mache mir die Welt, wie sie mir gefällt?»

«Pippi Langstrumpf hatte eine beneidenswert realistische Auffassung von der Reichweite poetischer Vorstellungskraft! Wir alle brauchen unser Taka-Tuka-Land. Oder nimm mal Pindar: Dem rückte man hier angeblich einen Thron im Tempel zurecht, um für seine Hymnen auf Apollon die angemessene Location zu schaffen. Angeblich hätten die Priester jeden Abend Boten losgeschickt, die laut verkündeten, Pindar werde zum Abendessen mit dem Gott erwartet. In der VIP-Lounge drinnen, am Tisch, war für beide gedeckt: den Gott der Dichtkunst und den göttlichen Dichter.»

«Als Dichter noch den Rang von Priestern und nicht von Dichterpriestern hatten ...»

«Klar, kann auch nicht jeder gleich ein Pindar sein.»

«Ich hätte dir übrigens fast Sonette geschrieben.»

«Echt?», fragte Katharina und warf mir einen halb verwunderten, halb anerkennenden Blick zu. «Warum hast du's nicht getan? Dafür bin ich doch da.»

«Um verklärt und gelobpreist zu werden?»

«Ach, also irgendwo schon. Es gibt einen Teil von mir, der das lächerlich gefunden und die Typen bemitleidet hätte, die mir so was schicken. Der andere Teil, und zwar der, auf den es ankommt, hätte gewusst, dass du alles richtig gemacht hast. Vorausgesetzt natürlich, die Verse taugen was.»

«Es war eine ganz natürliche Regung und hat sich von selbst verstanden. Frau Kowalzik hat mir abgeraten.»

«Schade.»

«Es wäre dabei genau genommen auch nicht mehr nur um dich gegangen.»

«Das verstehe ich. Das ist doch aber der Punkt. Du singst eigentlich eine andere an, ein Stück weit, das hätte ich schon gespürt. Ich hätte mich gefragt, welchem Phantom du da hinterher bist, dann wäre mir aber klar geworden, dass du vielleicht etwas siehst, das mir nicht bewusst gewesen ist. Auch eine Höhe, die ich nicht habe, aber haben könnte. Ich meine, wer bin ich denn, bei Lichte betrachtet? Abgesehen von meinem Kunstfimmel doch eine laufende Banalität und über weite

Teile meiner psychosozialen Existenz auch etwas derangiert. Ein Dichter von schöpferisch-visionärer Potenz aber sieht eine Diotima in mir. Und damit hat er recht, auch wenn ich mir ab dann ein bisschen mehr Mühe geben müsste.»

«Also, banal bist du ganz sicher nicht.»

«Wir hätten eine reine Verklärungsbeziehung führen sollen, leider sagt einem das keiner.»

«Pass auf: Ich schule auf Pindar'sche Oden um, du orakelst weiter in Sachsen-Anhalt, und ab und zu tauschen wir Gedichte, ekstatische Ahnungen und Erkenntnisse aus.»

«Das könnte klappen, es käme uns am nächsten.»

Am Nachmittag gingen wir ein paar Stunden getrennter Wege. Ich besuchte das Museum, das Katharina schon gesehen hatte, ging ein wenig auf dem alten Pilgerweg in Richtung Chrisso und traf sie abends zum Essen wieder. Nachdem wir uns in der Beurteilung eines vorzüglich gebackenen Lamms ausnahmsweise einmal einig gewesen waren (ebenso darin, einen Bogen um die Süßspeisen zu machen), blieb uns nur noch, den Fortgang der Handlung zu erörtern. Mein Flug ging zwei Tage später, ich hatte mir für den nächsten Tag nichts vorgenommen, war aber davon ausgegangen, dass ich einen frühen Bus nach Athen nehmen und mir dort noch die Akropolis ansehen würde. Katharina machte den Vorschlag, stattdessen gemeinsam die Korykische Höhle zu suchen, vor der einst die Thyaden auf wilden Dionysien abgetanzt hätten, und dann vielleicht für einen Abend nach Amfissa oder ans Meer zu fahren. Sie würde mich tags darauf pünktlich zum Flughafen bringen, also machten wir es so. Das Ganze freute mich schon sehr, denn so viel Zeit hatten wir noch nie miteinander verbracht. Inzwischen hakte sie sich sogar wieder bei mir unter. Jetzt war es fast egal, was sich noch ergeben würde, denn die Nähe zu ihr war nun wohltuender als die nervöse Unruhe, die uns damals miteinander verbunden hatte. Wenn wir uns von da an alle paar Monate auf eine Partie Schach getroffen hätten, wäre es auch in Ordnung gewesen. Tatsächlich verbrachten wir den nächsten Tag wie geplant und auch ähnlich entspannt wie den vorangegangenen, als hätten wir die griechische Säule verinnerlicht, die ihre beiden Enden so sehr in Distanz voneinander hält, wie sie sie dennoch miteinander verbindet.

Einmal ließ sie mich zum Mittagsschlaf unter einem alten Olivenbaum zurück, um sich in jener Höhle über Delphi umzusehen, in der Dionysos, wenn er den Ort wieder verlassen hatte, den Sommer über sein überreiztes Haupt zur Ruhe bettete und wo auf trieterischen Nachtfeiern die Mänaden schwärmten («Rave in the cave», wie Katharina sagte). Ich fand die Gegend nur mäßig interessant und war etwas müde, während sie glaubte, sich hier in der Mitte zwischen Wildnis und Zivilisation, Berg und Heiligtum, Parnass und Delphi wiederzufinden. Himmel, so viel Mitte, hoffentlich kam man da je wieder heraus.

«Und, noch ein paar rasende Weiber getroffen?», fragte ich, als sie zurückkam.

«Keine Menschenseele, wahrscheinlich sind die schon alle in den Städten.»

«Verschlingt man in diesem Milieu eigentlich immer noch rohe Bergziegen und die eigenen Kinder?»

«Heute rasen eher kinderlose Veganerinnen. Und nicht zu Unrecht!»

«Nur ohne Dionysos ...»

«Leidenschaftlich gereizter Ausbruch aus Normen, Prägungen, Naturgesetzen, Moralvorstellungen und erotischen Ordnungen, Grenzenlosigkeitsgefühle, hohes Aggressionspotenzial, Zerstörungswut. Sprachverwirrung, Zungenrede. Aller

Widerstand wird erfolgreich niedergerannt. Für mich sieht das alles sehr dionysisch aus.»

«Und das findest du gut?»

«Was heißt gut?», fragte sie. «Dionysos taucht immer nur dort auf, wo die Lage im Ungleichgewicht ist, das Leben erkaltet, verkrustet, keinen Zugang mehr zu elementaren Quellen hat. In Zeiten, in denen die Ordnung alles erdrückt, in denen man Fest, Verlangen und Verwandlung keine adäquaten Räume mehr bietet. Ein Wahnsinn, der auf eine Trockenheit reagiert und alles Verdorrte niederreißen will. Eine Gesellschaft, die einen Teil ihrer Leute so aus der Bahn wirft, hat irgendwo ein verborgenes Grundproblem.»

«Warum sagen sie nicht einfach, was ihnen fehlt?»

«Hat das je geholfen?»

«Als wäre der Exzess nicht schon allgegenwärtig ...»

«Niemand hat behauptet, dass es schön anzusehen wäre.»

Am späten Nachmittag kamen wir nach einer Autofahrt über die Dörfer in einem kleinen Hotel etwas oberhalb des Meeres an, in der Nähe eines alten Seefahrernests mit dem schönen Namen Galaxidi. Herrlich der Blick auf den Ort, den Korinthischen Golf und den schneebedeckten Parnass, eine echte Kitschpostkarte. Wir liefen abends ein bisschen durch das Städtchen, aßen noch frittierte rote Meerbarben und holten uns dann einen Wein aufs Zimmer, den wir auf der Terrasse mit Aussicht auf Meer und Musenberg in andächtiger Einkehr zu leeren gedachten. Ich schenkte ihr ein drittes Mal ein, als sie nach drinnen ging und mich auf der Terrasse sitzen ließ. Nach einer Viertelstunde sah ich nach, ob das bisschen Alkohol und Schokolade sie während des Toilettengangs nicht etwa schon ins dionysische Verderben gestürzt hatte. Doch ich fand sie gleich, im spärlichen Licht der Nachttischlampe, vor dem Bett stehend, sehr gefasst und so nackt und verletzlich, wie die Götter es gerne sahen. Sie blickte bedeutungsvoll und etwas ungeduldig zu mir herüber, als wollte sie sagen: «Mein Junge, ich hoffe, ich muss dich nicht wieder an die Hand nehmen.» Musste sie nicht, ich trat von selbst heran, sah, wie sie ihr Haar löste, zwei meiner oberen Hemdknöpfe und nach und nach wohl auch, was sonst noch einer Lösung bedurfte. Es muss Viertel nach zehn gewesen sein.

26

Wie leicht sie war! Nun wirkte sie ohnehin eher zierlich, obwohl ich kaum einen Kopf größer war, dennoch verblüfften diese ersten Berührungen wie all jene vorher, wahrscheinlich auch angesichts ihrer auratischen Gravitas und weil sie ja doch, zumindest ihrer profunden Phantasie und Gescheitheit nach, ein echtes Schwergewicht war. Vielleicht hatten wir uns auch nur das Leben zu schwer gemacht. Alle Masse verteilte sich zudem über die ganze Fläche des flexiblen, um Anschluss bemühten Gliederwerks, sodass man den Eindruck nicht loswurde, alles Stoffliche sei in dieser Sphäre von anderer Beschaffenheit und Zusammensetzung. Wir waren auch zu sehr in Bewegung, als dass es sich noch wie ein statisches Gewicht hätte anfühlen können. Der Widerstand, den dieser Körper leistete, seine Präsenz und sein innerer Zug in diesem Spiel der Kräfte des Haltens und Klammerns, ergab sich nicht über Masse und Gravitation. Sie wog nichts und ich vermutlich auch nicht; offenbar war gerade noch genug Gewicht da, um uns nicht zur Zimmerdecke entschweben zu lassen. Hin und wieder kamen mir eine Hand oder ein Fuß schwerer vor als der ganze Rest, wobei nicht auszuschließen war, dass sich ihre Substanz hier nur geistig und für ihren feinsinnigen Handhaber verdichtete. Wenn der Wein bei dieser Schwebewirkung eine Rolle spielte, dann eine ebenso unwesentliche wie die muskulären Zuwächse jener mit wachsendem Stolz vollzogenen Trainingseinheiten, die bestenfalls von ferne jenen Kräften ähnelten, die sich jetzt über erregte Häute und libidinöse Ladungen Bahn brachen.

Ein Sturm der Begrüßung ging über mich hin, es war wohl fürs Erste genug geredet worden. In einem Akt kommunikativer Flurbereinigung ließen wir Höflichkeit, Distanz und diffizile Dialoge erst einmal hinter uns, was in unserem Fall eine ganze Menge, um nicht zu sagen, unsere ganze leidige Hauptbeschäftigung gewesen war. In diesem noch unkoordinierten, kämpferischen Gerangel sahen wir uns, sofern es sich ergab, weiterhin so an, wie wir es voneinander kannten, sie mit diesen großen offenen Augen, in denen sich ihr ganzes Wesen versammelte und der gesamte Transit zwischen Außen- und Innenwelt abgewickelt wurde, während ich wie üblich eher in Deckung ging und ihren Blick nur länger hielt, wenn es unbedingt sein musste, aus Takt, Rücksichtnahme oder um der angriffslustigen Mitspielerin fallweise zu signalisieren: bis hierhin und nicht weiter! Aus welchen urzeitlich-atavistischen Regungen heraus ein solches Niederstarren und Dominanzgebaren auch stammen mochte und so kurios es sich etwa noch beim Nachmittagstee ausgenommen hätte, sosehr verstand es sich hier von selbst und bildete eine der wenigen Möglichkeiten, sich irgendwo festzuhalten.

Solange wir uns unterhalten hatten, konnte ich ihren Blicken noch mit Argumenten begegnen. Sobald diese wegfielen und das Gespräch endete, hatte ich ihnen wenig entgegenzusetzen. Vielleicht hatten ihre Augen eine andere Brennweite, man hätte einen Optiker fragen müssen. Den Umweg jetzt über irgendein unsensibles, vorschnelles Pressing zu suchen, verbat sich von selbst. Ich musste also aushalten, dass diese Blicke zwar keine Gedanken oder Meinungen mehr enthielten, Hinweise oder Bitten formulierten, doch keineswegs leer blieben, sondern mit irgendetwas Unvordenklichem angefüllt waren, dem man sich ungern auf Dauer aussetzte. Sie wurden so übermächtig, dass wir davon abließen, uns fortwährend auf den Grund zu schauen, aus dem in aller Sprachlosigkeit sowieso nichts heraufzuholen war. Schweigend betrachteten wir das nackte Gegenüber, das nun, aller Kontexte und Textilen beraubt und so schön es sonst auch erscheinen mochte, in seiner ganzen Gewöhnlichkeit vor uns lag (worin genau genommen nun aber auch sein Reiz bestand). Sieh an, auch Katharina nur ein Mensch ohne Flügel, selbst die üblichen Glanzpartien und Hingucker wirkten etwas kläglich und lapidar. Zwei Mängelwesen offenbarten ihre Unzulänglichkeiten; kein Schimmer der Verklärung, ordinärste Konturen und Funktionalität, raue Stellen am Handrücken, ein eingerissener Nagel, Haare und Hornhaut, wo man sie eben so hatte. Immerhin zwei Hände fanden sich und hakelten ineinander. Eine ganze Weile saßen wir da und dachten nicht viel. Die Zahl derer, die Stille und Leere halten konnten wie einen Flötenton, war überschaubarer, als man glaubte, und hier hatten zwei einen offenbar ähnlich langen Atem. Bevor diese Stimmung zu schwerwiegend wurde, rückte sie wieder näher und legte, mir nunmehr zur Seite sitzend, ihren Kopf auf meine Schulter. Wieder Minuten stiller Andacht; die Szene hätte wer weiß was bedeuten können, aber sie deutete auf nichts anderes als auf sich selbst (sobald Dinge anfangen, etwas zu bedeuten, hat man sie im Grunde fast schon wieder verloren). Wir waren keineswegs so erschöpft, wie es aussah, registrierten vielmehr lebhaft die Wärme und den Puls des anderen und nahmen Witterung auf: wieder diese unverwechselbaren, edlen und kühlen Akzente, die sich in den nächsten Stunden in jenen anfangs schon geschilderten Osterliliendu ft weiterverwandeln würden.

Vermutlich waren es die letzten Momente, in denen uns die glückliche Wendung der Ereignisse noch einmal ganz bewusst wurde. Angesichts der großen lebensweltlichen Distanz wie auch unserer zwei verwinkelten Charaktere, war das Kunststück, unser inneres Chaos und alle äußeren Koordinaten für eine Weile so ausrichten zu können, dass wir hier am Ende so innig zusammenfanden, schließlich mehr als eine Schweigeminute wert. Und über allem strahlte vollkommene Gewissheit. Es erübrigte sich die Frage, ob das griechische Bühnenbild wirklich nötig gewesen wäre, welchen Sinn das hier überhaupt hatte. Vielmehr riefen mir alle Inkarnationen meiner letzten hundertfünfzig Lebenszyklen aus dem Atman zu: Ja, die ist es, diese immer und immer wieder. Gib auf sie acht, sie kennt die Antworten auf alle wesentlichen Fragen. Auf der verworrenen Lebensbahn brach Ordnung und teleologische Sicherheit aus; alle Verrannt- und Verknalltheiten seit meiner mit viereinhalb Jahren durchlebten Heringsdorfer Strandromanze mit Cindy waren nur eine Vorbereitung auf diese Zentralfigur gewesen. Vergiss ihre Widersprüche und Idiosynkrasien, bedränge sie nicht und lasse ihr immer einen Fluchtweg, doch bleibe in ihrer Nähe. Solange sie da ist, ist alles gut, näher wirst du nicht mehr an die Dinge heranreichen.

Das war nicht ganz richtig, denn man konnte ihnen noch um einiges näherkommen, dann aber unter zunehmendem Verlust aller personenbezogenen Daten, die auf ein Ich, Du oder Wir verwiesen hätten und die wir noch eine Weile für unsere inneren Nachbetrachtungen und Retrospektiven brauchten. Denn in alldem flatterten noch einmal Mechthilds fromme Sprüche über leuchtenden Rapsfeldern auf, winkte Diana aus dem Wörlitzer Gartenreich, spielte der Brahms hinein, den wir einmal in der Badewanne gehört hatten. Und auch die zerbrochenen Gesichter gegen Ende, das wegen ein paar lächerlicher Empfindlichkeiten vertane Jahr; vermutlich hatten wir die Flucht ergriffen, weil uns die Sache über den Kopf gewachsen war, worin doch in aller Regel ihre Bestimmung gelegen hätte.

In der Hingehaltenheit jenes ruhigen Nebeneinanderhockens löste sich irgendwann ein Kuss. Er musste empfangsbereite Lippen und Landungsbrücken erkannt haben, und er täuschte sich nicht. Man hatte keine Handhabe darüber, wir mussten uns auch keine besondere Mühe geben. In diesem Fach, in dem viele berufen, aber nur wenige auserwählt sind, kam man, so weit einen der Zauber trug, die nötige Begabung wurde hier nur fallweise verliehen. Wir gingen vorsichtig vor, wollten uns ja nicht gleich wieder verlieren. Manchmal kamen diese sich vollauf selbst genügenden, absoluten Küsse auf, die immer so taten, als brächen sie zum ersten Mal über einen hinein, und an die man sich nicht gewöhnen konnte. Sie liefen auf nichts weiter hinaus, und auch alles, das sie hätten anbahnen können, ließen sie kaum neben sich gelten. Den Kuss umgab, vermutlich zu seinem Glück, eine größere strategische Verwirrung, denn keiner wusste, was er mit einem vorhatte. Man unterschätzte ihn, solange man nur ein Mittel zum Zweck in ihm sah, denn durch seine unhintergehbare Dynamik gewann er eine so eigene Präsenz, ja Intelligenz, dass man ihn als fremden Mitspieler zur Kenntnis nehmen musste. Er ließ sich nicht herumschubsen, diktierte das Geschehen weit entschiedener als wir selbst, ein Hedonist reinsten Wassers, aber auch einer, der an Überspannungen litt und sich loswerden wollte. Wie der Blitz brauchte er Polarität, aufgeladene Witterungsbedingungen und Wettergegensätze. Er kannte weder Sinn noch Ziel, Fragen von Sittlichkeit und Fairness gingen ihn nichts an, und die Paare, die er stiftete, waren seinetwegen nun in keiner Weise langlebiger, fruchtbarer oder auch nur besser gelaunt. Wir hatten jedenfalls einen ordentlichen Respekt vor ihm und trauten uns zunächst nicht so ganz an ihn heran, es stürmte womöglich noch zu sehr in ihm. Zudem war er kein leichter, von oben kommender, sondern ein dunkler, aus der

Tiefe dringender, den man ein paar Momente lang hinaufküssen musste. Zögerlich warf man ein paar Funken hinein und ging in Deckung: Und siehe, er kam ganz warm wieder zu sich, sogar mit einer eigenen Art von Humor (und ganz vertraut, man kannte sich noch). Erstaunlich, wie jene Lippen, die eben noch mythologische Fachdebatten in zugigen Höhen rekapituliert hatten, auch das leichte Florett der Wissenschaftskritik beherrschten. Anders als am Vortag legten wir weniger Wert darauf, uns selbst zu behaupten, als uns jenem Dritten artig unterzuordnen, der da über sich hinauswollte, mit einem Rest Behutsamkeit, nicht gleich wieder ineinanderzustürzen.

Also nahmen wir uns zurück, solange es ging, auch wenn Sog und Strömung bald bestimmter in sich hineinzogen. Im Unterschied zu früheren, achtsam tastenden Annäherungen trieb uns dann eine bis dato ungekannte Eile an. Zwar hatten wir nur noch diese Nacht, eine Frage der verbleibenden Zeit war es wohl dennoch nicht. Viel eher glichen diese Bedrängnisse einem Hungergefühl, das nun aber keinerlei Grundlage hatte, da unser Abendessen über alle Maßen reichlich gewesen war. Kamen unter Extrembedingungen wie diesen kannibalistische Züge zum Vorschein, die unter dem dünnen Firnis der Zivilisation nur notdürftig überdeckt waren? Nun war mir nicht wirklich nach Menschenfleisch, trotzdem musste es Gründe für jenen Appetit geben, den Drang, sie umstands- und restlos zu verschlingen, bevor sie dasselbe mit mir tun würde, denn es schien ihr damit kaum anders zu gehen. Ein offenbar fundamentaler, undurchsichtiger und, abgesehen von den Risiken unausgewogener Ernährung und fleischlicher Kost, auch völlig zweckloser Trieb, da er nicht zum Ziel kommen konnte. Solche überschießenden Impulse waren gewiss nicht so gemeint, wie sie aussahen, denn es lag uns nun wirklich einiges am Wohlergehen des anderen. So gewöhnungsbedürftig sie schienen, nahmen wir sie einander nicht weiter übel, etwaige Kratz-, Quetsch- und Bissspuren hätte man womöglich sogar mit heiterer Durchtriebenheit davongetragen. Wer weiß, vielleicht hätte es meinem Leben, das so erschreckend sinnfrei vorüberzog, noch einmal eine gewisse Existenzberechtigung verliehen, jemandem als Speise oder Wegzehrung zu dienen: *Nehmt, das ist mein Leib, der für euch gegeben ist. Das tut zu meinem Gedächtnis ...* (Bekanntlich beißt ja auch die Gottesanbeterin, Mantis religiosa, ihrem Liebespartner während der Begattung den Kopf ab. Weniger bekannt ist, dass sein kopfloser Rumpf die Paarungshandlung dank dezentralisiertem Nervensystem noch eine ganze Weile bequem zu Ende führen kann, was nur wieder beweist, dass der Verstand in diesen Phasen wirklich entbehrlich ist.)

Neben diesen Heißhungerattacken lebte in jenen ungestümen Offensiven auch unsere Vergangenheit wieder auf, wobei nicht ganz klar wurde, ob wir dabei reale Ärgernisse ins Sinnliche hineinzogen oder ein Bedürfnis nach Sinnlichkeit diese Duellsituationen von Anfang an mit motiviert hatte. War die Lust an der gelegentlichen Reiberei und Kontroverse noch ein allgemeines Phänomen, so schien sie bei Katharina jedenfalls besonders ausgeprägt, und zwar so sehr, dass keineswegs nur ich, sondern andrängende Helden sonder Zahl an ihren Festungsmauern zuschanden gegangen waren. Jemand wie sie musste gewährleisten, dass nur solche durchkamen, die sich ihrer würdig erwiesen, weder vor Drachen noch Feuerkreisen Halt machten und unter Umständen auch aus schrecklich langen Schlafphasen erwecken konnten. Da hatte meine ehemalige Vermieterin schon recht. Wie hätte man den Alltag an der Seite einer solchen Frau überstanden, wenn einen schon ein paar ihrer läppischen Launen aus der Bahn warfen?

Diese fortgesetzte, miteinander herumtändelnde Streitlust

führte nie in die Nähe von Tätlichkeiten, nahm aber doch einen Ernst an, der das bisher ausgebliebene Gespräch zu den Ereignissen der letzten Monate aufgriff, und zwar nicht nur von ihrer Seite. Wenn ich mich nicht täuschte, floss auch der ganze Furor meines erst spät an Fahrt gewonnenen Wiedereroberungsvorhabens, meine vergeigte Heldenerzählung und die unter von Stadens doktorväterlicher Nonchalance zerfledderte religionswissenschaftliche Vita in diese Momente ein. Die Kampfrichter wären in diesen ersten Runden zu keinem klaren Urteil gekommen, vielmehr zeichnete sich eine Auseinandersetzung über die volle Distanz ab. Naturgemäß wechselten wir kein Wort, schienen aber dennoch recht genau zu wissen, was wir mit diesen oder jenen Gesten vielsagender Umklammerungen meinten, keine ganz klaren Gedanken, eher robuste Schrumpfaffekte, die sich bei ihr in beachtlichen Formen von Schnellkraft entladen konnten und denen man, zu Katharinas Genugtuung und Freude, früh genug Einhalt gebieten musste (das Verlangen nach männlicher Dominanz war ein alter Hut, aber man tat gut daran, ihn hin und wieder aufzusetzen). Nun war ohne Worte kaum auszumachen, ob wir irgendwann zu einer Übereinkunft kommen würden, aber es waren, wenn ich nicht ganz falschlag, sowohl Entschuldigungen, Besserungsvorschläge als auch Versprechungen zu vernehmen, von beiden Seiten, sowie eine Bereitschaft zu gewissen Sühneleistungen.

Hatte unsere leidlich gezähmte Animalität, ja untergründige Animosität ihren Grund in jener dramatischen, mit Peripetien und Überrumplungseffekten versehenen Verführungsgeschichte, mischte sich bald etwas darunter, das weniger klar wahrnehmbar war und die Dynamik auf andere, unbewusstere Gleise setzte: Welche psychogenen Säfte auch immer diese Frau ausschwitzte und in ihren hormonverstärkten Hexenküchen zusammenbraute, so wirkten sich diese derart nachhaltig auf meine Gefühle von Akzeptanz und Wertschätzung aus, dass man von schwerwiegenden Manipulationsvorgängen ausgehen musste. Vermutlich verbreitete sich der größte Teil dieses naturstoffbasierten Tranquilizer-Spektrums sogar geruchlos, und es war nicht einmal zu ermitteln, ob er sedierte, euphorisierte, erregte, ob er sukzessive auf einen Realitätsverlust oder eine Bewusstseinserweiterung hinauslief, ob letztlich er es war, der uns wieder zusammengeführt hatte, und ob er mich, was ebenso gut möglich war, für immer an sie binden würde. Dagegen zielten frei erhältliche Düfte in ihrer charakteristischen Zusammensetzung von Aromaten auf eine vergleichsweise deutliche äußere Wirkung ab, man trug sie wie elegante Krawatten oder Handtaschen. Bei diesem hier wäre kein Mensch auf den Gedanken gekommen, ihn in der Öffentlichkeit aufzulegen (der Held in Süßkinds *Parfum* ging immerhin daran, ihn zu destillieren, man hätte auf ähnliche Gedanken kommen können). Ich hatte keinen Überblick über die Situation meiner Rezeptoren, die Bahnen und Kanäle, die die Kunde unserer Odorantien vom Hypothalamus zum limbischen System beförderten, die Kopuline und Androstenone, die hier schließlich nicht ohne guten Grund ihre großen Auftritte hatten. Der Verstand allein blieb ein beklagenswert dürftiger Beobachter dieses Riesengetriebes unabsehbarer substanzieller beziehungsweise substanzbasierter Abhängigkeiten – ein gewisser Trost, was meine habituelle Passivität und mangelnde Eigeninitiative anging. Und doch: Das Schwinden einer alltäglichen Geruchsaura (in vielen, selbstverständlich nicht allen Fällen) kam dem Verlust von Mischwäldern und Korallenriffen gleich, trotz aller begrüßenswerten Fortschritte in Fragen der Hygiene.

Immer weiter trieb es uns hinaus, mit ungebrochener Neugier und sich langsam steigernden Eskalationsbedürfnissen, ohne dabei allerdings eine Grenze zu überschreiten, von der an Urologen und Frauenärzte von «Verkehr» gesprochen hätten. Warum eigentlich?, fragte man sich als halbwegs sprachsensibler Mensch mit einem in meinem Fall sogar theologisch geschulten Sinn für Etymologie und Liturgiesprache. War es typisch deutsch, auch bei dieser Gelegenheit an Autokarawanen, Ampeln und Straßenkreuzungen zu denken? Auch der «Beischlaf» war eine solche Verlegenheit, denn das Phänomen erschöpfte sich ja nicht darin, dass die Leute gemeinsam den Schlaf suchten. «Kohabitieren», beiwohnen? «Koitus», miteinander gehen? «Kopulieren», sich verknüpfen? Was hatte die «Begattung» mit Gattin und Gatte zu tun? Bezeichnete «Vögeln» am Ende nicht eine einzige tierische Ahnungslosigkeit? Und die ganze Fick-, Bums-, Nagel-, Pimper- und Poppfolklore wirkte, neben ihrer nachvollziehbaren Lust an der Verkommenheit, doch auch wie der Ausdruck einer ressentimentgeladenen Enttäuschung darüber, auf diesem zentralen Lebensfeld nicht weit gekommen zu sein, eine begriffliche Rache in der Hoffnung, dass auch alle anderen scheitern würden. Kurze Gegenprobe im Ausland: Die Engländer sprachen von *intercourse*, Franzosen von *rapport sexuel*, Spanier trieben *el comercio carnal* (Fleischhandel?). Dagegen war der deutsche Verkehr ja geradezu eine sinnliche Metapher.

Nun war es denkbar schwierig, für einen hochkomplexen Vorgang wie diesen, noch dazu bei der Vielfalt seiner Abwicklungsmöglichkeiten, eine passende Terminologie zu finden. Eine so eklatante Fehlleistung bei einem der wesentlichsten Lebensvorgänge jedoch verwies allem Anschein nach auf ein grundlegenderes Problem. Das Thema zog einen Kreis um sich, der der Sprache den Zugang verwehrte, ihr nicht einmal eine passable Annäherung erlaubte. Vielleicht bedeutete es nichts weiter, möglicherweise aber sprach es Bände über unseren realen Abstand zu der Sache selbst. So ähnlich, wie jeder wusste, was Zeit ist, aber niemand eine klare Definition davon geben konnte, wusste auch hier jeder, worum es sich handelte, ohne es aber adäquat benennen zu können. Dass man mit der Sprache nicht weiterkam, erschien merkwürdig und fast schon verdächtig, denn es lag an sich kein einsichtiger Grund vor, warum es kaum differenzierte Versuche der Beschreibung jener an sich gewöhnlichen Alltagserfahrungen gab, warum darüber nicht mehr im Umlauf war als aufklärerische Anweisungen und der übliche fucking crap.

Was im Laufe der Jahrtausende zu Sprache geworden war, schien sich in ganz anderen Bereichen zu bewegen, einen anderen Zweck zu verfolgen oder sich sogar völlig aus diesen ja nicht unwesentlichen Bewusstseinslagen und Gemütsverfassungen zurückgezogen zu haben. Man spürte die Bemühung, sich aus solchen Gegenden zu entfernen und Räume abzusichern, in die nichts aus jener Welt vordringen sollte. Indem man Mittel und Möglichkeiten schaffte, dieser Sphäre fernzubleiben und Deiche gegen die Überschwemmung errichtete, glaubte man sich vor den anbrausenden Wellen sicher. Nur die Mystiker und Poeten, die sich der Lage immerhin halb bewusst waren, schlugen ab und an noch einmal Löcher in diese Befestigungsanlagen. Ansonsten blieb die Sprache so funktional wie Essbesteck, Staubsauger oder Rolltreppen. Die volle Kommunikationsbreite stellte sich nur noch jenseits von ihr ein, auf impulshaft-elektrostatische Weise wie hier, Blitze, die vom Himmel fielen, oder auf die weniger spektakulären, hundertfachen Arten gemeinsamen Schweigens. Wenn es stimmte, dass die Grenzen meiner Sprache die Grenzen meiner Welt waren, dann taten wir hier nie, was wir taten, oder war, was wir taten, nicht mehr Teil unserer Welt. Da Letzteres unmöglich schien, hätte man mit Blick auf Welt und Sprache umdenken oder der Sache den Stellenwert eines Gottes einräumen müssen, der jenseits aller Begrifflichkeiten lag, so wie Allah jenseits aller Bilder. Bleiben wir also vorerst bei ~~Sex~~.

Dessen ganz ungeachtet wehten uns die anhaltenden Pheromonstürme irgendwann in die Nähe eines strategischen Kipppunkts. Kaum zu glauben, dass wir uns nicht mehr genug sein sollten, schließlich blieb noch so viel aufzudecken und vieldeutig zu nonverbalisieren. Ganze Passagen um ihre Ohren und Schläfen herum würden unerschlossen bleiben, ihre Füße wären, wenn es nicht schon geschehen wäre, noch einmal ausführlicher zu ergründen gewesen, ganz zu schweigen vom unauflösbaren Mysterium tremendum et fascinosum ihres wohlgeformten Hinterns. Doch wie Gespräche nicht immer dann endeten, wenn man mit den Themen durch war, sondern wenn die Zeit drängte und man halb fertig aus ihnen herausgerissen wurde, war auch nach diesen ersten Minuten über entscheidende Tages- und Nachtordnungspunkte keine abschließende Einigkeit zu erlangen. Zumindest mich ergriff das Gefühl (über sie ließen sich bald nur noch Mutmaßungen treffen), als fehlte es an Platz und äußerem Raum, als geriete man zunehmend in die Enge. Dazu gab es rein äußerlich keinen Anlass, und es lag bestimmt nicht am Hotelzimmer, das ganz praktisch und nicht allzu groß war, also dem gängigen Standard entsprach (Doppelbett, Flachbildfernseher, Minibar, immerhin eine Terrasse mit Ausblick). Das Zimmer war mit

Kunstdrucken einiger Sehenswürdigkeiten ausstaffiert, Delphi, Athen, ein paar weiße Häuser auf irgendeiner Kykladeninsel, allesamt so unscheinbar, dass man sie gar nicht zur Kenntnis nahm, was wohl auch ihr Zweck war, die aber im Fall des Falles daran erinnern sollten, dass man sich in Griechenland befand. Auch wenn die Räumlichkeiten nicht unbedingt den Horizont öffneten, herrschte hier keine Platznot.

Auch Katharinas Drängen war eigentlich keines nach mehr Raum, ebenso wenig schien es jenen klaustrophobischen Missstimmungen zu entsprechen, die bei Betroffenen mit dem Unvermögen verbunden sind, U-Bahn zu fahren oder in enge Kellerräume zu gehen. Vielmehr glaubte ich ausgerechnet in dieser großen Nähe Einsicht in meine anthropologische Armut nehmen zu müssen. Ließ sich diese in der übrigen Welt noch halbwegs kaschieren, wuchs nun ausgerechnet in Katharinas Armen das Bewusstsein, bedürftiges Einzelwesen, Krüppel und Fragment zu bleiben, wenn mir nicht bald etwas einfiel (das Offensichtliche stand ja seit Längerem schon im Raum). Als hätte ich Teile der Selbsterkenntnis offshore verlagert, begriff ich mich, wenn überhaupt und dann bloß halbwegs, nur noch durch sie. Was ich über mich wahrnahm, nahm ich an ihr wahr. Katharina war meine Bedeutung. Daher auch die ganze Aufregung; es ging nicht nur um irgendeine Liebesgeschichte, sondern darum, überhaupt noch da zu sein. Sie hatte etwas, das mir gehörte, und ich etwas, das ihr gehörte, und wir mussten einen Weg finden, die Gefangenen auszutauschen. Eng wurde es auch, weil Katharinas gesammelte Weichheit und selbstlose Willkommenskultur den Gegensatz zur Welt noch stärker akzentuierte als gewöhnlich. Gegen meine Begleiterin gehalten, erwies sich diese als hart, unbewegt und undurchdringlich, als ausgedehnte, erdrückende Gemeinheit. Ich musste eine Möglichkeit finden, mir Platz zu schaffen, für Weite zu sorgen. Ob das noch Lust oder schon eher eine Art Unlust war? Katharina sah mich so eindringlich an, dass mir Zweifel daran kamen, ob und wie ich derlei Verlangen, das ja nicht nur selbstloser Natur war, zu beiderseitigem Nutzen geltend machen könnte. Auch wenn wir uns noch nicht ausschließlich zum Gegenstand fleischlicher Habgier geworden waren, geriet das Persönliche und der ganze Seelenhaushalt nun doch etwas in den Hintergrund. Sie nahm den Stand der Dinge durchaus zur Kenntnis, hatte es jedoch nicht so eilig und war plötzlich wieder die Ruhe selbst.

Auf dieselbe bedachte Art, wie sie mir noch am Vortag den Weg zur Kastalischen Quelle am Fuße der beiden Phaidriaden und zu jenem Becken gewiesen hatte, in dem die Pythia einst gebadet hatte, übernahm sie jetzt die Führung zu näher liegenden Attraktionen und Orakelstätten. Die Nymphe Castalia hatte sich unter anderem auch deshalb in eine Quelle verwandelt, um einem lüsternen Übergriff Apollons zuvorzukommen, und etwas Ähnliches geschah auch hier. Katharina kam noch einmal zur Ruhe, hielt mich sanft, aber unmissverständlich fest, fixierte mich mit Blicken und führte in der warmen weiten Gegend herum (keine rieselnden Quellen, eher ein stiller Brunnen). Wir waren nie weitergekommen als jetzt und hielten erst einmal ein, so wie wir tags zuvor auch nicht tiefer in die Kastalische Schlucht hineingewandert waren. Es musste ja nicht sein, immerhin hatte sie oft eine gewisse Scheu signalisiert. Doch wir waren inzwischen andere geworden, irgendwann würde sich der Handlungsbogen runden, und vielleicht ging es nur darum, das Kommende jetzt möglichst sachte und deeskalierend vorzubereiten. Werden große Massen aus voller Bewegung abgebremst, treiben sie Trägheit und Fliehkräfte noch ein ganzes Stück weiter. Ganz ähnlich die Lust, deren Bewegung und Gewicht man nie deutlicher wahrnahm, als wenn man sich gemeinsam zur Ruhe anhielt, sich eine Weile lang zu einer Art Staumauer verband und sie heranschwappen und über sich zusammenschlagen fühlte.

Da ich mich nur noch einem Schatten von Antlitz gegenüberfand, das sich hinter einer wachsenden Unergründbarkeit verschanzte, ich meine Anfragen und Begehrlichkeiten vorerst aber nur an diesem abarbeiten konnte, zeigte es sich in ungewohnter Weise und wurde noch schöner, als es sowieso schon war. Über diese Augen, Wangen, Stirn und Lippen ging ein so eigenartiges Flimmern, dass ich von Sehstörungen oder der Möglichkeit ausgehen musste, dass es mir nun doch allmählich zu viel wurde. Sieh mich an, wer weiß, wann wir uns wiedersehen. Eine Warnung vor dem Verschwinden? Denn was immer jetzt seinen Lauf nehmen würde, so schien zumindest Katharina wohl vage einen Verlust zu befürchten, immerhin waren wir uns beide ja schon ein paarmal abhandengekommen, ohne auch nur annähernd das zu tun, was andere längst getan hätten. So dehnten wir diesen letzten Schritt in fast schon pietistische Zeiträume aus, ein abnormes, nicht minder reizvolles Vorgehen, und etwas aus der Zeit gefallen, es sei denn, es handelte sich wirklich um eine Vorsichtsmaßnahme. Dass man sich dabei hätte verlieren können, konnte nur bestreiten, wer noch nie jemandem begegnet war, dessen Intensität während bestimmter Geisterstunden schlichtweg unerträglich war und dem man besser aus dem Weg ging, wenn einem am geordneten Fortkommen lag. Bei bestimmten Leuten ahnte man schnell, dass man seine gesunde Lebenseinstellung riskierte, weil sie einem zu nahegingen. Aus unerfindlichen Gründen hält sich der Irrglaube, man könne unzählige solcher Geschichten erleben. Die Wahrheit ist, dass man, je nach innerer Ausstattung, Platz für zwei, drei wesentliche fand und sich im Fall eines Scheiterns fortan einen Betreuer, eine

Betreuerin suchte oder sich ein Haustier anschaffte. Da mir dergleichen noch nicht passiert war, wurde ich mir der Gefahr womöglich weniger bewusst, oder aber sie war mir egal. Katharina jedoch zögerte und zog mich noch einmal an sich heran, als wolle sie möglichst schonend Abschied nehmen, eine Geste, die uns dann so weit aus dem Verfahren herauszog, dass ich mich fragte, ob wir hier einfach abbrechen und gemeinsam den Schlaf suchen sollten. Auch dies hätte seine Größe und Schönheit gehabt, wäre vermutlich auch ein passender Abspann für unseren genügsamen kleinen Versöhnungsakt gewesen. Dem spürbaren Drang, nun sinnlich irgendwo einzukehren, sich unterzustellen und in Sicherheit zu bringen, musste man nicht zwingend Genüge tun. Andererseits, was hätte denn jetzt gegen ein bisschen Selbstverlust gesprochen? Es gab einfach Momente, in denen man es mit sich selbst kaum noch aushielt, und während man andere immer zum Teufel schicken konnte, wurde man sich selbst leider nie ganz los. Kein Wunder, dass die Leute keine Chance ungenutzt ließen, die Zeit totzuschlagen, sich zu betäuben oder wenigstens phasenweise einmal ganz abzuberufen. Es konnte doch nicht so schwer sein, Herrgott noch mal, es war die natürlichste Sache der Welt.

Ich bin zweimal in Chartres gewesen, einmal vor und einmal während der unseligen Restaurierung dieser vielleicht berühmtesten gotischen Kathedrale Frankreichs. Leider muss dort im Lauf der letzten Jahrzehnte das Bedürfnis gewachsen sein, das geheimnisvolle, nur von Kirchenfenstern erleuchtete Dunkel des Innenraums durch eine grundlegende Säuberung und helle Bemalung in den ursprünglichen Zustand zurückzuversetzen. Mochten die Restauratoren mit allen Wassern der Architekturhistorie gewaschen gewesen sein, erschien ihr Ansinnen doch auch ein bisschen naiv. Um den ursprünglichen Eindruck dieser Kathedrale wiederherzustellen, hätten sie auch die Frömmigkeit und Erlösungssehnsucht, die Sozialordnung, das Bildungsniveau und die Lebenserwartung des dreizehnten Jahrhunderts restaurieren müssen, was selbstredend unmöglich ist. Als Ergebnis dieser Bemühungen entstand nun aber der Eindruck, der Bau sei erst vorgestern zum Abschluss gekommen und entweder das Werk einer außerirdischen Zivilisation oder eines irrwitzigen Versuches, für einen chinesischen Erlebnispark die Kopie einer gotischen Kathedrale anzufertigen. Sie wirkte so tot wie große Teile des Christentums; wo einmal die gelebte Dichte von Jahrhunderten von Gebet und Kerzenrauch erfahrbar gewesen war, geliebt und verklärt in den Werken Huysmans, Prousts, Rodins und Rilkes, da steht heute die Simulation ihrer selbst, eine sorgsam geschminkte Leiche. Vielleicht war die Klage darüber aber auch fehl am Platz, denn letztlich war die Kathedrale schon seit einiger Zeit kaum noch mehr als ein Museum gewesen, in dem mitunter noch Gottesdienste abgehalten wurden. Und so erschien es nur konsequent, sie für den Publikumsverkehr herzurichten und dabei auf historische Akkuratesse zu achten. Dass man elektrisches Licht darin installiert hatte, war, vor allem wenn es doch um Originaltreue gehen sollte, wiederum nicht ganz zu verstehen. Die Reinigung der Fenster hingegen, insbesondere der beiden umwerfenden Rundfenster der Nord- und Südrosette, die man von Staub und Ruß befreien konnte, hatte sich wirklich gelohnt. Die schönsten Augen, die man vermutlich je an einer *Unserer lieben Frauen* gesehen hat, erstrahlten wie die einer Zehnjährigen. Das berühmte Chartres-Blau war auch auf der Darstellung der gekrönten Himmelskönigin, der *Notre-Dame de la Belle Verrière*, wiederzufinden, die ich besonders mochte und die vor leuchtendem Dunkelrot im südlichen Chorumgang als die Weisheit selbst auf mich herunterlächelte, Christus, den Logos, umfassend. Auf der Seite des Buches, das er hielt, las man: *Omnis vallis implebitur*, jedes Tal wird ausgefüllt sein. All diese Rund- und Lanzettfenster waren nach Aussage nahezu aller einführenden Beschreibungen aber nicht als Augen gedacht gewesen, sondern sollten den magischen Eindruck eines auch durch die Höhe, Schönheit und Würde des Baus vermittelten Himmlischen Jerusalems erwecken.

Als ich sie das erste Mal sah, an einem späten Nachmittag im Sommer, wurden die Kirchenfenster so von der Sonne erleuchtet, dass farbige Schatten auf Pfeilern und Wänden zu sehen waren, während die Kathedrale etwas Brütendes, Unwägbares behielt und in ihrer Dunkelheit die Konturen verloren gingen. Ich hörte eine Chorprobe eines Jugendchors, der *Ave verum corpus* sang. Wunderbar verklang das Ganze in den Höhen, manches verhallte dort und wurde verschluckt, immer wieder trieben Echos des Gesangs, aber auch der Stimmen aus den Besucherströmen hier umher. In der Neuversion von Chartres war dagegen viel mehr Licht, sodass Form und Struktur deutlicher zu erkennen waren und man, da die Wände quasi nackt blieben, Einsichten gewann, mit denen man nicht unbedingt gerechnet hätte. Auch Chartres war eine steingewordene Bibel, nichts war ohne Bedeutung. Jede Portalfigur, jedes Fenster und jede Malerei war auf das christliche Bekenntnis bezogen, auf den Reichtum der Heiligen Schrift. Man musste sie kennen, um hier etwas sehen und die Kathedrale auf gewisse Weise lesen zu können. Doch selbst wenn man wusste, welche Bedeutung diese oder jene Szene oder Darstellung auf einem Fenster hatte, wie es zu Grundrissen und Gewölbeformen, Proportionen von Lang- und Querhausfassaden gekommen war, ermüdete dieses Wissen irgendwann, weil es am Ende nicht bewegte, wie eine lebendige Erfahrung bewegt hätte. Oft genug deckte es das Interesse und auch den gespannten Blick wieder zu oder wog einen in Sicherheit, nun alles verstanden zu haben. Angesichts von so viel Bedeutung entstand dann ein gewisser Überdruss und das vage Gefühl, sich von der Empfindung dieses Gebäudes zu entfernen.

Wäre ich völlig ahnungslos gewesen und hätte das erste Mal vor einer solchen Kathedrale gestanden, hätte ich mich zunächst gefragt, welchen Sinn die Riesenhaftigkeit dieses Gebäudes wohl gehabt haben mochte, das nach oben hin eigentlich keinen Zweck erfüllte, außer eben jenen, Höhe auszudrücken. Sollte das einen Berg darstellen, Zion, Sinai, Tabor? Der Kölner Dom hatte ja etwas von einem solchen Felsen. Zum anderen hätte mich überrascht, dass nahezu alle Zugänge zur Kathedrale an die klassischen, komplexen, unmissverständlichen und nicht zuletzt auch sehr gastfreundlichen Formen einer Vulva erinnerten, ebenso die Spitzbögen in den Seitenschiffen und einige der Lanzettfenster. Entweder war diese Ähnlichkeit so völlig klar, dass sie niemand eigens zum Thema machen musste. Womöglich handelte es sich nur um eine weitere anspielungsreiche Variation gewitzter Architekten für Eingeweihte, vielleicht aber hatte sie sich auch ganz ohne klare Intention ergeben, unbewusst, wie das meiste an großer Kunst. Ich möchte nicht ausschließen, dass ich wie jene, die auf penetrante Weise vielerorts auf Phallussymbole verwiesen, wo keine waren, auch irren konnte und in jenen Jahren an erotischer Überspanntheit litt. Wer weiß, vielleicht wollte mir der Heilige Geist etwas mitteilen. Es war ja außerdem eine reichlich absurde Annahme, denn ein angeblich so körperfeindliches Christentum hätte derlei Einladungen zu Unzucht und Sünde sicher sofort entfernt. Dennoch hatte der Eindruck einiges für sich, denn etwa an der Portalanlage der südlichen Querhausfassade sowie an nahezu allen Eingangsportalen vergleichbarer Kathedralen in Laon, Amiens, Reims, Paris, Rouen, Straßburg und Metz, um nur ein paar französische zu nennen, hatte man sehr genau hingeschaut und die Eingangspforten zum Teil mit allen anatomischen Details, klitoralen wie urethralen, sogar externen und internen Labien, Hymen und Septum versehen, und es brauchte nicht viel Phantasie, dies dort alles wohlgeordnet wiederzufinden.

Nun war gegen Vulven wirklich nichts einzuwenden, auf evangelischen Kirchentagen wurden seit Kurzem Workshops zum Vulvenmalen angeboten, ganz zu Recht, denn gelegentlich mochte der Aufstieg zu Gott auch durch eine Vulva führen. Überraschend war nur, dass der Weg in diese architektonischen und spirituellen Höhepunkte abendländischer Kultur schon damals durch jenes hochsympathische, zu lange hinter falscher Scham, Ignoranz und männlicher Angst verborgene weiblich-genitale Entree geführt hatte. Dabei hatte Paulus doch von Anfang an etwas anderes im Sinn gehabt: «Vielmehr sind die Glieder des Leibes, die uns schwächer erscheinen, die nötigsten; und die uns weniger ehrbar erscheinen, die umkleiden wir mit besonderer Ehre.»

Am Westeingang von Chartres stand noch das alte, spätromanische Königsportal der Vorgängerkirche. Über der Tür prangte Christus in einer Mandorla, einer mandelförmigen Glorie, über die man, wenn man für diese Formensprache eine gewisse Sensibilität entwickelt hatte, zu ähnlichen Rückschlüssen kommen musste wie bei den hochgotisch aufgespreizten Portalen und Fensterlaibungen an der Nord- und Südseite. Man trat also unter denkbar femininen Vorzeichen und zwischen zwei Türmen in die Notre-Dame und traf dort zunächst einmal auf ein in den Fußboden eingearbeitetes und meist von Kirchenstühlen verdecktes Labyrinth von etwa zwölf Metern Durchmesser. In dessen Mitte hatte sich einmal eine Darstellung des Minotaurus befunden, der mit Theseus kämpfte, und wohl auch von Ariadne mit dem Faden, aber diese heidnischen Motive mussten den Kirchenfürsten so unheimlich geworden sein, dass sie, bis auf das Labyrinth selbst, irgendwann entfernt worden waren.

Heidnisch war nun aber manches, was über die Jahrhunderte Eingang in den Katholizismus fand, das «Gotische» bisweilen sogar ein Schimpfwort, mit dem man noch lange Zeit die vermeintlichen Barbaren bezeichnete. Auch dass Maria und die Heiligen allmählich in eine solche Höhe der Verklärung aufstiegen, dass ihnen die Heilige Trinität ein bisschen Platz machen musste, war nicht vorhersehbar gewesen. Eine solche Kathedrale war auch Ausdruck des Marienkults um die Zeit ihrer Entstehung. Immer häufiger werden ab dem zwölften Jahrhundert Kirchen und Kathedralen *Unserer Lieben Frau* gewidmet. Ambrosius hatte Maria als «Tempel Gottes» bezeichnet, Anselm von Canterbury als «Palast der allgemeinen

Versöhnung, Gefäß und Tempel des Lebens und der Erlösung aller». Dass der Grundriss einer Kathedrale Christus am Kreuz symbolisierte, sein Körper damit gleichsam zum Baukörper wurde und der Mikrokosmos dem Makrokosmos entsprach, ließ sich ohne Weiteres auf eine weibliche Kirche übertragen.

Bildete der Altar den Kopf, das Querhaus Arme und Hände, erinnerten die Glasfenster etwas an die Transparenz von Haut und zugleich an jene rätselhaften Stimmungsveränderungen, die ich oft über Katharinas große Augen ziehen sah. Blickte man von der Vorhalle am Eingang in Richtung Chor, entfaltete sich über einem ein über das ganze Langhaus laufendes Kreuzrippengewölbe, das (der Name sagt es schon) einem Brustkorb ähnelte, auch die äußeren Strebepfeiler, mit denen die Kathedrale Stabilität gewann, hatten etwas von einer derartig bergenden Knochenstruktur. Und in der Mitte, von Schlussstein zu Schlussstein ziehend, unverkennbar das lange Band der Wirbelsäule. Es mochte eigenartig erscheinen, sich dies ausgerechnet hier klarzumachen, aber ich stand im Schoß einer Frau. Wenngleich es eine Verengung wäre, die Allegorien und Symbole dieser Kathedrale auf eine solche Lesart zu beschränken, ließ sich jene ohne Weiteres auch als Gebärmutter verstehen, die neue Gotteskinder hervorbrachte, nur dass man es sich in der baulichen Umsetzung nicht unbedingt so leibhaftig vorgestellt hätte. (Jedenfalls verwunderte es, dass diesen Tatbestand außer dem eigenwilligen, kunstsinnigen Peter Fingesten weder Reiseführer noch gelehrte Abhandlungen zur Kenntnis nahmen.)

Vom Labyrinth aus eröffnete sich also dieser spärlich beleuchtete Raum in irreale Höhen, und was man sehen und hören konnte, war nicht mehr Teil der Welt, die draußen zurückblieb. Das Licht, die Geräusche, die Dimensionen waren andere, man geriet etwas aus dem Gleichgewicht. Die Leute kamen, fanden Platz auf einer Bank, knieten, beteten, sangen und nahmen den Leib Christi zu sich. Die Kathedrale war als Ganzes kaum zu überblicken, aber das war auch nicht nötig, denn man war ja ganz bei sich und fühlte die besondere Präsenz des Ortes, der einen von seinem sonstigen Leben trennte. Man bat um Erlösung, *denn dein ist das Reich und die Kraft und Herrlichkeit in Ewigkeit*, und hoffte auf die Vergebung der Sünden, soweit man ein Bewusstsein dafür hatte und Sünde als Trennung von Gott, als Desintegration erlebte. In der Notre-Dame war man Gott näher, obwohl sie nur aus Stein, Glas und Holz bestand. Dazu musste man weder Gott noch die Liturgie mit ihren seltsamen Formeln verstehen, es genügte, hier zu sein und eine Weile das zu tun, was andere taten. Manches davon blieb einem schleierhaft und erschien dringlicher, aufgewühlter als man es selbst war, auch etwas neben der Spur, aber man fügte sich ein, denn so wichtig waren die eigenen Befindlichkeiten nun auch wieder nicht. Die Seelen erhoben sich, waren für die Dauer einer Stunde woanders, hörten den Priester und das Gemurmel der anderen, schweiften zur Decke hinauf oder zu den trüber werdenden Fenstern. Weihrauch durchzog die Luft, Kerzen brannten. Einmal irgendwo ankommen, gehört werden, sich in Sinn und Zweifellosigkeit wiederfinden, von etwas Größerem eingenommen werden ... Es war noch nicht der Himmel, aber vielleicht sein Vorzimmer, und wo hätte es sich weihevoller antichambrieren lassen als in Chartres? Nicht nur fand man hier endlich einmal wieder zu sich, was draußen schon deshalb schwierig war, weil man immer etwas anderes vorhatte, sondern auch Anschluss an alle Zeiten, die Lebenden und die Toten, die seit Hunderten von Jahren mit diesem Ort in Verbindung standen.

Also kam man gerne, auch wenn es mit etwas Mühe verbunden war und man hier oft stehen musste, in der Kirchenbank fror und nicht selten vom Näseln des Priesters oder seinen Predigten genervt war. Andererseits musste der Begriff Gottesdienst ja seine Berechtigung haben. Ganz fern war dieser einem Liebesakt nun aber auch wieder nicht, wenngleich er das Entscheidende doch sehr vergeistigt in Szene setzte. Man spürte, unsicher und im Verborgenen, eine gemeinsame Wurzel, aus der sich die Kirche dann nahezu völlig in Geist und Eros nahezu völlig in Fleisch verwandelt hat, was für beide Seiten gleichermaßen eine bedauerliche Verarmung mit sich brachte. Sie erschienen einem wie gesäuberte, gut ausgeleuchtete, mit Informationen vollgepackte Kulturgüter, aber auch ein bisschen am Ende.

Man ahnt, wo das hinführen soll, aber Katharina mit einer Kathedrale zu vergleichen, greift natürlich etwas zu hoch (für die Kathedrale). Chartres war ein gotisches Wunder aus Schönheit und Licht, aber auch ein Menschenwerk, das in hundert Metern Höhe endete, während Katharina aus der Nähe in jeder Weise unüberschaubar blieb. Die Fensterfronten des Langschiffs waren ein Traum, aber gegen Katharinas Haut nur ein bunter Symbolismus. Die beiden großen Rundfenster übertrafen alle Vorstellungen, die man sich von der Farbe Blau gemacht hatte, Katharinas Augen aber leuchteten aus sich selbst heraus, boten ein weiteres, zum Teil wohl sogar interaktives Spektrum aus Blautönen an, waren beweglicher und entfalteten bei ihrem deutlich kleineren Durchmesser nahezu gefährliche Wirkungen. Das Kreuzrippengewölbe war ein baumeisterliches Geniestück, das enorm hohe Lasten filigran zu tragen vermochte, sodass das Gebäude fast etwas Schwereloses bekam, doch gegen Katharinas Brustkorb, der ein schlagendes Herz enthielt und dessen warme Ummantelung alle möglichen Begehrlichkeiten weckte, die ein gotischer Spitzbogen nie in mir ausgelöst hätte, musste er natürlich das Nachsehen haben. Ähnliches galt im Vergleich zu jener bandförmigen Deckenstruktur für Katharinas wesentlich beweglichere und geschwungenere Wirbelsäule, die manchmal die alte Schlange aus dem Paradies zu beherbergen schien. Auch ihre Schenkel zog ich den beiden Türmen und steinernen Himmelsverweisen bei Weitem vor. Schließlich war auch das Königsportal, verglichen mit Katharinas Gegenstück ..., was soll's, es ist ein unfairer Vergleich.

Man soll es damit nicht übertreiben; manchmal ist eine Kathedrale nur eine Kathedrale. Und dennoch gab es eine Nähe, die mir unerklärlich blieb, sowohl baulich als auch, was den ganzen Erfahrungsraum betraf, den die beiden um mich herum aufmachten. Hätte man Katharina nicht gekannt oder sich nie in derselben Lage befunden wie ich in jenen Stunden, dann wäre die Kathedrale möglicherweise ein halbwegs passabler Ersatz für sie gewesen. Vielleicht hatte man sie Leuten gebaut, die keine Katharinas kannten. Es gab ja nicht allzu viele von ihrer Sorte, genau genommen war sie ein Einzelfall wie Chartres selbst, das in dieser Form nur alle paar Jahrhunderte einmal gebaut wurde, sodass, was man mit ihr erlebte, nicht verallgemeinerbar und wohl nur wenigen vergönnt war. Natürlich ist ein Kirchengebet etwas völlig anderes, aber die Selbstaufgabe und Hingebung darin kam auch unseren Exerzitien nahe, ebenso der würdige Raum, der uns umhüllte, die Hoffnungen, die uns begleiteten, und das zerknirschte Herz.

So schön, wie sie schien, war Katharina, wie auch Chartres, den meisten vermutlich zu komplex, zu überladen und zu hoch. Ansehen ja, staunen, hineinschauen. Aber die ganze christliche Spiritualität auf Höhe dieser Kathedrale zu leben, das konnte keiner mehr, dazu fehlten einfach die Voraussetzungen. Sie erforderte einen anderen Umgang und Zugang, ein anderes Gebet. Schließlich war eine Kathedrale keine Dorfkirche. Sie brauchte auch eine ganz andere Pflege, ihre Sanierung war eine nationale Kraftanstrengung. Denn sie war keineswegs perfekt, es gab Mauerbrüche, Widersprüche und Ungereimtheiten in der Konstruktion, der Bau war oft improvisiert worden und alles andere als aus einem Guss. War sie alltagstauglich oder ging man nur zu großen religiösen Festen hin? Jenseits all dieser Fragen, und auch dies galt für beide: Sie waren für Gläubige gebaut worden, doch es kamen überwiegend Touristen.

Immerhin wies das jenseitige Dunkel Chartres darauf hin, dass Gott fehlte, denn der Anblick der sonstigen Welt verschaffte einem selten den Eindruck, dass ein Gott sie eingerichtet hatte, geschweige denn, dass dieser noch für irgendetwas zu gebrauchen gewesen wäre. Während mit den alten Göttern eigentlich immer zu rechnen war, hatte er schlichtweg nichts mehr mit meiner Umgebung zu tun, woran er selbst, der sein Reich nicht ohne einen gewissen Stolz aus dieser Welt ausgelagert hatte, nicht ganz unschuldig war (oder handelte es sich nur um sein folgenreiches Deplatforming durch metaphysisch verwirrte Theologen?). Wer in Chartres am Nachmittag eine halbe Stunde lang den wandernden Farbschatten an den Langhausarkaden folgte, kam in den Bannkreis jenes so auffällig und eindrucksvoll Abwesenden. Die hohe Sorgfalt der Schmuckelemente und Verzierungen, die Fülle der Figuren und die zwingende Gewalt dieser Architektur machten hinreichend klar, dass dieses Baugeschehen ohne einen Gott beziehungsweise in diesem Fall ja eine Gottesmutter undenkbar gewesen wäre, deren Wesen und Wirkung so überzeugend gewesen sein mussten, dass es einigen Bauherren, aus welchen Gründen und mit welchen Ambitionen auch immer, klug erschienen war, in ein solches Gebäude Zeit und Geld zu investieren. Heute bemerkte man, dass einem etwas Großes entging, zu dem man nicht mehr durchdrang. Nun konnte, wer ein Berufs- und Familienleben hatte und abends noch ein Bier mit Freunden trinken ging, schon aus Zeitgründen nicht ständig in Gott aufgehen. Doch hätte ich einmal Lust darauf gehabt, so hätte mir eine Kathedrale nicht weitergeholfen, selbst wenn es eine wie Chartres gewesen wäre, dann hätte ich eine Katharina gebraucht. Und auch wenn man es dem Mittelalter hoch anrechnen musste, dass es den Versuch unternommen hatte, die gläubige Gemeinde für das Ausbleiben von Katharinas mit einer beispiellosen baulichen Eleganz zu entschädigen, reichte diese Höhle nicht mehr aus, in der nur die Schatten wandelten, und wurde es Zeit, aus ihr hinauszutreten und Orte aufzusuchen, wo die Sonne schien.

Also erkannten wir einander. Natürlich traf auch dieser Begriff die Sache nicht ganz, aber wenigstens erweckte er keine Assoziationen, die mit Autos, Wohnungen, Tieren oder Handwerkstätigkeiten verbunden waren. Er wirkte ein wenig mosaisch und zunächst etwas zweifelhaft, weil Zusammenkünfte dieser Art vermeintlich der ungeeignetste Ort für jede Art ernst gemeinter Wissensvermittlung waren. Aber wir hatten keinen besseren, denn man erkannte dabei ja eine ganze Menge, über sich, den anderen, unsere nunmehr organisch fixierte Interessengemeinschaft, und auch manches, das über sie hinausreichte. Es war in der Tat noch einmal eine große Qualitätsveränderung, in vollem Umfang den Anschluss in die Wege zu leiten, wenngleich dieser dann aufgrund von Fluktuationen im Ladungsaufbau zunächst nicht leicht zu beherrschen war.

Dass sich die Umarmung nun um ein weiteres, unscheinbares Glied erweiterte, wäre an sich nicht weiter von Belang gewesen. Das Gewöhnungsbedürftige war allein, dass wir in der Phase, in der wir de profundis gingen, erhebliche Teile unserer selbst an jene Stellvertreterorgane delegierten, die sich in der Vergangenheit alles andere als verlässlich, seriös und dienstbeflissen gezeigt hatten und Weisungen der höheren Kommandoebene gerne mit größter Gelassenheit und einem gewissen Dünkel zur Kenntnis nahmen. Dieser Eigensinn, weit davon entfernt, eine alberne Bagatelle zu sein, hatte schon die Kirchenväter, insbesondere Augustinus, zur Verzweiflung getrieben. Dass Geschlechtswerkzeuge nicht mit dem Willen zu handhaben waren, mal unerwartete Aufstände probten, mal mit Verweigerungshaltung reagierten, statt sich sachgemäß bedienen zu lassen wie jeder andere Körperteil, erschien ihm als Strafe Gottes und Ausdruck der Erbsünde, was aus der Frustration heraus irgendwo rührend und verständlich, aber nicht ganz zu Ende gedacht war. Es handelte sich also um eine theologische Problematik von eminenter Tragweite und fiel damit mehr oder weniger direkt in meinen Zuständigkeitsbereich. Auch wenn ich mich in der Praktischen Theologie nie ganz zu Hause fühlte, gab die Angelegenheit Anlass zu einigen Spekulationen.

Am Befund selbst war nicht zu rütteln, schien hier doch ein grundlegendes genitales Misstrauen vonseiten des Befehlsempfängers gegenüber der Befehlsgewalt vorzuliegen, das nicht nur oft genug in die üblichen Peinlichkeiten hineinführte, sondern auch fundamentalere Fragen aufwarf. Nicht zuletzt berührte es, rein theoretisch, den ganzen Fortpflanzungs- und Schöpfungsbereich, also nicht irgendeine Marginalie, sondern womöglich die primäre Daseinsberechtigung jener störrischen Spezies, bei der offenbar sogar ganze Körperteile auf Autarkie und Selbstständigkeit bestanden. Im Grunde genommen wäre es der Anlass für einen Rauswurf gewesen. Wenn der Firmeninhaber und sein Prokurist unvereinbare Vorstellungen von der Wirklichkeit hatten, musste einer gehen, und zwar zumeist der Prokurist, ganz unabhängig von seiner sonstigen Eignung (er wäre nicht der Erste gewesen, der seinen Chef an Intelligenz und Scharfsinn bei Weitem überflügelte). Woran aber mochte dieses Misstrauen des Unterleibs uns gegenüber eigentlich liegen? Er schien sich zu sagen: Soll der da oben mal Integralrechnung, Versepen, Aspirin und Pentiumprozessoren auf den Weg bringen, in den entscheidenden Fragen leiste ich erektilen Widerstand. Man stelle sich diese Arbeitsauffassung einen Moment lang bei anderen Gliedmaßen, Beinen, Händen oder dem ganzen Kau- und Sprechapparat vor, um das Konfliktpotenzial zu ermessen, das dieser Konstellation zugrunde lag.

Wie weit reichte seine Macht? Seine Umsichtigkeit schien nicht nur den Verlauf des Geschehens zu steuern, das ihn nun ganz in seinem Element aufgehen ließ. Zwar war er keineswegs darauf aus, nur den biologischen Notwendigkeiten zu obwalten und früh Feierabend zu machen, doch es bedurfte immer einer gewissen Wachsamkeit, mögliche Putschversuche, die ein ganz reales Bedrohungsszenario waren, schon im Ansatz zu vereiteln. Wir kooperierten, solange wir durch ein gemeinsames Ziel verbunden blieben, und kamen ohne den anderen auch nicht weiter, doch unsere Interessen waren nicht immer die gleichen. Man hat ihn lange für einen Triebtäter gehalten, das Tierische schlechthin, aber möglicherweise kamen diese Zuschreibungen auch deshalb zustande, weil es schwieriger gewesen wäre, mit den Konsequenzen der Feststellung zu leben, dass er der Hellsichtigere und besser Informierte war. Denn vermutlich war er nur der Kopf eines instinkthaft agierenden Deep State, der nicht nur erheblichen Anteil an der Vorauswahl der Kandidatin gehabt hatte, sondern überhaupt anders mit den Dingen und Elementen, den Sternen, Flüssen, dem Rückenmark, verloren geglaubten Resten alter Fähigkeiten aus dem Stammhirn, dem Blut, der Lymphe und der ganzen körperbezogenen chemischen Industrie verbunden war. Womöglich verstand er sich als leitender Funktionär all jener bemerkenswert sachverständigen Launen und Lüste, deren zivilisatorische Beherrschung und Abschleifung im Lauf der Zeit fast schon zu gründlich perfektioniert worden war. Es gab Grund, ihn zu fürchten, denn er destabilisierte Gesellschaften und Paare gleichermaßen, warf den Menschen ins Chaos und war bei all dem, so sah es jedenfalls von außen aus, nicht einmal besonders an ihm interessiert.

In seiner oft unbarmherzigen Ignoranz ähnelte er auf verdächtige Weise den Göttern, mehr noch: Diese Nähe ließ deutliche Rückschlüsse auf seine Herkunft zu. Auch Jahwe oder der Olymp schienen unsereins nicht übermäßig zu vertrauen, dazu fehlte es den Sterblichen für gewöhnlich an Niveau und Gehorsam. Wir flogen aus dem Paradies, wurden Opfer der Sintflut und aller möglichen anderen Plagen, Zeus wollte uns vor der *Ilias* allesamt vernichten, und wenn Prometheus uns hängen gelassen hätte, gäbe es weder ein Kulturleben, noch wären wir in der Lage, miteinander zu reden oder auch nur ein Spiegelei zu braten. Vor allem der menschliche Eigensinn, der sich mit einigem Recht gegen die Elemente aufbäumte, aber bald dazu neigte, dabei jedes Maß zu überschreiten, hatte die Götterriege bald jede Contenance verlieren lassen. Kaum hatten wir gelernt, wie man Marmelade einkocht, hielten wir uns für die Herren der Welt. Ein paar Tausend Jahre, und schon glaubten wir, uns die ganzen von den Göttern in mühsamer Kleinarbeit entworfenen Schicksalsstrukturen, Seinsgesetze und Sozialordnungen selbst ausgedacht, kognitiv und selbstreferenziell konstruiert, frisiert, aufgezwungen und diktiert zu haben. Da konnte man sich nur die olympischen Haare raufen!

Andererseits fand man die Leute hienieden auch irgendwie niedlich und von großem Unterhaltungswert (nur so ist zu erklären, dass wir noch da sind). Es wird ihnen keine andere Wahl geblieben sein, als auf jene Teile zurückzugreifen, die bei der Schöpfung dieser aufmüpfigen Wichte zu den ersten gehört haben müssen, mit denen man sie ausstattete, weil sie die gottähnlichsten, fruchtbarsten und alles in allem noch das Vollkommenste an jener naseweisen Kreatur waren. Es handelte sich daher um keine Strafe, sondern vermutlich um das letzte Refugium der Götter, ein bolzenfestes Scharnier, das sie und uns miteinander verband. Die Sterblichen reagierten zwar immer etwas gereizt, wenn sich etwas (und dann noch ausgerechnet dieses) ihrer Kontrolle entzog, vonseiten der Götter aber war es eine reine Sicherheitsmaßnahme. Sprengte die Sinnlichkeit mal wieder Alltag, eheliche Illusionen und sonstige Bequemlichkeiten, lag das weniger an teuflischen als an elysischen Initiativen eines solchen Staats im Staate, den man in der Unterbekleidung ständig mit sich herumführte, einer Art vatikanischen Stiftung in Fragen der letzten Wahrheiten. Und da sich die wesentlichen Beweggründe im Leben auf diesen Schauplätzen ergaben, war deren Einfluss nicht zu unterschätzen – vulgo: Die Götter hatten uns an den Eiern.

Umso glücklicher, dass es in unserem Fall keine Abstimmungsprobleme zwischen den Verwaltungsebenen, vielmehr tiefstes Einverständnis gab. Dabei lag es durchaus im Rahmen des Möglichen, dass zwischen Katharinas und meinen Agenten über Monate eine Art Geheimdiplomatie stattgefunden hatte, nie über die offiziellen Kanäle, sondern über Ätherwellen, morphogenetische Felder oder Ähnliches, sodass nun dank der Absprachen alles so sagenhaft und reibungslos ineinandergriff, dass man hätte meinen können, die beiden Dienststellen seien von langer Hand auf diese Situation vorbereitet gewesen.

Um das Thema der göttlich administrierten Exekutivorgane abzuschließen: Natürlich waren sie nicht ohne Belang und hat man ihnen nicht umsonst ganze Epochen lang kultische Ehren erwiesen. Ihre Intelligenz war bewundernswert, ihre Antriebe weise und unergründlich. Sie schafften die äußeren Voraussetzungen für jenes einträchtige Ineinander, das so etwas wie die Achse der Welt bildete. Doch sie wiesen immer auch über sich hinaus, und ab einem bestimmten Zeitpunkt spielten sie, jedenfalls dem inneren Erleben nach, keine entscheidende Rolle mehr. Sie verschwanden auf mehr oder minder geheimnisvolle Weise, und darin lag sicher eine ihrer größten Qualitäten. Als Steck- und Bastelspielzeug boten sie sich noch für die ersten zwanzig Minuten an, drängten aber nicht zwangsläufig in den Vordergrund, auch ihr Anblick war ja nicht unbedingt erregend. Wer in einem 3-D-Surround-Sound-Kinosaal in ein Filmgeschehen abtauchte, konnte dies nur, weil irgendwo auch ein Stecker in der Steckdose steckte, doch kein Mensch käme auf die Idee, hier läge die entscheidende Ursache für das, was ihn gerade bewegte und berührte, und man müsse sich daher für die Dauer der nächsten drei Stunden auf diesen Stecker konzentrieren (das Groteske des Pornos: uns nahezu ausschließlich ebendiesen zu zeigen, und immer in Großaufnahme, als ob hier irgendwas zu sehen wäre).

Die offenkundige und ziemlich ausschließliche Funktionalität jener Teile begrenzte ihre Reichweite dann doch erheblich. Es ging uns ja nicht um Elternschaft und Familienplanung, wir wollten uns im Grunde nur einmal ehrlich miteinander austauschen. Natürlich bedeutete es nicht, dass man sie einfach vergaß und sich nicht an ihnen erbaut hätte. *Und wenn ein Glied leidet, so leiden alle Glieder mit, und wenn ein Glied geehrt wird, so freuen sich alle Glieder mit.* (1. Korinther 12,26) Und ganz sicher erschlossen sich bestimmte Bereiche des Empfindungsspektrums erst aus genitopetalen und genitofugalen Strömungen und Rückströmungen rund um das geschäftige Zentralorgan, doch auch dieses verwandelte sich schließlich wie alles andere nur Körperhafte in einen Hybriden aus Mensch und Engel, ein Interface zwischen erwachenden Halbgöttern. Man begriff, weshalb äußere Bewertungen jener Vorgänge so weit auseinandergingen, denn nahezu alles hatte seine himmlischen und höllischen Möglichkeiten, mit jenen berüchtigten fifty shades of grey noch irgendwo dazwischen. Nichts war aus sich heraus mehr als ein Streitplatz der Dämonen, und das wird bei uns nicht anders gewesen sein. Wer sich hier zu früh festlegte, musste vereinfachen, denn selbst auf dem diabolischsten Gegenstand lagen himmlische Potenzen, die alles, alles umkehren konnten.

Das Erste, das nach Überschreiten des Rubikons wie eine Welle über mich hinging, war ein unbändiges Freiheitsgefühl. Wer das Pathos nicht mehr nachvollziehen konnte, das sich nicht nur hierzulande immer wieder um den Begriff der Freiheit entfaltet hat: Hier war sie in ihrer reinsten, bewegendsten, ekstatischsten Form zu erleben. Sie hatte etwas mit der Ausdehnung des Raums zu tun, dem Gefühl, nicht länger auf einen Widerstand zu treffen, während man im Leben doch sonst immer auf Widerstände traf. Stattdessen breiteten sich Katharina und ich nunmehr rückhaltlos in die Weite aus. Wahrscheinlich hatte ich vorher nie begriffen, was es heißt, wirklich Platz zu haben. Es musste sich um eine gutgemeinte Täuschung handeln, denn faktisch betrachtet, war die Lage ja eine andere. Der Eindruck war jedoch so deutlich, dass wir jene Realität schon fast etwas ausblendeten; es reichte nicht, hier nur irgendwelche körperlichen Verschränkungen und Friktionsbewegungen am Werk zu sehen. Der ganze wiedererwachte Leib sagte uns etwas anderes und war in diesem Fall die glaubwürdigere Informationsquelle. Es war auch insofern ein ungewöhnliches Manöver, als wir weder hätten sagen können, inwieweit wir agierten oder reagierten, noch wozu wir uns da eigentlich genau befreiten. Mitzuerleben, wie man sich nicht nur um den anderen erweiterte, sondern um einen Raum jenseits des Raums, hätte unter geordneten Verhältnissen die Frage aufkommen lassen, ob ich noch ganz nüchtern war. Andererseits war es schon eine Art Invasion, nur nicht in fremdes, sondern seltsam geläufiges Territorium, denn ich erkannte manches sofort wieder. Als ergriffen einen unerwartete Gefühle der Heimkehr; wie hatte ich mich eigentlich je aus dieser Gegend zurückziehen können, ohne größten Verlustschmerz oder Trost beim Bund der Vertriebenen zu suchen?

In jener allgemein geschätzten, klassischen Heftung schien unser Bewegungsradius zunächst zwar etwas eingeschränkter als vorher. Doch diese Beschränkung machte sich wie ein stimmiges Versmaß bemerkbar, das nach außen hin zwar die Anmutung einer Verengung und Begrenzung erweckte, poetische Räume in vielen Fällen aber weiter öffnete, als es offene Verse gekonnt hätten. Woran das lag, hätte man die Dichter fragen müssen. Möglich, dass sich der Inhalt damit stärker an der Form rieb und agiler, beweglicher, glühender wurde, als wenn er einfach das Offene, nach dem er strebte, schon von vornherein vorgefunden hätte. Oder es wurde damit unbewusst eine Erinnerung an den Rhythmus von halb musikalischen Beschwörungen transportiert, aus Zeiten, in denen Worte noch magisches Gewicht hatten. Katharina war ja schon habituell immer um die Engführung von Form und Inhalt bemüht, und so spielte sich etwas Ähnliches auch zwischen uns ein.

In gebundener Form konnte man sich nicht nur besser ergründen, man konnte den anderen sogar ein Stück weit aus sich herausziehen und hervorbringen, wenn auch nicht vollenden (denn er war potenziell endlos, so viel glaubte man jetzt sicher zu erkennen). Nichts wurde einfach nur verschmolzen, vielmehr schärften sich die Ränder der selbstgenießerischen Dyade gerade dadurch, dass man sich durchdrang. Nicht nur schenkte sie sich mir hin, sie schenkte mir auch *mich* hin, wahrscheinlich mehr als alles andere, und zwar in einem Umfang, der jenseits irgendwelcher Möglichkeiten zur Selbstverwirklichung lag. War ich denn je schon einmal anders wirklich geworden als durch die erwiderte Gunst einer mich immer wieder herausfordernden, prokreativen Fremdverwirklicherin? Da wir von der Gestalt des anderen nur einen vagen Begriff hatten, musste Katharina etwas vollbringen, wovon nicht einmal ich eine Ahnung hatte (und umgekehrt, was die vermutlich anspruchsvollere Aufgabe war, andererseits waren wir ja nicht zum Spaß hier). Man konnte in der Hitze des Gefechts alles Mögliche und gut Gemeinte wünschen und mitteilen, aber in den wirklichen Tiefen wusste ich nicht, wer ich war. Die Form, die mir angemessen war, wurde mir vom anderen angemessen, *Mit dem Zweiten sieht man besser*. Ich schweife ab, alte Akademikerkrankheit, aber es gab auch nicht viel, das noch zu erzählen wäre. Wir lagen und liebten uns.

«Bist du noch da?»

«Ich glaube schon.»

«Gut.»

«Hast du mich schon vermisst?»

«Nein. War ja immer jemand da.»

«Und hat sich gut um dich gekümmert?»

«Hat sich gut um mich gekümmert.»

«Wahrscheinlich», meinte sie einschränkend, sich langsam wieder berappelnd, «bleibt die nur bis zum Frühstück. Dann musst du wieder mit mir vorliebnehmen.»

«Schade. Hätte mich schon interessiert, mit welchen mythologischen Weisheiten sie mir die Agonien holistisch geprägter Performanzmodelle im liminalen Raum erläutert hätte.»

«Welche Agonien? War das eine filigrane Spitze gegen meine hohe Form der Kommunikationskultur?»

«Aber nein, ich habe durchaus was übrig für deine Form der Kommunikationskultur. Und meine filigranen Spitzen sind andernorts schon genug gefordert.»

«Ah ja. Warum fragst du dann?»

«Ob du noch da bist? Wollte nur sichergehen, dass du nicht verloren gegangen bist und ich das Weihnachtsoratorium alleine zu Ende hören muss.»

«Sei froh, dass es nicht die Matthäuspassion ist ... Nein, keine Verluste, etwas schwammig an den Rändern. Aber schön, dass du nachfragst, bevor ich gasförmig werde.»

«Also, wenn sich das irgendwie verhindern ließe ...»

«Dann hast du mich als Geist um dich.»

«Ich hatte dich das ganze letzte Jahr als Geist um mich.»

«Hast du viel an mich gedacht?»

«Schon, ja.»

«Aber das ist doch wunderbar. Ich meine, jemanden in Gedanken zu tragen, vielleicht habe ich es sogar gemerkt.»

«Auf die Dauer wird das sehr unwirklich. Und die Gedanken waren ja nicht das Problem.»

«Aber es ist doch auch eine Wirklichkeit. Was bewegt einen denn sonst, wenn man sich nach niemandem mehr sehnt?»

«Du bewegst doch auch in der Nähe ziemlich gut. Diese ganze abendländische Sehnsuchtsmotivik seit dem Minnesang erscheint doch heute ein verfehlter Ansatz.»

«Eigentlich hätte ich dir den Gefallen der Ferne tun müssen. Was wirst du nun machen, ohne mich als Horizont all deines Strebens?»

«Dich aus dem Bett werfen. Distanz aufbauen, die Lage dramatisieren ...»

«Wird es also wieder nichts mit der Spießerbeziehung.»

«Da kannst du ganz beruhigt sein.»

«Man muss alles mal ausprobieren.»

«Die ist nicht für jeden gedacht. Manche erklimmen Achttausender, durchschwimmen die Weltmeere, treten mit Raubtieren auf, rasen über den Nürburgring, ich habe jahrelang eine Beziehung geführt. Die Orthodoxen setzen dem Hochzeitspaar eine Krone auf, um sie ans Martyrium Christi zu erinnern. Im Grunde ein Opfergang, ein absurdes Unterfangen.»

«Hört sich so an, als könnte ich Gefallen dran finden.»

«Gib uns ein paar Jahre, um uns besser kennenzulernen, bis wir alle irrationalen Gefühle füreinander verloren haben. Dann wird es spürbar leichter. Wir sollten öfter solche Nächte miteinander verbringen, um der Sache irgendwann überdrüssig zu werden. Sobald wir uns ganz egal sind, denken wir über die nächsten Schritte nach.»

«So wären wir endlich auch für die Welt und das Wesentliche frei. Die Liebe hält einen immer so auf ...»

«Keiner will mehr Geschichte machen, alle haben nur noch Geschichten im Kopf.»

«Wer will in dieser Welt noch Geschichte machen? In geschichtslosen Zeiten lebt es sich eh entspannter.»

«Bleiben wir besser hier.»

«Wenigstens für eine Weile.»

«Triebsublimierung ist der falsche Weg», gab ich zu bedenken. «Du verdrängst und verdrängst, und das Thema wird größer und größer. Am Ende schreibt man noch ganze Romane darüber!»

«Meine Rede! Der einzige Weg über die Lust hinaus führt durch sie hindurch. Es hilft ja nichts, wir müssen uns der Sache so oft aussetzen wie möglich, nur so werden wir mit ihr fertig.»

«Deine Einstellung gefällt mir. Du sprichst aus Erfahrung, das merkt man dir an.»

«Du glaubst doch nicht, dass es immer ein Vergnügen war?»

«Ich wette, du hast sehr gelitten.»

«Und ob! Man macht es uns ja auch nicht leicht.»

«Aber dir doch sicher leichter als anderen.»

«Ein bisschen vielleicht. Aber der real existierende Sexualismus ist ein grauer, überregulierter Beamtenstaat. Für Eroto-Liberale, erwiesene Sünderinnen und amourisch Andersdenkende ein Grund zur Republikflucht.»

«Aber du kannst doch an jeder Straßenecke zur Sache kommen.»

«Man konnte immer an jeder Straßenecke zur Sache kommen. Darum geht es nicht.»

«Sondern?»

«Weiß nicht. Der ganze Überbau, das falsche Bewusstsein ...»

«Die Natur der Dinge hat die Leute halt immer etwas erschreckt. Und die ganz großen Lustbarkeiten sind eh passé, wirken in letzter Zeit ja fast schon wie ein Retrophänomen.»

«Und die Leute behäbiger als die Viktorianer.»

«Wobei, da habe ich auch Ausnahmen erlebt ...»

«Ja, wo denn? Lass uns eine Ausnahme machen. Ein Phalansterium der Leidenschaften bauen, Flatterlust wie bei Fourier!»

«Ein Loch durch die ätherische Stratosphäre brennen ... Der Riss im Universum würde eine Kettenreaktion auslösen und die Menschheit zu einem umfassenden Bewusstseinswandel zwingen.»

«Na dann, frisch ans Werk! Ich denke, wir sollten das jetzt beherzigen, im Rahmen unserer Möglichkeiten ...»

Nicht, dass wir eine Pause brauchten, denn was «amourisch» auszutragen war, hatte uns nicht erschöpft. Das sanfte Geschaukel ging kaum an die Konditionsgrenzen, verblieb weitgehend im aeroben Bereich und wäre mit jeder anderen Besetzung langweilig geworden. Die verschwatzten Interludien gaben sich etwas überspannt und verdankten sich womöglich auch anhaltenden hormonellen Disbalancen, waren logisch nicht unbedingt stringent und zielten eher darauf ab, den Verlust an Seriosität vergessen zu machen und dem anderen zu beweisen, dass man ihn auch und immer noch als Menschen und Gesprächspartner schätzte. Das Gerede hätte völlig unerheblich sein können und war es, von außen betrachtet, wohl auch, aber es beflügelte uns und ergänzte auf untergründige Weise die übrigen, sich eher wortlos umschlingenden Widerfahrnisse (was umso erstaunlicher war, da es sich ja nicht einmal um Dirty, sondern Doktoranden-Talk handelte). Neben den physischen wurden auch psychologische, philosophische, philanthropische und utopische Bedürfnisse in Parallelaktion befriedigt oder doch zumindest tolerant miteinbezogen. Rein evolutionären Notwendigkeiten hätte man wesentlich leichter Genüge tun können, aber es war so viel Energie im System, dass es bedauerlich gewesen wäre, sich damit zu begnügen.

«Wusstest du, dass dein durchschnittlicher Serum-Testosteronwert an die zehnmal höher ist als der eines jungen Zuchtbullen?», klärte sie mich wenig später auf.

«Was du nicht sagst! Sollte ich mir Sorgen machen?»

«Nur, wenn er unter zwei Mikrogramm pro Liter absinkt.»

«Nie darüber nachgedacht ... Oder höchstens mal an stark besuchten Badestränden.»

«Als wollte man mit einer Boeing einen Acker pflügen.»

«Ich glaube, ich weiß, was du meinst. Aber mit dir ist es ein bisschen anders», versuchte ich sie zu beruhigen.

«Wenn es sich wenigstens transformieren ließe, so als alternative Energiequelle. Dann könnte man damit etwas gegen den Klimawandel tun.»

«Und diese hässlichen Windräder wieder abbauen. Wir haben zu wenig Phantasie. Hätten wir auf diesem Feld so viel Erfindungsgeist wie in der Fotovoltaik oder Genomsequenzierung, wären wir ein ganzes Stück weiter. Wir führen einfach die falschen Debatten.»

«Da bist du auf einer ganz heißen Spur ...», musste ich zugeben.

«Stattdessen fließt die überschüssige Libido doch wie eh und je in Formen der Wirklichkeitsverdrängung, der Hypermoral und gesamtgesellschaftlichen Neurosen.»

«Hab ich auch oft gedacht, wenn ich die Nachrichten sehe.

Und diese Talkrunden: ein einziges Dokument monumentalen erotischen Unglücks.»

«Der ganze Faschismus war ein Libidoproblem.»

«Sagt Wilhelm Reich?»

«Es geht uns alle an. Auch bei dir dürften immer wieder Teilbeträge rezentsexueller Libido in privatpolitischen Phantasmen verschwinden.»

«Wie bitte?»

«Mach dir nichts draus. Wahrscheinlich sind größere Teile unserer Welt und unserer Vorstellungen über sie aus abgetriebenen Libidomengen entstanden. Wir sind alles traurige Ideolog*innen, die sich nach Zärtlichkeit sehnen und sich mit Ersatzlösungen begnügen müssen. Deshalb wirken wir so unausgeglichen.»

«Was heißt hier ‹wir›? Ich bin völlig ausgeglichen, solange ich mich mit dir in der stabilen Seitenlage befinde. Außerdem bist du, finde ich, ein absolut angemessenes Objekt meiner Libido, das Ersatzlösungen bis auf Weiteres erübrigt. Ich denke, wir sollten das jetzt dringend weiter ergründen.»

«Wir sind noch nicht annähernd dort, wo wir hinmüssen.»

«Schön, dass wir das ähnlich sehen. Aber ist es nicht wundervoll, dass wir eine ganze Welt aus lauter Libido gebaut haben?»

«So sieht Sachsen-Anhalt aber nicht aus.»

«Was ist schiefgegangen?»

«Zweckentfremdete Libido bleibt nicht erotisch, sondern wird thanatorisch.»

«Und sehnt den Untergang herbei? Das erklärt allerdings einiges.»

«Oder erinnert dich irgendeine unserer seelenlosen Stadtlandschaften an die letzten Stunden?»

«Tempelhof und Schöneberg, vom Namen her.»

«Wenigstens nicht Jungfernheide.»

«Aber das hieße ja, dass wir schnurstracks auf unser Ende zusteuern, nur weil wir die Libido falsch abführen.»

«Im Prinzip, ja.»

«So etwas habe ich immer geahnt! Was jetzt?», wollte ich wissen.

«Wir sollten uns auf die Suche nach einem Ort machen, der der Größe unseres Begehrens entspricht.»

«Hast du eine Idee?»

«Nein, aber eine Vermutung. In jeder elementaren Lebensfrage hat sich Homo sapiens sapiens im Lauf der Jahrtausende eine sich immer weiter differenzierende Kultur geschaffen. Griffen unsere wilden Vorfahren zu Mammutfleisch, Pilzen und Getreidebrei, um zu überleben, hat sich unsere Küche in Höhen entwickelt, die niemand für möglich gehalten hätte. Wir unterscheiden dabei Nuancen, für die wir erst ein Geschmacksvermögen entwickeln mussten. Ein Besuch bei Alain Ducasse gleicht einer Mischung aus Kunstausstellung, lukullischer Ausschweifung und einer gaumengetriebenen Unio mystica, die mit der Befriedigung des Hungers nichts mehr zu tun hat.»

«Kann sein, und jetzt?»

«Wir essen mit Besteck, halten uns an bestimmte Tischsitten und rituelle Abläufe. In der Mode sind wir von Tierfellen und groben Lederoutfits in die Höhe aristokratischer Verfeinerung gewachsen. Hast du mal Proust gelesen, diesen Teil, in dem Odette de Crécy im ganzen Kleiderreichtum ihrer Flaniertoilette geschildert wird, die sie auf ihren Spaziergängen über die Champs Élysées in Gegenwart ihrer Bewunderer trägt?»

«Dreimal!»

«Wunderbar. Man weiß ja kaum noch, wie es sich anfühlt, gut angezogen zu sein. Was Musik betrifft, hat die Kunst von

Trommeln und rhythmischen Gesängen zu Haydns Sinfonien und den Klanguniversen Wagners und Mahlers geführt, von technischen, hygienischen und pharmazeutischen Innovationen ganz zu schweigen. Wir reisen nicht mehr mit dem Pferd, sondern dem Flieger, senden Botschaften nicht mehr über Fackelläufer, sondern WhatsApp. All das hat so gut wie nichts mehr mit den Ursprüngen zu tun, obwohl auch ein Ducasse den Hunger stillt, das Tweed-Jackett wärmt, Haydn gemeinschaftsbildend wirkt und so weiter. Damit sind wir eine andere Spezies geworden, mit einer sehr markanten Ausnahme, unserer Intimität, wo seit den Bonobos keinerlei nennenswerte Fortschritte gemacht wurden.»

«Vermutlich sind sogar Verluste zu beklagen in puncto Innigkeit und Animalität», ergänzte ich einsichtsvoll.

«Man könnte sich lange fragen, warum und warum ausgerechnet hier, wo ungeheure menschliche Möglichkeiten, die größte Nähe zu Geheimnis und Wunder, zum Absoluten, die wenigen echten Gelegenheiten zur Höherentwicklung liegen.»

«Weil das Bonobo-Niveau noch immer ziemlich gut ist?»

«So wie nichts gegen ein saftiges Stück Mammutlende spricht.»

«Die Paläodiät ist schwer im Kommen.»

«Aber immer dasselbe Affentheater?»

«Hättest du es gerne ein bisschen zivilisierter? Wir haben doch schon genug Naturräume verloren. Die Leute haben ganz andere Probleme, und für die meisten birgt die Sache mehr Risiken als Chancen, sie haben dabei zu viel zu verlieren.»

«Mit der Einstellung säßen wir noch in Lehmhütten und würden weiter auf Kokablättern kauen. Nein, wir müssen den Innovationsstau auflösen. An einer Kultivierung führt kein Weg vorbei, das Ganze muss ein Garten, eine Installation, ein Kunstwerk werden. Prozeduralisieren, ritualisieren, zur Not als Wellness-Disziplin ausbauen, mit Meditationskursen flankieren, was weiß ich. Es wird Zeit, die Baugerüste anzubringen, Architekten, Liturgiewissenschaftler zu beauftragen. Der heutige Zustand wird uns so albern vorkommen wie Menschen, die noch mit den Fingern essen. Und am Ende steht mit etwas Glück ein neuer Prototyp, eine neue Spezies. Homo ludens ekstaticus oder so.»

«Wenn du es sagst. Aber überlassen wir das doch jetzt dem Menschen der Zukunft und widmen uns stattdessen ...»

Wir waren zwischenzeitlich nicht untätig gewesen, streichelten und betasteten einander mit demselben Respekt, derselben Ehrfurcht und Zärtlichkeit, mit der man eine Schusswaffe begutachtet. Wie spät war es? Wir redeten nicht ununterbrochen, und wenn, dann immer auch aus einem Zustand der geistigen Dämmerung und Phasenverschiebung heraus, zwischen Lust, Müdigkeit und Wachsamkeit. Ob sie, während sie auf dem Bauch lag und ich ihr sorgsam Rücken und Nacken kraulte, alles so ernst meinte, war in jenen Momenten nicht unbedingt von Belang. Sie versteckte sich hinter Übertreibungen und Lakonismen wie unter ihrer Decke, die sie, sobald wir halbwegs geordnet miteinander sprachen, manchmal wieder bis hinauf zum Hals zog. Außerdem konnte das von Fall zu Fall auch Komische daran bisweilen wie das Sinnliche entgrenzen. Kurzum, es erfüllte mich mit manchem Stolz und Wohlbehagen, sie in eine derartige Redseligkeit versetzt zu haben.

«Hast du mal jemanden geliebt?», wechselte ich mutig das Thema.

«Ich bin nicht sicher, ob ich weiß, was das ist. Sehnsucht gehabt, ja.»

«Und dabei weißt du doch sonst so viel.»

«Tja.»

«Warum hast du dir denn ausgerechnet mich ausgesucht?»

«Ich wollte deinen Geist befreien.»

«Verbindlichsten Dank ...»

«Mitgefühl ist eine Triebfeder meiner Natur.»

«Ich werde dich daran erinnern, wenn sich mal wieder die Gelegenheit bietet.»

«Ich spiele diese Rolle nicht besonders gut. Es nützt aber nichts, vor sich selbst davonzulaufen. Irgendwann musst du werden, die du bist, *nach dem Gesetz, wonach du angetreten*. Und da mir das Mütterliche fehlt ...»

«Aber wieso denn? Vielleicht bist du ja eine Mutter zweiten Grades, zuständig für die Wiedergeburten, Neugeburten, Sturzgeburten jener Männer, denen eine Geburt allein nicht ausreicht und die du noch einmal zur Welt bringst.»

«Danke. Das ist nett gesagt, aber wenn du anfängst, mich Mama zu nennen, packe ich meine Sachen.»

«Mutti?»

«Das wäre ja immerhin ein arriviertes Lebensmodell. Aber ich habe meine Berufung im Prinzip nie gefunden. Vielleicht hat es nie eine für mich gegeben, möglicherweise haben wir für das, was ich geben könnte, auch keinen Bedarf mehr. Beziehung kann ich nicht, Eier legen will ich nicht. Also mache ich meine Kunst und sublimiere.»

«Ich kann ja nur für mich sprechen, aber ich verdanke deiner Gegenwart ganz erhebliche Zugewinne an Immanenz, Komplexität und Einsichtsvermögen. Leider auch meinen Niedergang, aber immerhin habe ich wenigstens einmal im Leben an den Kern der Dinge gerührt.»

«Gern geschehen!»

«Warum bist du mir damals eigentlich so ungreifbar erschienen?»

«Mein Medium ist eher die Distanz, aus der ergibt sich alles Wesentliche. Wir hatten uns genug tangiert, der Rest würde sich aus der Entfernung ergeben. Und ich wollte sehen, ob du kämpfen kannst.»

«Ich habe viel mit mir gekämpft.»

«Na, immerhin.»

«Aber was hast du davon?»

«Ich habe nichts davon. Ist einfach mein Programm, schätze ich. Es ist einem künstlerischen Bedürfnis nicht unähnlich. Ich helfe dem Stoff in seine Form hinaus. Manchmal gehört eine produktive Zerstörung einfach dazu, so wie man eine Hecke schneiden muss oder die Triebe einer Rose vor dem Winter kürzt. Es ist ein kreativer Akt, ein ungeheures Gefühl von Macht und Schöpferkraft, jemanden zum ersten Mal aus sich hervorzubringen. Irgendwie reizt es mich, in sein Gesicht zu sehen, sein Entsetzen über die Wirklichkeit, der er aus Lüge und Lethargie aus dem Weg geht, und seinen Zusammenbruch mitzuerleben. Nicht weil das an sich schon spannend wäre oder ich ein sadistisches Bedürfnis damit verbände, sondern weil es mich ehrlich beglückt, wenn der andere dann schließlich wieder runderneuert und taufrisch auf der Matte steht.»

«Kann man dich eigentlich buchen?»

«Zu wenig Nachfrage.»

«Hört sich so an, als machtest du nichts anderes als der Luther'sche Gott. Der hat nur keinen so schönen Hintern.»

«Vielleicht sollte ich das das nächste Mal dazuschreiben.»

«Ich habe dir noch gar nicht für die Einladung hierher gedankt. Das war ein ziemliches Wagnis, nach allem ...»

«Du hast dich ja auch überwinden müssen. Und ganz uneigennützig war es meinerseits nun auch wieder nicht. Denn so aufgeladene Konstellationen lassen sich unter Umständen besonders feierlich auflösen.»

«Unter Umständen.»

«Manchmal finde ich es schade, dass wir nicht mehr nach traditionellen Festkalendern leben. Wir feiern einfach keine echten Feste mehr, bei denen man wie in der guten alten Zeit all das lustvoll verheizt, verschwendet und auf den Kopf haut, was man monatelang erarbeitet und geerntet hat, und sich dazu. Man löst sich ein Stück weit darin auf und weiß wieder, wo man herkommt. Und trifft die Vorbereitungen für das nächste Fest.»

«Leider hat jemand irgendwann die Sparkasse erfunden.»

«Hat dem Arbeitsleben jede Freude genommen, und Willen und Ambition auch irgendwie die Tiefe. Wofür soll man sich denn abrackern, wenn nicht fürs Fest? Vor allem: wohin mit dem Drang, sich zu verschwenden?»

«Na ja, ich habe Jahre meines Lebens für nichts und wieder nichts verschwendet, sehe aber nicht, dass es mir besonders gutgetan hätte.»

«Du hast es vermutlich nicht mit der nötigen Emphase getan.»

«Ich habe es vermutlich nicht mit dem nötigen Zartgefühl getan.»

«Schön, wenn ich weiterhelfen konnte.»

«Lass uns ein Fest feiern.»

«Jetzt?»

«Ein Hochfest ...»

Und tatsächlich hob uns dann zwar wieder eine Welle überschwänglicher Festlichkeit in die phokische Nacht. Allerdings hatte sich in den Tiefen unserer vorübergehend vernachlässigten Triebnaturen inzwischen eine gewisse Ungeduld ergeben. Ganze Rezeptorenverbände, aufgehalten von ihrer neunmalklugen Generalität, warteten auf ihren Einsatz. Es würden die letzten Äußerungen dieser Art aus jener geistigen Kommandantur sein, da ab jetzt andere Streitkräfte und Einsatztruppen übernehmen würden. Zwar war man den Verlautbarungen seines gewohnt realitätsfremden Führungspersonals eine Weile lang gereizt, aber nachsichtig gefolgt, als es sich noch einmal mit verzweifeltem Stolz gegen das Unvermeidliche aufbäumte. Dennoch war es unter dem Strich auch Ausdruck einer Hybris, Kontrolle und Überlegenheit zu suggerieren, wo der Machtverlust schon mit Händen zu greifen war. Als hätte man diese altgedienten Abläufe wirklich «kultivieren» können! Brachen sich hier nicht rohe Gewalten Bahn, die sich um solche Intellektuellenphantasien nicht scherten, sondern den vorbestimmten Weg der Väter und Vorväter, Mütter und Urmütter gingen? Die Neurotransmitter ließen also den Sturm losbrechen, man wollte vor dem Winter wieder daheim sein. Aus der Richtungslosigkeit unseres saumseligen Getriebes und Geschiebes wurde man etwas nervös auf einen mehr oder minder klar erkennbaren Hauptweg hinausgeführt, den man zwar zu kennen glaubte, da man zahllose Male an ihm vorbeigekommen war, der aber einen solchen Verlust an Ruhe und Weite mit sich brachte, dass sich unter beiden Parteien bald zunehmende Abstimmungsschwierigkeiten abzeichneten.

Mehrere Vorstöße meinerseits wurden mit widersprüchlichen Signalen aufgenommen, der Vormarsch geriet ins Stocken. Ich hielt mich daher zurück und übertrug ihr vorübergehend die Befehlsgewalt, womit die Eintracht erst einmal wiederhergestellt war. Katharina bemühte sich dann, versuchsweise zu vertrauteren Verhältnissen zurückzukehren, doch die Macht der Zeit war ebenso wenig zu leugnen wie die Dynamik der Ereignisse, und nach anfänglicher Entspannung der Lage durchlief nun ausgerechnet sie eine Wandlung, die so nicht abzusehen gewesen war. Da ich ihr vorbehaltlos vertraute, ließ ich sie gewähren, als sie nun immer deutlicher das Tempo anzog, stärkere eigenmächtige Akzente setzte und meiner Resonanz darauf weniger Beachtung schenkte als zuvor.

Zunächst kam ich diesen Anpassungen mit gespannter Neugier, Resilienz und Impulskontrolle nach, doch je mehr Katharina in Bewegung geriet, desto mühevoller wurde es, ihr etwas entgegenzusetzen. Es erforderte schon überdurchschnittliche Stoikerqualitäten, um sich einigermaßen behaupten zu können, während es sie, wäre sie nicht von mir festgehalten worden, in auffahrender Bacchantinnenart wer weiß wohin verschlagen hätte. Sie nahm dabei außer der dienstbaren Leihgabe eines nun auch mehr als nötigen Ankerorgans so wenig von mir wahr, dass man daraus leichthin einen Fall von ~~sexueller~~ Objektifizierung, Instrumentalisierung und asymmetrischen Machtverhältnissen hätte konstruieren können. Doch die Lage war für uns beide so neu und fordernd, dass ich ihr keine Vorwürfe machte und Fragen nach Autonomie und Selbstbestimmung angesichts ihrer Umstände vorerst nicht thematisieren würde.

Dabei war das Wesen einer Bacchantin, soweit sich dies sagen ließ, ursprünglich nicht einmal besonders lustvoll. Es gab einschlägige Darstellungen auf antiken Vasen, die erkennen ließen, wie sie allzu deutliche Angebote in diese Richtung empört zurückwies. Ihre Erregung erstreckte sich auf eine vollkommen andere Sphäre. Wo also war Katharina? Noch mal nachzufragen schien momentan nicht opportun. Ihren Vorläuferinnen jedenfalls ging es weniger um sinnliche Befriedigung als um die Verkörperung eines verwandelnden Gottes, um Rausch, Vernichtung und dergleichen. Das Dionysische hatte, trotz aller sich sofort einstellenden orgiastischen Assoziationen mit der reinen Geschlechtswelt nur eine geringe Schnittmenge, eigentlich nur dort, wo es um den ungesunden Hang ging, sich und andere zu zerreißen. Das konnte nicht in Katharinas Interesse liegen, soweit sich das in solchen katatonischen Stimmungen noch entscheiden ließ. Einen blutigen Leichnam verschwinden zu lassen, noch dazu mitten in der Nacht, wäre mit einem Aufwand verbunden gewesen, der in keinem Verhältnis zum Nutzen meiner unzeitgemäßen Zerfleischung gestanden hätte.

Irgendwann kehrte sie ein Stück zu mir zurück und zeigte sich bemüht, mich nun meinerseits um das letzte bisschen Solidität und Zurechnungsfähigkeit zu bringen und krisenhafte Zwischenfälle zu provozieren. In dieser unübersichtlichen Situation machten sich indes widersprüchliche Bedürfnisse bemerkbar, denn es schien keineswegs ausgemacht, ob sie es nicht lieber gesehen hätte, wenn ich ihren forschen Auftritt entschieden zurückgeworfen hätte. Letztlich nämlich hätte sie im Falle eines Erfolgs ebenso verloren wie ich und ihren Einsatz mit dem Abbruch aller Zuwendungen und Zärtlichkeiten bezahlt. Nicht, dass ich es besonders durchdacht hätte, aber irgendwas ließ mich langsam zur Verteidigung übergehen.

Es wurde auch Zeit, aus der Zuschauerrolle herauszukommen, denn ganz war man nie bei der Sache, selbst bei dieser nicht. Für gewöhnlich war man dafür zu weit in sich drin, mit einem distanzierten Zeugen an der Seite, der wie ein Sportreporter vom Geschehen berichtete, ohne selbst daran beteiligt zu sein. So kam man meist ohne den kleinsten Anflug von Originalität durch, zitierte im Grunde die immer selben Phrasen und bewältigte den aufreibenden Wettbewerb wie Disziplinen im modernen Zehnkampf. Nun aber war spätestens jetzt der Ernstfall eingetreten. Entscheidend war gar nicht mal nur der ganze Aufruhr auf der Gegenseite, sondern auch die Blendwirkung einer Größe, der wir uns näherten, etwas Lichthaftes, das bis in die letzte Körperfaser und Hautfalte ausstrahlte. Endorphine und Serotonine taten ihre Schuldigkeit und erfassten einen wie Stromschnellen. Da man wenigstens in diesem Naturpark auf Flussbegradigungen verzichtet hatte, fanden sich in den Uferbereichen noch ausreichend stille Buchten, in die man hineinpaddeln konnte, um etwas Zuflucht zu suchen und im stillen Wasser oberhalb des Falles einigermaßen besonnen dahinzugleiten.

In solchen Momenten werden Helden geboren. Lag der Minotaurus, sinnlich-mythologisch betrachtet, nicht sogar in unserem höchsteigenen Labyrinth der Nacht und wartete auf mich? Sollte ich ihn wirklich und ausgerechnet hier wiederfinden? Von wegen «kleiner Tod», die Indizienlage war doch überdeutlich: Ergebnis eines Simulationsaktes, in dem ein Stier eine Königin im Kuh-Outfit bestieg, und damit weder der Erste noch der Letzte, der sich in diesen Fragen mit Schablonen zufriedengab, stand dieser doch augenfällig und stellvertretend für das Unbehagen vor den Konsequenzen animalischer Instinkte. Man fing ihn ein und versteckte ihn, warf ihn in eine unübersichtliche, verwinkelte Haftanstalt, den ganzen verrückten, verdrängten, geheimnisumwitterten Großkomplex des Geschlechtslebens mit seinen Irrwegen, Umwegen und falschen Fährten, einen Ort, in dem man sich so lange verlief, bis man auf das Ungetüm traf, das einem den Kopf abriss. Hatte man nicht von Hinrichtungen gelesen, dass manche der Opfer im Moment des Todeskampfes ejakulierten? Warum genau, blieb schwer zu ergründen, jedenfalls nicht aus reiner Lebensfreude. Wenn das mal kein Grund war, die ungebrochene Orgasmolatrie unseres Zeitalters gründlich infrage zu stellen!

Nur Theseus gelingt es, in die dunkle Mitte zu dringen und das Ungetüm zu überwinden, auch dank seiner einmaligen Kampfkraft und Körperbeherrschung, der Liebe Ariadnes, vor allem aber deren Fadens, mit dem er den Weg aus der labyrinthischen Enge hinausfindet. Sie machen ein kleines Boot klar, lichten den Anker und segeln in die Weite der Ägäis. Keine verwirrenden Gänge und Kehren, keine unterirdische Dunkelheit, keine Tierlaute, nur Himmel, Fahrtwind und eine ruhige, großartige, allumfassende See, die Sonne und Mond widerspiegelt. Den Elementen ausgesetzt, wild und doch geborgen, in der Schaluppe treibend und endlich weg aus Kreta, nicht zuletzt auch von Ariadnes seltsamen Eltern und dem garstigen Halbbruder, stehen jetzt die Sterne über ihnen – und waren sie nicht wie sie? In der Ferne ihre Insel, Freiheit und Abgeschiedenheit, umblaut von weiten Wassern. Die junge Königstochter endete dann irgendwann an der Seite von Dionysos (nichts war für die Ewigkeit). Und Theseus? Gründete angeblich Athen, die Wiege der abendländischen Welt.

Nun handelte es sich hierbei freilich um das Werk eines Helden, nicht eines Hilfswissenschaftlers, also eins nach dem anderen. Zunächst gelang es, die schöne Furie etwas zu besänftigen, deren Interesse an meiner Gestalt und Persönlichkeit zugunsten eigener anagogischer Durchbrüche deutlich nachgelassen hatte und nur noch sehr selektiv war. Ich nahm ihr das nicht übel, fand mich aber zu einer Passivität verurteilt, die mir nicht erlaubte, Einfluss auf den weiteren Spielverlauf zu nehmen, der noch dazu auf ein abruptes Ende zusteuerte. Das konnte niemand wollen. Wenn es weitergehen sollte, musste der Umsturz her, und der kam dann auch, ohne größere Handgreiflichkeiten, eigentlich nur durch einen beherzten Klammergriff und ein paar rücksichtsvolle Umwälzungen. Sie nahm es verwundert, aber auch mit Sportsgeist zur Kenntnis, widersetzte sich eher pro forma, doch zu halbherzig, um damit grundlegende Meinungsverschiedenheiten zum Ausdruck zu bringen.

War diese Gefahr abgewendet, wurde ich mir bald selbst zur Gefahr. Was vermochte ich am Ende wirklich gegen diese mitreißenden, verfänglichen, auch besorgniserregenden Untergangsdynamiken, noch dazu solche, auf die hin ich durch und durch angelegt war? «Komm, süßer Tod, komm, sel'ge Ruh» (BWV 478): In hoffnungslosen Frontsituationen konnte der geschundenen Söldnerseele mitunter die Überzeugung kommen, dass dieser womöglich gar nicht so übel wäre, und sich fragen, wie viel das eigene Leben unter den herrschenden Umständen noch wog, ob der Ausgang der Schlacht noch eine Rolle spielte, der Begriff des eigenen Schicksals nicht ein großer Hohn war und ob angesichts all dessen der vorzeitige Abtritt nicht eine Erlösung, eine Flucht nach vorne gewesen wäre. Und in meinem, der Sache nach natürlich nicht ganz so fatalen Fall wäre dies immerhin mit allen biochemischen Annehmlichkeiten und Sensationen einhergegangen, die ein zeitgenössischer Philosoph einmal in die Nähe eines ontologischen Gottesbeweises gerückt hatte. Zudem war man diesen Tod schon einige Male gestorben und wieder auferstanden von den Toten. Jene in Aussicht stehende und nun ja auch wirklich ziemlich unvergleichliche Peak Experience lief jedoch nicht zwangsläufig auf eine Himmelfahrt hinaus, sondern konnte oft genug, gerade in Anbetracht der Mühen, die sie gekostet hatte, auf etwas nebulöse Weise ernüchtern. Man kraxelte drei Stunden einen anspruchsvollen Berghang hinauf, stürzte dann von ganz oben, jenen imposanten Gipfelgraten, auf denen man sich kaum ein paar Sekunden umsehen durfte, in nahezu freiem Fall direkt hinunter und fand sich exakt an derselben Stelle, an der man losgelaufen war, nur abgekämpft, zerschlagen und in größerem Zweifel, wozu das ganze Unternehmen eigentlich nötig gewesen war. Und jene finster vergrübelten Verschwommenheiten im Abgang waren so außergewöhnlich nun auch wieder nicht, im Gegensatz zu dieser ganz und gar singulären Konstellation, aus der verfrüht abzustürzen ein Unglück gewesen wäre.

Trotz der vermeintlich aussichtslosen Lage ergaben sich für den unerschrockenen Mann der Tat dann doch verdeckte Schleichwege durchs Labyrinth, darunter auch solche, die am Minotaurus vorbeiführten. Man konnte ihn brüllen hören, ihn umkreisen, man hätte, wenn man allen Matadorenmut zusammengenommen hätte, vor dem Stier auch einen waghalsigen Muletazo vollführen können. Erfolgversprechender blieb die indirekte Konfrontation, Soft Power statt Eskalation. Durchaus denkbar, dass Theseus ihn nicht erschlagen, sondern verlockt, vorgeführt und verrückt gemacht hat. Vielleicht hat er ihn auch zu Tode geritten. Unsere vorübergehende Versuchsanordnung glich einem Balanceakt auf einem Seil, dessen bestimmende Voraussetzung ein intakter Gleichgewichtssinn war. Der berühmte Wagenlenker von Delphi, der die Zügel der Pferde maßvoll und beherrscht in die Höhe hielt, kam einem in den Sinn («Nichts im Übermaß», zweite Inschrift am Apollon-Tempel ebendort). Eine Weile lang hing ich fast über der Klippe und hatte mehr Glück als Verstand, den Ariadnefaden jedoch fest bei der Hand, denn Katharina, nun überwiegend d'accord, begriff instinktiv, was vor sich ging. *Der Mensch ist ein Seil, geknüpft zwischen Tier und Übermensch – ein Seil über einem Abgrunde.*

Wir fuhren alle Bewegungen bald stark zurück, weniger aus Erschöpfung als aus einer Anspannung, Sammlung und Einkehr heraus, vielleicht auch infolge einer neuen Erwartungshaltung. Als wollte man ganz still werden, um dem Vorbeigang von etwas Unerhörtem zu lauschen. Alle noch spürbaren Regungen ergaben sich von selbst und ohne Zutun, ein Wechsel der Intentionalität, der sich so anfühlte, als würde, was sonst willkürlich in Gang gesetzt wurde, in eine Art Atmungsprozess überführt, der nebenher und je nach Bedürfnislage den Charakter einer autonomen Grundfunktion annahm. Es ging gar nicht mehr so sehr darum, Katharina heimzusuchen, als die Räume zu erkunden, zu denen nur sie die Tür öffnen konnte. Man wuchs und wuchs, vermutlich näherte man sich seiner neuen transhumanen Bestimmung an. Die begrifflichen Geländer waren ohnehin nicht mehr zu greifen. Wir sahen uns lange an, aber es war eigentlich nichts mehr mitzuteilen. Ich hätte einige Minuten gebraucht, mich an meinen Namen zu erinnern oder an die Geschichte, die mich mit dieser Frau verband. Wir mussten eine seltsame Spezies sein, wenn wir uns so weit von uns entfernen konnten. Wie simpel dagegen doch meine Intellektuellenwelt war ... Was aber sah man in der anderen? Im Grunde nicht mehr viel, reines Da- und Mitsein, zwei Schweifsterne am drehenden Firmament, Weltennacht und Urvergessen, eine Art Nichts, das alles war.

Ganz offenbar gerät man hier an einen Punkt, an dem man beim Schildern solcher Ereignisse nur noch abspringen kann. Das hatte natürlich seine Gründe, Abgründe und Ungründe, denn sonst hätte man den ganzen zärtlichen Nexus bisher ausgiebiger und auch treffender gewürdigt, was an sich eigenartig ist, da die Beschäftigung selbst nicht weniger alltäglich ist als Zähneputzen, Zeitungslektüre oder ein Business Meeting. Ich selbst behalf mir in dieser Verlegenheit mit Rückgriffen auf die mystische Tradition, die sich dem gescheiterten Theologen geradezu aufdrängten (womit all die Jahre in Bibliotheken vielleicht doch nicht ganz für die Katz waren). Das mochte anfangs etwas abwegig erscheinen, da sich für gewöhnlich kein größerer Kontrast als der zwischen der Abgeschiedenheit und Versenkung eines Betenden und Katharinas und meinem ja doch entschieden weltimmanenten Treiben denken lässt. Etwas zu mystifizieren, das sich direkt vor unseren Augen und Sinnen abspielte und so konkret wie nur irgendwas war, hätte auch keinen Sinn ergeben, noch weniger, irgendwelche Heiligen in diese sich vollauf genügende Zweisamkeit hineinzuschmuggeln, die von ihren himmlischen Tribünen ohnehin die bessere Sicht auf die Dinge hatten. Aber zum einen waren auf beiden Feldern Grenzübertritte die Regel, die nur hier zu erleben waren, zum anderen glichen sich die genannten Erfahrungen in der Intensität ihrer Stille mehr, als man vielleicht vermuten könnte.

Was uns beide betraf, so war diese zunächst ein überraschendes, auch etwas verunsicherndes Begleitelement. Zwar herrschte in allem eine Art hoher Ton, selbst wenn bald ein paar tiefere Akkorde mit hineinspielten, aber er wurde nie vordringlich, sofern man ihn mit der Musikalität vergleichen wollte, die sich während dieses Aktes ja häufig in allen möglichen Formen des Gesangs, Tremolierens, Summens, Stöhnens, Ächzens und Flehens kundtat. «Meine Seufzer, meine Tränen» (BWV 13) aber waren hier nicht gefragt, oder noch nicht, wer weiß, warum. So wie man das Schweigen älterer Paare gerne als Desinteresse aneinander auslegte, wo es doch oft auf tiefstes Einverständnis hindeutete, war diese äußere Ruhe wohl eher Ausdruck der Einkehr und unklarer Vorahnungen. Ein Paar, das miteinander schweigen konnte, hatte seinem redseligen Gegenstück, das im Schweigefall immer den Verdacht hegte, es läge beim anderen etwas ganz Grundsätzliches im Argen, womöglich einen tiefen, inneren Seelenfrieden voraus. Wie wohl eine einfache Stille tat ... Man wusste gar nicht mehr, womit man es zu tun hatte. Nicht einmal der Schlaf (erst recht nicht jener, der uns sofort mit seinen Träumen beunruhigte) kannte diese Ruhe. Man musste das erst einmal wieder lernen und zulassen, es war so ein bisschen wie ein Gottesdienst bei den Quäkern. Die Dinge um einen standen beziehungsweise lagen nicht mehr nur herum, sondern fingen wieder an zu sein.

Abseits dieses plötzlich über uns hereingebrochenen Quietismus verstärkte sich, ohne dass jemand die Nachttischlampe angeknipst hätte, jene seltsame, schon eine Weile spürbare Helle, vermutlich nur für uns. Oder ging uns in jenen Momenten ein Licht auf? Jedenfalls war es keine Einbildung, denn irgendetwas brandete uns wellenhaft und leuchtend entgegen. *Die Nacht ist vorgerückt, der Tag aber nahe herbeigekommen.* Dass es sich nicht um Sehstörungen handelte, bezeugten Jahrhunderte orthodoxer Tradition, für die das Taborlicht zentrales

Element ihrer Gotteserfahrung war. All dies hätte man genauer in meiner aus fadenscheinigen Gründen abgelehnten Dissertation nachlesen können, insofern muss ich es hier mit ein paar Andeutungen bewenden lassen.

Ohne Theophanie und Emanationslehre allzu große Beachtung zu schenken, hatten Katharina und ich möglicherweise ebenso wesentlichen wie wohltuenden Anteil an den sogenannten ungeschaffenen Energien. Während nämlich die katholische und protestantische Westkirche ihrem unerreichbaren, unbeschreiblichen und offenbar auch etwas berührungsempfindlichen Gott nur über den Glauben nähertreten durfte, hatten die Orthodoxen nicht erst seit Gregorios Palamas da schon wesentlich barrierefreiere Zugänge. Mittels spezieller Gebetstechniken ließen sich solche Energien relativ verlässlich herbeirufen. Mir hat das einmal ein Mönch auf dem Athos erklärt, und ich habe es dort selbst ausprobiert, allerdings nach ein paar Versuchen in meiner Schlafkammer wieder abgebrochen. Es kam mir einfach zu banal und monoton vor, beim Herz-Jesu-Gebet endlos «Kyrie eleison, Christe eleison» vor mich hin zu stammeln, bis mich der Heilige Geist ergriff. Es war mir auch zu unpersönlich, aber genau darum ging es, ein Mantra funktionierte nicht anders. Es war tatsächlich eine ähnliche, wenn nicht gar dieselbe Kraft, die einen bei einer gelungenen Meditation durchlief. Ob Letztere nicht überhaupt eine Abwandlung jener von Katharina und mir vollzogenen, paarweisen Übung war, für jene, die aus welchen Gründen auch immer nicht in den Genuss einer solchen Behandlung kommen konnten (und das waren, abgesehen von vereinzelten Glückspilzen wie mir, ja leider die meisten), sei einmal dahingestellt.

In der Ostkirche verfügte man demnach vielleicht über den direkteren Anschluss an den göttlichen Stromversorger, und zwar ganz ausdrücklich auch über den als fauligen Sündenpfuhl verschrienen Körper, der im Westen über die Lehre der Neuplatoniker und Augustinus mehr oder weniger Ausgang aller Schrecken blieb. Solche Gebetspraktiken sahen eine bestimmte Atemtechnik vor, eine Konzentration auf den Nabel, und so hob man das Fleisch unendlich weit zu Gott empor, wo es geheilt und geläutert wurde, während einem ganz nebenbei das überirdische Licht als dessen Selbstoffenbarung in Herz und Büßerseele schien. Dem Westen waren solche Empfindungen zu sinnlich und zweifelhaft, damit wollte man nichts zu tun haben, und sie hätten womöglich die ganze Scholastik in Unordnung gebracht, die man mit so viel Mühe und Abstraktionsvermögen zusammengetackert hatte. Auch Mechthild von Magdeburg musste diese wohlgefälligen Wirkkräfte Gottes leibhaftig erfahren haben und mit ihr, wenngleich etwas weniger sinnenfroh, die Mystik überhaupt, das ungeliebte Stiefkind des klerikalen Dogmatismus. Ob solche Strahlungs-, Licht- und Lusterfahrungen tatsächlich mit Gott in eins gesetzt werden durften, muss hier nicht entschieden werden und hängt davon ab, worauf ich mit dieser Auslegung hinauswill. Es interessierte mich offen gestanden auch nicht besonders. Was daran reizte, war die Frage, was Gott damit beabsichtigte, so und nicht anders aufzutreten, quasi als Energiezulieferer der erotischen Industrie. Hatte er sein Auge in uns aufgeschlagen, um es in seliger Verzückung gleich wieder zu schließen, wenn er sich über uns hin selbst genoss? War das seine Art, sich zu erden, in den wesenhaften Abgrund seines ewigen Werdens hinabzublicken und sich dort über alle Ufer hin auszugießen? Hätte man den Deus absconditus also öfter aus seiner Schmollecke hervorlieben müssen, damit er uns zu passender Gelegenheit endlich mal etwas von seiner Heilszeit erübrigte?

Wenn Gottes Ebenbildlichkeit nicht nur ein theologischer

Terminus irgendeines wirren Schriftgelehrten war (eine Vorstellung, die ohnehin mehr Fragen aufwarf, als sie beantworten konnte, denn wann stellte sie sich ein? Wenn wir den Müll runterbrachten, beim Stullenschmieren oder Nasepopeln?), dann ergab sie eigentlich nur hier, bei den Schöpfungsangelegenheiten, wirklich Sinn. Wären wir tatsächlich, nur eben kleiner formatiert, sein menschliches Ebenbild gewesen, dann hätte man gerne gewusst, was Gott wohl bei der Schöpfung der Welt empfunden haben mag, wenn schon Katharina und ich, also vergleichsweise unbedarfte Amateure, so viel Freude an unseren eigenen diesbezüglichen Aktivitäten entfalteten. Vor allem in Anbetracht der weitaus bedeutenderen Ergebnisse mochte man sich diese Wonnen ja kaum ausmalen. Es hätte bedeutet, dass diese oft genug frustrierende, beängstigende, entzauberte Welt das Ergebnis einer schier überbordenden Lust gewesen sein muss. Warum teilte sich dies eigentlich nicht deutlicher mit? Ein wenig ekstatischer hätte sich das Universum schon anfühlen können, oder hatten wir einfach einen Knick in der Optik? In diesem Fall hätte man hinsichtlich dieser Ursprünge zwingend eine Erinnerungskultur anregen müssen, die jener freundlichen Hintergrundstrahlung öfter Rechnung trug.

Das war auch deshalb bedauerlich, weil man hier und nur hier jenes von Moral und ausufernden Definitionen überwucherte Großphänomen der Liebe hätte aufspüren können, von dem Katharina vorgab, es nicht zu kennen (womit sie ehrlicher war als die meisten). Ein nach ihrem Dafürhalten totgelaufener, breitgetretener, von seinen Ursprüngen weit entfernter Pseudobegriff, der für alle möglichen Zwangsveranstaltungen, Manipulationen und Heucheleien herhalten musste und eine Hundertschaft von Empfindungen undifferenziert zusammenpappte. Hier, sofern man ihrem Namen überhaupt noch traute, fand man sie nämlich wieder, die Liebe. Das Gehaltensein und Vertrauen, die unverdiente Gabe, Gnade und Gerechtigkeit, und zwar so tolerant, divers und minderheitenfreundlich, wie man es nur selten erlebte. Als säße man an einem klaren kühlen Wintertag in der Sonne und ließe sich die Wärme ins Gesicht scheinen. Und war es am Ende nicht umgewandelte Sonnenenergie? Wie die Sonne, die auf der Haut bestimmte Vitamine induzierte und Hormone in Gang setzte, im Übermaß aber Verbrennungen auslöste, blieben solche außergewöhnlichen Strahlungsdosen nicht folgenlos. Auf welche Weise der menschliche Körper und Verstand diese energetische Fracht aufnehmen und verarbeiten konnte, hätten wir erst in langen Testreihen prüfen und in praxeologischen Untersuchungen verifizieren müssen (sobald wir aus dieser Nacht heil herausgekommen wären, hätte ich weiterhin zur Verfügung gestanden). Es schien jedenfalls plausibel, dass man dafür nicht nur Rezeptoren, sondern auch Lagerräume und Speicherkapazitäten zur Verfügung haben musste. Sofern man etwas davon hätte synthetisieren können, wäre es möglich gewesen, bestimmte Bereiche in sich umzuschaffen, und zwar nicht nur in Hinblick auf irgendwelche Überzeugungen und Ideen, sondern bis in die Hardware hinein, ansonsten wären Meditation und Jesusgebet ja fruchtlose Freizeitbeschäftigungen geblieben.

Jedenfalls glichen wir uns dieser wesenhaften Strömung an, und es war keineswegs ausgemacht, inwieweit und in welchem Umfang wir infolgedessen modifiziert werden würden. Bliebe man einfach im Meer sitzen, statt zum Ufer zurückzukehren, würden die Wellen mit größter Geduld und Gemütsruhe so lange über einen hingehen, bis man am Ende selbst zum Meer wurde. Ginge man in einem Wüstensturm verloren, würde man über kurz oder lang selbst zur Wüste werden. Es wäre unser Ende gewesen, lag aber in der Natur der Dinge und war bei fehlender Gegenwehr nur eine Frage der Zeit. So gab es Phasen, in denen sich diese Drift beschleunigte und wieder abebbte, und so wohlwollend man es die meiste Zeit über aufnahm, wurde man den Empfindungen nicht ganz gerecht, wenn man von jenem leichten Schmerz absah, der sich dabei hin und wieder einstellte. Ich weiß nicht, ob wir gut beraten waren, so lange in die Flamme zu fassen, bis wir selbst flammenhaft wurden. Aber es war auch ein Jammer, jener sich abzeichnenden Wahrheit noch immer so fern zu sein. Schmerz war vermutlich das falsche Wort, wenngleich manche unserer vernehmbaren Äußerungen doch auch auf ein wachsendes Leiden schließen ließen.

Nun kam die völlige Auflösung ja gar nicht infrage. Wer hätte die Hotelrechnung bezahlt, Katharinas Mietwagen zurückgebracht, meine Wohnung gekündigt? Nicht einmal einen Abschiedsbrief hatte ich formulieren können. Dennoch zeichneten sich bald ein paar substanzielle Veränderungen ab, denn im Umkreis der Ewigkeit wurden einem manche noch bei Tageslicht geltenden Richtlinien schleierhaft, die die Orientierung bislang sehr erleichtert hatten. Wer Mann, Frau, aktiv, passiv, fest oder flüssig war, das waren situative Momentaufnahmen, die eine Weile galten und dann neu ausgehandelt werden mussten. Wer hätte sagen können, wer hier gab und wer empfing, wer vereinnahmte oder sich verausgabte, wie es um die faire Zuteilung der Genussmittel bestellt war? Näherte man sich dem Androgyn an, wurden in diesem Bereich die sechzig Geschlechter bei Facebook Wirklichkeit? Das Ausmaß der vielfältigen Entspannungs-, Animations- und Verjüngungsmaßnahmen, die mir zuteilwurden, übertrafen alles, was ich hätte zurückgeben können. Insofern wäre man durchaus zur Frage veranlasst gewesen, ob man nicht nur hier, sondern auch in anderen maßgeblichen Lebensbereichen vorrangig

Nettoempfänger*in war (und auch, jeder auf seine Weise, irgendetwas gebären würde).

Wir bewegten uns durch einen Halbschatten, der den Augen nur noch Umrisse und Ahnungen anbot, den Rest erkannte man über die im Grunde verlässlicheren Möglichkeiten bilateralen sensorischen Austauschs. Dabei traten seltsam verwischte Zustände und Statuswechsel ein; mal war man klar jenseits des Persönlichen, dann wieder lag man von Angesicht zu Angesicht. In diesen Phasen blieb Katharina längst nicht mehr nur das Idol, das durch die Projektion meiner Blicke entstanden war, sondern wurde Ikone auf Zeit, jedenfalls insofern sie, obwohl noch immer hinreichend sichtbar, an sich das Unsichtbare erscheinen ließ, von dem sich nichts anderes sagen ließ als eben dies: dass es unsichtbar war und unsichtbar blieb. Man holte aus seinem Grund nichts herauf, auch wenn ich versuchte, ein wenig in sie hinabzutauchen. Die Blicke konnten sich nirgends niederlassen, viel eher sah einen jenes Unsichtbare selbst an und fasste einen durch alle Form, Bewegung und Nervenlast hindurch ins Auge. Noch dazu nahm Katharina einen der Wladimirskaja ganz ähnlichen, fragenden Gesichtsausdruck an, aber vielleicht hatte ich da auch nur eine ungesunde Fixierung. Jedenfalls verriet sie mir mehr über die Russin als umgekehrt. Es gab schon einen Grund, warum die Protestanten sie immer ein wenig auf Abstand hielten, vielleicht weil sie in ihr noch das Heidentum herausspürten. Denn mal Hand aufs Herz, Wladimirskaja, wer warst du wirklich? Maria, war das nicht die *vom Meere*, *Meeresbitter*, wenn man vom Hebräischen ausging? Eine weitere, ja durchaus würdevolle Inkarnation der Himmelsgöttin und Muttergottheit, die von Ishtar bis Madonna den Glauben an die höhere Weiblichkeit wachhielt? Und du, Katharina, Tempelpriesterin der Weißen Göttin, deren heutige Gestaltwerdung nicht einmal mehr der Kulturbetrieb gewährleisten konnte, weil die vorgeschichtlichen Rollenskripte allesamt verschollen waren? Wer besang dich noch oder zerschellte an deinen Riffen? Wem würdest du die Unterwelt aufschließen, wen zu *Mondsilbertaufen* überreden oder auf Dichterlaufbahnen schicken?

Es gäbe einiges zu klären, sobald ich am nächsten Morgen wiedererwachen würde. Ganz unabhängig davon: Einen großen Vorteil hatte jener *unbekannte Gott*, dem selbst die Griechen einen Altar errichtet hatten, oder der *ganz Andere* der Negativen Theologen. Als Gott ohne Eigenschaften wies er alle Zuschreibungen, Attribute und Qualitäten von sich, womit er im Grunde so nackt war wie wir in jenen Augenblicken. Um etwas Göttlichem ansichtig zu werden, musste ich es entkleiden, all die Begriffe, Weltanschauungen, Vorurteile, Wertzuschreibungen, Geschmackliches und Kalkuliertes, all das musste ausgezogen werden wie Hemden, Röcke, Strümpfe und Unterwäsche, denn das Darunterliegende sprach ja meistens für sich. Normalerweise hätte man nach einer Nacht wie dieser aufstehen und die Dinge beim Blick auf seine Umgebung nackt sehen müssen: Himmel, die nur noch himmelten, Bäume, die bäumten, Spatzen, die spatzten, Bahnen, die bahnten, ohne dass wir ihnen in unserer gewohnten Übergriffigkeit irgendetwas hinzufügen mussten. Es wäre eine neue Welt gewesen, wenn auch nicht die ganze Wahrheit, denn auch wir mussten uns ja irgendwann wieder anziehen.

Vielleicht ging ich deshalb aus dem Zimmer nach draußen, als Katharina neben mir eingeschlafen war. Schon ihr Rücken war mir im Lampenschein seltsam verändert vorgekommen und in jener landschaftlichen Beschaulichkeit aufgegangen, die ich ganz zu Anfang geschildert habe. Aber es war noch zu dunkel; auch wenn ich Meer und Berge hatte erkennen können, schluckte mich am Ende doch die allumfassende mondlose Schwärze. Ich würde also den Morgen abwarten müssen. Katharina war inzwischen halbwach geworden und hatte, nachdem ich mich wieder zu ihr gelegt hatte, mit geschlossenen Augen nach meinem Arm gegriffen.

«Wo bist du denn gewesen?»

«War nur kurz draußen.»

«Wie schön ...»

«Ist noch mitten in der Nacht.»

«Mach doch das Licht wieder aus.»

«Ja, warte.»

«Wie schade, du hättest mich mitnehmen können.»

«Ich wollte dich schlafen lassen.»

«In die Nacht kannst du mich immer mitnehmen.»

«War ein bisschen unheimlich.»

«Das ist es ja gerade.»

«Hm?»

«Egal, komm her.»

«Man kommt sich wie ein Geist vor und kann die Grillen in sich zirpen hören.»

«Lass mal horchen!»

Also auf ein Neues, sie zog mich wieder ins Geschehen und horchte dann tatsächlich auch tief in mich hinein. Niemand hätte dies besser vermocht als meine nachtkundige Anima und Fremdenführerin. Es hatte tatsächlich den Rang einer Expedition, denn wir kannten die Nacht ja gar nicht mehr. Irgendwann hatte man uns ans Licht gefesselt und fast der Hälfte unserer Wahrnehmungswelt beraubt. Es war an sich nichts sonderlich Produktives mit ihr anzufangen, wir lebten in Tagesgesellschaften mit Tagesideen, Tageserfahrungen, Tagessinnen, Tagesgefühlen, Tageserinnerungen, Tageslüsten,

Tagesängsten. Wären wir wirklich je das Abendland gewesen, dann würden wir anders denken und empfinden. Es fehlte uns die Wärme der Dämmerungen, die Dinge waren zu scharf konturiert, jedenfalls dafür, dass sie uns über ihre Grenzen hin anrührten und oft in uns übergingen. Dass eine heilige Nacht einmal den Anfang des letzten großen Offenbarungsglaubens begründet hatte, hatte nichts daran ändern können, dass wir wie Fremde durch das Zwielicht liefen. Doch Nachtvergessene hatten auch weniger vom Tag. Nächte wie diese und jene mit Clara damals auf dem Sinai waren Sonderfälle gewesen, mit denen keiner hatte rechnen können. In anderen Fällen waren sie verschwiegener und ergaben sich in erster Linie als kontrastierende Vertiefung des Tages, ohne die er flach und eindimensional geblieben wäre. Die unbestimmten Fernen erinnerten an das vertrackte Universalrätsel am Sternenhimmel, an dem wir uns seit Jahrtausenden die Zähne ausbissen. Dabei deckte die Nacht keineswegs alles zu und warf nur in tiefste Finsternisse; das Entscheidende vollzog sich in der Veränderung der gesamten Raumstruktur. Ein Baum in der Abendsonne, in der Mittagshitze und im Mondschein, das waren drei verschiedene Bäume, und es wäre unvorstellbar gewesen, dass wir das, was wir hier während ein paar illustrer Stunden Nachtwache miteinander erlebten, im klaren Licht eines späten Morgens auf irgendeiner Wiese hätten veranstalten können.

Natürlich begnügte sich Katharina nicht lange damit, in mir die Grillen zirpen zu hören. Wenn wir ziemlich genau dort wiedereinsetzten, wo wir aufgehört hatten, also mehr oder minder aufopferungsvoll am Zusammenbruch des falschen Seins und Scheins zu arbeiten, bedeutete dies keineswegs, dass wir nicht weiterhin respekt- und taktvoll miteinander umgegangen wären. Gab es denn überhaupt eine höhere Form der Respektsbezeugung? Auch der Takt ergab sich in ungewohnter Varianz, nicht einmal so sehr durch uns selbst, sondern aus einer tieferen Bewegung heraus, deren Grund nie ganz erfasst, der man sich aber auch kaum entziehen konnte. Sie trieb ein Rhythmus an, der sich weder bestimmen noch ganz beherrschen ließ, der sich vielmehr von selbst einstellte und einer Vorgabe entsprach, der nachzukommen einfach unabdingbar war. Jene sonderbare Stille griff nämlich nicht um sich, weil wir bewegungslos ineinander verharrt hätten, sondern weil wir uns von einer eingängigen, fast schon vertrauenerweckenden Vibration getragen wussten. Vermutlich durchlebten wir da die Äußerungen eines musikalischen Grundmusters, das im Schoß aller Dinge verborgen lag. Auch die Musik selbst reichte in diesen Grund hinab und schien aus derselben Wurzel zu stammen. Am Anfang unseres übermütigen, zerstreuungssüchtigen Multiversums stand womöglich, zumindest aus Sicht zweier sich liebkosender Sterngucker, weniger ein Urknall als ein bodenloses, urwellenhaftes Schwingungsgeschehen, das dann, wie der Tanz womöglich auch, auf kunstvollste Weise auf Höhe gebracht und von der Schamanentrommel bis hinauf zu Sven Väth hin bespielt und auskomponiert wurde. Oder reagierten Klänge und Klangintervalle nur mehr oder weniger auf das, was an Grundschwingung in allem Lebendigen war, zumindest für Ohren, die hinhören konnten? Denn man machte im Grunde ja keine Musik, sondern folgte einem Impuls, der eine Art unterirdisches Beben in die Wirklichkeit hob. (Daher auch die Qualität eines Furtwängler oder Swjatoslaw Richter; es ging nicht darum, eine Partitur korrekt herunterzuspielen oder sie perfekt zu inszenieren, sondern sie aus der Verborgenheit zu holen, indem man instinktiv und medial erspürte, was in der Luft lag.)

Der Taktgeber verbarg sich, Katharina und ich folgten einem bestimmten Metrum, einer Regelmäßigkeit, die immer wieder länger anhaltende Sequenzen bildete. In aller Dynamik erweckten sie auch den Eindruck von Beständigkeit und Ordnung, ganz ähnlich wie der Herzschlag alles unaufgeregt und im Hintergrund grundierte. Da mehrere Reihungen und Perioden unsererseits durch intuitiv vermittelte Positionswechsel ergänzt wurden, hätte man von einer reizvollen, immer wieder improvisierten, herrlich verschaukelten Polyrhythmik sprechen können. Und so wie Vogelgezwitscher oder der Wind in den Blättern den tiefen Frieden einer Umgebung erst spürbar machten, ergab sich aus dieser elastischen Pendelbewegung eine viel größere Ruhe, als es durch Schweigen und Reglosigkeit möglich gewesen wäre.

Das brachte dann tatsächlich Tanzpaaraffekte auf, wobei es sich um keinen der Tänze im Standardrepertoire, sondern, eher undeutlich, sehr zurückgenommen und nur von großer Ferne erahnbar, um eher mänadisch inspirierte, unwillkürliche Wallungsbewegungen handelte. Unser Besuch an Dionysos' Party-Grotte musste dabei vor allem auf Katharina abgefärbt haben. Über solche Tänze war nicht allzu viel bekannt:

unverheiratete Mädchen, die, den Thyrsus tragend, zu Bergtänzen aufbrachen, um die alten Dionysien nachzuahmen, sich dort fallweise ihrer Persönlichkeit entledigten und die langen Haare wie auf Nirvana-Konzerten herumschleuderten. Rituelle Tänze konnten zu religiösen Einsichten befähigen, die eine rein geistige Spekulation selten erreichte, leider hat man diesen Scharfsinn der Muskeln in Fragen der Gotteserkenntnis gerade unter guten Christen lange sträflich vernachlässigt. «Der die Macht des Tanzes kennt, wohnt in Gott.» (Rumi) Und der war da nicht besonders harmoniesüchtig: Ausbrüche von Tanzwut zogen sich bis in die frühe Neuzeit und wiesen in den Ursprung eines verschlingenden Chaos. Veits- und Johannistänzer tanzten bis zum sprichwörtlichen Umfallen und wurden danach oft erbarmungslos von anderen übertanzt. Der Wahnsinn war so ansteckend wie ein Fieber, das nicht nach meiner Zustimmung fragte. Tanzepidemien voll halbnackter Besessener rissen ganze Gemeinden mit sich, Mädchen trennten sich von ihren Familien, Alte warfen beim Losbrechen der Tarantella ihre Krücken weg, als handelte es sich um einen Beschwörungszauber. Inmitten eines hysterischen Anfalls, das wusste auch der zeitgenössische Therapeut, zeigt sich der Patient oft gänzlich unempfindlich gegen Schmerzen. Auch diese Tanzrotten schienen so lange unverletzbar, wie das Göttliche in ihnen Quartier bezog. In einigen alten Stammeskulturen (und sogar mancher Kirmesveranstaltung, die ich noch vom Dorf kannte) genossen Quartalsirre dieses Zuschnitts die Narrenfreiheit, das Gemeinwesen zu plündern, weil sie sich zumindest phasenweise in Kontakt mit dem Übernatürlichen befanden und hochgefährlich waren. Und dieser Furor ergab sich nicht aus der Melodie oder nicht in erster Linie, sondern aus einem Rhythmus, der auch unser Rhythmus war, milder, verträglicher, kontrollierter, aber mit verborgenen Zugängen zu diesem Wahnsinn, und das ganz ohne Flöten, Kithairon, Tympana und Tamburine. In diesem Zustand konnte uns nichts und niemand aufhalten, wir waren schlichtweg unbezwingbar, der «Wille zur Macht», wenn es je einen gegeben hat.

Um auf Dionysos zurückzukommen, so verband ihn der Mythos ja sogar mit Ariadne, also Katharina, sie war ihm möglicherweise sogar schon auf Kreta und vor ihrer Begegnung mit Theseus, dem Bezwinger des Minotaurus, also mir (um mal im Bild zu bleiben, man soll sein Licht nicht unter den Scheffel stellen), versprochen gewesen. War das also der unbekannte, nie mit Namen erwähnte Freund, in dessen Haus sie damals auf Kreta Urlaub gemacht hatte? Ganz undurchsichtig blieb außerdem, warum Theseus sie auf Naxos sitzen ließ und auf welche Weise Dionysos sie dort zu seiner Himmelsbraut machte (mal verführte, mal tötete, mal heiratete er sie, was widersprüchlich klingt, aber durchaus Sinn ergibt, denn schloss nicht jede echte Liebe einen Tod mit ein?). Erlebte ich also gerade, wie sich Ariadne von mir löste und sich entschlossen hatte, lieber doch mit Dionysos zu verschwinden, der sich hier in einer unorthodoxen Ménage-à-trois unbemerkt und ungeniert zwischen uns geschoben hatte? Es hätte ihr Weg aus Apathie und Erstarrung sein können, auf dem alles umgekrempelt und niedergerannt werden musste, um einen neuen Anfang zu machen. Eine Welt, der nur noch selten mehr einfiel, als grundlos im Weg zu stehen, bat ja förmlich darum, in Grund und Boden getanzt zu werden.

Um mit der Welt reinen Tisch zu machen, musste man sich von einer ganzen Reihe lieb gewonnener Gewohnheiten trennen. Eine davon war die Zeit. Diesbezüglich herrschte ohnehin schon länger ein gewisses Gefälle an unseren Peripherien, irgendetwas hatte sich dort schon eine ganze Weile lang verschoben. Katharina jedenfalls schien in diesem Bereich über ein länger erarbeitetes Erfahrungswissen zu verfügen und ging unverdrossen ans Werk, indem sie die Zu- und Abflüsse des Moments in Richtung Vergangenheit und Zukunft mit meiner gütigen Mithilfe Stück für Stück abtrennte. Das erschien etwas voreilig und unbedacht, denn dass man sich im Augenblick häuslich einrichten könnte, schien ja schwer vorstellbar. Doch wie wir hergekommen waren, wo das hinführen sollte, trieb uns sowieso nicht mehr besonders um. Solche künstlich herbeizitierten Tatbestände spielten nur so lange eine Rolle, wie sich die reine Gegenwart und die Kräfte der Präsenz noch nicht aufgestellt hatten. Hatten diese erst einmal ihre abtrünnige Provinz errichtet, wollte man da auch nicht mehr auswandern. Leute mit Wohnsitz im Immerdar hätten die Vorstellung einer bloßen Unsterblichkeit, die eine Frage der Jahre, der Dauer, der Inkarnationen blieb, für wesentlich unattraktiver, ja für ein verlängertes Elend gehalten. Das hatten wir längst begriffen; Ewigkeit war eine Frage des Augenblicks, nicht eine von Jahrtausenden. Ein Rest von zweckgebundenen, nützlichen Erwägungen hätte sich nicht ganz aufgelöst, man hätte sie wie Hintergrundmusik im Kaffeehaus vernommen. Das war, ganz ohne Frage, eine sehr privilegierte Situation. Wir wären gar nicht mehr damit zu Ende gekommen, unsere «Privilegien zu checken», weil es einfach zu viele von ihnen gab. Es war der reine Luxus ohne Verantwortungsgefühl, eine abgeschottete, durchaus mit Grenzen versehene Welt (was aber nicht an uns lag, denn wir lebten nun wirklich die Weltoffenheit).

Über kurz oder lang hätte dies das Ressentiment auf der anderen Seite der Zeitmauer nur verstärkt. Man hätte uns für Hedonisten und Esoteriker gehalten, Schwärmer, Wohlverstandsverwahrloste und Dekadente, hätte uns die Vergnügungssteuer erhöht. Unmöglich, dieses unbekümmerte, lebensfremde Hier und Jetzt, würde es aus besorgtem Munde heißen, von Leuten, die nie dort gewesen waren. Sie wussten nicht, wovon sie redeten, und hätten uns auch nicht mehr verstanden. Im Augenblick herrschte eine andere Gesetzeslage, hier operierte man mit einem Wissen, das Sprache und Gedanken für nicht länger zielführend hielt. Man atmete befreit auf und war niemandem Rechenschaft schuldig, nur dem, was an unverstellten Phänomenen durch den Spamfilter kam. In diesem freien Ausgesetztsein wären die operativen Möglichkeiten begrenzt gewesen, und man hätte mit jenem Wissen kein Dotcom-Unternehmen an die Börse gebracht (wobei wir, so sharing und holding wir da lagen, an sich der Inbegriff des Shareholder-Value waren). Katharina sah offenbar keinen Anlass, sich mit der Zeit noch länger abzugeben, sie wollte diese ja eigentlich unüberwindliche Begleiterscheinung irdischen Geworfenseins, so gut es ging, hinter sich lassen. Man hätte darin ihren ganz persönlichen Begriff von Nachhaltigkeit erkennen können: Termine, Fristen, Fußballspiele waren zeitlich eng bemessen, wir aber waren es nicht, jedenfalls solange wir in diesen augenblicksvermittelten Enklaven Platz fanden.

Einmal in Form gekommen, hätten wir das alte Projekt der Platon'schen Kugelmenschen wieder aufgreifen können, die angeblich die Götter stürzen wollten. Das war jenen bekanntlich dann doch zu heftig, und sie machten einen Schnitt, das heißt, sie teilten die Kugeln jeweils in der Mitte durch und amüsierten sich danach köstlich über den einsetzenden Geschlechterkampf. Nun bildeten Katharina und ich nicht wirklich eine Kugel, aber doch ein vergleichbares, abgerundetes Kompositum, und diese Wiedervereinigung beider Hälften hätte, wenn man so wollte, nicht nur die eines On-off-Pärchens sein können, das sich vorübergehend aus den Augen verloren hatte, sondern unter Umständen auch die Voraussetzung eines gemeinsamen Himmelstürmerprojekts, das sich für göttliche Großmachtphantasien offen zeigte. Wäre es mir als Einzelwesen nie eingefallen, etwas dergleichen zu erwägen, steckte in dieser Doppelnatur nicht nur das Gefühl, wieder vollständig, sondern auch die unmissverständliche Ahnung, zu Höherem berufen zu sein. Ich hatte an sich nichts gegen die Götter und sah nicht ein, weshalb man Revolutionsbrigaden zu ihrer Abberufung hätte entsenden sollen. Zu guter Letzt hätte man noch Verantwortung für die Geschicke der Welt übernehmen müssen, wonach uns wirklich nicht der Sinn stand. Vom arbeitslosen Theologen zum Weltenlenker in ein paar Stunden, mit meinen Liebhaberqualitäten als einziger Qualifikation? Etwas mehr Bürgerbeteiligung, geregeltere Zuständigkeiten und kürzere Entscheidungswege wären weit mehr in meinem Sinne gewesen.

Aber da hatte ich die Rechnung vielleicht ohne meine zweite Hälfte gemacht. Unsere spürbaren Aufstiegsambitionen stellten sich vielleicht nicht ganz ohne Grund ein, gab es nämlich in der Tat ein paar mögliche Argumente für einen solchen Umsturz: Zum einen war die alte Garde kaum noch präsent oder gar Teil des öffentlichen Lebens. Altern konnten sie zwar nicht, waren sich aber offenbar uneins und verloren sich in längeren Querelen darüber, ob die Entwicklung eher in Richtung Zentralgöttlichkeit oder mehr Föderalismus gehen sollte. Auch waren unter den neuen Generationen, mit ihrem stark titanischen Überhang, einige fragwürdige Charaktere, die, manch verwilderten Adelsgeschlechtern ähnlich, ein wenig aus der Art geschlagen waren. Trotz ihrer noch immer geltenden Richtlinienkompetenz hatten sie etwas Enges, Bedrängtes, Getriebenes bekommen, erreichten selten die ehemalige Würde oder das Wunderbare, das einmal von ihnen ausgegangen war. Man hätte ihnen auch die notorische Leisetreterei vorwerfen können, dieses ständige Versteckspiel. Immer diese Heimlichkeiten und Verschleierungen; im Grunde fand man sie ja nur noch auf der «Lichtung des Unverborgenen». Sie wirkten müde wie wir, bunkerten sich ein. Leider haben sie zugelassen, dass wir zu sehr in uns hineingesunken sind, und sind für Jahrtausende auf Abstand gegangen. «Gott» hat die schnöde Welt ja dann schließlich ganz verlassen, und wir sind ihm dummerweise viel zu lange nachgelaufen.

Für diesen Weltverlust sind wir nie entschädigt worden. Wie die urbanen «Anywheres» blieben die Götter zu sehr unter ihresgleichen und hatten wenige Kontakte außerhalb ihres angestammten Milieus. Sie wollten da draußen unter sich sein und schätzten die feine Gesellschaft, was ich sofort verstand, wenn ich wieder einmal allein in den sonnendurchwirkten Elbauen unterwegs war. Wahrscheinlich haben sie ein wenig die Geduld mit uns verloren. Es war sicher schwer, uns zu mögen, aber hätte man uns ihrerseits nicht mehr Aufstiegschancen einräumen können? So wirkte es im Nachhinein ein bisschen wie ein falscher Dünkel, wie ihn Leute ausbildeten, die zu lange in Führungspositionen zugebracht haben. Vielleicht fühlten sie sich noch gekränkt, dass man ihnen erst die Philosophen und dann, zumindest in unseren Breiten, einen einzelnen großen Gott vorzog (der sich zu allem Überfluss auch noch mit den abgehobenen Ideen jener Philosophen gemeinmachte). Und dass wir so etwas wie Geschichte erfanden, die immer wegführte, statt im Kreis zu bleiben, die die lineare Zeit hervorbrachte, in der man ihnen nicht mehr so leicht begegnen konnte. Sie werden gedacht haben: Na schön, lassen wir sie machen, sie werden ja sehen, wo das hinführt. Aber es wirkte auch ein bisschen bequem, beleidigt und der Sache nicht wirklich gewachsen. Zeit also, ihnen mal wieder auf den Zahn zu fühlen und zu ergründen, wie spielfreudig und innovationsbereit man in den Jahren wachsender Metaphysikverdrossenheit in den empyreischen Chefsesseln noch war. Ganz ohne uns kamen sie letztlich auch nicht aus.

Bevor solche Umsturzpläne greifen konnten, mussten wir uns allerdings noch eine Weile den ungreifbaren, sehr viel irdischeren Gewalten stellen, die uns nach ihren eigenen Maßgaben in ganz andere Richtungen davontrugen. So fanden wir uns noch immer in jenem rhythmisch dynamisierten Gewoge, das bald, vor allem nachdem wir zu schwitzen angefangen hatten, einer Art gemeinsamer Schwimmbewegung zu ähneln begann. Es war nicht einmal sonderlich warm, und außergewöhnlich angestrengt hatten wir uns auch nicht. Die Drüsen aber ließen sich nicht beirren und schütteten Unmengen an Flüssigkeit aus, sodass alle Reibungsflächen und auch die übrigen, griffigeren Halte- und Stützpunkte schlüpfrig geworden waren. Wenn etwa die kleinen, wie Kondenswasser auf einer winterlichen Glasscheibe hängenden Perlen an ihrem unteren Rücken ganz zu Beginn noch Kühlungseffekte begünstigten und mögliche Überhitzungen milderten, kamen ein paar Stunden später, soweit sich das zeitlich überhaupt noch einschätzen ließ, schon beinahe ozeanische Gefühle auf. So glitten wir allmählich in Staunässe aneinander entlang und schwemmten unentwegt Rückstände von Salz und Algen in die Laken. Welcher inneren Verfahrenslogik auch immer dieser Wechsel ins Humide folgte, es musste ihm daran gelegen gewesen sein, dass wir uns wie Fische im Wasser oder wie ein Paar sich begattender Frösche im Tümpel vorkommen sollten (von denen einige Arten den Akt angeblich über Wochen ausdehnen konnten, was auch in unserem Fall nicht mehr unrealistisch schien). Hätte nur noch gefehlt, dass uns Schwimmhäute und Kiemen gewachsen wären. Nur, was war im Wasser möglich, was unter trockeneren Witterungsbedingungen nicht gelang?

Das Ganze fasste zunächst einmal ganz anders ein und fasste sich anders an, Kontaktflächen erweiterten und glätteten sich, Kalt-Warm-Kontraste wurden gefördert und Oberflächenwiderstände verringert. Vermutlich lösten sich, wie bei einem ausgiebigen Saunagang, auch alle möglichen Schlacken (die Kneipp'sche Bäderkultur mochte weitere Aufschlüsse bringen). Zudem verstärkte es den Eindruck des Schwebens, der ohnehin schon für Desorientierung, aber auch ein Gefühl der Fülle gesorgt hatte, das man seit Längerem entbehrt hatte. Fielen uns zuletzt heimatliche Stimmungen an, eine altvertraute intrauterine Verzückung und Sorglosigkeit? Denn irgendwie war es auch eine Rückkehr zur Mutter und Fruchtwasserblase; dort kamen wir her, dort gingen wir hin, und schöpferische Stunden wie diese brachten uns wieder an den Anfang zurück.

Auf den Gedanken, dass wir uns diese Welt wieder untergründig herbeiwünschen könnten, hatte mich Katharina gebracht, als wir vor dem Essen noch eine Weile am Strand von Galaxidi spazieren gegangen waren. Es gab eine kleine Strandpromenade und eine bewaldete Landzunge, auf die wir etwas hinausliefen und dabei wie üblich schnell ins Philosophieren gerieten, um nicht über Wichtigeres reden zu müssen. Angesichts eines ziemlich bunten, fast schon venezianisch in die Länge gezogenen Fischerbootes, das dort ankerte, erzählte sie mir von der «Verlobung mit dem Meer», die man in Venedig feierte und die sie dort einmal miterlebt hatte.

«Sposalizio del mare, schon mal gehört? Da fährt eine ganze Prozession von Booten raus aufs Meer, ernst und feierlich, ganz vorne der Doge der Republik und Seemacht von Venedig in seinem prachtvollen Bucintoro. Der wirft dann einen geweihten Ring ins Wasser. Es wird gebetet, so etwa: ‹Möge die See ruhig und gelassen bleiben› und so weiter. Trompeten blasen, die Mitreisenden werden von einem Geistlichen mit Weihwasser besprenkelt. Ich glaube, um Christi Himmelfahrt herum.»

«Und den Ring wirft man als Opfergabe hinein, um die See zu besänftigen?», fragte ich.

«Vermutlich. Aber auch um eine unauflösliche Verbindung mit dem Meer zu dokumentieren. Man ist ja jetzt verlobt.»

«Würde heute keiner mehr machen, aber schön!»

«Das machen die dort heute noch.»

«Aus Folkore-Gründen ...»

«Wer weiß», meinte Katharina, «bei den derzeitigen Überflutungen muss die Stadt über jeden Zuspruch dankbar sein, auch den des Meeres selbst.»

«Dass wir das Wasser immer erst bemerken, wenn es in der Wohnung steht ...»

«Und dabei doch alle aus dem Wasser kommen ...»

«Du vielleicht, Aphrodite.»

«Für einen Sterblichen bist du zwar ziemlich smart, aber eben leider auch kaum mehr als ein höheres Verdunstungsphänomen.»

«Daher das Gefühl, dass oft die Luft raus ist!»

«Wir sind doch alle aus dem Meer gekrochen, und zwar in Katastrophenstimmung. Was blieb uns auch anderes übrig? Die Meere trockneten aus, wir mussten ohne sie weitermachen und uns irgendwie auf dem Land durchschlagen.»

«Könnte in etwa hinkommen», erwiderte ich. «Meine Geburt muss ein ziemliches Elend gewesen sein. Blitzblau, zwölf Stunden nahe am Erstickungstod, untröstlich über die Zumutung, in dieser entsetzlich kalten Welt ausgesetzt zu werden. Die Hebamme muss Mitleid gehabt haben, denn ich wurde sofort auf eine andere Station verlegt, von der Mutter getrennt und ein paar Tage zwangsernährt.»

«Das merkt man dir heute noch an.»

«Nie darüber nachgedacht. Aber ja, erklärt einiges.»

Etwas kahl wirkten während dieser Streifzüge die Ausläufer der Peloponnes auf der anderen Uferseite des Golfs, auch das Meer selbst erweckte hier keine echten Unendlichkeitsgefühle. Schon eindrucksvoller standen uns die von der Abendsonne beschienenen Gebirgszüge des Parnass zur Seite, über deren Hänge sich ein ganzes Spektrum an Rosa- und Ockertönen breitete, darüber ein kühles und sachliches Blau. Das Wasser flimmerte und entwickelte nur wenig Dunst, wirkte aufgeräumter und nahbarer, als man es sonst kannte.

«Wusstest du, dass Seekühe, Wale und Robben einmal Landarten waren, die sich evolutionär eines Besseren besonnen haben und wieder ins Meer zurückgegangen sind?», fragte sie mich.

«Litten die auch unter dem Ennui und Kulturverfall ihrer Zeit?»

«Eher unter den Burn-outs infolge verschärfter Wettbewerbsbedingungen.»

«Gibt's nicht auch manche, die dann wieder in ihr überwundenes Leben zurückkehren und ihre Vergangenheit auf dem Land aufsuchen?»

«Wenn sie sich paaren, ja.»

«Wie die Lachse, die zum Laichen aus dem Pazifik wieder flussaufwärts und in die Gebirgsflüsse zurückschwimmen, aus denen sie gekommen sind, und dabei über alle möglichen Steinvorsprünge und Wasserfälle springen?»

«Und danach sterben.»

«Gibt es einen glücklicheren Tod?»

«Vermutlich nicht.»

«Willst du mir was mitteilen?», wollte ich von ihr wissen.

«Nein, ich eruiere nur die Möglichkeiten, der herrschenden Verlandung zu entkommen.»

«Ins Meer? Aber ohne mich.»

«Man gibt es doch nie ganz auf. Ich stehe ja sowieso noch halb im Wasser, als Frau, du weißt schon, Ebbe, Flut und Monatszyklen.»

«Gerne zum Baden, aber nicht als Dauerlösung.»

«Nicht so voreilig! Man weiß nie, was in einem steckt, und ob wir eher Kinder des Landes, der See oder der Luft sind, ist doch noch völlig offen.»

«Mag ja sein, ich bin so erdverwachsen wie die Niedersachsen.»

«Glaub ich nicht. Und denk mal an England. Für die hat sich alles verändert, als sie sich vom Land aufs Meer hin orientiert haben. Ein kleines Eiland von Schafzüchtern in europäischer Randlage wurde Beherrscher eines Weltreiches und von Europa völlig unabhängig. Ein Bewusstseinssprung, der eine ganz neue Beweglichkeit und Reichweite ermöglichte.»

«Strebst du nach Weltherrschaft?»

«Schon, irgendwie!»

«Na, dann mal los! Ich glaube, ich kümmere mich mal um das Fleckvieh.»

Katharina lag wohl dennoch richtig, wenn sie das Meer in sich nie aufgab, das Ursprüngliche, Unfassbare, das sich fortwährend wandelte und doch blieb, was es immer gewesen war. Dass ihr dieser Zustand näher lag als mir, war deutlich genug geworden. Auf gewisse Weise hätte man unser gemeinsames ekstatisches Wassern auch als Taufe eigener Größenordnung, als eine Art Wasserprobe verstehen können. Untertauchen, ertrinken oder überleben, günstigstenfalls neu geboren werden, es war noch alles drin. Schließlich waren wir ja doch schon etwas jenseits des etablierten Liebesbrauchtums, dessen ausgetretene Pfade zunehmend verschwammen. Wo wollten wir denn eigentlich hin? Je weiter man vorankam, desto endloser öffnete sich der Raum. Und das lag eher an ihr als an mir: Es schien für Katharinas Möglichkeiten kein Maß zu geben, man tauchte in sie wie in einen Tiefseegraben hinab. Ihre nahezu unauslotbaren Gründe waren ihr nicht anzusehen und hätten mich entmutigt, wenn sie mir vorher klar gewesen wären. Wie weit reichte eine Frau? War das Patriarchat am Ende nur eine notdürftige Deich- und Befestigungsanlage gegen diese Fluten und bodenlosen Tiefen? Katharina wusste womöglich nicht einmal selbst, wo sie begann und aufhörte, und ihr wechselvolles Beziehungsleben war nur der Versuch einer Kartierung in eigener Sache.

Und man konnte sie verstehen, denn auf diesem Gebiet herrschte nun einmal keine Gleichberechtigung. Man hätte, bei schonungsloser Betrachtung der Lage, für Männer Quotenregelungen einführen müssen, Affirmative-Action-Programme und Gleichstellungsbeauftragte, denn sie scheiterten auf diesem Feld nahezu alle an gläsernen Decken. Im Grunde musste man Frauen dankbar sein, dass sie es hin und wieder mit uns versuchten. Dass sich einige von ihnen darauf einließen, mit einem einzelnen Mann über viele Jahre zusammenzuleben, konnte nur bedeuten, dass sie entweder von Natur aus nachsichtiger waren oder ein ähnliches Grauen vor diesen Abgründen empfanden wie ihre hilflosen Gefährten. Doch nicht einmal annähernd zu wissen, wo die eigenen Grenzen verliefen, war auch ein Unglück; man hätte einfach gerne gewusst, wann wieder Land in Sicht geriet. Kolumbus hatte ja wenigstens den Seeweg nach Indien vor Augen.

All diese Abläufe waren inzwischen relativ verkehrssicher, es lag einfach in unserer Natur. Begegneten wir dem Chaos, dann ordneten wir es und sahen, was wir brauchen konnten. Doch je überschaubarer diese Playmobil-Welt wurde, desto weiter entfernten wir uns von ihr. Wir haben die Dinge kleingedacht, man müsste sie wieder großdenken. Katharinas Hinweis auf die Wale und Seekühe ergab schon Sinn. Vermutlich war sie selbst der Wal, der mich vom Festland weg- und ins offene Meer hineinzog. Wir hatten zusammen sogar schon eine Art Golfstrom entdeckt, und Wale, die Könige der Meere, waren keine Fische, sondern Säugetiere wie wir, und sie hatten Lungen. Es musste also irgendwie gehen.

Wenn man Katharinas Überlegungen konsequent zu Ende dachte, dann hätten wir eine eroto-maritime Existenz ins Auge fassen müssen, die ein gattungsspezifisches Novum dargestellt hätte, aber wie vieles andere durch technische Neuerungen in den Bereich des Möglichen gerückt war. So waren es nicht die von ihr ins Spiel gebrachten Engländer, sondern die Holländer, die um 1600 die Schifffahrt durch neue Schiffstypen, vor allem aber eine zukunftsweisende Segeltechnik von Grund auf veränderten und das Ruder dann endgültig hinter sich ließen. Handelsschiffe mit Rahsegeln brauchten nicht mehr den rückwärtigen Wind, wie ihn die alten Segel noch benötigten, sondern segelten seitwärts am Wind, machten von ihm also einen ganz anderen Gebrauch als bisher. Carl Schmitt wollte darin in *Land und Meer* sogar den Auftakt für eine planetarische Raumrevolution erkennen, die entscheidende Wende in Richtung See (jedenfalls für die, die segeln konnten). Eine solche Raumrevolution lag nun auch für uns zum Greifen nahe, denn auch wir segelten ja ganz anders als Spanier und Portugiesen. Vorsprung durch Technik, wobei ich gar nicht hätte sagen können, worin Letztere genau bestand. Klar war nur, dass jener transorgastisch-nachhaltige Ansatz ganz auf erneuerbare

Energien setzte: Der alte Verbrenner hatte abdanken müssen, und so kamen auch hier, in abgewandelter Form, Sonnen- und Windenergie sowie eine ganze Menge Erdwärme zum Einsatz. Wer weiß, was möglich gewesen wäre, wenn wir jene noch unsichere Phase im Rahmen dieses Pilotprojekts hinter uns gelassen hätten und mit belastbaren Routinen und einer klaren Systematik in See gestochen wären. Es wurde einfach Zeit, in diese Räume aufzubrechen, und es genügte nicht mehr, nur in Küstengewässern zu segeln. Katharina empfand da ähnlich wie Vespucci oder Magellan, und da auch sie nicht ohne Mannschaft auskam, diente ich ihr versuchsweise als erster Offizier. Noch gab es keine klare Route, und niemand hätte sagen können, wo wir herausgekommen wären, doch das war nach den Eindrücken dieser ersten Jungfernfahrt kein wirklich gravierendes Problem mehr.

Man musste zu solchen ausladenden, auslaufenden Bildern greifen, anders ließ sich, was wir miteinander zu bewältigen hatten, kaum erklären. Sofern man die üblichen Normen an eine solche Nacht anlegte, schossen wir inzwischen wohl etwas über das Ziel hinaus. Nicht nur, dass es dabei besonders einmütig und innig zuging; es war auch von einer so unüblichen Fortdauer, dass das zu erwartende Optimum für ihre passionierten Nutznießer als längst erreicht gelten konnte. Wie lang sollte dieser Weg zur beiderseitigen Seligsprechung noch werden, welche Himmelsleitern wollten wir denn noch erklimmen? Für einen äußeren Betrachter hätte sich die Frage gestellt, welchen Sinn und Zweck diese Übung verfolgte und welchen Forderungen sie eigentlich Genüge tat. Handelte es sich um individuelle Selbststeigerungsbedürfnisse einer etwas ausgefallenen Spielart? Möglich erschien auch, das Ganze als Ausdruck des allumfassenden Kunsttriebs Katharinas zu begreifen, unser Zusammentreffen im Sinne einer performativen Installation zu inszenieren. Nur für welche Zuschauer? Hier griff eine Handlungslogik, über die man nur mutmaßen konnte. Eine mögliche, wenngleich etwas ungewöhnliche Erklärung schien noch am plausibelsten: Es war eine Dankesbezeugung – um nicht zu sagen ein *Heiliger Dankgesang*! – an unbekannt (den unbekannten Gott?). Als Katharina jenes Beethoven'sche Fundamentalwerk als «überschätzt» zurückgewiesen hatte, hielt ich sie für unverständig und gefühllos. Was aber, wenn sich ihr Verständnis in völlig andere Dimensionen erstreckte und eine viel höhere Fassungskraft hatte als meines, wenn ihre Gefühlswelt von Erfahrungen ausging, in deren Licht selbst good old-fashioned Ludwig nur ein schmales Hemd war?

Nun waren weder sie noch ich bislang durch besondere Anfälle von Dankbarkeit aufgefallen, jedenfalls keine, die über das hinausgingen, was sich von selbst verstand. Aber konnte es sein, dass uns ein gründlich verdrängter kreatürlicher Hang innewohnte, angesichts der glücklichen Voraussetzungen unserer Existenz ein Schuldnergefühl zu entwickeln, für das es keine echte Lösung gab, da man nicht wusste, an wen und auf welche Weise die aufgelaufenen Schulden zurückgezahlt werden sollten? Welche Schulden? Die Kosten, die für unsere Existenz in jenem kosmischen Wohlfahrtsstaat täglich anfielen. Allein die Sonne lieferte jedes Jahr 1,5 mal 10^{18} kWh Energie frei Haus, ohne je ein Wort des Dankes gehört zu haben. Von der Rolle des Mondes, der quasi ehrenamtlich die Neigung der Erdachse stabilisierte und uns vor dem Trudeln bewahrte, ist schon die Rede gewesen. Das Ökosystem sorgte für gleichmäßige Zuteilungen von erforderlichem Sauerstoff, Regen und Wind, regelte Luftfeuchtigkeit und Atmosphärendruck. Man kann länger und tiefschürfend über das Mängelwesen Mensch nachdenken, aber die Grundsituation ist doch eher die, dass wir, sobald wir hier aufschlagen, ausgesprochen komfortable Verhältnisse vorfinden und ab dann ein paar Jahrzehnte im Großen und Ganzen gut bedient werden. Was wir zum Leben brauchen, wächst uns durch eine Natur zu, die nahezu von allein und ohne dass es für uns von allzu großem Aufwand wäre, alles Notwendige zur Verfügung stellt und uns, und zwar schon lange vor der massenweisen Ausbreitung von Online-Versandhäusern, unentgeltlich und fortlaufend beliefert. Außerdem ist es ungeheuer bequem, im Lauf der Dinge kostenfrei mitbewegt zu werden (man stelle sich vor, wie es wäre, die Zeit selbst anschieben zu müssen).

Abgesehen von epochalen Schwächephasen, in denen man diese Welt und ihre mörderischen Lemuren zum Teufel wünschte, war sie doch zumeist eine ganz interessante Angelegenheit. Kindern, die viel näher am Ursprung lebten als wir, war dieses unverstellte Glück oft genug anzusehen, eine überbordende, fast wahnsinnige Freude und Lust am Hiersein, die uns blasierte Erwachsene betroffen machte. Natürlich haben auch unsere Vorgängergenerationen und die arbeitsteilige Gesellschaft die Zustände auf Höhe gebracht, und wir haben ein paar Millionen Jahre Anpassungsleistung hinter uns. Dennoch schienen wir gegenüber dem großen Ganzen in einer Bringschuld, und etwas in uns hatte das nicht vergessen, jedenfalls, wenn es fundamental wurde. Hatten Katharina und ich, unbewusst um Wiedergutmachung bemüht, einen Weg gefunden, unser schlechtes Gewissen der Sonne gegenüber zu bereinigen? Jenes Gewissen funktionierte ja ausgezeichnet, solange es um persönliche, religiöse oder weltumspannende Schuldgefühle ging, es konnte dort sogar übersteigerte Formen annehmen, die sich nicht mehr ganz mit der Wirklichkeit deckten. Vielleicht also waren manche dieser fast schon genießerischen Schuldgefühle, ja Bedürfnisse, nur Ableger jenes größeren Schuldnergefühls, das sich selbst nicht transparent wurde und irgendwie auf die schiefe Bahn geraten war.

Zwar ist aus der Mode gekommen, auf öffentlichen Altären Zuchtvieh und Ernteerträge zu opfern, eine Geste der Erkenntlichkeit, für die sich geschichtlich gesehen bis vorgestern noch zahlreiche Anhänger fanden. Und wir lächeln milde über die Hindus auf Bali, die täglich in den Tempel gehen und dort ihre schon kunstverdächtig arrangierten Gaben ablegen. Es wäre einfach nicht mehr unsere Sache. Doch dass die Götter auf unser Verhalten, gegebenenfalls auch unsere Dankbarkeit nicht reagierten, war noch immer ein unbestätigtes Vorurteil.

Man konnte nämlich durchaus der Meinung sein, dass unsere CO_2-Bilanz nicht die einzige war, die nicht besonders gut aussah, und aus der Verbundenheit mit solch großzügigen Gönnern auch Verbindlichkeiten erwuchsen. Man gab den Göttern den besten Teil, und auch wenn strittig bleiben wird, was dies im Einzelnen sein mochte, war die Antwort unserer gemeinsamen, entrückten Liegenschaft ziemlich klar. In unseren sinnenfrohen, nicht zuletzt auch physiothermisch beachtlichen Synthesen gaben wir jenen einen kleinen Anteil der Wärme zurück, den wir täglich umsonst von ihnen entgegennahmen. Dass die Götter darüber erfreut und nicht etwa peinlich berührt oder gar angewidert waren, vielleicht ja lieber bei Wimbledon-Halbfinals zugegen gewesen wären, schienen historische Zeugnisse von sakraler Tempelprostitution im Dienste lustgeneigter Gottheiten bei den Sumerern und Babyloniern nahezulegen. Also ~~sexen~~, um die Götter zu versöhnen? Wenn man es so tat wie wir, konnten diese gar nicht anders als begeistert sein. Wie anders wäre die Geschichte des Abendlandes verlaufen, wenn man die Lust nicht mit der Erbsünde, sondern dem Bedürfnis zusammengebracht hätte, dem Universum seinen fälligen Dank abzustatten und für dessen generöse Investitionen ein paar bescheidene Lustdividenden auszuschütten ...

Man hat Menschen- und Tieropfer längst zum Wohle aller Lämmer und Sündenböcke überwunden, und niemand wünscht sie sich zurück. Und doch hatten sie wohl die größere Immanenz, ergaben sich immer als etwas Einmaliges; kein Gelöbnis für alle Zeiten, kein Versprechen, dauerhaft dies und jenes zu tun oder zu lassen, sondern als sinnliches, elementares, exzessives, teilweise ja auch erhaben-brutales Geschehen. Und als hautnahes Erleben: Blut, das jeder sehen, riechen und schmecken konnte, das entgrenzte, zusammenführte, auch im Grauen, also etwas, das sich nicht im Ideenhimmel, in einem

Gewissen, in klugen ethischen Erwägungen abspielte. Der Gott der Christen dagegen hing weder von uns noch von geschlachteten Kälbern ab, er kam in seiner Omnipotenz ohne jegliche menschliche Hilfestellung aus und verfügte, soweit man sah, nur noch über ein enormes Geltungsbedürfnis. Unser Schicksal bewegte ihn nur noch, insofern wir seinen etwas engen moralischen Vorstellungen entsprachen, für die er ein besonderes Faible zu haben schien. Aber war man nicht doch jemandem näher, von dem man wusste, dass er einen brauchte? Der Teilhaber eines Zusammenspiels irdischer, über- und unterirdischer Kräfte mit wechselseitigen Abhängigkeiten war? Jemanden zu lieben, der einen nicht brauchte, machte doch auf Dauer nur Masochisten Freude.

Auch die Art der Opfergänge, an denen Katharina und ich in jener Nacht teilhatten, verlangte nach dem Eingeständnis von Schwäche auf der anderen Seite, den Bruch, die Verletzlichkeit, keine Leute mit Allmachtsphantasien. Und so verband sich alles ganz wunderbar miteinander. Selbst wenn man nicht begriffen hätte, warum man etwa ausgerechnet der Sonne opfern und danken sollte, war man doch dankbar für Augen, Münder, Nabel, Brüste und so weiter, also all die kleinen Sonnen. Wir antworteten auf sie, indem wir sie nachahmten, was seit jeher die einfachste Form der Verständigung war, gaben uns hin, gaben uns aus, verschwendeten uns und arbeiteten an unserem Verschwinden. Hatte man den Zugang zu dieser Ordnung erst einmal gefunden, fühlte es sich ganz natürlich an, sich völlig auszuschöpfen. Der Überfluss war exakt, was er bezeichnete, das geordnete Abfließen eines energetischen Vermögens. Vielleicht machte ich mir die falschen Vorstellungen von der Materie; sie war die Mutter, Mater, die fortwährend gebären wollte und darin das höchste Prinzip, vermutlich gar das Ding an sich verstand. Wenn man so wollte, entsprach selbst das Bauchfett, das ich jahrelang mit mir herumgetragen hatte, ziemlich exakt der Höhe des Kalorienüberschusses, den ich nicht mehr sinnvoll verschwenden konnte. Vielleicht erklärte sich der traurige Eindruck, den ich als Übergewichtiger hinterlassen haben muss, also weniger ästhetisch als durch die naheliegende Vermutung Außenstehender, dass ich keinen Weg mehr fand, das mir eigene Energiemaß feierlich, zweckmäßig oder kathartisch zu verwerten, also das zu tun, wozu ich da war. Ich wirkte wie ein verstopftes Rohr, ein verschlossenes Freudenhaus, eine Flutkatastrophe. Man hätte mich doppelt bedauern müssen, denn offenbar gab es nichts, an das ich mich veräußern, niemanden, an den ich mich hätte verschenken können. Und darum ging es doch. Man häufte seine Ressourcen nur auf, um der Welt ein Zeichen zu geben. Erst wenn ich mich austeilte, entäußerte und weiterreichte, wurde man auf mich aufmerksam. Ich gebe, also bin ich. Mich immer nur zu bewahren und ein knappes Gut aus mir zu machen, war nichts anderes als eine sinnlose, ins Persönliche verlegte Kapitalakkumulation mit allen bekannten Folgen. Das Ästhetische in allen Ehren: Doch nur als Hingabe war das Dasein und die Welt ewig gerechtfertigt.

Am nächsten Morgen erwachte ich spät, noch leicht benommen, vor allem aber ohne Katharina. Sie musste irgendwann gegangen sein, ich hatte sie im Halbschlaf gehört, ohne mir etwas dabei zu denken (was gab es nicht alles, das einen morgens aus dem Bett trieb?). Ich war auch deshalb relativ gelassen geblieben, weil sie ja noch ganz präsent, überpräsent war nach einer solcher Nacht und Nähe. Es dauerte, bevor ich mich aus dem Ineinander von Erinnerungsbildern oder eher -zuständen, diesem völlig anderen Raumgefühl lösen konnte. Ich zog die Vorhänge zur Seite, draußen war es taghell. Auf meinem Nachtisch eine Notiz: «Wollte dich nicht wecken! Bis bald, nichts geht verloren ... K.»

Dazu ein Taxikärtchen und zwei Abfahrtszeiten eines Busses von Delphi nach Athen. Außerdem ein Feuerzeug, warum auch immer, vermutlich hatte sie's vergessen. Mit etwas Abstand betrachtet, wird sie an jenem Morgen nicht nur verschwunden sein, weil sie ein bisschen näheempfindlicher war als ich, sondern auch, weil sie einen hohen und sicheren Sinn für die Verordnungen der Verkehrssicherheit in jenen Verklärungsbeziehungen hatte, von denen sie gesprochen hatte. Unabhängig davon, ob sie von mir fürs Erste genug hatte (und das hatte sie ganz bestimmt, es war ja auch nicht mehr viel von mir da), hätte es von jetzt an womöglich nur noch bergab gehen können, vom Heiligen ins Profane in wenigen Stunden. Hätte man sich zum Frühstück betreten die Butter zuschieben sollen? Wenn es nach mir gegangen wäre, gerne! Sie sah hinreißend aus, wenn sie verschlafen war, zerknitterte Perfektion,

Blumenladen außerhalb der Öffnungszeiten. Aber ich hatte keine Ahnung von der Liebe oder dieser Art von Liebe. Man mochte ihre Art, sich mir nichts, dir nichts davonzuschleichen, für unüberlegt, unverfroren und auch eine Spur zu didaktisch halten. Hätte sie dieses Entzugsszenario in einem gewöhnlichen Beziehungs-Setup durchgezogen, hätte sie riskiert, die ganze Begegnung abstürzen zu lassen. Aber so gewöhnlich war es ja nicht, was da hinter uns lag, und so muss ihr schon währenddessen die Befürchtung gekommen sein, das Ganze ohne Niveauverlust nicht in die Wirklichkeit hinüberretten zu können und es über kurz oder lang im Unwirklichen versinken zu sehen.

So hatte ihr Fortgang durchaus seine Pointe. Man wird selten von Dingen gerührt, die ganz ohne Ende sind. Die berühmte Ewigkeit, das hohe metaphysische Ideal, bewegte einen letztlich vielleicht doch nicht so sehr wie der Moment, der nicht von Dauer sein würde. Wir sahen aufs Meer, hörten in den Wald und legten uns in die Zeitlosigkeit eines anderen, als könnten wir uns eine Weile lang selbst verlassen. Doch wie viel grundlegender wurde man von der Möglichkeit erschüttert, die Wellen, die so ruhig und besonnen an den Strand von Galaxidi fielen, nie wiederzusehen? Machte nicht jeder flache Kiesel, den ich über das Meer schnippen ließ, bis er nicht mehr konnte und unterging, die Welt etwas schwerwiegender und bedeutungsvoller? Katharina zog nur den Mantel von den Dingen, und die Welt war eine offene Wunde und ein offenes Entzücken, eine Erleichterung über das Privileg, noch dabei zu sein und im Vergehen seinen höchsten Tiefgang zu erlangen. Es war erst dieser geordnete Rückzug alles Wesenhaften, der das Gewicht der Welt am Ende wiederherstellte. Kein Film und kein Foto würden diese Verlusterfahrung als solche festhalten können. So ließ mir Katharina eine ganze Welt in doppelter

Potenz zurück (was für einen Kram man sich sonst schenkte!). Dass jegliche Dauer mit ihr unmöglich sein würde, verlieh nicht nur uns, sondern auch allem, das uns umgab, einen Glanz, der sich unter anderen, vielleicht sogar glücklicheren Vorzeichen nie gezeigt hätte. Denn alles entglitt und entzog sich und riss in seinem Verschwinden seine größte Schönheit auf.

Nach einem kurzen Frühstück nahm ich ihr Feuerzeug, schnorrte vom Reinigungspersonal, das draußen unterwegs war und schon die erste Pause machte, eine Zigarette (ich hatte selbst nie welche besessen), ging ein ganzes Stück den Hügel hinauf, setzte mich im Schatten einer Pinie auf einen Steinvorsprung und rauchte diese dann ziemlich ungeschickt, aber nicht minder andächtig und in Gedanken an die letzte Nacht. Vor mir das morgendliche Meer, ein halb im Dunst hängender Parnass und eine resolute Sonne, die sich tapfer durch die Wolken kämpfte.

Von hier oben sah das Wasser wieder sehr fern und harmlos aus, keine Spur mehr von den verstrudelten Trunkenheiten der letzten Stunden. Schon während jener trauten, wenn auch etwas grenzwertigen Tauchgänge, die uns des raschen Auftriebs wegen immer ein wenig der Dekompressionsgefahr aussetzten, musste sich ein Teil von mir gegen das Verlöschen gewehrt haben. Je weiter wir hinabsanken, desto spürbarer waren diese Gegenkräfte geworden. Es hätte das Feuer selbst sein können; beide Elemente neutralisierten sich, wenn sie aufeinandertrafen, hielten es also nicht in direkter Nachbarschaft miteinander aus. In seiner erdrückenden Schwere und Unaufhaltsamkeit erschien das Wasser beklemmender als sein immer sehr gesammeltes, konzentriertes und ja doch meist auch recht kontrolliertes Gegenstück. Während das eine mit dem größten Inklusionsvermögen alles mitriss, Schlamm, Steine, Lava, Eis samt einer ganzen Flora und Fauna, besaß das andere etwas Reines und Geistiges und enthielt nichts als sich selbst. Jetzt war es womöglich die Rettung vor dem Ertrinken, meiner Liquidierung, im wahrsten Sinne des Wortes, es würde mich nach oben ziehen.

Wer so feuervergessen dahinlebte wie ich, konnte leicht übersehen, dass er davon in allen Richtungen umgeben war. Das ganze Universum durchrollte eine einzige Feuerwalze, die Sterne, das mystische Seelenfünklein, den Stoffwechsel, sogar die Erde selbst. Während sich Katharina und ich als liebevolle Synchronschwimmer durch handwarme Meerbusen treiben ließen, brachten die Temperaturen schon dreißig Kilometer unter uns die Steine zum Schmelzen. Wir bewegten uns über einen doppelten Boden aus Feuer, nur eine dünne, poröse und unruhige Kruste von Großstadtgröße trennte uns vom Inferno. Unter uns kreisten gewaltige Magmaströme auf und ab, und in der Mitte von allem herrschten Temperaturen wie auf der Sonne.

Wenn es denn tatsächlich etwas Feuerähnliches gewesen war, das am Ende einen Teil von mir bewahrte, ging es gegen einen anderen jedoch weniger nachsichtig vor. Denn in all den exothermen Umschlingungen jener Nacht brannte es, daher der Schmerz, der oxidative Stress. Der äußere Pappkamerad fing als Erstes Feuer, dann das verholzte alte Selbst, und während sich Epiphanie und Agonie in etwa die Waage hielten, begriff man, was mit der «Gewalt der nakkenden Minne» (Mechthild) eigentlich gemeint gewesen war. Wäre man ausnahmsweise einmal konsequent, müsste man unter sich und dem anderen ständig Feuer legen, es sei denn, man wollte als Paar von Pflegedienstleistern alt werden. Katharina und ich holten nur nach, was wir längst hätten tun sollen, dann aber sein ließen, weil wir freundlich zueinander bleiben wollten und die Zeit für die eigene Einäscherung noch nicht gekommen sahen. Aber auch alles Gold musste durchs Feuer. Was genau sich hier würde veredeln lassen, war noch nicht ganz abzusehen (Himmel, was sollte das in Katharinas Fall auch sein?), schließlich handelte es sich bei uns um fundamental verschiedene Temperamente und somatische Legierungen. Leichter war vorauszusehen, was Opfer der Flammen werden würde, jedenfalls, was meine Restbestände betraf: alle Schneckenhäuser, Rollstühle, Trostsprüche und Charakterpanzer, die jahrelang den Stillstand und die Posse meiner intellektuellen Selbstbehauptung abgesichert hatten, daneben einige religionsphilosophische Grundüberzeugungen meiner Dissertation, jugendliche Liebesbriefe, die ich nur aus romantischen Stimmungen und Spaß an der Sehnsucht geschrieben hatte, Personaldokumente, Zeugnisse, Urkunden und sonstige Denkmäler im Dienst der narzisstischen Gesellschaft, hoffentlich auch ein paar Nasenhaare, Korksandalen und schlecht sitzende Unterhosen.

Und Katharina? Sie war ja ohnehin viel fluider, multipolarer, typenreicher und hatte vermutlich weniger identitätsspezifische Altlasten zu entsorgen, konnte die Müllverbrennung also vorwiegend mir überlassen. Vielleicht wollte sie mir etwas mitteilen, das über meine Vorstellungen und Fähigkeiten noch weit hinausging. Noch als wir am Meer in Galaxidi spazieren gingen und über die Möglichkeit einer ozeanischen Niederlassung nachdachten, sprach sie davon, dass sie sich bisweilen und je nach Stimmung nicht nur wie das Meer oder ein Wasserfall, sondern auch wie ein Stein, ein Himmel, eine befahrene Ausfahrtstraße vorkomme, was ich ganz niedlich fand, aber doch tiefer angelegt war, als es mir zunächst vorkommen mochte. Es war ja nicht schwer zu verstehen. Auch ich war schon einmal, zumindest vom reinen Erlebnisgehalt her, der dritte Satz von Bruckners neunter Sinfonie, das Grauen von Berlin Ostkreuz oder der Rasengott Stefan Edberg gewesen. Weder mein «Selbst», noch meine Adresse oder irgendwelche Werte und Überzeugungen hatten dabei eine Rolle gespielt. Ich hätte kaum formulieren können, was da mit mir passierte, noch das Bedürfnis danach gehabt. Wer wollte daran zweifeln, dass diese Erfahrungen sehr ursprünglich und kraftvoll waren? Der Blick eines vorüberhüpfenden Spatzen, der mich ansah, als hätte er noch nie einen Melancholiker nach einer zu langen Nacht gesehen, die funkelnde Morgensonne auf der Meeresoberfläche des Golfs zu meiner Seite, auch dieser Hangover selbst, das war umfänglicher, unausdrückbarer als alles, was man darüber hätte sagen oder denken können. Das Entscheidende daran war nicht mitzuteilen, ansatzweise ließ es sich für jemanden wie Katharina noch über die Kunst vermitteln, aber kaum in seiner ganzen Breite, und das wusste sie auch. Die wirklich nahegehenden Eindrücke, Töne und Valeurs stülpten uns nach außen und wiesen uns nicht als Persönlichkeit, sondern als Spiegel der Dinge aus.

Katharinas und mein oft genug überreizter Gedankenapparat dagegen, sosehr er uns Vergnügungspark und Fluchtburg sein konnte, schien der Evolution relativ spät eingefallen zu sein. Er lieferte eine zwar hilfreiche, aber auch etwas klappernde Mechanik, die unsere Vorahnen aus dem Sumpf hob, sie ihre Umgebung in ein Innen und Außen teilen und die Natur beherrschen ließ, ihnen eine Sprache gab und dann eine Personalakte über sie anlegte. Nur fand sich, was an Katharinas Empfindungsgabe einzig und unverwechselbar war, in diesem Kollektivismus der guten Zwecke nicht unbedingt wieder. Was darin Gegenstand der Mitteilung werden konnte, war von Grund auf sehr beschränkt, hier standen Holzhütten vor den Gebirgen der Eindrücke. Das ganze breite Panorama kam gar nicht zur Geltung, sofern es nicht irgendeinen erkennbaren Nutzen hatte. Wenn jedoch weite Teile deines sogenannten Ichs immer schon ein Wir sind, deine «Persönlichkeit» nichts anderes als die Abteilung Öffentlichkeitsarbeit, du also selbst in deinen originelleren Momenten kaum mehr bist als dein eigener verlogener Pressesprecher, dann liegt deine Wahrheit womöglich woanders. Dann musst du, um dorthin zu gelangen, deiner «Identität» im Grunde genommen kündigen.

Es könnte Katharina neben ihrer Kunst bewogen haben, in den Modi des Individuellen freier zu wechseln, kein Ich mehr zu sein oder auch eine ganze Vielzahl Ichs zu werden, was wusste denn ich? Sie musste nur ihren widersprüchlichen Intuitionen folgen und hätte sich ein ganzes Spektrum von an sich unvereinbaren Gegensätzen, Perspektiven, Rollen und Charakterzügen zu eigen machen können. Vielleicht war es der größte Triumph der Vernunft, sich irgendwann selbst loszuwerden, aus einem monothematisch-singulären Ich auszusteigen und als Freelancer für mehrere zu arbeiten. Katharina führte keineswegs ein Doppelleben, wie es andere taten. Betrog Max Mustermann seine Frau, tat er es als ebendieser, und seine Geliebte kannte und schätzte ihn als ihren draufgängerischen, wenngleich in Ehefragen glücklicherweise nicht eben mustergültigen Schweinehund Max M. Katharina dagegen war womöglich, je nach Setting, immer eine andere, auch wenn sie noch ein paar äußere Personalien als eine Art Zugeständnis an die Welt und deren geschäftliche Gepflogenheiten beibehielt. Vielleicht wollte sie mich zu einer Art Freiheitskampf überreden, nicht gegen irgendwelche äußeren, autoritären Mächte, sondern als solidarischer Gewerkschaftsvertreter meiner eigenen, unterschiedlichen Anteile, Fraktionen und Triebe, die sich von der herrschenden Machtstruktur einer einzelnen Identität lossagen, selbstständig machen und nunmehr frei agieren sollten. Ich begriff, welchen Reiz dies hätte haben können, nur war ich ja schon mit meiner einen, nun einigermaßen zerzausten Identität mehr als gefordert. Und revolutionäre Impulse waren nie meine Sache, zumal ich in diesem Fall noch viel zu sehr an die Unsterblichkeit der Seele glaubte ...

Und doch musste auch ihr in den letzten Stunden etwas Unerwartetes zugestoßen sein, denn sie hatte ja immerhin ihre Pläne geändert und war dann überstürzt abgereist. Ganz souverän war es nämlich nicht, mich hier einfach sitzen zu lassen. Was immer sie vorgehabt hatte – das im Scherz erwähnte «Hochfest» zu feiern, meinen Geist zu «befreien», uns aufzulösen, sich von karmischen Resten zu reinigen, irgendetwas oder irgendjemanden zu vergessen oder die Kraft der Thyaden für ein Sonderprojekt freizumachen, von dem ich nichts ahnte –, ich würde sie nicht mehr befragen können, jedenfalls jetzt nicht. Unser ehrlichstes und bestes Gespräch lag ja gerade hinter uns, und ich hatte nicht einmal angefangen, darüber nachzudenken. So oder so, und da hatte sie schon recht: Nichts ging verloren.

27

«Na?»

«Was, na?»

«Da bist du ja wieder.»

«Glück gehabt.»

«Wer weiß.»

«Ganz sicher.»

«Meinst du?»

«Du denn nicht?»

«Mag sein.»

«Wäre noch länger ...»

«Die Sonne geht bald auf.»

«Herrje.»

«Was soll sie machen?»

«Sich noch mal umdrehen.»

«Zu viel zu tun.»

«Wenn du sie fragst ...»

«Sie muss.»

«Ein Unglücksstern.»

«Aber nein.»

«Irgendwie schon.»

«Bei dieser Ausstrahlung!»

«Was nützt es, wenn man sie nicht ansehen kann?»

«Vielleicht ist dein Auge nicht sonnenhaft genug.»

«Du bist schöner.»

«Na ja.»

«Und heißer.»

«Jetzt aber!»

«Ich bin froh, dass du nicht die Sonne bist.»
«Auch der Mond hat seine Gefahren.»
«Und komplexer als die Sonne bist du auch.»
«Komplizierter.»
«Das Vollkommene ist völlig reizlos.»
«Wen interessieren ihre Reize? Sie ruht ganz in sich.»
«Wenn du meinst.»
«Sie ist die Mitte.»
«Du und deine Mitte ...»
«Das begreifst du wohl gar nicht, oder?»
«Leute, die ständig im Mittelpunkt stehen müssen, sind mir ziemlich suspekt.»
«Es geht eher darum, sie nicht zu verlieren.»
«Und das Gefühl hast du?»
«Ich glaube, es hat mich ein bisschen weit rausgetragen in letzter Zeit, ja.»
«Den Eindruck hatte ich jetzt nicht.»
«Du kennst mich genauso wenig wie die Sonne.»
«‹Die neue Mitte›, das klingt so sozialdemokratisch.»
«Mitte eher wie bei Empedokles, du weißt schon ...»
«Der in den Ätna gesprungen ist?»
«Ja, der.»
«Das ginge mir dann doch zu weit.»
«Wer weiß. Ich meine auch eher seine Kosmologie.»
«Aber bitte nicht vor Sonnenaufgang!»
«Bist du müde?»
«Nicht so wirklich.»
«Ich auch nicht.»
«Etwas verworren.»
«Verwildert.»
«Ach nein, angefasst und doch gefasst.»
«Bisschen wund und wunderlich.»

«Ich hoffe ...»

«Alles gut.»

«Wir können uns auch noch mal in die Mitte küssen, wenn's sein muss.»

«Bin schon mittig genug.»

«Ich finde mich ja eher in den Außenbereichen der Skalierung.»

«Na bitte. Irgendwie habe ich es doch gewusst ...»

«Was?»

«Dass eine Ortsveränderung überfällig war.»

«Hauptsache, du hast nette Nachbarn.»

«Und die Anbindung stimmt. Bisschen albern, dafür zu danken, aber ...»

«Das Vergnügen war ganz auf meiner Seite.»

«Ich rede von Erkenntnis.»

«Selbstverständlich, ich doch auch.»

«Forscherdrang.»

«Na klar.»

«Sag ja nur.»

«Na schön, und wie war das jetzt mit Empedokles?»

«Also doch vor Sonnenaufgang?»

«Ich glaube, nach Sonnenaufgang fände ich solche Gespräche angesichts der Umstände noch um vieles seltsamer.»

«Wieso denn? Ich bin selten inspirierter ...»

«Ja dann, nur zu ...»

«Na, bei dem kreist und wirbelt alles.»

«Hat wahrscheinlich auch die Nächte durchgemacht ...»

«Ich meine, im Großen und Ganzen. Der sieht so einen katastrophischen Kreisel, der durch alles hindurchzieht.»

«Genau, was ich jetzt brauche.»

Ich war, was ihre folgenden Ausführungen betraf, vielleicht nicht mehr ganz bei der Sache, denn es muss sich in jenen Momenten etwas im Grunde sehr Naheliegendes vollzogen haben, schließlich wäre das Maß an Verbundenheit, das sich über die letzten Stunden ergeben hatte, nicht auf Dauer zu halten gewesen. Während wir noch redeten und beieinanderlagen, löste sie sich wieder von mir; man konnte ihr fast dabei zusehen, obwohl der Vorgang ja eher atmosphärischer, wenn nicht gar ätherischer Natur war. Dass wir damit beide wieder in die gewohnte Vereinzelung zurückfanden, ergab sich aus der Situation selbst, vielleicht auch ein wenig durch ihre etwas hochfliegenden Rückgriffe auf den sizilianischen Philosophen. Aber jeder mag in solchen Stunden anders empfinden. Ich jedenfalls bemerkte meine Beine wieder, auch ein leichtes Taubheitsgefühl in der linken Wade.

«Am Anfang», so kehrte Katharina zu den großen Fragen zurück, «war da eigentlich nur eine Kugel aus reiner Liebe, die alles in sich eingemeindete. Eine runde Sache, an und für sich.»

«Schön für sie.»

«Zu schön, um sich allzu lange halten zu können. Von den Rändern fällt irgendwann der Streit über sie her. Der bringt das Ganze dann in Bewegung.»

«Wieso Streit?»

«Weiß nicht. Das sind so Fragen, auf die es keine Antwort gibt.»

Auch sie lag nun ganz für sich, den Blick an die Decke gerichtet, beide Arme neben sich ausgestreckt und diese nur hin und wieder wie zur Illustration des Gesagten leicht erhebend. Kurzes Erstaunen über die Rastlosigkeit ihrer rechten Hand, deren Finger sich reckten und streckten, als seien sie eingeschlafen und wollten nun wieder ganz zu sich kommen.

«Und dann?», fragte ich.

«Die Liebe kommt dem Streit aus der Mitte entgegen, und alles fängt an zu rotieren.»

«Ein Wirbel.»

«Wie beim strudelnden Abfluss eines Spülbeckens oder einem Tornado, wie überall, wo es ein derartiges Gefälle gibt. Liebe bindet, Streit trennt alles auf, die Kugelseele zerspringt in tausend Teile.»

«Und der Mensch?»

«Kriecht am Ende aus diesem Scherbenhaufen.»

«Das geht ja schon gut los.»

«Zusammengesetzt aus Liebe, Streit und den Elementen, die weiter in ihm Krieg führen.»

«Wem sagst du das ...»

«Was sich dem Streit anschließt, verliert den Halt, fällt den Sogwirkungen anheim und wird nach draußen gezogen.»

«I fell into a burning ring of fire ...», holte ich jetzt doch etwas weit aus.

«Johnny Cash, der alte Vorsokratiker.»

«Love is a fiery thing ...»

«Sie sehnt sich nach ihrem Zuhause.»

«Nach den guten alten Zeiten.»

«In denen man noch alles war, alles in allem.»

Auch unsere Stimmen hatten sich schon deutlich voneinander getrennt. Nicht, dass sie zu irgendeinem Zeitpunkt verschmolzen gewesen wären, aber man hatte sie doch eine Zeit lang als Teil seiner eigenen Sphäre empfunden. Ihre schien wieder zu einer gewissen Sicherheit und Melodik zurückgefunden zu haben und ruhte, was mir vorher nie aufgefallen war, auf einer warmen, fast seidenen, jedenfalls sehr wohlklingenden Grundierung. Ich bemerkte hier zum ersten Mal, dass sie völlig dialektfrei sprach, ohne Tönung oder regionalen, etwa anhaltischen Einschlag. Meine Stimme dagegen kam mir furchtbar belegt vor, zu hoch und zu weich, als wollte sie noch nicht ganz aus sich heraus. Und auch diese Gedanken, so schön und so wahr sie aus ihrer Zeit in unsere reichten, waren Fremde, die sie ohne echte Not eingelassen hatte. So lange wir Wichtigeres miteinander ausgetragen hatten, hätte niemand einen Grund gesehen, sie hereinzubitten. Jetzt standen sie unangemeldet in der Tür, und man musste ihnen etwas zu trinken anbieten.

«Das kann doch nicht gut ausgehen», sagte ich.

«Vielleicht hat der Kosmos da seine eigenen Vorstellungen.»

«Aber stand der nicht für die Ordnung an sich?»

«Die ist ja nicht das Problem. Die Elemente werden alle ganz ordentlich aufeinandergeschichtet. Erde, Wasser, Luft und Feuer, so wie man's kennt. Die Liebe fällt ganz raus, macht wahrscheinlich auch zu viel Unordnung.»

«Klar.»

«Wer ganz genau hinsieht, kann sie noch manchmal in Dämmerungen, Sternenhimmeln und Mondaufgängen erahnen.»

«Dafür bleibt uns der Streit, oder?»

«Die sogenannte Weltgeschichte. Immerhin gehen wir nicht ganz leer aus.»

«Hat denn noch mal jemand was von der Liebe gehört?»

«Irgendwann macht auch da oben jemand das Licht aus. Man blickt zum Feierabend in die Dunstglocke hoch: Himmel, war da was?»

«Kein Wunder, dass die Leute bindungsunfähig werden.»

«Die Lage ist bindungsunmöglich geworden.»

«Quatsch mit Soße!»

Prompt lächelte sie endlich einmal wieder zu mir herüber.

«Nur Geduld, mein Lieber, nichts ist für die Ewigkeit, nicht mal der Streit.»

«Ist inzwischen wahrscheinlich von sich selbst genervt.»

«Alles hat seine Zeit. Irgendwann ist die Liebe wieder dran, kehrt in die Mitte zurück und drängt den Streit auf die Außenbahnen.»

«Na bitte. Und alles feiert Wiedervereinigung ...»

Während sie weiterredete, schaute ich sie von der Seite her an und sah ihr Profil so klar wie in einem Scherenschnitt. In seiner Linienführung zeigten sich einmal mehr ihre edlen, mit großer Kunstfertigkeit entworfenen Züge, die gedankenvolle Stirn, eine schlanke, aber nicht zu spitze Nase, ihre völlig unverdächtigen, scheuen Lippen, das Mädchenkinn und dieser überzarte, etwas lange Hals. Die Haare wieder von irgendeinem Gummi gebändigt, dunkel, treibend und um diese Stunden offenbar ein selbstbewusstes Eigenleben führend. Es war ein Ebenmaß, dass unter Umständen auch hätte befremden können, wenn es in meinem Fall nicht von einem neuerlichen Erstaunen darüber begleitet gewesen wäre, die letzten Tage mit ebendiesem Menschen auf eine Weise geteilt zu haben, die man durchaus für die zweier Liebenden hätte halten können. Damit jene sich abzeichnende Separationsbewegung nicht so unvermittelt und übergangslos vonstattenging, rückte ich ein bisschen zu ihr, schlüpfte unter die Decke und fasste nach ihrer Hand. Sie schien gleich zu bemerken, welcher Stimmung ich da folgte und kam mir etwas entgegen.

«Wiedervereinigung schon», setzte sie fort, «aber vorher bricht in der alten Ordnung natürlich das Chaos aus. Die Liebe ist keine Friedensbewegung.»

«Ist sie nicht?»

«Nur am Ende vielleicht. Vorher werden wir so lange umhergeschleudert, bis sich Teile von uns aus dem Streit lösen und zu ihr zurückkehren. In der Liebe können Wirbel und Drehmoment entscheidend sein.»

«Was, wenn ich solche Allumarmungen zum Davonlaufen finde und auf meiner Selbstständigkeit beharre?»

«Kannst du natürlich, aber das ist eine Treibjagd. Da läuft man davon wie der Sünder vor dem Jagdhund des Himmels.»

«Wie furchtbar.»

«Mach das Beste daraus», flüsterte sie und rollte sich dann seitlich ein wenig bei mir ein, was der einziehenden Kühle wegen nicht nur behaglich und noch einmal sehr innig war, sondern auch den Vorteil hatte, sich nicht in die Augen sehen zu müssen.

«Empedokles, ja?»

«Mmh.»

«Stürmisch.»

«Und so einsichtsvoll», ergänzte sie. «Den Wirbel findest du eigentlich überall wieder. Elektronen schießen um den Atomkern, Planeten kreisen um die Sonne, das Sonnensystem selbst kreist in der Milchstraße. Sogar die Filamente der Galaxien rotieren, wahrscheinlich wirft sich auch das Weltall unruhig herum.»

«Da muss man ja durchdrehen.»

«Ein leichter Schwindel ist doch ab und zu ganz schön.»

«Vergiss nicht, dass ich zu allem Überfluss auch dich noch umkreisen muss.»

«Eine Frage deiner Trägheit und Schwerkraft. Was kann ich dafür?»

«Weiß nicht. Das sind so Fragen, auf die es keine Antwort gibt.»

«Jedenfalls nicht um kurz nach vier.»

«Ich kann ja mal drüber nachdenken. Bevor ich abdrehe, dreh ich mich lieber noch mal um ...»

«Ruhe er angenehm und drehe er sanft.»

«Sie aber auch, wir müssen früh raus ...»

Im Schein der Nachttischlampe nahm man diese kosmischen Vorgänge in ihrer ganzen Dramatik natürlich nicht wahr. Wenn ihr Licht über die Bögen und Buchten von Katharinas Rücken fiel, erhellte sich jedoch auch hier etwas Vollendetes, Abgerundetes, das gar nicht zur Kugel werden musste, um in mir All-Einheitsgefühle zu wecken. Und auch an ihr verbargen sich Wirbel an Hals, Nacken und Rücken, die einen schwindlig machen konnten. Doch wenn ich darüber sehen konnte, ohne nur die geringste Spur eines verschlingenden Chaos vorzufinden, so mag es daran gelegen haben, dass wir im Auge dieses Orkans lagen. Aus der Mitte der Ruhe heraus war dann freilich nicht zu erkennen, dass nicht weit von uns Megamassen von Streitpartikeln mit monströser Kraft im großen Kreis um uns herumgetrieben wurden. Was waren wir da? Vermutlich, was die Liebe von uns aus eben diesem Wirbel zurückgewonnen und zu sich in die Mitte gezogen hatte: reine Anschauung, zeitlos, zwecklos, ichlos, die tausendfältige Welt ohne Filter und Fensterscheiben, wache, wachsame Allround-Präsenz in nahezu unbegrenzter Reichweite. Nun ahnte Katharina vermutlich etwas, das selbst Empedokles nicht klar gewesen war, nämlich dass man dieser Liebe auch entgegenkommen konnte, wenn man sich gewissermaßen freiwillig und schon in vorausschauender Eigeninitiative auseinanderriss. Man musste nur ein geeignetes Verfahren finden, dann flog der eine Teil Richtung Zentrum, der andere Richtung Peripherie.

Und während wir liebend immer ineinander liegen werden, in jenem Zimmer über Galaxidi, das uns trotz seiner bescheidenen Enge so weit ins Universum blicken ließ, dass wir vorübergehend selbst zum Universum wurden, schleuderte es den Rest von uns weit hinaus. In ihrem Fall wer weiß wohin, in meinem sorgte mein streitbarer Restverstand immerhin dafür, am selben Abend noch den Flug nach Tegel zu bekommen.

Auf der Rückfahrt im Bus versuchte ich etwas Schlaf nachzuholen, bekam aber kein Auge zu. Das Land draußen noch immer verbraucht und verlassen, Ansiedelungen wahllos hingestellt, zudem schien es in der Gegend ein größeres Müllproblem zu geben. Irgendwann ging die Sonne auch wieder unter, das belebte immerhin den Himmel über den versteppenden Hängen. In Athen ein schreckliches Verkehrschaos, Erleichterung, hier kein Auto fahren zu müssen. Hundertschaften in der Bahn zum Flughafen, mir gegenüber eine bildhübsche junge Frau, an der ich mit viel Mühe die ganze Zeit vorbeisah (Schwedin oder Dänin, sie sprach laufend in ihr Handy). Mein Flug hatte Verspätung, sonst wäre es wohl etwas knapp geworden. In der Luft dann endlich ein wenig Ruhe, auch wenn ich darüber hin und beim Dösen leichtfertig die Stewardess mit Snacks und Wasser an mir vorbeiziehen ließ. Kurz nach Mitternacht verließ ich Tegel mit dem Flughafenbus, die S-Bahn fuhr nicht mehr. Ein Anschlussnachtbus, der laut meiner App hätte fahren müssen, kam nicht. Ich saß eine Weile an der Haltestelle, las die Nachrichten, aber auch das Handy hatte bald keinen Saft mehr, und so starrte ich noch ein paar Minuten in die Dunkelheit. Irgendwann raffte ich mich auf, meinen Rollkoffer die paar letzten Kilometer nach Hause zu ziehen, und polterte eine halbe Stunde durch die Stille. Seltsam, dass die Straßenlaternen hier aus oder defekt waren, es war richtig finster. Vor der Haustür fand ich erst den Schlüssel nicht, der in die Tiefe einer Seitentasche des Koffers gerutscht war. Keine Post im Briefkasten. Gegen zwei endlich da, etwas gerädert und hungrig, doch der Kühlschrank war leer. Mit einem Apfel, der sich noch hinter der Brotdose fand, setzte ich mich dann an den Küchentisch, müde, allein, aber doch angekommen, in Lichterfelde.

Der Autor dankt dem Deutschen Literaturfonds und der Deutschen Akademie für Sprache und Dichtung für die großzügige Förderung und Begleitung des Manuskripts.

Die Rowohlt Verlage haben sich zu einer nachhaltigen Buchproduktion verpflichtet. Gemeinsam mit unseren Partnern und Lieferanten setzen wir uns für eine klimaneutrale Buchproduktion ein, die den Erwerb von Klimazertifikaten zur Kompensation des CO_2-Ausstoßes einschließt.
www.klimaneutralerverlag.de

FSC
www.fsc.org
MIX
Papier | Fördert gute Waldnutzung
FSC® C014496